La flamme du templier

Collection : VICTORIA

HARPERCOLLINS FRANCE
83-85, boulevard Vincent-Auriol, 75646 PARIS CEDEX 13
Service Clients — www.harlequin.fr
ISBN 978-2-2804-9597-4 — ISSN 2493-013X

Édité par HarperCollins France.
Composition et mise en pages Nord Compo.
Imprimé en mars 2024 par CPI Black Print (Barcelone)
en utilisant 100% d'électricité renouvelable.
Dépôt légal : avril 2024.

FSC www.fsc.org MIXTE Papier issu de sources responsables FSC® C159065

Pour limiter l'empreinte environnementale de ses livres, HarperCollins France s'engage à n'utiliser que du papier fabriqué à partir de bois provenant de forêts gérées durablement et de manière responsable.

MARIE DEWITTE

La flamme du templier

Victoria

HARLEQUIN

À Pénélope et son tendre cœur

Prologue

Île de Ruad, au large de Tortose, Terre sainte, 26 septembre 1302

Du haut du rempart, mes yeux parcouraient, découragés, la multitude de Sarrasins qui grouillaient autour du port naturel. Ils avaient débarqué de seize navires venus d'Égypte et avaient investi Ruad, une toute petite île tenue depuis quelques mois par les templiers, dans l'espoir de reprendre la ville de Tortose que nous voyions à l'horizon.

Je me mordis les lèvres. Dans quel nouveau piège le destin m'avait-il jetée ? N'avais-je pas déjà suffisamment souffert ? Mes cheveux cachés sous un casque, je baissai la tête, la peur au ventre, avant de serrer les poings. Non, je n'échouerai point, pas si près du but.

Je tournai mon regard vers l'intérieur du fort où s'activaient de nombreux templiers, vêtus comme moi d'un haubergeon et de chausses, préparant notre évacuation probable : une centaine de chevaliers, cinq cents archers, quatre cents servants. Une importante force de frappe réduite à mourir de faim entre ces murs de pierre.

Evrard de Crebessac, le père de feu mon époux Gontran, en faisait partie. Il était entré dans l'ordre du Temple à la mort de sa femme, de nombreuses années plus tôt, laissant son fief proche d'Avignon aux mains de ses deux enfants vivants. C'était lui que j'étais venue rejoindre sur ce petit morceau de terre de moins d'une demi-lieue de long[1]. J'avais besoin de son arbitrage pour récupérer mon fief qui m'avait été arraché par Mélaine, la sœur aînée de mon époux. Et surtout mon fils unique, d'à peine deux ans, qu'elle avait enlevé et pris auprès d'elle, sous prétexte de le soustraire à ma pernicieuse influence, avant de m'enfermer dans un couvent.

Il semblait que je ne m'étais extirpée de cette première prison que pour tomber dans une autre, bien pire !

Je ressentis soudain une présence dans mon dos. Je sursautai et jetai un coup d'œil avant de soupirer de soulagement. Evrard. Ma présence scandaleuse parmi l'ordre n'avait point été ébruitée et mon déguisement continuait de faire illusion.

— Notre ambassadeur Hugues de Dampierre ne devrait pas tarder à revenir, ma chère fille, m'informa-t-il en posant sa main sur mon épaule.

Je hochai la tête.

— Espérons, mon père, qu'il ait réussi à négocier notre évacuation.

Sans le secours du roi de Chypre, Henri II de Lusignan, c'était notre seul recours. Si les Sarrasins acceptaient, nous pourrions quitter l'île sur les galères de l'ordre et rejoindre Chypre, la base arrière des chevaliers du Temple depuis la chute, onze ans plus tôt, de Saint-Jean-d'Acre en Terre sainte. De là, j'escomptais bien qu'Evrard me suive en France pour mettre fin aux agissements de sa fille.

La délégation revenait. Je plissai des yeux pour surprendre l'expression de notre envoyé, en vain. L'agitation s'empara des remparts. Les archers tendirent leurs arcs, prêts à empêcher toute attaque par fourberie. Je retins mon souffle. Puis, quand les

1. Actuellement l'île d'Arwad, de 800 mètres de long sur 500 mètres, au large de Tartus.

portes furent ouvertes et refermées sans dommage, je descendis dans la cour et me réfugiai dans un coin. Le maréchal Barthélémy de Quincy prit la parole. Les terribles mamelouks, ces esclaves arrachés tout jeunes à leur famille et formés pour devenir des combattants hors pairs, avaient accepté notre demande. Nous avions quelques heures pour rassembler nos effets et évacuer le fort.

À cette nouvelle, des larmes de soulagement perlèrent sous mes paupières. Malgré le dépit affiché de certains autour de moi, déçus d'abandonner ce dernier bastion, je me permis un discret sourire. Nous allions quitter cette île de malheur et d'ici quelques semaines tout au plus, je pourrais serrer mon fils dans mes bras. Enfin !

Evrard me fit signe et je le suivis jusqu'à sa cellule. La porte refermée, il se tourna vers moi.

— Il vaudrait mieux couper vos cheveux, Flamalia. Qui sait ce que ces impies feraient de vous s'ils vous découvraient femme.

— Ils feraient de moi une esclave. Coupez donc, mon père.

J'ôtai mon casque et lui présentai ma nuque. Mon beau-père attrapa la tresse brillante, couleur châtaigne que j'avais cachée sous le chapel de fer et, d'un geste sûr, il la trancha. J'éprouvai un soupçon de regret quand je vis mes cheveux tomber à terre avant de hausser les épaules. Ils repousseraient. Rien ne valait la liberté, comme je l'avais récemment appris.

Je me redressai et sentis les pointes libérées me chatouiller la nuque. Ma tête me sembla plus légère. Je m'approchai ensuite de mon écu poli pour me mirer dedans. Un fin visage s'y refléta, une peau pâle ornée de légères taches de rousseur sur les joues et le nez. Des taches qui avaient semblé si vives à ma naissance, comme des braises, qu'elles m'avaient valu mon prénom, Flamalia, avant de s'estomper avec l'âge.

Je reculai, satisfaite, et remis mon casque. Ainsi, je faisais illusion. Je pouvais passer pour un jeune sergent, fraîchement introduit dans l'ordre.

Nous fûmes tous prêts peu de temps après. Les portes s'ouvrirent et les premiers soldats, des chevaliers, quittèrent la forteresse dans leurs longs manteaux blancs frappés d'une croix rouge. Ils descendirent vers le port, encadrés par deux rangées de mamelouks.

Soudain, sous mes yeux horrifiés, les infidèles brandirent leurs cimeterres et les abattirent sur les hommes qui passaient entre eux.

Trahison !

Une suée froide m'inonda le dos et je me mordis les lèvres pour ne point crier. Autour de moi, les templiers restants s'élancèrent arme au clair à la rescousse de leurs frères, et un combat sans merci s'engagea.

J'attrapai mon épée, en éprouvai le poids dans ma main durant quelques instants tandis qu'une foule de souvenirs me revenaient en tête. Mon adolescence de fille unique à Chypre où mon père Audric et moi nous étions réfugiés après la chute de Saint-Jean-d'Acre, à l'instar des templiers et hospitaliers[1]. Touché par mon désarroi et mon chagrin à la mort de ma mère lors du siège de la ville, il m'avait laissée apprendre le métier des armes. Je m'étais entraînée avec rage et n'avais remisé mon épée qu'à mes seize ans, quand il m'avait donnée en mariage au fils de son meilleur ami. Six ans plus tard, je n'avais pas oublié comment m'en servir même si la force de mon bras s'était amoindrie.

Je resserrai mes doigts sur la poignée. Je n'avais point le choix. Je ne pouvais mourir ici, à l'autre bout du monde, et abandonner mon fils Romaric à ma belle-sœur. À l'idée de ne plus le revoir me sourire de ses jolies dents, brillantes comme des perles, je sentis mon cœur de mère se déchirer.

Je jetai un dernier regard autour de moi. Les archers décochaient

1. Ordre de Saint-Jean de Jérusalem, créé comme les templiers au XIIe siècle et d'abord spécialisé dans l'accueil et le soin des pèlerins en Terre sainte, alors que l'ordre du Temple se consacrait davantage à leur défense. Ces deux ordres furent bien vite en rivalité.

flèche sur flèche, les chevaliers et sergents jouaient de la lame, sans peur ni hésitation, malgré la supériorité indéniable des mamelouks. Je repérai Evrard au milieu de la mêlée, entouré d'ennemis. Comment pouvais-je l'aider alors qu'il était combattant d'expérience ? Partout les Francs faiblissaient. Les corps flanchaient. Le maréchal était mort et de nombreux autres étaient blessés ou prisonniers.

Evrard tomba à son tour. Je restai figée, me mordant les lèvres jusqu'à ce que le goût métallique du sang envahisse ma bouche et me ramène à la raison. Des Sarrasins approchaient du fort. Je cherchai des yeux une cachette avant de me morigéner. Je ne pouvais attendre qu'ils me surprennent, faite comme un rat dans une cellule. Je devais m'échapper même si mes chances de traverser indemne la mêlée étaient inexistantes.

Il n'était plus temps d'hésiter. Je franchis à mon tour la porte et plongeai vers le champ de bataille. Le fracas des armes, les cris des blessés m'étourdirent. D'un coup désespéré, je détournai un cimeterre qui volait vers ma tête. Je louvoyai entre les grappes de combattants jusqu'à me rapprocher du port, mon but, où j'espérais pouvoir me cacher. Devant moi, j'aperçus un jeune chevalier trébucher face à un mamelouk. Sans réfléchir, j'arrêtai la lame qui allait le décapiter et frappai d'estoc, un coup puissant qui me déséquilibra. Par chance, je touchai mon adversaire. Il tomba à la renverse. Un cri retentit dans mon dos. Je me retournai brusquement, un autre Sarrasin m'attendait. Son cimeterre fendit l'air vers ma gorge. Je me rejetai en arrière d'un geste éperdu. Trop tard ! Sa lame m'atteignit à l'épaule droite. Le fer mordit ma chair malgré mon haubergeon, faisant jaillir le sang. Sous la douleur, mes doigts lâchèrent mon arme. Je reculai précipitamment devant la nouvelle attaque de mon assaillant, décidé à m'achever, et trébuchai sur le corps de celui que j'avais blessé. Perdant l'équilibre, je roulai au sol, au milieu des remugles pestilentiels des entrailles répandues. Ma tête frappa la terre gorgée de sang et le soleil dans le ciel limpide éblouit mes yeux clairs trop sensibles. C'était la fin, j'allais mourir.

Mais le coup fatal ne vint point. Une ombre au-dessus de moi me cacha soudain l'astre du jour. Le chevalier que j'avais sauvé s'était redressé. Il avait attrapé un cimeterre et se battait contre celui qui avait voulu m'occire.

J'avais un répit. Si court. Malgré la douleur qui pulsait dans mon bras, je me palpai rapidement, soulagée de trouver mes chairs. Puis, m'aidant de mon bras valide, je commençai à ramper. Je n'étais plus très loin du port. Je pouvais l'atteindre.

Je n'en eus pas le temps. Brutalement, je fus soulevée de terre et chargée sur une épaule. Mon casque tomba. Je retins mes poings quand je remarquai le manteau blanc à la croix rouge. C'était un templier, un des miens. Il se faufila parmi les combattants, frappant sans relâche ceux qui tentaient de l'arrêter. Un gémissement s'échappa de ma bouche. Trimballée sans douceur, mon bras blessé pendant dans son dos, la douleur devenait intolérable.

Nous arrivâmes au bord de l'eau. Avant que je puisse protester, il me jeta dans la mer. Ma bouche s'ouvrit sur un cri silencieux. Était-il fou ? J'allais me noyer avec tout le fer que je portais. Mes pieds trouvèrent les hauts-fonds pendant qu'il enlevait son manteau bien trop reconnaissable et me rejoignait. La tête au ras de l'eau, il m'aida à rallier une barque. Il me tirait sans ménagement, oublieux de ma faiblesse. Sous la souffrance, les larmes dévalaient mes joues et disparaissaient dans la mer qui se teintait de rouge à chacun de mes mouvements. J'arrivais au bout de ma résistance.

Il grimpa dans l'embarcation et me hissa en m'attrapant dans le dos. Le souffle coupé par la douleur, le cœur battant la chamade, je roulai au fond. Il détacha l'amarre et ôta son heaume pour ne pas provoquer de reflet, avant de se coucher près de moi. Alors que nous dérivions, nous éloignant du carnage, j'entendais les cris s'amoindrir. Puis des clameurs retentirent à intervalles réguliers. Mon compagnon jeta un coup d'œil par-dessus bord et serra les dents.

— Ils exécutent tous les sergents, grinça-t-il. Tous ceux incapables de payer rançon.

Ça aurait pu être mon sort !

Je frissonnai violemment devant la dure réalité de la guerre et me laissai retomber au fond, à la limite de l'épuisement.

Une fois que nous nous fûmes suffisamment éloignés de l'île en direction du soleil couchant, sans eau, sans vivres et sans espérance, il se pencha sur moi et tenta de me délester de mon haubergeon afin d'examiner ma blessure. La douleur enfla, plus cruelle que jamais, et mes cris se perdirent dans l'immensité qui nous entourait. Ses yeux marron pailletés de vert se remplirent de compassion alors qu'il décollait la maille métallique de mon épaule blessée. J'eus encore le temps de remarquer ses boucles brunes collées par la sueur sur sa tête auréolée de lumière par le crépuscule, comme un ange, puis je m'évanouis sous la souffrance intenable qui envahit mon bras.

Quand, quelques jours plus tard, j'émergeai définitivement du délire qui m'avait saisie, j'étais à Constantinople et mon sauveur inconnu avait disparu.

Partie 1

Raimbaud

Lettre I

Le 14 septembre 1307

Très cher Sire,

Vos ordres ont été transmis aux sénéchaux de France. Tous se tiennent prêts. D'ici un mois, ils cueilleront les infâmes chevaliers du Temple pour leur faire avouer au grand jour leurs turpitudes, comme nous l'a révélé cet Esquieu de Floyran, qui partagea sa cellule avec l'un de ces renégats. L'enquête décidée par le Très Saint Père arrivera trop tard. Ils ont refusé de se soumettre, ils seront anéantis.

Votre dévoué serviteur, Nogaret.

1

Brives, près du Puy-en-Velay, 1er octobre 1307

Sur son siège légèrement surélevé trônait Mélaine de Crebessac, dame de Brives, ma belle-sœur, veuve comme moi-même. Une vassale des puissants Polignac, des seigneurs sans scrupules connus pour se comporter en bandits, à rançonner marchands et voyageurs avant que le roi Philippe le Bel n'y mette bon ordre.

Sa posture droite, digne d'une reine, me fit sentir comme ma position de suppliante était précaire. Avec ses cheveux d'or bruni, admirablement tressés sous sa coiffe, et son ventre de jeune fille, plat et infertile, elle avait à peine changé et restait belle et désirable en dépit de ses quarante ans. Cette stérilité affligeante qui l'avait empêchée de donner un héritier à son époux avait-elle joué dans sa décision de m'enlever mon fils ?

Cela faisait cinq années que je ne l'avais point vue. J'avais mis plusieurs mois pour me remettre de la blessure reçue à Ruad et, quand l'air était froid et humide, je sentais une douleur faire écho au temps morose dans mon épaule blessée. Une cicatrice, longue d'une dizaine de pouces me barrait la clavicule, formant une ligne creuse inesthétique et m'interdisait les robes trop échancrées. Malgré tout, j'avais eu de la chance. J'étais sortie vivante de la boucherie de Ruad. J'avais échappé à l'infection, la faim et la soif grâce au templier inconnu qui m'avait secourue.

Je jetai un bref coup d'œil derrière moi vers l'escorte qui m'accompagnait. Deux chevaliers du Temple m'encadraient pour me prémunir de toute infamie de la part de ma plus proche parente vivante. Puis je braquai à nouveau mon attention vers elle.

— Je vous salue, Mélaine, dis-je la première en inclinant brièvement la tête puisqu'elle ne semblait pas décidée à m'accueillir. J'espère que vous vous portez bien.

— J'ai appris que vous faillîtes laisser la vie en Orient, me fit-elle remarquer de la voix pincée qu'elle prenait toujours pour m'adresser la parole depuis onze ans que je la connaissais.

— J'en suis revenue, à l'inverse de votre père, Dieu ait son âme. Vous devez vous douter de la raison de ma présence. Je suis là pour récupérer mon fils, ainsi que mon fief.

— Voilà bien une demande tardive depuis cinq ans que je l'élève.

J'eus un hoquet, suffoquée par son audace. Comme si cela était de mon fait ! J'avais été trahie par Justin Peiras, le capitaine de mes gardes. J'avais cru qu'il m'était fidèle alors qu'il ne l'était qu'aux Crebessac, ceux par le sang et non le mariage. Il m'avait incitée à me rendre au sanctuaire de Saint-Gilles-du-Gard, lieu très prisé de pèlerinage à une vingtaine de lieues[1] de mon fief, pour prier pour le repos de mon époux décédé et avait profité de mon absence pour cueillir mon domaine, sur ordre de Mélaine, et m'enlever mon bébé. Ma belle-sœur m'avait alors enfermée au couvent sans que je puisse rien faire. Sauf m'évader pour rejoindre Evrard sur la petite île perdue de Méditerranée où il s'était rendu dans le but de reconquérir la Terre sainte.

— Si vous refusez d'accéder à ma demande, j'en appellerai à l'évêque de Cavaillon, mon suzerain, la menaçai-je.

Ce que je n'avais pu faire avant mon départ, ce prélat étant en voyage.

Elle secoua la tête.

1. Une lieue vaut environ 3,25 km.

— Ce n'est point le vôtre mais celui de votre fils. Il ne vous écoutera pas, il sait où se trouve l'intérêt de son vassal.

— Mais je suis sa mère ! C'est avec moi qu'il devrait vivre, continuai-je, un peu moins assurée devant son air convaincu.

— Une mère aux aïeules hérétiques et aux mœurs décadentes. Ne gardez-vous point des écrits interdits dans vos murs ? Gontran me l'a avoué. Je n'ai fait que mon devoir en soustrayant son fils à vos soins à la mort de mon frère.

Je fermai brièvement les yeux face à cette accusation. Une de mes grands-mères avait vécu à Montségur dans l'entourage du seigneur cathare Raymond de Péreille, l'autre avait péri sur l'un des derniers bûchers du midi. Il semblait que ce jugement me poursuivrait toute ma vie, malgré l'engagement de mon père en Terre sainte et ses combats pour la défendre.

Un claquement de langue désapprobateur attira mon attention. Je jetai un coup d'œil par-dessus mon épaule. Raimbaud du Puy, le jeune chevalier du Temple qui dirigeait l'escorte des six hommes qui m'accompagnaient m'adressa un regard compatissant de ses grands yeux sombres. Une fois de plus, mon cœur eut un soubresaut à sa vue. Depuis que je l'avais aperçu pour la première fois ce matin alors que nous nous mettions en route vers Brives, un inexplicable trouble me saisissait chaque fois que je croisais son regard. Je secouai la tête, je ne pouvais point me permettre de me perdre en distraction.

Malgré tout, je puisai une nouvelle force dans son calme.

— Dans ce cas, je m'adresserai à la justice. J'irai jusqu'au procès s'il le faut. Je vous ferai rendre gorge, Mélaine, pour tout ce que vous m'avez volé. Mon fils, mes terres et même ces bijoux que vous osez arborer alors qu'ils étaient des cadeaux de noces offerts par mon époux.

Des bijoux avec lesquels j'espérais rétribuer mon escorte en attendant de retrouver mon or rangé dans une cache secrète à Crebessac.

Appuyant ses bras délicats sur les accoudoirs, Mélaine se pencha vers moi, l'air ironique.

— Oseriez-vous vous poser en accusatrice ? Ne craignez-vous pas de subir vous-même la peine que vous me réservez si je ressors blanchie de vos attaques[1] ?

— Comment pourrais-je perdre alors que ma demande est légitime ? rétorquai-je. Ma dot a acheté votre part de la seigneurerie. Vous n'avez plus aucun droit sur Crebessac.

D'une main, mon ennemie agita négligemment le collier qu'elle portait. Mon collier !

— Parce que la *bona fama*, la bonne renommée, n'est point de votre côté. L'opinion publique vous condamnera bien plus vite que moi, hérétique !

— Je ne suis point hérétique, m'insurgeai-je en me raidissant devant son sourire ironique. Vous ne pouvez me jauger sur les actions de mes aïeuls. Le garde du sceau du roi, Guillaume de Nogaret, n'est-il pas lui-même petit-fils de cathare[2] sans que cela n'entache la confiance du souverain à son égard ? Aucun juge ne pourra me condamner pour cette raison.

Un bruit dans le couloir nous interrompit, suivi d'une exclamation joyeuse prononcée d'un ton enfantin. Un garçon de sept ou huit ans apparut à l'entrée de la salle. Il n'eut pas un regard pour moi et resta bouché bée devant les hommes qui m'accompagnaient.

— Les chevaliers du Temple, murmura-t-il d'une voix pleine de révérence.

Mon cœur s'arrêta de battre. Dans les traits de l'enfant, je crus distinguer l'ombre de Gontran. Était-ce Romaric, mon tout-petit que j'avais perdu quand il ne baragouinait encore que quelques mots ? Les larmes me montèrent aux yeux alors que je le dévisageais

1. Dans les procédures médiévales, si l'accusé était innocent, son accusateur pouvait subir son châtiment à sa place.

2. Son grand-père Raymond de Nogaret, un Toulousain cathare, fut exécuté pour hérésie.

sans pouvoir m'en empêcher. Je savais qu'il avait grandi, naturellement, mais au fond de moi je l'imaginais toujours comme le bambin que j'avais quitté un froid jour de mars, le laissant aux bons soins de sa nourrice. Mon corps fut pris d'un tremblement irrépressible quand je pris conscience que les années passées, perdues, ne reviendraient jamais. Il serait bientôt en âge d'être placé chez un autre seigneur qui lui apprendrait le métier des armes. Je ne l'avais pas vu grandir.

Sentant les regards des adultes braqués sur lui, l'enfant se sauva. Je balbutiai.

— Est-ce lui ? Est-ce mon fils ? Il a tant crû, il est devenu fort, il...

L'émotion me terrassa, m'empêchant de continuer.

Mélaine se leva avec dignité avant d'abaisser son regard plein de morgue sur moi.

— Il est l'unique héritier des Crebessac. En tant que tel, je continuerai à veiller sur lui jusqu'à sa majorité. Quittez mon château maintenant.

Mon cœur se brisa, remplacé par un grand vide qui sembla engloutir toute la joie du monde. Mes lèvres tremblèrent.

— Non, Mélaine, l'adjurai-je sans plus la moindre fierté, les bras tendus vers elle en un geste de supplication. Je vous en prie. Je...

— Partez !

Sa voix claqua, autoritaire. Une voix qui n'admettait point la contradiction.

Elle fit un signe impérieux aux écuyers postés près des murs richement décorés de fleurs et d'arabesques. Ceux-ci se saisirent de leurs épées. Raimbaud du Puy posa sa main sur mon bras pour attirer mon attention et hocha la tête. Je lui retournai un regard éperdu, comprenant soudain que mon insistance ne mènerait qu'à une escalade de violence superflue. Malgré cela, mon cœur se rebella. Je refusais d'en rester là, c'était mon enfant !

— Comment pouvez-vous...

Il me retint fermement.

— C'est inutile, ma dame. Ils sont plus nombreux que nous. Vous trouverez une autre solution.

Je me mordis les lèvres sous l'amertume qui m'envahissait, avant d'acquiescer. Ils ne se seraient point battus, de toute façon. J'avais demandé aux templiers de m'accompagner pour éviter toute perfidie de Mélaine, non pour mener un combat rangé. Le cœur déchiré, j'adressai un adieu muet à mon fils absent et quittai la salle d'un pas lourd de vaincue. Le templier avait raison. Je reviendrais munie d'autres appuis, plus importants, et ce jour-là Mélaine serait bien obligée de s'incliner.

La tête basse, les yeux embués, je me rendis à peine compte de mon départ de Brives. Nous passâmes le pont qui traversait la Loire jusqu'au village de Charensac et reprîmes au trot le chemin vers le Puy-en-Velay d'où provenait le contingent de templiers. Il me fallut une bonne lieue pour retrouver suffisamment d'emprise sur moi-même et m'approcher du chef de l'escorte. Par habitude, j'observai son assiette, excellente. Son manteau blanc à la croix rouge qui le désignait chevalier, drapé sur ses larges épaules, claquait dans le vent. Si ses cheveux courts qui rebiquaient en légères boucles le rajeunissaient probablement, il paraissait néanmoins jeune pour commander, un peu plus jeune que mes vingt-sept ans. Il devait être l'artisan d'un fait marquant pour en être arrivé là.

Il m'accueillit avec un léger sourire qui relevait les coins de ses lèvres pleines. Malgré mon chagrin, un spasme devenu presque familier me tordit le ventre. Je gardai une expression impassible, honteuse de cette faiblesse. Je ne comprenais point pourquoi je n'arrivais pas à le considérer au même titre que les autres, une simple garde armée.

— Je vous donnerai ce que j'avais promis pour votre présence, messire, dussé-je vendre ma jument.

C'était une question d'honneur, même si ma démarche n'avait pas eu l'effet escompté. Je ne pouvais me dérober au règlement de mes dettes. Mais la perte de ma monture s'annonçait un nouveau coup du sort. Depuis la mort violente d'Astride, une amie rencontrée sur le chemin du retour d'Orient, elle était devenue ma seule compagne.

Il secoua la tête.

— Je ne peux spolier une veuve dans le besoin.

— Mais votre ordre...

Son sourire s'élargit, me dévoilant pour la première fois ses dents régulières.

— Au lieu d'argent, je peux peut-être vous proposer un autre arrangement qui nous conviendrait tout autant.

— Quoi donc ?

Il rapprocha légèrement sa monture de la mienne.

— Nous devons escorter une jeune damoiselle et sa servante jusqu'à Marseille. Sa tante qui devait l'accompagner est souffrante. Peut-être pourriez-vous vous joindre à nous pour veiller sur elle et lui apporter la sagesse féminine nécessaire durant ce voyage ? Au moins jusqu'à Salon-de-Provence où il nous sera possible de nous arranger autrement ?

Je le dévisageai un long moment, fixant ses yeux à la fois pleins de sollicitude et d'une interrogation muette. Salon-de-Provence, ce n'était plus très loin de Fontaine-de-Vaucluse où résidait l'évêque de Cavaillon, mon suzerain. Je perdrais quelques jours. L'allure ne serait probablement pas rapide. Mais peut-être davantage que si je devais cheminer à pied, reconnus-je. Je ne voyagerais point seule. Je n'aurais pas à me soucier du gîte et du couvert. L'hésitation s'empara de moi quelques instants. Je brûlais de retrouver au plus vite mon fils, mais avais-je vraiment le choix ? Cette proposition inattendue tombait du ciel.

Je finis par hocher la tête, posant malgré tout une condition.

— J'accepte, si je peux monter à cheval comme un homme, même en présence de la jeune fille.

À ces mots, mes cuisses se resserrèrent machinalement autour des flancs de ma monture qui fit un léger écart sous la surprise. Je me savais incapable de chevaucher comme le faisaient les dames, les deux jambes du même côté, en équilibre précaire sur la sambue[1] et qui ne tolérait qu'une allure lente.

Il me parcourut des pieds à la tête, passant en revue ma robe plus large que l'usage ne le prévoyait. Elle me permettait une plus grande liberté de mouvement tout en recouvrant mes jambes de manière décente.

— C'est entendu, acquiesça-t-il.

1. Selle pour femme avec une planchette pour reposer les pieds.

2

Le Puy-en-Velay, 2 octobre 1307

Comme prévu la veille, je me rendis de bon matin à la commanderie située dans le quartier de Saint-Barthélémy. Une quinzaine de chevaux piaffaient dans la cour, accompagnés de leurs cavaliers. Plusieurs mules chargées mâchaient placidement quelques brins d'herbes. Pour les bagages de la jouvencelle, compris-je. Je la repérai un peu plus loin, près d'un homme au regard sévère qui portait un col en fourrure malgré le temps clément. C'était une toute jeune fille, une adolescente d'une quinzaine d'années à peine, à l'ossature fine et au teint diaphane. Son visage était à moitié dissimulé par le voile qu'elle portait. Malgré mon statut de veuve, j'adoptais une coiffure moins rigide qu'elle, et coinçais mes cheveux restés courts sous une simple crépine sans guimpe pour m'étouffer.

Je repérai un peu plus loin Raimbaud du Puy qui donnait quelques instructions, déjà habillé pour le voyage. Son manteau blanc, rare parmi les hommes en brun autour de lui – signe qu'ils n'étaient point chevaliers –, attira irrésistiblement mon regard. Mon ventre fut à nouveau envahi d'une sensation indéfinissable, mélange de gêne et de plaisir. J'inspirai brièvement pour me reprendre et m'approchai de lui.

— Messire, le saluai-je avec grâce. Me voilà comme prévu. Voulez-vous me présenter à la damoiselle ?

Il hocha la tête, un léger sourire aux lèvres, apparemment satisfait de me trouver à l'heure. Nous nous approchâmes du groupe formé par l'homme sévère, la jeune fille et une demoiselle au regard hardi, comptant quelques années supplémentaires. Quelques mèches flamboyantes s'échappaient de sa coiffe. Sa servante, supposai-je en avisant ses vêtements plus grossiers.

— Permettez que je vous présente Flamalia de Damval, dame de Crebessac, qui veillera sur votre fille durant le voyage.

L'homme quitta son air renfrogné et m'adressa un salut aimable, peut-être flatté que sa fille partage l'entourage d'une veuve de petite noblesse, tandis que le templier continuait :

— Voici Alaïs Neuville et sa servante, Bertille.

J'adressai un sourire aux deux jeunes filles, l'une apeurée, l'autre excitée par la perspective du voyage. Le marchand entraîna Raimbaud à l'écart probablement pour régler les derniers détails et je m'approchai de la jeune pucelle.

— Avez-vous déjà voyagé, Alaïs ? demandai-je d'une voix douce.

Elle semblait si délicate que je craignais qu'elle ne puisse supporter les rigueurs du périple. La jeune fille ouvrit de grands yeux intimidés et Bertille répondit à sa place.

— Que nenni, ma maîtresse n'a jamais quitté le Puy-en-Velay, mais moi, je connais déjà Marseille. C'est pour cela que je l'accompagne dans sa nouvelle vie. Elle doit épouser Petrus Valvert, le fils du pelletier. Il paraît qu'il n'est pas mal de sa personne, mais aucune de nous ne l'a encore vu.

La jeune Alaïs détourna la tête à ce rappel, les lèvres tremblantes, et je fus gagnée par l'empathie. M'arrachant à la douleur d'avoir vu mon fils sans m'en être fait reconnaître hier, je revins plus de dix ans en arrière à l'époque de mon propre mariage. Moi aussi j'avais quitté seule la maison que mon père et moi occupions à Chypre. À seize ans, ma situation était pourtant différente, à la fois plus douce et plus tragique. Mon père, affaibli par la maladie, m'avait convoquée auprès de lui.

— Ma chère Flamalia, mon enfant chérie, avait-il commencé, nous savons tous les deux que je n'en ai plus pour longtemps.

J'avais refusé de le croire. Il n'avait que quarante-neuf ans, et pourtant je voyais, impuissante, son visage maigrir de semaine en semaine, ses traits se creuser. Une affection le rongeait. Peut-être une maladie causée par la perte de ma mère, cinq ans plus tôt.

— Avant de disparaître, je souhaiterais te savoir établie auprès d'un homme qui pourra prendre soin de toi.

J'avais affiché une moue dubitative. Je suivais l'enseignement des armes auprès d'un maître et me sentais tout sauf fragile. Mais refusant de lui faire de la peine, j'avais acquiescé à ses propos.

— Malgré les usages, nous avons toujours privilégié les mariages d'inclination dans notre famille, avait-il repris. Je ne veux point déroger à ces principes. Un jeune chevalier ferait-il battre ton cœur ?

J'avais secoué la tête, désemparée par cette conversation. Je n'avais aucune vue sur les damoiseaux de ma connaissance. Je ne rêvais que de battre ceux que je voyais défiler lors des joutes auxquelles mon père m'interdisait de participer.

Et puis, comment aurais-je pu m'en préoccuper alors qu'il faiblissait un peu plus chaque jour ?

— Non, père.

Il avait soupiré sans que je fusse capable de déterminer si c'était de soulagement ou de tristesse.

— Mon cher ami, Evrard de Crebessac, a un fils, Gontran. Il a vingt et un ans et partage un fief avec sa sœur près d'Avignon. Evrard m'a proposé de marier nos enfants. Gontran est respectueux et brave. Il saura veiller sur toi, mais je refuse de t'imposer une union sous la contrainte. Que souhaites-tu ?

Mes lèvres avaient tremblé. Épouser un inconnu, quitter Chypre et son soleil. Quitter mon père...

— Connaît-il mon goût pour les arts de la guerre ? avais-je fini par demander.

— Il ne l'ignore point et se réjouit d'avoir une femme forte à ses côtés, une virago[1] *au courage d'homme, capable de diriger son fief en son absence. D'ailleurs, sa sœur aînée Mélaine est aussi une femme de caractère.*

Ainsi, mes prédispositions n'étaient point un frein. Un seul restait et non le moindre.

— Cela vous tranquilliserait, mon père, je le comprends. J'accepte cette union mais je refuse de vous quitter prématurément. Je ne partirai que quand vous ne serez plus, avais-je achevé dans un sanglot.

Ainsi fut fait. Mon père s'éteignit quelques semaines plus tard et je quittai Chypre pour rejoindre celui qui avait été mon époux pendant six ans. Je n'avais pas été malheureuse avec Gontran, même s'il ne m'avait jamais inspiré un amour capable de déplacer les montagnes comme celui que je ressentais pour mon fils.

Je repoussai mes souvenirs et revins aux deux jeunes filles.

— Un mariage arrangé n'est point synonyme de tragédie, damoiselle. Je connais Marseille. C'est là que je débarquai pour mes propres épousailles il y a onze ans. Je n'avais jamais vu mon époux non plus, et pourtant notre union fut heureuse.

Alaïs esquissa un sourire timide, ce que je jugeai comme un bon début. Il n'était point nécessaire que je lui confie les malheurs qui m'avaient frappée par la suite.

Le signal de départ retentit. Je me hissai sur mon cheval, et la jeune fille ouvrit de grands yeux en voyant ma robe se déployer autour de ma monture quand je m'installai à califourchon. Bertille l'aida à prendre place à son tour, les deux jambes du même côté, puis elle grimpa allègrement sur sa mule. J'avais beau m'y

1. Ce mot désignait une femme aux qualités masculines sans la connotation péjorative qu'on lui donne aujourd'hui.

attendre, je ne pus m'empêcher de pincer les lèvres. Avec un tel équipage, notre allure ne serait point rapide.

Nous quittâmes la ville par le sud et rejoignîmes le chemin de Régordane qui allait nous emmener à Alès, prochaine ville d'importance. À notre passage, alors que nous réclamions place parmi la foule qui déambulait dans les rues étroites de la cité, je voyais les regards des badauds se détourner de notre cortège. Les templiers, riches, puissants, arrogants, qui prêtaient aux rois, et pourtant inutiles depuis la perte de la Terre sainte, ne faisaient plus l'unanimité. On les disait seulement soucieux d'accroître leurs richesses, tout en échappant aux dîmes et taxes qui frappaient les simples gens. Un ordre de privilégiés.

Je grimaçai. Je ne partageais point leurs pensées. Si je pouvais regretter qu'ils ne se soient point encore réformés, en refusant de fusionner avec l'ordre des Hospitaliers pour accroître leur force comme l'idée s'était répandue en Occident, je me rappelais toujours le sang qu'ils avaient versé à Saint-Jean-d'Acre quand ils avaient défendu les murs contre les Sarrasins jusqu'à ce que la forteresse leur tombe dessus et les ensevelissent. Ce geste héroïque avait permis aux habitants de fuir, tels mon père et moi. Le grand maître, Guillaume de Beaujeu, était mort sur place et un nouveau, Jacques de Molay, avait été élu à Chypre, où les quelques rescapés avaient trouvé refuge. Depuis, ils avaient lancé différentes tentatives de reconquête, sans succès, y compris celle de Ruad qui avait marqué ma chair.

Perdue dans mes pensées, je ne vis pas Raimbaud s'arrêter à ma hauteur.

— Tout est-il à votre convenance, ma dame ? s'enquit-il courtoisement.

Mes joues s'empourprèrent légèrement. Je relevai la tête, étonnée de sa sollicitude. Il n'était point là pour veiller à mon confort.

— De quoi pourrais-je me plaindre ? Je me rapproche de mes terres, mieux escortée que je ne l'ai été depuis longtemps. Une quinzaine de chevaliers et gens d'armes... n'est-ce point trop important pour accompagner une simple bourgeoise ?

Un éclair de gêne si prompt que je crus avoir rêvé passa dans son regard.

— Le chemin est long et les routes ne sont point sûres. Il vaut mieux ne rien laisser au hasard.

Je hochai la tête, guère convaincue. Qui irait chercher noise à des combattants aguerris dont la réputation n'était plus à faire ? Mais ce n'était pas mon rôle de juger des moyens employés. Peut-être qu'une autre commanderie avait besoin de frères et ce voyage permettait de les déplacer tout en se faisant rétribuer.

— Qu'allez-vous faire maintenant ? reprit-il, me fixant toujours de son regard troublant.

Je le dévisageai. Ses yeux pleins de bienveillance posés sur moi semblaient attendre ma réponse.

— À quel propos ? Mon fils ? interrogeai-je, ne voyant pas d'autre prétexte. J'irai voir l'évêque de Cavaillon en espérant qu'il m'écoute et prenne mon parti. C'est mon suzerain.

— Cavaillon ? Est-ce là que se situe votre fief ?

— Oui, Crebessac est à quelques lieues au nord, dans le Comtat Venaissin qui dépend du Très Saint Père.

Un territoire coincé entre le royaume de France et le Saint Empire, appartenant à l'Église, où il n'était pas toujours simple de connaître les allégeances de chacun, souvent changeantes.

Raimbaud resta quelques instants silencieux avant d'ajouter.

— Pourquoi n'avez-vous pas repris un époux pour défendre vos droits et parler pour vous ?

Je me raidis, incommodée qu'il soit de cette catégorie qui pense les femmes incapables de gérer seules leurs affaires. Croyait-il comme de nombreux hommes que j'étais une petite chose fragile ? Il ignorait tout de ma vie et des épreuves que j'avais déjà traversées.

Même si je ne l'avais point souhaité, même si le prix à payer avait été effroyable, le veuvage me donnait une liberté que je n'aurais pu obtenir autrement et qui, hormis mes difficultés, me convenait fort bien. Je n'étais point prête à me laisser enfermer dans une union qui pourrait être bien moins assortie que la première, comme j'avais pu le constater auprès d'Astride.

— N'avez-vous point entendu Mélaine de Crebessac ? ironisai-je. Avec mes aïeules hérétiques et mes mœurs dissolues, sans compter mon douaire spolié, les candidats ne se sont point bousculés. Et puis, j'aime assez mon indépendance, ajoutai-je, incapable de trahir tout à fait celle que j'étais.

Il esquissa une grimace.

— Vous ne devriez point prendre de telles accusations à la légère, surtout dans votre situation. Si vous ne possédez plus rien, de quoi vivez-vous présentement ? De la charité de parents ?

S'il savait que j'avais dû voler la jument qui me portait.

— Je n'ai plus de parents. Mon père et ma mère sont morts. Peut-être me reste-t-il une tante mais j'ignore ce qu'elle est devenue... Mais pourquoi m'interrogez-vous ainsi ? me braquai-je, craignant soudain qu'il n'en découvre trop. Enquêteriez-vous sur ma bonne renommée à cause de la jeune fille ? C'est un peu tard !

Un voile assombrit ses yeux à mon ton légèrement mordant.

— On ne peut rester insensible à la douleur d'une mère. Mais puisque mes questions semblent vous importuner, je vais vous laisser tranquille.

Il talonna sa monture pour remonter la colonne, me laissant inextricablement déçue. Je le regardai s'éloigner, admirant une fois de plus sa parfaite assise, avant d'attendre Alaïs et Bertille, l'esprit plein de questions. Pourquoi semblait-il tant s'intéresser à ma situation ? Était-ce comme il le disait à cause de l'entrevue de la veille où j'avais bien malgré moi dévoilé ma faiblesse ? Mon cœur se serra brusquement au souvenir de mon fils et j'étouffai un sanglot. Que pouvait-il bien savoir de la douleur que je ressentais ?

Je me redressai sur ma selle. Je devais rester forte. Tous les hommes à qui j'avais fait confiance m'avaient soit trahie, soit abandonnée dans la mort. Je ne pouvais compter que sur moi-même.

Le reste de la journée se déroula sans incident. Je restai à la hauteur d'Alaïs qui se plaignit rapidement de douleurs aux jambes. Raimbaud du Puy n'approcha plus, pas même pour la pause du repas à la mi-journée où un autre templier vint nous porter nos rations. Son jeune âge indiquait qu'il venait probablement d'intégrer l'ordre, et ses vêtements sombres, qu'il n'était point noble. Sa figure avenante et éveillée m'arracha un léger sourire. Puis, ne se croyant point observé, il lança une œillade admirative à Alaïs. Le teint de la jeune fille s'empourpra tel un coquelicot et elle détourna la tête, au comble de la confusion. Je fronçai les sourcils. Son éducation avait dû être soigneusement préservée pour qu'elle rougisse de si peu. Pourquoi donc ses parents avaient-il choisi de la marier aussi loin ?

Nous arrivâmes à notre lieu d'étape, un petit village ne comprenant que quinze feux, où nous fûmes logées toutes les trois chez l'habitant, une attention pour nous prémunir d'une nuit à la belle étoile.

Il fallut que j'aide Alaïs à descendre de sa jument, ce qu'elle fit avec force grimaces. Elle s'avança ensuite d'une démarche légèrement disgracieuse jusqu'à la cabane qui allait nous abriter. Dès que nous passâmes la porte, elle fronça le nez devant la rusticité de notre installation : le sol de terre battue recouvert d'herbes, les bêtes qui partageaient l'habitation et apportaient un fumet déplaisant, le simple rideau qui préserverait notre intimité.

Je lui adressai un regard sévère. J'avais connu des lieux moins agréables : ville assiégée, barque ou tente. J'en connaîtrais probablement d'autres. La jeune fille baissa les yeux, mortifiée par mon jugement et se détourna, réservant ses récriminations aux seules oreilles de Bertille.

— Elle a mal au fondement, me précisa la servante pour prendre sa défense. Elle est épuisée. Cela ira mieux demain. Ce n'est point une mauvaise petite.

Aussitôt je m'en voulus de mon attitude. Aguerrie par mes nombreux voyages, j'avais oublié les courbatures qu'une journée à cheval pouvait occasionner aux novices. Alaïs n'avait que quinze ans et elle quittait tout ce qu'elle connaissait. J'avais aussi vécu cette situation. Quand mon père était mort, Aude, la servante qui avait pris le relais de ma mère et m'avait expliqué les mystères de la féminité, m'avait accompagnée dans mon voyage. Elle m'avait rassurée, consolée, sans jamais manquer de patience. Elle m'avait été d'un réconfort infini jusqu'à son décès accidentel sur la route entre Marseille et Crebessac.

C'était le rôle que je devais à mon tour endosser, puisque j'avais accepté la proposition du templier. Je ne devais point leur en vouloir de l'échec de mon entrevue avec Mélaine.

La femme qui nous logeait nous apporta un baquet d'eau pour nos ablutions. Bertille s'occupa d'abord de sa maîtresse avant de me laisser mon tour. Je mouillai un linge, le passai sur mon visage et mes mains pour éliminer la poussière de la chevauchée. Je refusai la proposition de notre hôtesse qui voulait me débarrasser et sortis moi-même vider le broc.

Ce faisant, j'aperçus une silhouette à l'écart du groupe et dans le reflet de la lune, je reconnus les boucles de son porteur, Raimbaud du Puy. Forte de ma résolution, je m'avançai vers lui dans l'intention d'échanger quelques mots courtois. Une fine branche craqua sous mes pas. Il se retourna brusquement et j'entraperçus un éclat brillant dans les plis de son manteau avant qu'il ne me tourne à nouveau le dos. Quand il s'éloigna à grands pas dans la direction opposée, je me mordillai les lèvres, interdite, puis revins vers la cabane. Il avait pourtant dû m'apercevoir.

Un regret inattendu m'étreignit le cœur. C'était ma faute. Rongée par la tristesse, j'avais été incapable de me montrer sous un jour aimable. Il m'avait proposé une alternative honorable et je l'avais bien mal payé de sa compréhension.

3

Chemin de Régordane, 3 octobre 1307

Le lendemain, alors qu'Alaïs chevauchait loin derrière moi en compagnie de sa servante, je vis avec une certaine surprise le cheval de Raimbaud s'arrêter à ma hauteur. Ses yeux avaient retrouvé leur bienveillance coutumière.

— Le bonjour, messire du Puy, le saluai-je d'une voix amène, décidée à rattraper la mauvaise impression que j'avais pu lui faire.

Il inclina courtoisement la tête.

— Ma dame, les installations du bivouac ne furent-elles pas trop sommaires pour une personne de votre qualité ? Il me semble qu'elles n'étaient point au goût de la damoiselle Alaïs.

J'esquissai un léger sourire, soulagée qu'il ne semble pas me tenir rigueur de mon mouvement d'humeur de la veille.

— Ainsi, vous l'avez entendue se plaindre, vous aussi. Mais ne vous inquiétez point pour moi, j'ai connu l'Orient. Je suis née près de Saint-Jean-d'Acre que j'ai dû fuir quand la ville est tombée, expliquai-je pour éloigner la conversation de ma situation présente. Je fus prise dans la tempête au large qui fit périr tant de réfugiés avant de débarquer à Chypre. Je suis coutumière de nuits bien plus périlleuses que celle de la veille.

— Ainsi, vous êtes allée à Chypre ? releva-t-il, une lueur d'intérêt dans le regard.

Je le dévisageai avec surprise. Connaissait-il la ville ?

— J'y ai vécu cinq ans. Vous aussi ? Peut-être vous y ai-je rencontré. Votre figure ne me semble pas tout à fait inconnue.

Car d'où pouvait me venir ce trouble qui me saisissait chaque fois que je croisais son regard si ce n'était une réminiscence d'une rencontre passée ?

— C'est possible, m'avoua-t-il, les yeux brillants, ce qui augmenta davantage mon trouble. J'y fus envoyé quelques mois après mon admission dans l'ordre. Je brûlais de me battre contre les Sarrasins. Malheureusement, Acre était déjà perdue depuis dix ans.

Un pli soucieux barra mon front alors que je calculais dans ma tête. Saint-Jean-d'Acre étant tombée en 1291, il s'y était donc rendu en 1301. J'en étais partie depuis longtemps. Lors de mon voyage suivant, je m'y étais arrêtée à peine quelques jours, pressée de rejoindre Evrard. Était-ce à ce moment-là que nous nous étions croisés ? J'étais bien trop bouleversée alors pour tout me rappeler de cette période...

— Il y eut bien quelques tentatives de reconquête, comme celle pour récupérer Tortose, continuai-je, un frisson glacé remontant le long de mon dos. Ce fut un massacre. Le père de mon époux y trouva la mort.

Il me dévisagea, un sourire étrange aux lèvres, peu adapté aux propos que nous échangions.

— Il y en aura d'autres. C'est pour organiser une nouvelle croisade que nous sommes venus en France. Le roi de Chypre, Amaury II de Lusignan, nous soutient mais nous avons besoin de l'appui d'autres souverains.

— Est-ce vraiment la solution ? objectai-je. Durant deux siècles, nous n'avons cessé d'avancer et de reculer. Croyez-vous qu'un nouvel élan nous permettrait de reconquérir et surtout de conserver les Lieux saints ? Et dans quel but ? Depuis que le roi Louis IX, le grand-père du souverain actuel, a acquis la Sainte

Couronne et d'autres reliques, n'est-ce point à Paris qu'est attendue la Jérusalem céleste annoncée dans les Écritures ?

Il pencha la tête de côté, m'observant avec une certaine surprise.

— Je ne sais. Peut-être est-ce bien l'espérance des Capétiens, même si la couronne d'épines qui leur appartient est sèche et stérile.

— Pas comme la nôtre, ajoutai-je spontanément avec un sourire complice, faisant référence à l'épine des templiers à Nicosie qui fleurissait tous les Vendredis saints[1].

Ses yeux s'illuminèrent brièvement devant cette connivence. L'écrasant sentiment de solitude qui ne me quittait pas se dissipa légèrement et mon sourire s'élargit. En sa présence, je me sentais étrangement revivre. Mais peut-être étais-je seulement heureuse de constater que nous partagions autre chose que la circonspection de la veille ?

Sans m'en rendre compte, je me penchai vers lui, et ma jument se rapprocha de la monture du templier. À cette distance, je crus distinguer une touche de vert dans ses yeux posés sur moi.

Au même moment, un obstacle se présenta au loin sur le chemin. Le chevalier fronça les sourcils. Puis, un instant avant de lancer son cheval, il murmura :

— Qu'importe ce que nous pensons. Délivrer les Lieux saints est notre devoir sacré, notre seule raison d'être. Et probablement notre salut contre les rumeurs qui courent actuellement sur nous.

Je le laissai partir devant. En arrivant en France, j'avais entendu parler de ces bruits moi aussi. Profitant de sa présence auprès du pape Clément V pour justifier son mémoire contre la fusion des ordres, le grand maître, Jacques de Molay, lui avait apparemment demandé une enquête pour les blanchir.

S'il me déplaisait que la mémoire de mon beau-père puisse

1. Relique appartenant aux templiers qui faisait à l'origine partie de la couronne d'épines et conservée dans l'église templière de Nicosie, à Chypre.

être salie, la résolution de cette affaire m'importait finalement peu. Unir les ordres, les laisser séparés, lancer une croisade ou une enquête, ce n'était pas ce qui allait me rendre mon fils.

Je soupirai.

Oh Gontran, dans quelle détresse m'as-tu laissée !

Depuis sa disparition prématurée, emporté par la maladie, les malheurs semblaient s'attacher à mes pas. Des malheurs qui n'avaient en réalité qu'un visage, celui de sa sœur, Mélaine.

Dès que je l'avais rencontrée dans les débuts de mon mariage, j'avais compris qu'elle désapprouvait notre union malgré ma dot importante, fruit des richesses de l'Orient que mon père, à l'instar des marchands, avait fait fructifier. Cette dot avait racheté la part de Mélaine, et la moitié de Crebessac était devenue mon douaire. Malgré cela, ou peut-être à cause de cette éviction, elle n'avait pas attendu longtemps pour me trahir, une fois mon époux décédé.

Le bruit d'un galop retentit, me sortant de mes pensées. Je relevai la tête. Raimbaud du Puy revenait vers moi. Je l'observai quelques instants alors qu'il s'arrêtait d'une volte élégante auprès d'un soldat. Ce petit aparté bienveillant avec celui qui l'avait appelé, son profil fier, de noble sang, ses cheveux taillés court pour ne point le gêner au combat et qui rebiquaient en légères boucles. Tout concourait à éveiller un écho en moi et, à mon grand désarroi, une langueur inconvenante. Je n'osais mettre des mots sur ce que je croyais ressentir. Cette partie de moi était morte en même temps que Gontran.

Quand le templier arriva à ma hauteur, je me décalai légèrement sur la route pour lui laisser la place de s'installer.

— Peut-être faudrait-il que je rejoigne la damoiselle Alaïs ? suggérai-je dans une timide tentative d'écouter mes scrupules. N'est-ce point mon rôle de veiller sur elle ?

Il secoua la tête.

— Elle chevauche tranquillement entourée de l'arrière-garde. Si vous pouvez m'accorder quelques instants, je désirerais vous entretenir au sujet de votre querelle familiale. Pourquoi n'adresseriez-vous pas directement votre requête au Très Saint Père puisque le Comtat est terre du Saint-Siège ?

— Au pape ? m'étonnai-je. Je doute qu'un tel dignitaire s'intéresse à un fief comme le mien. Puis ne réside-t-il point en Guyenne, dans le duché du roi d'Angleterre, Édouard II ? La route est fort longue jusque là-bas, d'autant plus que nous allons à Salon-de-Provence.

— Une remarque étonnante pour quelqu'un qui est allé jusqu'à contempler Tortose.

Je sursautai, mal à l'aise. Avais-je parlé de ma présence au large de la ville ? Il ne me semblait guère. J'avais seulement mentionné Evrard. Raimbaud l'aurait-il déduit de mon altercation avec Mélaine ? Qu'avais-je laissé échapper d'autre à Brives ?

— Il n'est point simple pour une femme seule de voyager, même si elle sait se défendre. Et encore moins de rencontrer un tel dignitaire. M'aiderez-vous à obtenir une audience ?

Il tressaillit et je me mordis les lèvres, consternée. Pourquoi lui avais-je demandé cela ? Était-ce parce qu'il était l'une des rares personnes avec lesquelles je me sentais étrangement en confiance ? Dangereuse illusion, comme je l'avais appris à mes dépens. Je le connaissais depuis deux jours à peine, et son insistance aurait dû me rendre méfiante.

Il m'adressa un regard d'excuse qui fit tressaillir mon cœur.

— Je suis bien embarrassé de vous avoir donné cette espérance. J'aurais aimé répondre favorablement à votre requête. Mais vous savez que je ne puis disposer de ma personne. J'ai prêté vœu d'obéissance. Je vais là où on me dit d'aller.

Je hochai la tête, déçue, connaissant les vœux auxquels ils étaient soumis : obéissance, pauvreté, chasteté, comme n'importe quel ordre religieux même s'ils avaient permission de combattre. Ses yeux semblaient quêter mon indulgence et j'étouffai le frisson agréable qui s'empara de mon ventre. Pourquoi m'obstinai-je à le regarder comme un homme ? Le chagrin d'avoir revu Romaric m'égarait. Je n'étais plus moi-même.

— Vous pourriez aussi engager des troupes et assiéger votre demeure pour la récupérer, reprit-il, indifférent à mon trouble.

J'esquissai une moue désolée.

— Je n'ai point d'argent pour les payer. Tout mon or est dans ma forteresse.

— Rétribuez-les alors au butin. Cela se fait.

— Non, je ne puis me résoudre à employer une telle méthode, fis-je avec un signe de dénégation. Je connais leur violence. Il y a des gens à moi dans les murs. Je ne veux point leur faire de mal.

Il se pencha légèrement vers moi.

— Ne vous ont-ils point trahie ?

— Un seul l'a fait, le capitaine de la garde. D'autres étaient peut-être d'accord, mais pas tous, je ne puis le croire.

Je serrai convulsivement les doigts sur les rênes de ma jument. Durant toutes ces années, je m'étais raccrochée à cette certitude. Tous ne pouvaient me haïr alors que j'avais vécu parmi eux durant six ans.

J'entendis alors un bruit de sabots plus cadencé derrière moi, accompagné de cris d'encouragement. Je tournai la tête et aperçus Bertille qui talonnait sa mule pour arriver à ma hauteur. Je lançai un regard désolé à Raimbaud avant de me pencher en arrière pour ralentir. Ma jument s'arrêta et Bertille me rejoignit, légèrement hors d'haleine, les cheveux s'échappant de sa coiffe.

— Dame Flamalia, ma maîtresse Alaïs vous réclame.

— Je vous rejoins.

Nous laissâmes passer les quelques chevaux qui nous séparaient de l'arrière-garde où la jeune fille avançait juste devant les quatre sergents qui fermaient la marche.

— De quoi avez-vous besoin, Alaïs ? demandai-je avec toute la bienveillance possible en arrivant à sa hauteur.

Se trouvait-elle en difficulté ?

Ses joues se colorèrent de rouge. Elle fusilla Bertille du regard, hésita, me regarda de nouveau. Puis elle sembla prendre une décision et redressa le menton avant de chuchoter.

— Dame Flamalia, pouvez-vous éloigner les soldats autour de nous ?

Je la dévisageai un instant, surprise, et haussai les épaules.

— Si vous le souhaitez.

Nous étions sur une route dégagée qui courait à travers les prairies. Aucune embuscade de quelque sorte ne pouvait avoir lieu en un tel endroit. Qui nous attaquerait ? Si les templiers étaient connus pour être les trésoriers les plus sûrs, il était évident que nous ne transportions pas d'argent, pas même la dot d'Alaïs, qui avait déjà été négociée.

Je relayai sa demande. Les hommes s'écartèrent et j'adressai un regard interrogateur à la jeune fille. Ces soldats la mettaient-ils mal à l'aise ? Leur côté un peu abrupt peut-être.

— Cela vous convient-il, Alaïs ?

— Voilà, vous pouvez lui demander maintenant, déclara Bertille à sa place.

La jeune fille s'empourpra de plus belle. Elle lança un regard de défi à sa servante et se pencha vers moi, fragilisant son équilibre précaire sur sa monture.

— Ma dame, chuchota-t-elle presque à la limite de l'audible. Pourriez-vous tempérer les assertions de Bertille ?

— Lesquelles ? demandai-je en me tournant vers l'intéressée.

Qu'est-ce que la servante était-elle allée lui raconter ? Celle-ci voila sa voix à son tour mais pas son regard malicieux.

— Ma maîtresse s'interrogeait sur le comportement des hommes dans la chambre à coucher. Je me suis aimablement proposée de la renseigner. J'en entends de belles à la cuisine.

— Pas seulement entendre, si j'en crois les rumeurs, rétorqua la jeune fiancée, apparemment furieuse que Bertille m'ait mêlée à cette polémique.

La jolie rousse ignora l'interruption.

— Comme elle ne voulait pas me croire, je lui ai proposé de vous demander votre opinion.

Alaïs intervint, rouge de honte.

— Je doute que ce soit la même que la tienne. Les hommes éduqués ne se comportent certainement pas comme ceux du commun... Comme des animaux.

Je revins à elle et les dévisageai l'une et l'autre sans y croire. Attendaient-elles vraiment que je tranche leur querelle ? La servante à la langue bien pendue et la jeune fille à la fois timide et trop gâtée. J'envisageai un instant de les ignorer et de rejoindre Raimbaud. Notre conversation traitant de l'avenir de mon fief me semblait autrement plus importante.

Puis je me rappelai mes résolutions. Dans sa situation, cette question me semblait légitime. Je remplaçais la vieille tante. Peut-être avait-il été convenu que ce soit elle qui rassure la jeune pucelle ? Que devais-je faire ? Laisser Alaïs avec ses angoisses ou tenter de l'aider ? L'image d'Aude passa dans mon esprit. Repensant à la jeune fille innocente que j'avais été longtemps auparavant, je déclarai :

— Peut-être Bertille pourrait-elle me répéter ce dont elle vous a fait part ? Dans les mêmes termes.

Ma demande ne désarçonna pas longtemps la servante.

— Si fait... ce n'est point compliqué. Il me semble que j'ai été fort explicite. Pour résumer, je disais juste que les hommes nous plantaient le dard entre les cuisses et nous ramonaient le coquillage avec autant de vigueur qu'une cheminée bouchée, jusqu'à ce qu'ils crachent leur jus.

Un rire nerveux me secoua les côtes. Je l'étouffai du mieux que je pus. La jolie rousse n'y avait pas mis les formes. Je comprenais mieux la stupeur d'Alaïs. Comme le disait Bertille, ces explications imagées avaient le mérite d'être limpides. Que pouvais-je ajouter qui soit plus... poétique ?

Je me remémorai les jours heureux à Crebessac. Mes souvenirs furent comme à chaque fois accompagnés d'un pincement au cœur. Rien de comparable au vide incommensurable de l'absence de mon fils. À cette pensée, mes yeux s'humidifièrent et je clignai des paupières pour en chasser les larmes. Je ne voulais point qu'Alaïs se méprenne et s'angoisse des jours à venir. L'amour pouvait être heureux. Il l'avait été pour moi.

— Vous ne dites rien ? s'inquiétait justement celle-ci. Bertille aurait-elle raison ?

J'esquissai un sourire amusé.

— On peut certes le résumer ainsi. Mais ne vous effrayez point, Alaïs. Cela vous plaira, vous verrez.

— Oh ! s'exclama-t-elle. Alors je dois... Mais c'est si inconvenant... dégradant... vraiment tous les hommes se comportent-ils ainsi ?

Elle s'arrêta, rougit de nouveau.

— Tous, confirma Bertille péremptoire. Du plus humble au plus grand. Comme quand ils défèquent, pissent et trépassent quoi qu'ils puissent penser de leur supériorité.

Je plaquai une main sur mon front. Mon Dieu, sa verdeur de langage nous promettait bien des surprises durant ce voyage.

Après le repas à l'étape du soir, une maison plus cossue que la première, Alaïs partit se coucher, épuisée, et Bertille la suivit de près. J'allais me retirer à mon tour quand la porte s'ouvrit. Raimbaud entra dans la pièce. Il avait ôté son accoutrement habituel, haubergeon, et manteau frappé de la croix, pour porter une cotte plus légère et près du corps qui soulignait la ligne de ses épaules.

Comme un damoiseau, et non un homme de guerre. Un damoiseau fort séduisant, devais-je reconnaître.

— Puis-je vous solliciter, ma dame ?

— Bien entendu, acquiesçai-je, troublée par cette nouvelle facette qu'il me dévoilait. Je suis votre obligée dans ce voyage.

Il se rapprocha de moi et je remarquai qu'il portait de quoi écrire. M'invitant à m'asseoir, il posa son matériel et alluma une chandelle près de nous. Dans cette lumière, ses yeux prenaient une couleur fauve. Je tressaillis. Il me paraissait si proche et sa présence auprès de moi naturelle.

— J'ai réfléchi. Si je ne peux vous épauler davantage, peut-être pourrais-je néanmoins vous aider à écrire votre supplique pour votre suzerain. Voulez-vous que je tienne la plume ?

Je le dévisageai, saisie d'un chaud sentiment de gratitude. Même si je n'étais qu'une inconnue, il tentait de me venir en aide, à la mesure de ses moyens.

— Je vous remercie, soufflai-je, émue, mais je peux le faire moi-même. J'ai appris à écrire dans ma jeunesse, même le latin.

Il haussa un sourcil, étonné.

— Vous semblez avoir reçu une instruction complète. Une éducation d'habitude réservée aux garçons. Écriture, latin, calcul probablement...

Sa phrase resta en suspens, comme s'il attendait que je complète.

— J'étais l'unique enfant de mes parents, expliquai-je, coupant court, ne voulant point m'étendre sur la raison qui m'avait poussée à apprendre aussi le métier des armes. Que devrais-je y mettre, d'après vous ?

Il se pencha vers moi.

— Expliquez-moi votre situation, si vous le voulez bien.

Sa voix chaude fit frémir mon cœur. Sa proximité me troublait. Je pouvais presque sentir son souffle léger rafraîchir mon visage écarlate. Ses yeux attentifs me fixèrent, suivirent la ligne de mon nez, la courbe de mes pommettes et s'attardèrent un instant sur mes lèvres. Sous cet examen silencieux, déconcertant, je commençai à bafouiller avant de me reprendre, me concentrant sur ma situation.

— Comme vous savez déjà, la sœur de feu mon époux me vola notre enfant et le fief qu'il m'avait laissé. Elle profita d'un pèlerinage que je fis à Saint-Gilles-du-Gard pour m'enfermer au couvent et soustraire Romaric à mon autorité. Depuis notre mariage, décidé par nos pères, elle me hait…

Ma voix se brisa sur ces derniers mots et mes mains se mirent à trembler. Ses doigts effleurèrent les miens, d'un geste si délicat que je crus l'avoir rêvé. Je déglutis. Puis il s'enquit avec précaution, comme s'il ne voulait point me brusquer.

— Quels griefs aurait-elle à vous reprocher ?

Je secouai la tête.

— Je ne sais. Rien de recevable il me semble. Peut-être d'avoir eu un fils alors qu'elle attendait en vain d'être grosse. Et mes ancêtres cathares probablement, avouai-je. Mais qui, en Occitanie, peut se vanter de n'en avoir point eu dans son ascendance ?

Malgré moi, je lui jetai un coup d'œil à la dérobée, légèrement inquiète. Allait-il lui aussi me juger à l'aune de mes aïeules ?

— Il ne faut point s'exalter d'en avoir eu non plus. Vous savez que les vainqueurs réécrivent toujours l'Histoire à leur façon.

Je le dévisageai, les yeux légèrement écarquillés. Il ajouta.

— Si elle n'a rien à vous reprocher, il faut alors seulement exposer les faits.

J'acquiesçai et commençai à écrire. À mesure que les souvenirs me revenaient en mémoire, la plume se mit à trembler entre mes doigts. Romaric sur ses petites jambes qui me faisait un signe d'au revoir alors que je quittais le château. La trahison de Justin quand nous avions dépassé Cavaillon. Mon errance solitaire pour réclamer justice sans personne sur qui m'appuyer. Mes yeux s'embuèrent et je me mordis les lèvres pour me reprendre.

Raimbaud posa sa main sur mon bras et se pencha légèrement vers moi.

— Voulez-vous que je le fasse à votre place ? Vous me dicterez.

Les larmes me montèrent aux yeux devant sa prévenance. Je lui tendis la plume.

Puis, me reculant sur le banc pour lui laisser la place, je laissai mon regard s'attarder sur son profil penché sur le papier[1] et, oubliant ma réserve première, je lui racontai mes épreuves, omettant, comme je le devais, de lui parler de Ruad.

1. L'usage du papier s'est répandu dans le sud de la France à partir du XIIIe siècle.

4

Alès, 9 octobre 1307

Six jours plus tard, nous arrivâmes à Alès. Le temps restait particulièrement beau en ce début octobre. J'avais délaissé ma cape et écarté l'encolure de ma robe pour obtenir un peu d'air, tout en veillant à masquer ma cicatrice disgracieuse.

Surplombant la cité, nous aperçûmes deux châteaux sur une colline, la butte de la Roque, comme m'informa Raimbaud qui chevauchait avec moi quelques heures chaque jour. Les lieues défilant, nous nous découvrions mutuellement de compagnie agréable, ce qui, après la sollicitude qu'il m'avait montrée, n'arrangeait point mon inextricable penchant pour lui.

— Ils appartenaient à deux familles qui se partageaient autrefois la ville, les d'Anduze et les Pelet, m'expliqua-t-il. Les premiers ont pris le parti du comte de Toulouse lors de la croisade des Albigeois cent ans plus tôt. Comme lui, ils ont tout perdu.

Tout comme une partie des miens.

— Ainsi, ne négligez point votre réputation, ma dame, me mit-il en garde. Oubliez les travers de votre lignée, même si cela vous paraît malhonnête. Mettez en avant les actes qui vous servent, comme la présence de votre père en Terre sainte. Voilà un fait dont vous pouvez vous enorgueillir.

J'acquiesçai, la moue réservée. Il avait raison, même si cela me hérissait. Ainsi, il valait mieux massacrer des infidèles que vivre sa foi sans déranger personne.

— Les Pelet sont donc les seigneurs de cette cité ? demandai-je pour changer de sujet.

— Dans une certaine mesure. Vous savez que le pouvoir de la féodalité recule partout. Les villes prennent leur indépendance, se dotent de chartes. Elles se retrouvent peu à peu gouvernées par cette nouvelle catégorie sociale qu'on nomme les bourgeois. C'est d'ailleurs dans l'église de la commanderie que fut signée la seconde charte donnée par les seigneurs d'Alès à la population, il y a quatre-vingt-dix ans.

— Vous, les templiers, faites souvent preuve de figure d'arbitres, approuvai-je.

Nous arrivions à la porte ouverte dans les remparts. Raimbaud me quitta pour rejoindre la tête de la colonne et je me remémorais nos discussions des jours précédents. Nous avions échangé nos souvenirs de Chypre, un sujet sans risque, et discuté aussi de sa politique. Je n'approuvais pas la prise de pouvoir l'année dernière d'Amaury II de Lusignan, soutenu par les templiers, qui avait exilé son frère Henri II, le roi légitime, chez les Arméniens. Ce coup d'État avait fragilisé l'île et créé des dissensions parmi la noblesse. Raimbaud s'était défendu en rappelant l'intervention bénéfique d'Amaury dans la conquête avortée de Tortose et la coalition qu'il avait mise en place avec les Mongols contre les Sarrasins. Mais nos alliés n'étaient pas venus, ce qui avait conduit au désastre de Ruad.

J'avais grimacé. Pour lui, ce n'étaient que des faits. Une bataille perdue, des combats héroïques, dignes d'être racontés. Il y était revenu plusieurs fois, glissant sans cesse des allusions à ce massacre dans nos échanges, sans se rendre compte de l'horreur que cela éveillait en moi. Je ne pouvais lui dire. Ma présence scandaleuse sur place devait être tue comme on me l'avait ordonné.

Nous passâmes la porte et Raimbaud me rejoignit, s'attirant un regard suspicieux de Guilhem, un frère plus âgé, qu'il ignora. Je tressaillis. L'autre chevalier avait-il remarqué mon inconvenante inclination ? Pensait-il qu'elle était réciproque ? Je baissai la tête, écarlate. Non, cela ne se pouvait. Je prenais mes désirs pour des réalités. Des réalités qui ne devaient jamais advenir, autant pour le jeune templier que pour moi.

Perdue dans mes pensées, je frottai machinalement ma cicatrice à l'épaule. L'encolure de ma robe s'écarta, dévoilant la marque disgracieuse. Raimbaud suivit mon geste du regard.

— Voilà un méchant coup de cimeterre. Mais la cicatrisation semble s'être bien déroulée.

Je sursautai, les mains crispées sur les rênes. Mon cheval s'arrêta brusquement.

— Comment savez-vous que c'était un cimeterre ? l'interrogeai-je, la voix altérée.

Quand il se retourna vers moi, il m'apparut auréolé par le soleil couchant, ses boucles légèrement décoiffées par la brise. Une réminiscence me sauta au visage.

— Vous ! m'écriai-je. C'était vous, à Ruad !

La tête me tourna. Craignant de me sentir mal, je plaquai les mains sur l'échine de ma jument pour me retenir. Raimbaud fit reculer vivement son cheval. Il posa sa main sur mon bras, une pointe d'inquiétude dans son regard, un sourire incertain flottant sur les lèvres.

Je le fixai sans y croire, le cœur battant. Il ne niait point comme je m'y étais malgré tout attendue. Cela expliquait tant de choses. L'impression de confiance qu'il m'avait toujours inspirée. Le trouble qui me poursuivait depuis le premier jour. Mon cœur l'avait reconnu mais non point mon esprit. Un chaud sentiment de gratitude et de soulagement m'envahit, avant de laisser la place à l'incompréhension.

— Pourquoi n'avez-vous rien dit ? soufflai-je alors que le reste de l'escorte se frayait un chemin dans la rue étroite pour nous contourner.

Il laissa passer l'arrière-garde avant de répondre.

— J'ai cru vous reconnaître devant notre commanderie au Puy-en-Velay alors que vous veniez requérir notre aide, mais je n'étais point sûr de moi. Nous étions tenus au secret, et cinq années étaient passées. Comme je ne faisais plus totalement confiance à mes souvenirs, j'ai tenté de vous laisser des signes.

Je hochai la tête. Je comprenais ses réserves. Ne m'avait-il point fallu cette dernière perche après huit jours à nous côtoyer pour que je l'identifie ?

— Est-ce à cause de vos doutes que vous m'avez proposé d'accompagner la jeune Alaïs ? demandai-je, soudain prise d'un soupçon.

Était-ce seulement par pitié de sa part ? Je me rendis compte que je n'en voulais point.

— En partie. Nous avions vraiment besoin de quelqu'un pour ne point reporter ce voyage. Votre statut de dame noble avait de quoi rassurer le père de la damoiselle. Et j'étais curieux de faire enfin la connaissance de celle que j'avais secourue. Vous n'aviez pas été très causante.

Il finit cette dernière phrase d'un ton plus léger comme pour enlever le côté solennel de ses déclarations précédentes. Je rétorquai :

— Quand je fus capable de parler davantage, vous aviez disparu.

— Je ne pouvais rester après vous avoir découverte femme alors que je cherchais à soigner votre blessure.

Une vague de chaleur s'empara de mes joues à l'idée de mon torse dénudé sous ses mains, doublée d'une langueur inconvenante. Mes yeux dérivèrent vers ses doigts qui jouaient nonchalamment avec les rênes et mon esprit s'emballa, me les montrant occupés à tout autre chose. Au comble de la confusion, je murmurai :

— Ne devrions-nous pas nous remettre en route ? Votre escorte est loin.

— Les risques sont faibles en pleine cité.

Néanmoins, il claqua la langue à l'attention de sa monture.

Quand nous repartîmes, il s'approcha davantage, nos jambes se frôlant.

— Ne croyez point échapper aux interrogations qui me hantent depuis des années. Que faisiez-vous à Ruad, vous, une femme ? Sous l'habit des templiers ?

— Ne l'avez-vous point encore compris ? m'étonnai-je. J'étais venue y retrouver Evrard de Crebessac, le père de feu mon époux. Il devait ordonner à sa fille de me rendre ce qui m'appartenait de plein droit. Malheureusement, vous connaissez la suite. Les Sarrasins sont arrivés, Evrard est mort et, mis à part nous, les quelques survivants croupissent toujours dans les prisons du Caire.

Il hocha la tête. Je poursuivis, plongeant mon regard grave dans le sien.

— Vous avez à jamais ma gratitude de m'avoir sortie de ce piège. Grâce à vous, je peux espérer retrouver un jour mon fils.

— Votre coup d'épée audacieux m'a sauvé le premier, ma dame. Où donc avez-vous appris à...

Une exclamation l'interrompit. Sans y faire attention, nous avions pris la rue où se situait la commanderie et Guilhem l'interpellait pour savoir quoi faire des damoiselles.

5

Uzès, 10 octobre 1307

En sortant d'Alès le lendemain, nous quittâmes le chemin de Régordane pour rejoindre Uzès. La chaleur n'avait point fléchi. Aucun souffle de vent ne rafraîchissait l'air. Malgré l'inconfort, j'en étais peu affectée, ayant passé toute mon enfance en Terre sainte, au contraire d'Alaïs qui ne cessait de s'éventer, soupirer et s'hydrater, le teint de plus en plus rouge.

J'étouffais d'une tout autre manière tandis que le pas de ma jument cadençait les heures. Ma dernière entrevue avec Raimbaud avait un goût d'inachevé. Savoir qu'il était mon sauveur mystérieux remettait tout en perspective. Je ne cessais de le regarder à la dérobée, faisant coïncider ses traits avec ceux de l'ombre floue qui m'avait portée sur son épaule, jetée dans une barque et poussée vers le large.

Je voulais comprendre pourquoi il avait abandonné la mêlée pour nous mettre à l'abri. Les templiers étaient connus pour leur goût du martyre et du sacrifice, comme me l'avait raconté Evrard un jour. Pourquoi Raimbaud avait-il agi de manière si peu conforme aux idéaux de son ordre ?

Et pourquoi, maintenant que je savais la vérité, me troublait-il toujours autant ?

Mais s'il vint trotter quelque temps à ma hauteur, nous ne

pûmes aborder ce sujet. Guilhem ne cessait de nous jeter des regards méfiants en tendant l'oreille.

Nous passâmes une nuit étouffante dans l'ancienne ville romaine dominée par un château au donjon imposant. Je n'étais pas de naissance suffisante pour y être reçue. Nous fûmes logées chez l'habitant, des marchands en affaires avec la famille d'Alaïs, tandis que notre escorte investissait la commanderie locale.

Le lendemain, alors que nous étions sur le point de partir, Alaïs s'écroula sans connaissance. Je bondis pour la rattraper et lui tapotai la joue.

— Alaïs ! Réveillez-vous.

La jeune fille ne réagit pas. Bertille fouilla dans les bagages et revint avec un remède. Je lui confiai la jeune fille et cherchai Raimbaud du regard. Son air contrarié, si différent de sa compassion habituelle, m'étonna.

— Je crains qu'il ne faille remettre notre départ au lendemain, l'informai-je. Et peut-être même à plusieurs jours. Ce trajet l'a épuisée.

J'avais remarqué qu'elle n'avait rien mangé ce matin, toute idée de nourriture la dégoûtant.

Il secoua la tête.

— Ce n'est point possible. Nous devons nous mettre en route.

— Je doute que quelques jours de retard soient préjudiciables, arguai-je. Nul n'ignore les aléas des chemins. Son fiancé comprendra. C'est à cause de cette chaleur, cela ira mieux quand elle cessera.

N'avais-je pas moi-même mis trois ans pour regagner la France après la guérison de mes blessures, malgré mon impatience ? Qu'était-ce une poignée de jours à côté ?

— Ne peut-on pousser plus loin ? insista-t-il. Nous pourrions prendre du repos après avoir atteint le Rhône.

Je le dévisageai, incapable de comprendre son raisonnement. S'arrêter ici ou là-bas, le retard serait le même. C'était maintenant qu'Alaïs avait besoin de repos. Je tournai la tête vers Bertille pour quêter son avis. La jeune bourgeoise avait repris connaissance et sa servante l'aidait à se redresser. Je revins à Raimbaud, toujours inflexible.

— Très bien, capitulai-je. Je vais la prendre sur ma monture. Il serait trop périlleux qu'elle chute de la sienne en cas de nouveau malaise. Mais je vous en prie, réduisez l'allure, au moins pour ma bête qui aura double charge.

— C'est entendu. Mettons-nous en route maintenant. Nous avons suffisamment perdu de temps.

Il s'éloigna pour donner des ordres. Je le suivis des yeux quelques instants sans comprendre son urgence et rejoignis Bertille.

Comme prévu, je fis monter Alaïs sur ma jument. Celle-ci renâcla sous l'effort, la jeune malade se tenait fort mal et j'eus beaucoup à faire pour suivre le rythme et sortir de la ville.

Nous repartîmes sur les chemins vallonnés, franchîmes les collines au milieu de la végétation touffue. Je tenais la jeune fille contre moi avec douceur, malgré la chaleur qui montait en même temps que le soleil, m'enquérant régulièrement de sa santé. J'avais grandi seule, mes autres frères et sœurs n'ayant pas vécu, décimés par une maladie de naissance qui leur empoisonnait le sang, mais il m'arrivait de me demander comment j'aurais réagi si j'avais eu une petite sœur de son âge. De manière bien moins consciente, j'espérais aussi que ma bienveillance présente finisse par rejaillir sur mon fils qui grandissait loin de moi.

Durant ces longues heures de chevauchée, sans personne avec qui m'entretenir, je me remémorais tous les détails de sa brève apparition à Brives. Il avait la physionomie confiante d'un enfant heureux. J'eus un sourire un peu tremblant. Malgré sa félonie, Mélaine semblait s'occuper de lui comme du fils qu'elle n'avait jamais eu.

Nous atteignîmes le Gardon, indolente rivière qui se jetait dans le Rhône aux alentours de Montfrin, où nous ferions étape avant de traverser le fleuve. Au loin, je pouvais apercevoir le vieux pont antique qui enjambait la rivière pour amener quelques siècles plus tôt l'eau courante jusqu'à Nîmes – une merveille architecturale aux arches gracieuses, découverte avec Gontran dans les débuts de notre mariage. Mon cœur se serra. Cela faisait bien longtemps que je n'avais été si proche de chez moi.

Attirées par l'eau, les bêtes forcèrent le pas pour atteindre la rivière. Les membres de l'escorte démontèrent. Je fis descendre Alaïs de cheval et la confiai à Bertille avant de mettre à mon tour pied à terre. Puis je m'étirai dans l'espoir d'atténuer les courbatures dues à ma longue position inconfortable.

— Ma maîtresse est brûlante, m'interrompit Bertille en lui tâtant le front. Peut-être devrions-nous la rafraîchir ?

Je fixai le visage pâle aux traits tirés de la malade, coloré par deux plaques rouges de mauvais augure. J'avais moi aussi remarqué son état fiévreux. Elle semblait à peine capable de mettre un pas devant l'autre. J'acquiesçai et allai prévenir Raimbaud que nous nous éloignions dans le méandre suivant de la rivière pour nous ménager un peu d'intimité. Les lèvres du templier se tordirent en une moue contrariée.

— Cela ne durera point, protestai-je. Nous serons rapidement de retour et pourrons nous remettre en route.

— Ce n'est point cela. Les chevaux ont besoin d'une pause. Mais qui sait quel maraudeur vous pourriez croiser.

Ses yeux retrouvaient leur sollicitude habituelle et mon cœur eut un soubresaut. Je devais me rendre à l'évidence. La révélation de la veille ne semblait point avoir modifié la fascination que je ressentais à son égard.

— Je resterai sur mes gardes, lui assurai-je d'une voix plus douce.

— Prenez mon épée, puisque vous savez vous en servir. On ne sait jamais... même pour une bête sauvage. Et restez à portée de voix.

Il me tendit son arme. Nos mains s'effleurèrent sur la garde avant que je la saisisse fermement. Je la trouvai un peu lourde, ou peut-être était-ce dû à la langueur qui m'avait soudain saisie ?

Les joues probablement aussi chaudes que celles d'Alaïs, je

revins vers les jeunes filles et nous nous mîmes en route, Bertille et moi soutenant la pauvre malade chacune par un bras. Nous finîmes par la poser sur une petite plage de galets à l'abri des regards. Je laissai Bertille écarter sa cotte et ouvrir sa chemise. Pendant ce temps, j'ôtai sa gorgerette[1] et allai la tremper dans la rivière. L'eau scintillant sous le soleil semblait m'appeler. J'y laissai courir mes doigts quelques instants avant de rapporter le tissu à la servante. Elle humecta le front, les tempes et la gorge de sa maîtresse avec le chiffon humide. Alaïs esquissa un sourire tremblant.

— Je me sens un peu mieux. Je crains d'avoir attrapé un coup de chaud depuis hier.

— C'est bien possible, renchéris-je. Le temps est anormalement lourd pour la saison.

Je lui posai quelques questions pour confirmer le diagnostic. J'avais vu suffisamment de malaises provoqués par la chaleur sur les voyageurs en provenance de France pour savoir à quoi m'attendre.

J'encourageai ensuite Alaïs à baigner ses pieds dans l'eau fraîche. Elle protesta faiblement – cela était si inconvenant – mais finit par se laisser convaincre quand j'ôtai mes chausses pour y aller moi-même, vite imitée par Bertille.

Nous pataugeâmes toutes les trois, le bord de la robe relevé sur les chevilles. Les petits cailloux du fond roulaient sous mes pieds, la fraîcheur de l'eau me vivifia. J'aurais aimé me déshabiller entièrement et m'immerger jusqu'au col, sentir l'eau glisser sur mes flancs, s'insinuer entre mes jambes, rafraîchir chaque parcelle moite de ma peau, mais une quinzaine d'hommes nous attendaient à quelques toises de là. À regret, je remontai sur la berge et remis mes chausses avant de rattacher mes chaussures. Puis, agenouillée devant Alaïs comme une simple servante, je

1. Pièce de tissu qui couvrait le cou.

l'aidai à passer les siennes. J'eus l'impression qu'elle surjouait sa maladresse, appréciant d'être le centre de l'attention.

Nous revînmes auprès des chevaux. Je laissai la jeune fille assise à l'ombre d'un arbre avec l'ordre de se sustenter pour reprendre des forces, puis mes pas me ramenèrent vers Raimbaud. Il avait ôté son manteau et portait une simple tunique qui mettait en valeur ses larges épaules. Je m'obligeai à soutenir son regard alors que je me découvrais des timidités oubliées de jeune fille. Raffermissant ma voix, je déclarai, lui rendant son épée :

— Je n'ai vu nul danger. Ni bête ni maraudeur.

Quand nos doigts se frôlèrent de nouveau, un frisson me parcourut tout le corps. Je fronçai les sourcils, désemparée. Six ans qu'aucun homme ne m'avait touchée. Depuis que j'étais devenue veuve, je n'avais point eu le temps de m'en inquiéter. La trahison de Justin, le capitaine de ma garde, mon angoisse pour mon fils, la mort d'Evrard et ma longue guérison avaient chassé toute préoccupation de ce genre… jusqu'à aujourd'hui. J'avais l'impression de sentir mon corps émerger d'un long hiver. Pourquoi fallait-il que ce soit cet homme précisément qui me trouble ? Était-ce parce qu'il m'avait sauvé la vie ? Ou parce qu'il m'était inaccessible ? Je secouai la tête comme au sortir d'un mauvais rêve. Il fallait que je me reprenne. Je ne devais point oublier mon unique objectif. Mon fils.

— Comment se porte la damoiselle Alaïs ? s'enquit Raimbaud, ce qui me sortit de mes pensées.

— Bien mieux, acquiesçai-je en rougissant. Cette pause fut salutaire. Nous nous sommes rafraîchi les pieds et sa fièvre semble reculer. Elle paraît même retrouver un peu d'appétit.

Il hocha la tête de satisfaction.

— C'est une bonne chose. Nous devrions vous imiter avant de repartir.

Malgré moi, je continuai à le dévisager. Il ne fit point mine de s'éloigner pour mettre fin à notre échange, moi non plus. Après un instant de silence, je demandai :

— Pourquoi m'avez-vous sauvé la vie à Ruad ?

Cette question n'avait cessé de me hanter. L'occasion était trop belle. Il se pencha légèrement vers moi et chuchota :

— Il vaut mieux ne plus en parler.

— Mais je croyais que...

Il leva la main pour arrêter mes protestations avant d'esquisser un vague geste vers le pont derrière nous.

— Il est gracieux, n'est-ce pas ? Est-ce important de savoir qui l'a érigé ? Cela nous empêche-t-il d'en apprécier la beauté ?

Je fronçai les sourcils devant ce changement abrupt de conversation. Puis je m'empourprai. Que devais-je déduire de cette analogie ? Me trouvait-il... belle et gracieuse ?

Je devais me fourvoyer.

— Il me semble que c'est important, le contredis-je, davantage pour chasser mon trouble que par réelle conviction. Quand je vois nos solides et massives constructions édifiées pour la défense, je doute parfois que nous puissions encore faire aussi bien.

— On voit que vous n'avez point vu la Sainte-Chapelle à Paris qui abrite la Sainte Couronne d'épines. Ses fenêtres démesurées sont une prouesse architecturale digne de ce pont. Quand la lumière l'éclaire, la ferveur qui y règne en devient perceptible.

Je cachai ma surprise. Ainsi, après Chypre et Ruad, il était aussi allé à Paris. Il semblait avoir beaucoup voyagé pour un simple chevalier.

— Peut-être. Mais aussi beau que soit le réceptacle, il ne rend pas son contenu plus précieux. L'épine miraculeuse de Chypre n'a pas besoin d'un écrin prodigieux pour susciter la même dévotion.

Puis je me mordillai les lèvres, consternée de cette déclaration quelque peu hérétique. Qu'allait-il en penser ? Déconcertée par sa présence trop proche, je ne savais plus ce que je disais. Il était temps que je m'éloigne. Balbutiant une excuse où il était question de ma monture négligée, je me sauvai auprès de ma jument. Puisque la halte semblait se prolonger, je pouvais peut-être la soulager de sa selle et m'occuper d'elle.

— Tu as fait de beaux efforts, Bravette, murmurai-je à ma fidèle compagne tout en la pansant. Peut-être qu'Alaïs pourra reprendre son cheval tout à l'heure. Le reste de la route sera plus facile pour nous deux.

Je caressai son doux nez. Je ne la montais pas depuis longtemps mais j'y étais fort attachée, même si j'avais eu plusieurs montures, dont ma jolie haquenée offerte par mon père. Elle était restée dans les écuries de Crebessac quand je m'étais éloignée, en tant que pèlerine modeste sur une simple mule pour rejoindre le sanctuaire de Saint-Gilles-du-Gard. Mélaine l'avait-elle vendue tant qu'elle avait de la valeur ? Ou avait-elle fini en animal de boucherie, l'âge venant ? Depuis que j'avais remis les pieds en Occitanie, le passé me revenait par vagues entières avec les chagrins de tout ce que j'avais laissé derrière moi.

Alors que je finissais d'étriller ma jument, Bertille vint me trouver.

— Ma maîtresse vous réclame, dame Flamalia. Pour une fois, c'est important.

Aussitôt je lâchai tout, me contentant d'attacher Bravette avant de suivre la servante. La culpabilité me serrait le cœur. Trop occupée à converser avec Raimbaud et à bouchonner ma monture, j'avais négligé la jeune fille, même si je l'avais laissée à la garde attentive de Bertille. Son état avait-il empiré ?

J'arrivai auprès d'elle. Elle avait repris des couleurs mais s'agitait, fébrile, presque en pleurs.

— Ma dame, me pria-t-elle dès que je me fus agenouillée auprès d'elle. J'ai perdu mon rosaire. Il est précieux et je ne sais où je l'ai égaré. Il faut absolument le retrouver...

Je posai la main sur son bras.

— Allons, Alaïs, calmez-vous. Nous allons le chercher. Vous rappelez-vous la dernière fois que vous l'avez vu ?

— Oui, s'exclama-t-elle en se démenant toujours. Je l'avais encore quand nous sommes allées à la rivière mais depuis je...

— Restez sereine, l'interrompis-je. Je vais refaire le trajet en sens inverse et je suis sûre que nous le trouverons. À quoi ressemble-t-il ?

— Il est très précieux. Il est en ambre et en argent. Je l'ai reçu de ma mère pour mes fiançailles et...

— Je vais le trouver, la rassurai-je encore. Ne vous mettez point dans des états pareils.

La laissant à la garde de Bertille, j'empruntai le chemin vers la petite plage de galets où nous nous étions rafraîchies. L'oreille aux aguets pour surprendre un danger éventuel, je ne quittais pas le sol des yeux. Les conversations indolentes de ce début d'après-midi s'amenuisèrent et je n'entendis bientôt plus que le pépiement des oiseaux. J'avançai doucement, fouillant les cailloux, agitant les quelques buissons sur la route au cas où il se serait glissé dedans. Enfin j'arrivai à la plage de galets. Je n'avais encore rien trouvé et cela m'inquiétait. Peut-être l'avait-elle perdu quand nous l'avions dévêtue ?

Un clapotement me fit soudain lever la tête et j'aperçus une silhouette dans la rivière à une dizaine de pas, de l'eau jusqu'à la taille. Les gouttelettes sur son dos nu accrochaient la lumière du soleil. Je retins mon souffle en reconnaissant les boucles folles de son propriétaire. Raimbaud.

Il aurait mieux valu que je m'éloigne mais je restai pétrifiée, incapable de détacher mes yeux de ses muscles qui roulaient sous sa peau bronzée marquée çà et là de quelques cicatrices. Mes jambes, aussi molles que de la cire fondue, refusèrent de se mouvoir. Une chaleur subite m'envahit le ventre et je passai inconsciemment ma langue sur mes lèvres devenues sèches.

Il choisit cet instant pour se retourner. Ses épaules marquèrent un sursaut et mes joues s'empourprèrent quand nos regards se croisèrent. Je baissai aussitôt les yeux, mais j'avais eu le temps de remarquer son torse rompu aux exercices guerriers et les muscles de son ventre bien dessinés dont la partie inférieure disparaissait sous l'eau. À cette pensée, un frisson m'envahit tout entière.

— Alaïs a perdu son rosaire, balbutiai-je, l'esprit en émoi. Je le cherche.

Par chance, mon regard fut attiré par un éclat brillant près du tas de vêtements que je n'avais point encore remarqué sur la berge. Je me précipitai dans cette direction, les yeux toujours baissés.

— Vous avez laissé vos effets dessus, continuai-je, la voix étranglée par la confusion.

Incapable de laisser planer le silence, je tentais par ma logorrhée de justifier mon indiscrétion.

Il protesta énergiquement quand je tendis la main pour écarter la tunique. Trop tard ! Je découvris un long cylindre couvert d'or, fermé par un cristal transparent et attaché à une chaîne de même couleur. Effarée, je clignai des yeux, incapable d'y croire. Ma main trembla quand je le soulevai, et je relevai brusquement la tête en direction de Raimbaud, oublieuse du trouble qui m'avait saisie auparavant.

— C'est la relique de l'épine de l'ordre, n'est-ce pas ? Celle qui fleurit le Vendredi saint. Je la reconnais. Je l'ai vue une fois quand Evrard nous a emmenés mon père et moi…

Je m'interrompis, revenue à l'année de mes quinze ans quand mon père était encore cet homme fort et heureux de débattre avec son meilleur ami.

Raimbaud me fixait sans répondre. Ses poings crispés se serraient et se desserraient d'un geste plein de nervosité. J'insistai.

— Que fait-elle ici ? Pourquoi n'est-elle plus à Nicosie dans l'église templière où elle devrait se trouver ?

Il détourna la tête.

— Il fallait bien que vous soyez venue de Chypre…

Sa voix dépitée m'arracha un frisson. N'était-ce point un aveu qu'il venait de me faire ?

— Il se dit que le roi Louis IX avait acheté les reliques de la Passion, des reliques inertes, pour la moitié de son revenu annuel, réfléchis-je à voix haute. Que doit valoir l'épine qui revient à la vie une fois par an ? Aviez-vous besoin de fonds ? Vous êtes pourtant riches. Le roi Philippe le Bel l'aurait-il refusée ?

La ligne de ses épaules se raidit et ses yeux s'assombrirent sous la colère.

— Vous nous insultez, ma dame, de nous croire capables de vendre une relique aussi sainte à un homme qui l'est si peu. Avez-vous oublié que pour éviter l'excommunication il a envoyé son chancelier, Guillaume de Nogaret, agresser le précédent pape Boniface VIII en son propre palais d'Anagni[1] ?

Je secouai la tête. Je n'ignorais pas ce fait qui avait secoué la Chrétienté quatre ans plus tôt, l'une des nombreuses péripéties dans la guerre d'influence entre ces deux puissants. Le pape était mort quelques mois plus tard, et après le très bref pontificat d'un autre, Bertrand de Got, un Occitan venu de Bordeaux, avait été élu sous le nom de Clément V.

— Peut-être pas vendre, continuai-je. Mais cela pourrait pousser un souverain à se lancer dans une nouvelle croisade. Cette croisade dont vous avez tant besoin pour justifier votre existence ! Où deviez-vous l'emmener alors ? En Aragon ? Dans le Saint Empire ? À Naples ?

Je m'étais redressée. Mes deux pieds campés sur la berge, je cherchais à comprendre.

— On ordonne et j'obéis. Je vais là où l'on m'envoie sans poser de questions.

Il biaisait, se réfugiant dans la facilité. Comme si j'allais le croire. Il n'était point un simple exécutant. Pas en possession d'une telle relique !

— Mais vous avez bien une opinion ! Aurais-je raison ?

Je le fixai longuement, guettant sa réponse. Il finit par détourner le regard.

1. L'attentat d'Anagni en 1303. Pour empêcher le pape d'excommunier le roi, Guillaume de Nogaret s'empare du palais où réside le pape et l'humilie avant de l'assigner à un concile afin de le destituer.

— Il ne m'appartient pas d'en discuter. Encore moins dans ces circonstances.

Ses yeux étaient revenus se poser sur moi. Il désigna d'un bref signe de tête son corps dénudé. Malgré moi, je suivis son regard et rougis à me rappeler mon trouble précédent. La colère m'envahit devant cette faiblesse toute féminine.

— Pas un mot à ce sujet, je vous en prie, reprit-il d'un ton pressant. Au nom de cette gratitude que vous dites éprouver depuis Ruad. Ils ignorent tous sa présence.

Avait-il volé la relique ? J'en doutais. Non, il devait agir sur ordre et ce voyage pour soi-disant convoyer une jeune bourgeoise n'était qu'une couverture.

Ses yeux légèrement suppliants eurent raison de mon entêtement. Il m'avait sauvé la vie et mon insistance le payait bien mal en retour. J'acquiesçai et jurai de n'en souffler mot à quiconque, même si j'étais bien décidée à tirer cette affaire au clair avant la fin du voyage. Il nous restait de nombreuses journées de route.

Je reposai la relique sous le vêtement.

— Partez, maintenant, que je puisse sortir de l'eau, m'ordonna-t-il. Je commence à ne plus sentir mes extrémités.

Je me mordis la lèvre pour ne point rougir devant les images qui envahirent mon esprit et bégayai.

— Il me faut auparavant trouver le rosaire d'Alaïs. La pauvre petite est dans tous ses états à l'idée de l'avoir égaré.

Elle n'était pas la seule. Je tremblais intérieurement moi aussi, mais pour une tout autre raison.

— Dites-lui que je le chercherai moi-même.

Je hochai la tête et me relevai. Avant de partir, je l'enveloppai d'un ultime regard. Le cœur toujours battant, j'admirai une dernière fois les angles de sa silhouette, refusant de me comporter comme une pucelle effarouchée malgré mon émoi intérieur. Puis je fis demi-tour, l'esprit plein de questions sans réponse, où se mêlaient, dans un indicible désordre, interrogations politiques et troubles bien plus sensuels.

6

Remoulins, 11 octobre 1307

La ville de Remoulins apparut alors que le soleil descendait sur l'horizon. Du haut de ma jument, je me tournai vers Alaïs avachie sur sa selle.

— Nous y sommes presque, l'encourageai-je.

Après notre pause près du Gardon, Alaïs avait repris sa monture, réconfortée d'avoir retrouvé son rosaire. Quand Raimbaud l'avait rapporté, j'avais détourné les yeux, incapable de le regarder en face, l'esprit hanté par les images de l'après-midi.

Depuis, il ne s'était plus approché de moi, chevauchant auprès d'Alaïs, demandant si elle n'était point lasse, et sa bienveillance avait eu raison de la timidité de la damoiselle qui avait fini par l'entretenir de divers propos tournant principalement autour de sa personne. Je restai derrière, guettant un signe de fatigue, évitant soigneusement de laisser dériver mon regard.

Nous arrivâmes dans la ville juste avant la fermeture des portes, puis nous remontâmes dans les rues, passant devant l'église Notre-Dame-de-Bethléem. Comme pour la plupart des étapes, nous fûmes logées chez l'habitant tandis que les templiers disparaissaient de leur côté.

Si cela m'avait étonnée dans les premières bourgades d'importance où nous nous étions arrêtés, je savais aujourd'hui que l'objet précieux de ce convoi n'était pas Alaïs mais la longue épine miraculeuse. Je comprenais aussi pourquoi Raimbaud n'avait eu aucun scrupule à pousser l'allure, malgré l'état de fatigue de la jeune fille.

Nous entrâmes dans la maison à un étage où le templier avait négocié notre nuitée. Notre hôtesse nous désigna la pièce que nous partagerions toutes les trois, et Bertille y monta nos quelques effets. Aussitôt, Alaïs s'écroula sur le lit, se déclarant trop fourbue pour oser imaginer souper. Tandis que je redescendais, Bertille resta avec elle pour la préparer pour la nuit, comme si elle n'était pas capable de le faire seule.

Je soupirai entre indulgence et effarement. À seize ans, alors que j'avais traversé la Méditerranée pour rejoindre Gontran avec pour seule présence féminine, Aude, la servante qui avait pris le relais de ma mère, jamais je ne l'avais sollicitée pour de si triviales attentions.

En me concentrant, je me rappelais encore les grincements du bateau qui arrivait au terme de son voyage, les cales remplies des trésors d'Orient. Je revoyais les flots bleus, la côte inconnue se préciser à l'horizon, et enfin Marseille. Mon fiancé m'y attendait avec sa suite. Nous nous étions rencontrés sur le port, moi déjà prête à fuir s'il était contrefait et infirme, à l'opposé de la description d'Evrard. Mais le vieil ami de mon père ne m'avait pas trompée. Gontran s'était révélé d'un physique agréable et d'une délicatesse rare. Il était tombé sous le charme de mon nez un peu long et de mes yeux gris-bleu qui tranchaient avec mes taches de rousseur. Il avait patienté jusqu'à notre arrivée à Crebessac et même un peu au-delà avant de m'approcher plus intimement, me laissant d'abord faire sa connaissance, déclarant que je ne pouvais prendre de l'amour pour un inconnu en quelques jours à peine.

Pourtant, n'était-ce point ce qui était en train de m'arriver ?

Je chassai ces idées dérangeantes et m'obligeai à me concentrer sur la conversation de mon hôtesse qui parlait du temps trop chaud, des récoltes souffrant du manque d'eau et d'une maladie qui avait endeuillé le quartier en leur prenant quelques-uns de leurs enfants. Une fatalité qu'on ne pouvait éviter.

Aussitôt, je repensai à mon fils, consternée. Comment avait-il pu passer à l'arrière-plan de mes préoccupations ces derniers jours ? Depuis que j'avais reconnu en Raimbaud l'inconnu de Ruad, j'avais l'impression que mon inquiétude pour Romaric s'estompait, comme si une autre voie faite de plaisantes chevauchées, de regards complices et de troublantes visions au bord des rivières, devenait possible. Je savais pertinemment que non, même si, dans mon désarroi et ma solitude, je n'avais pu rester indifférente à son attention bienveillante alors que j'en avais tant manqué.

Bientôt, me morigénai-je. *Dès que je les quitterai à Salon-de-Provence, j'irai à Fontaine-de-Vaucluse faire valoir mes droits auprès de mon suzerain.*

Un grincement me réveilla brusquement. J'ouvris les yeux dans la pénombre, le cœur palpitant. Un claquement suivit. La porte ! Je bondis de ma couche et, armée d'un petit couteau, je me précipitai vers le battant refermé. Qui était venu nous visiter ? Cherchait-on à nous voler ? J'ouvris la porte et aperçus une ombre fantomatique dans l'escalier. Un frisson me parcourut le dos. Un esprit ? On n'y voyait presque rien et pourtant la silhouette avançait comme en plein jour.

Elle atteignit la porte d'entrée, enleva la barre et poussa le battant, faisant entrer un courant d'air. Que faire ?

Des bruits de pas retentirent derrière moi, suivis d'un juron.

— Voilà qu'elle recommence, maugréa une voix familière.

— Bertille ?

— Vous êtes réveillée, vous aussi ? Venez m'aider, dans ce cas, m'ordonna-t-elle sans la moindre déférence.

La servante me dépassa et poursuivit le visiteur nocturne. Ou la visiteuse, plutôt. Était-il possible que ce soit la timide Alaïs ? Je lui emboîtai le pas jusqu'à me retrouver dans la rue vidée par la nuit. À quelques pieds, Bertille retenait la silhouette blanche avant de la ramener vers moi. Alaïs avait les yeux ouverts mais perdus dans un monde qu'elle seule semblait percevoir.

— C'est une dormeuse[1], chuchota Bertille. Il faut la remettre dans son lit, sans l'éveiller.

Je hochai la tête, j'avais déjà entendu parler de ce genre d'individu. Au matin, ils n'avaient aucun souvenir de ce qui s'était passé.

Nous reprîmes le chemin de la chambre, chacune escortant Alaïs. Nous la couchâmes dans son lit avec d'infinies précautions. Elle tenta de résister, fronça les sourcils, murmura quelques imprécations que je n'aurais jamais cru entendre sortir de sa jolie bouche, avant de retomber comme une masse, engloutie par le sommeil.

Bertille me jaugea un long moment.

— N'en parlez point, ma dame, je vous en prie. Ni à Alaïs ni à d'autres. Cela met les gens mal à l'aise. Ils ne peuvent s'empêcher d'y voir l'œuvre du diable.

— Les gens sont parfois si sots, acquiesçai-je.

— C'est pour cela que ses parents la marient si loin, chuchota-t-elle encore. Ils espèrent que ses crises cesseront dans un environnement étranger. M'est avis que ça ne changera rien. Elle a revécu cette journée et a dû partir chercher son rosaire, même si messire du Puy le lui a rendu.

Je frissonnai, ramenée à cet instant à la rivière où j'avais découvert la relique… et le reste.

— Cela fait-il longtemps que tu t'occupes d'elle ? demandai-je pour me distraire l'esprit.

— Depuis six ans. J'ai tenté de l'attacher pour la préserver mais elle défait ses liens. Elle a dans le sommeil une témérité qu'elle n'a point au réveil, et maintenant que vous êtes au courant, nous ne serons pas trop de deux pour veiller sur elle. J'ai remarqué la patience qu'elle vous inspire.

1. Somnambule.

J'esquissai un sourire triste.

— J'aurais pu avoir un frère ou une sœur de son âge.

Mais ma mère, enceinte et plus fragile, n'avait point survécu à la chute de Saint-Jean-d'Acre, et l'espoir de n'être plus fille unique s'était définitivement éteint.

— Je t'aiderai, conclus-je. Allons dormir maintenant.

Quand nous nous mîmes en route le lendemain matin, les nuages gris qui occupaient le ciel nous soulagèrent tous. Je lançai ma jument d'un mouvement plus gaillard, satisfaite de ne plus cheminer tout le jour sous un soleil de plomb.

Au réveil, Alaïs avait déclaré avoir très bien dormi. Bertille m'avait jeté un regard entendu et j'avais hoché la tête. L'aventure de cette nuit paraissait nous avoir rapprochées et ce fut tout naturellement qu'elle se plaça à mes côtés pour chevaucher, tandis que devant nous Raimbaud restait à la hauteur d'Alaïs.

Dépitée, je les suivis des yeux, me consolant à l'idée que la route était encore longue jusqu'à Salon et qu'il ne pourrait toujours éviter de répondre à mes interrogations.

Le chemin ne cessait de monter et de descendre, le vent s'était levé et, saisie d'un frisson, je resserrai mon manteau autour de mon corps. En veine de confidence, Bertille se pencha vers moi.

— Vraiment, ma dame, ne trouvez-vous pas dommage que tant de jeunes gens, si avenants et courageux, ne prennent jamais épouse et nous laissent, nous pauvres femmes, sur le carreau ?

— Je ne sais, Bertille, tempérai-je, m'empourprant à ce sujet si proche de mes ruminations. De mon côté, je dois avouer que je ne regrette en rien la liberté que m'apporte ma condition de veuve.

— Peut-être que je penserais pareil si j'avais été mariée un jour moi aussi, reprit-elle nullement découragée. Mais dans l'état, je vieillis et mes chances s'amenuisent de jour en jour alors que ma dot, pour laquelle j'économise depuis longtemps, ne grossit pas autant que je le voudrais.

Je rougis, me rendant soudain compte que j'avais été une

privilégiée. Ma dot avait été respectable, et avant mes malheurs, jamais je n'avais été obligée de travailler pour me constituer un pécule susceptible d'intéresser un homme.

Je lui adressai un sourire encourageant.

— Peut-être que dans la nouvelle maisonnée d'Alaïs tu trouveras l'homme qui te conviendra ?

Elle m'adressa un regard peu convaincu et baissa la voix.

— Entre nous, ma dame, même si cela doit me valoir les flammes de l'enfer, j'avoue que je préférerais devenir la bonne amie d'un seigneur que la ménagère d'un homme de ma condition. La vie est courte, j'ai envie d'en profiter, et si je lui fais un enfant qui lui plaît bien, il assurera mon avenir. Mais ce n'est point dans l'entourage de ma maîtresse que je pourrais trouver un tel homme.

Je la fixai un bref instant, abasourdie de sa franchise. J'hésitais entre vœux de succès et mises en garde quand elle reprit :

— Si vous cherchez une servante, je me mettrai volontiers à votre service. Je suis débrouillarde, le travail ne me fait pas peur et…

Soudain, c'en fut trop. J'éclatai franchement de rire devant son audace.

— Et tu penses que si je me remarie un jour, j'aurai envie de partager les attentions de mon époux ?

Mon exclamation attira l'attention d'Alaïs et de Raimbaud devant nous. Quand ils se retournèrent sur leur selle, un soubresaut s'empara de mon cœur.

Bertille attendit qu'ils fixent à nouveau la route avant d'ajouter à voix basse :

— Je ne parlais pas du vôtre, ma dame. Vous êtes bien trop belle et bonne pour qu'un homme vous néglige au profit d'une servante. Mais un château attire des visiteurs, organise des fêtes, des banquets, des chasses… ce genre de choses.

Je cachai une grimace. La jolie rousse ne connaissait probablement rien à ma situation délicate. Me croyait-elle donc riche ? Ou peut-être seulement une parente en voyage attendue ailleurs ?

— Je crains bien de ne point être la maîtresse qui te conviendrait, finis-je par répondre, pour éviter d'en révéler trop sur ma situation.

J'ignorais ce que Raimbaud avait dit au père d'Alaïs à mon sujet et je refusais de le mettre en porte-à-faux.

— Vous ne comptez pas devenir nonne quand même ! Si vous voulez mon avis, ce serait du gâchis, tout comme eux, ajouta-t-elle en me désignant du menton les hommes devant nous.

Un frisson me parcourut le dos à ce rappel involontaire. C'était ce qu'escomptait Mélaine quand elle m'avait incarcérée dans un couvent cinq ans plus tôt. Puis je revins à Bertille que je détaillai d'un air amusé. Que je le veuille ou non, elle semblait décidée à me donner son opinion, illuminant chaque moment de son optimisme et de sa gouaille. J'avais l'impression qu'elle pourrait devenir l'amie dont j'avais désespérément besoin. Malheureusement, ma vie n'était point suffisamment sûre pour que je l'entraîne avec moi dans mon existence tourmentée. Je me rappelais trop bien ce qu'était devenue ma précédente confidente.

Plus jamais cette impuissance !

— Tu es une jeune femme courageuse, Bertille, et ta maîtresse a bien de la chance de t'avoir. Je m'en voudrais de la priver de ta compagnie.

— Vous ne devriez pas. Je trouve que c'est pitié qu'une dame comme vous n'ait même pas une fille à son service dans son voyage alors que damoiselle Alaïs aura de quoi faire dans la maison de son époux.

Un coup de tonnerre éclatant dans le ciel ponctua sa tirade comme pour lui donner plus de poids. Ma jument fit un écart que je jugulai d'une pression des genoux et mon regard se porta vers Alaïs. Je poussai un soupir de soulagement. Elle n'était point en difficulté. Sa monture placide n'avait pas réagi à la colère du ciel.

Des nuages noirs s'amoncelèrent au-dessus de nos têtes et une pluie torrentielle s'abattit sur nous. En quelques instants à peine, mon manteau fut trempé et l'eau s'insinua sous ma cotte, mouillant jusqu'à ma chemise. Dans la pénombre ainsi créée, l'éclair qui zébra le ciel rendit le paysage semblable à celui de la fin du monde. Aucune éclaircie à l'horizon. Le vent se leva, presque tempétueux, la température chuta. Je frissonnai de froid alors que devant moi Alaïs se mettait à éternuer.

Il fallait nous mettre à l'abri. Outre le risque d'être foudroyés, nous n'échapperions pas à une sévère affection à rester sous une averse pareille, surtout les plus fragiles d'entre nous.

Je talonnai ma monture, remontant la colonne jusqu'à sa tête pour rejoindre Raimbaud qui s'y était rendu au premier coup de tonnerre. La pluie me giflait les joues et le tissu de ma robe collait désagréablement à mes cuisses. Je trouvai notre chef discutant avec Hugues, le templier qui nous guidait depuis Uzès.

— Il faut nous mettre à l'abri, lui criai-je au milieu du vacarme. Avec ses malaises et sa fatigue, Alaïs pourrait ne pas se remettre d'un refroidissement.

— Nous pourrons nous réfugier à Meynes, me répondit-il. Hugues vient de me confier que nous y avons une grange et quelques maisons.

Je secouai la tête.

— Meynes reste beaucoup trop loin. Mais nous sommes à côté des tunnels de Sernhac. Nous pourrions peut-être y attendre que la pluie passe sans craindre d'être foudroyés sous un arbre.

C'était une autre curiosité que j'avais découverte en compagnie de Gontran quand il m'avait fait les honneurs de sa région. Ces tunnels, construits plusieurs siècles plus tôt par ces mêmes Romains, faisaient partie du dispositif pour acheminer l'eau courante à travers les collines jusqu'à Nîmes.

Raimbaud se tourna vers son compagnon et, après un très bref conciliabule, celui-ci acquiesça. Il donna les ordres nécessaires et nous changeâmes de direction, poussant légèrement l'allure.

L'homme connaissait mieux le chemin que moi. Je rejoignis Alaïs et Bertille. La première était presque couchée sur sa monture, s'y retenant d'une main tremblante, criant de temps à autre quand le tonnerre grondait. L'autre supportait stoïquement le déluge, droite sur sa mule.

— Nous allons nous mettre à l'abri, leur criai-je.

Nous gravîmes quelques sentiers, en descendîmes d'autres. Les chevaux avaient ralenti le pas pour ne pas glisser dans la boue et les rigoles d'eau qui dévalaient le relief. Ce n'était point le moment d'en perdre un. Enfin, après un moment qui me parut interminable, je vis le premier trou émerger de terre. Les soldats s'y engouffrèrent, après avoir sauté de cheval, l'épée au clair pour prévenir le moindre danger. Mais les occupants, un probable ramassis de miséreux, bandits et vagabonds avaient fui devant la force armée qui envahissait leur territoire.

Avant d'entrer à mon tour, j'aidai Alaïs à descendre de cheval et l'emmenai dans le tunnel long d'une trentaine de toises[1]. Une odeur d'humidité envahit mes narines, néanmoins j'avançai encore d'une bonne vingtaine de pas afin que tous puissent trouver un abri, y compris les chevaux en baissant leur tête.

Malgré les trous dans le plafond, il faisait tellement sombre que je ne pouvais que deviner la silhouette tremblante en face de moi.

— Viens m'aider, Bertille, ordonnai-je. Il faut lui retirer ses vêtements mouillés et les remplacer par des secs.

Aussitôt la servante s'activa avec son efficacité coutumière. Alors qu'Alaïs claquait des dents, nous lui ôtâmes sa cape trempée, puis sa cotte, et Bertille revint avec d'autres effets pris sur les mules de bât.

— Trop chaud, puis trop froid, fichu pays, ronchonnait la servante en frictionnant sa maîtresse. Heureusement que nous allons rejoindre le soleil, damoiselle.

— Bertille, toi aussi, tu devrais ôter ta cape avant d'attraper la mort, lui conseillai-je en enlevant mon manteau. Je vais voir si on peut trouver un peu de bois pour allumer un feu. Ceux qui vivent ici doivent sûrement en stocker.

1. Trente toises valent environ soixante mètres.

Je me dirigeai d'une démarche rendue hésitante par l'obscurité vers le fond du tunnel tout en évitant la pluie qui dégoulinait par les trous du plafond. Si le déluge ne s'arrêtait pas, nous pataugerions bientôt tous aux points les plus bas. Par les rares ouvertures, j'apercevais à peine le ciel tourmenté, si sombre qu'il semblait que la nuit était sur le point de tomber.

Soudain, je butai contre un obstacle, à la fois ferme et tendre. Deux bras me rattrapèrent, un souffle caressa mon visage. Un éclair zébra le ciel et j'aperçus un bref instant une épaisse masse de boucles lissées par l'humidité avec en dessous un regard familier qui me fixait. Raimbaud.

Un frisson me parcourut le dos. Mes jambes se dérobèrent sous moi et il me serra davantage contre lui pour me retenir, plaquant mon corps trempé contre le sien. Mon cœur battait la chamade. Mes oreilles se mirent à bourdonner alors que je m'accrochai à mon tour à lui, agrippant ses épaules mouillées. Il ne me lâchait toujours pas. Les bruits qui nous entouraient s'assourdirent, le temps suspendit son cours. Je n'entendis plus que mon souffle précipité à quelques pouces du sien, aussi impétueux. Je devinai son regard attentif dans l'obscurité, me rappelai sa bouche aux lèvres pleines, les poils drus qui ombraient ses joues et son menton, sur lesquels je mourais d'envie de laisser courir mes doigts. Une chaleur agréable se répandit au creux de mon ventre et je laissai échapper un soupir sensuel. Qu'attendait-il ? Pourquoi me gardait-il contre lui sans rien dire ? Allait-il… m'embrasser ?

Cette espérance occulta toute autre pensée. J'inclinai la tête en arrière, discernant dans les ombres la courbe de son cou, l'angle de sa mâchoire énergique, le relief de son nez droit. Je cherchai à lire ses sentiments dans son regard mais il m'était dérobé par la noirceur environnante.

Un éclair, vite ! Que je sache si son trouble était analogue au mien.

Le ciel ne m'obéit point, ni le chevalier. Frustrée par son immobilité, je perdis l'équilibre et déplaçai mon pied pour le retrouver. La magie de l'instant s'évanouit et je revins brusquement à la réalité. Ce n'était point un homme ordinaire qui me tenait enlacée, mais un templier. Fallait-il que je sois folle pour attendre quelque chose de lui ! Mortifiée, je me dégageai doucement de son étreinte. Il me laissa faire, corroborant mon impression, avant de murmurer :

— Vous devriez vous changer, Flamalia. Vos vêtements sont gorgés d'eau.

Mon cœur s'emballa de nouveau. Il m'avait appelée par mon prénom. Cela signifiait-il quelque chose ? Je secouai la tête, furieuse contre moi-même. Ce n'était probablement qu'un lapsus. Ce n'était pas la première fois qu'il me touchait ainsi. Il m'avait déjà portée, hissée, sauvée à Ruad. Rien de nouveau sous le soleil. Ou sous l'orage, vu les circonstances.

— Je n'en ai pas eu le temps, rétorquai-je, plus furieuse contre moi-même que contre lui. Je cherchais du bois pour allumer un feu et réchauffer Alaïs.

— Vous en trouverez à quelques pas d'ici à votre senestre. Voulez-vous que je vous montre ?

Je ne pus m'empêcher d'acquiescer, stupidement heureuse de rester quelques instants de plus en sa compagnie. Il me prit le bras. Le contraste entre ma manche humide et ma peau brûlante était déconcertant et je frissonnai. Nous fîmes quelques pas, puis il m'aida à m'accroupir avant de guider ma main vers le fagot. Sa présence toute proche me tourna la tête.

— Je vous en prie, ma dame, séchez-vous, ajouta-t-il à mi-voix quand je me relevai. Car je ne suis point sûr d'avoir votre patience pour dorloter Alaïs à votre place si vous tombez malade.

Je fouillai l'obscurité à la recherche de son regard, l'esprit en déroute. Je ne comprenais plus rien. Depuis l'incident du Gardon, il semblait, au contraire, accorder beaucoup d'attention à la jeune bourgeoise en devisant avec elle le long des chemins. Cela n'avait-il été qu'un stratagème pour éloigner ma curiosité de ses affaires ?

Je revins vers les deux jeunes femmes, le cœur toujours en

émoi, guidée par l'ouverture au bout du tunnel. J'arrangeai les morceaux de bois avant d'attraper mon briquet à silex. Bientôt les flammes montèrent, éloignant l'obscurité. Je remarquai le visage tiré d'Alaïs qui frissonnait toujours malgré ses vêtements secs et me rapprochai du feu, suivant le conseil de Raimbaud. Certains soldats m'imitèrent et je leur fis de la place. Puis, tournant la tête, je fouillai du regard les ténèbres du tunnel mais la silhouette que j'espérais voir apparaître resta dans l'ombre et ne s'approcha point.

7

Montfrin, 12 octobre 1307

Nous quittâmes le tunnel vers none[1] sous un crachin désagréable. L'orage s'était calmé mais la pluie tombait toujours. À côté de moi, Alaïs ne cessait d'osciller sur sa selle. J'entendais ses dents claquer et ses tremblements rendaient sa monture nerveuse. J'aurais probablement dû m'en inquiéter – si elle tombait ? – mais mes pensées restaient tournées vers l'incident du tunnel. Qu'est-ce que cela pouvait signifier ? Si Raimbaud avait voulu seulement m'éviter la chute, il m'aurait lâchée aussitôt. Ou était-il possible que tout cela n'ait duré qu'un instant et que seul mon esprit affamé d'attention ait imaginé un intermède qui n'avait jamais existé ?

Nous atteignîmes Montfrin en fin de journée. J'aperçus d'abord le château perché sur son promontoire, son donjon massif surmonté d'une petite tour carrée, puis les deux moulins sur chacune des rives du Gardon. Alors que nous allions traverser le gué, Alaïs poussa un léger cri, et glissa vers l'avant. Un réflexe oublié de mes années d'apprentissage me permit de me porter à sa hauteur à temps. Je la rattrapai à bout de bras et ralentis sa chute. Puis, avec l'aide de Raimbaud, je la pris sur ma jument. Sa tête retomba contre mon épaule comme une poupée de chiffon.

1. Neuvième heure du jour. Environ 15 heures.

— Pressons-nous, incitai-je un peu sèchement, me sentant soudain coupable de ma négligence. Elle a besoin de repos.

Il hocha la tête, ses yeux attentifs fixés sur moi qui me rappelèrent l'épisode à Sernhac. Je m'empourprai et détournai le regard avant de me remettre en route. Les chevaux traversèrent le gué et nous atteignîmes les remparts qui ceignaient la ville.

À ma grande surprise, le templier nous conduisit directement à la commanderie locale, qui formait un îlot dans le village, délimitée par deux tours imposantes et une église. Nous pénétrâmes dans la cour, bruissant d'activités. Autour de nous, des hommes de toutes conditions vaquaient à différentes tâches : chevaliers, sergents, mais aussi agriculteurs, charpentiers et autres corps de métiers.

Raimbaud parlementa avec un homme à l'allure autoritaire qui s'était avancé pendant que j'aidais Alaïs, pâle et tremblante, à descendre. Après quelques instants, il nous rejoignit.

— Venez, dit-il.

Nous entrâmes dans un vestibule, parcourûmes plusieurs couloirs et prîmes un escalier. J'aperçus une aula richement meublée et décorée, la salle de réception de tout bâtiment d'importance, puis Raimbaud s'arrêta devant une petite pièce, une chambre pour des hôtes de passage. Il s'effaça pour nous laisser passer et nous pûmes étendre une Alaïs épuisée sur un lit.

— Une pièce semblable vous attend à côté, ma dame, m'annonça-t-il. Bertille pourra se reposer sur ce siège, près de sa maîtresse.

Il avait retrouvé son ton cérémonieux. J'acquiesçai et revins à Alaïs. La jeune fille était si pâle que sa peau en paraissait translucide. Son nez pincé et sa respiration précipitée auguraient mal de son état. Je me mordillai les lèvres. Fallait-il la réchauffer ou la refroidir ? J'avais si peu de connaissances. Quand Gontran était tombé malade, je n'avais pu le soulager. Ni moi ni le médecin. Il avait été emporté en une semaine. Je redoutais la même conclusion.

Bertille se mit à sortir divers flacons de son bagage. Elle dégagea avec douceur les cheveux collés sur les tempes d'Alaïs et lui tamponna le front. Je la laissai œuvrer. À Crebessac, c'était la vieille Gudule qu'on appelait pour les affections bénignes de la maisonnée, mon fils excepté.

À ce rappel, j'étouffai un geignement consterné, le cœur tordu par la culpabilité. Je n'avais pas eu une pensée pour lui durant le jour entier. Quelle mère étais-je en train de devenir ? Il semblait que la femme que j'avais étouffée sous l'instinct maternel ces dernières années cherchait à reprendre sa place. De manière bien malavisée, conclus-je les yeux embués au souvenir du garçon qui avait surgi lors de ma confrontation avec Mélaine.

La fièvre d'Alaïs continua à monter durant la nuit. Affalée sur le coffre, je guettais les bruits environnants qui s'estompaient de plus en plus. Bertille et moi avions grignoté sans appétit une écuelle que Raimbaud nous avait apportée un peu plus tôt. Il s'était enquis de l'état d'Alaïs. Serait-elle capable de monter le lendemain ? J'avais secoué la tête. J'en doutais. Il avait paru contrarié sur le moment et j'avais compris qu'il pensait à la relique. Nous devions franchir le Rhône demain pour gagner le comté de Provence. Un jour ou deux de retard avaient-ils tant d'importance ?

Les heures continuèrent de s'écouler dans un silence inconfortable. Pour une fois, Bertille ne semblait pas en veine de bavardage. Fallait-il comprendre que l'état de sa maîtresse lui semblait préoccupant ?

Enfin, au plus profond de la nuit, bien avant laudes, la température d'Alaïs baissa et elle sembla retrouver un sommeil plus serein. Le corps ankylosé et rompu de fatigue, je me dirigeai vers la porte.

— Je vais me reposer un peu à côté. Appelle-moi si cela est nécessaire.

Je titubai jusqu'à la petite pièce qui me servait de chambre. J'ôtai ma cotte et mes chausses et je m'écroulai sur le lit.

Je me réveillai en sursaut en entendant ma porte s'ouvrir. La petite fenêtre éclairait la pièce de la lumière incertaine de l'aube. Je bondis du lit, ma fine chemise de lin battant mes mollets, un petit couteau à la main, et poussai un soupir incrédule en découvrant Raimbaud devant moi.

Il me fixait d'un air étrange, déjà habillé de pied en cap. Malgré la porte fermée, du bruit parvenait de l'étage en dessous. Je fronçai les sourcils en laissant retomber mon bras. Avais-je raté l'heure du départ ?

Il chuchota très vite.

— Ne criez point. Il ne faut pas qu'on me découvre dans votre chambre.

Je le regardai sans comprendre, l'esprit encore embrumé par le sommeil. Pourquoi s'y trouvait-il alors ?

— Est-ce Alaïs ? finis-je par demander. Comment va-t-elle ?

Son état s'était-il aggravé ? Avait-elle eu une autre crise dans son sommeil ?

Il eut un mouvement impatient des épaules.

— Je l'ignore. Je ne suis pas venu pour cela. Vite. Nous n'avons pas beaucoup de temps.

Mais il ne bougea pas. Ses yeux écarquillés semblaient en proie à l'indécision. Mon cœur s'emballa. Sa présence secrète aux petites heures du jour ne pouvait signifier qu'une seule chose. Avait-il compris mon attirance pour lui dans le tunnel ? Allait-il y répondre en dépit de ses vœux ? Un tremblement de désir me saisit tandis que mon sang noble se rebiffait. Comment pouvais-je m'émouvoir de ses façons cavalières ? Je n'étais point une fille de cuisine qu'on culbutait entre deux portes.

Il me fixait toujours intensément de ses grands yeux marron pailletés de vert, dont je me rappelais si bien la douceur. Ses boucles désordonnées, dans lesquelles il passa une main nerveuse, tranchaient avec la sévérité de sa mise que je souhaitais à l'instant bien plus légère, comme près du Gardon. Ma bouche s'assécha et je fis un pas dans sa direction.

Aussitôt il me rejoignit comme s'il avait attendu ce signal. Alors que je pensais qu'il allait me plaquer contre lui et prendre les lèvres que je lui offrais, il saisit vivement une chaîne à son cou, la relique, compris-je un instant plus tard, avant de la passer autour du mien. La stupéfaction se peignit sur mon visage devant ce geste inattendu. Malgré tout, quand il glissa ses doigts par l'échancrure ouverte de ma chemise, ses mains me brûlèrent la peau. J'étouffai un gémissement qui le fit tressaillir. Le métal réchauffé par la chaleur de son corps vint se loger entre mes seins, m'arrachant un autre frisson. Il me prit la main et la posa dessus, à quelques pouces de mon cœur tambourinant.

— Gardez-la pour moi, voulez-vous ? Veillez sur elle. C'est extrêmement important.

Ses yeux me dévisageaient avec fièvre, cherchant à lire en moi.

— Pourquoi me la confiez-vous ? balbutiai-je, à la fois frustrée et désorientée par mes fantasmes avortés.

— N'entendez-vous point ? Les hommes du roi sont en bas. Ils viennent nous arrêter.

Je tendis l'oreille. Ce que j'avais d'abord pris pour les bruits d'éveil d'une commanderie signifiaient tout autre chose. Des ordres criés, des coups qui défonçaient des portes… Le sénéchal et ses gens d'armes.

Un frisson de crainte remonta le long de mon dos.

— Que vous reprochent-ils ? demandai-je d'un ton pressant.

Il hésita, et l'embarras que je lus dans ses yeux accablés me peina.

— De lourdes charges pèsent sur nous. Ignominieuses et diffamantes. Je vous en prie, veillez sur l'épine jusqu'à ce que nous soyons libérés. Cachez-la, qu'elle ne tombe point entre leurs mains. Faites-le en souvenir de Ruad. Je viendrai la reprendre.

Je hochai la tête même si je ne comprenais rien. Pourquoi m'avait-il choisie ? Ne pouvait-il point la dissimuler ? Et pourquoi semblait-il craindre cette arrestation même s'il était étranger à cette commanderie ?

Ses yeux me suppliaient toujours, alternant avec de brefs coups d'œil vers la porte, et je murmurai :

— Je vous en fais le serment.

Je rajoutai dans un souffle, si bas que j'ignorais s'il avait entendu :

— Je vous le promets, non pour Ruad, mais pour vous.

Nos regards restèrent aimantés l'un à l'autre quelques instants. Puis il me prit la main et la retourna délicatement. Sans me lâcher des yeux, il embrassa mon poignet, là où la veine palpitait fortement sous l'émotion qui m'avait envahie. Je frissonnai sous la douceur de ses lèvres. Ce geste à la fois intime et plein de déférence me serra la gorge. N'était-ce point l'adieu d'un homme qui n'est pas sûr de revoir sa dame ?

Je secouai la tête. Je divaguais. Il finirait par me retrouver. Non pour ma personne, mais pour la relique. Il était un chevalier du Temple, voué à la défense des Lieux saints... et au célibat.

— Que Dieu vous garde, Flamalia.

Il me jeta un ultime regard, m'englobant une dernière fois dans sa chaleur, et quitta la pièce en quelques enjambées. Quand la porte se referma, je m'avachis sur moi-même, me sentant subitement abandonnée.

8

Montfrin, 13 octobre 1307

Le claquement de l'huis me sortit de ma torpeur. J'enfilai hâtivement ma robe, tout en cachant la relique dans les profondeurs de ma chemise. Mes chausses et souliers suivirent. Je rangeai ma petite dague dans mon aumônière et rejoignis tout aussi vite la chambre d'Alaïs.

Dans le couloir, la rumeur montait vers nous. Il n'était plus temps de traîner. Quand j'ouvris brusquement la porte, Bertille, qui somnolait dans le siège, se releva d'un bond.

— Comment va Alaïs ? l'interrogeai-je d'une voix pressante.

La servante sourit.

— Bien. Beaucoup mieux, je dois dire...

— Il faut qu'elle ait l'air malade. Tout de suite.

Elle écarquilla les yeux devant l'urgence de ma voix. Puis, sans état d'âme, elle renversa l'aiguière sur le lit et gifla Alaïs sur les deux joues. La jeune fille se réveilla en sursaut, rouge, suffocante, et des larmes se mirent à couler de ses yeux. À cet instant, la porte s'ouvrit à la volée et deux gens d'armes s'engouffrèrent dans la pièce, l'un grand et maigre, l'autre plus râblé, tous deux arborant le même air menaçant. Bertille poussa un cri d'effroi et Alaïs retomba sans connaissance sur le lit.

L'instant de vérité était arrivé. Je fis taire la peur qui me hérissait le dos de frissons et m'avançai vers les deux individus, digne, droite, comme toute femme noble qui se sentirait outragée.

— Que se passe-t-il ? demandai-je avec hauteur. Pourquoi cette intrusion ?

Le premier homme parut un instant surpris que je lui tienne tête, mais il se ressaisit vite.

— Vous trois, venez avec nous !

Je secouai la tête.

— Nous ne pouvons vous suivre quand bien même le voudrions-nous. Cette jeune fille est malade. Voyez son état.

Je désignai Alaïs renversée sur le matelas, son teint trop pâle et ses joues empourprées.

— L'autre fille n'a qu'à rester avec elle ! décida celui qui n'avait pas encore parlé. Toi, tu nous accompagnes.

Il m'attrapa par le bras et m'entraîna avec lui. Avant de sortir, je jetai un regard d'avertissement à Bertille, la priant de rester prudente. Puis je me dégageai de la poigne qui me tenait et passai devant. Je refusais d'être traitée comme une vulgaire prisonnière.

Nous rejoignîmes l'aula au même étage, où se tenait un homme d'importance. À sa mise soignée, j'identifiai le sénéchal. Il parcourut de ses yeux froids mes joues pâles, ma coiffure négligée, ma robe enfilée à la hâte et mal serrée.

— Une femme dans la commanderie… Ainsi donc, les rumeurs seraient vraies.

Il fronçait les sourcils. Je redressai le menton pour cacher ma frayeur. À quelles rumeurs faisait-il référence ? Cette commanderie était-elle coupable de certains désordres ?

— Je suis la dame de Crebessac, affirmai-je. Mes deux compagnes et moi-même voyagions avec un contingent de chevaliers du Temple venant du Puy-en-Velay pour notre protection. Montfrin n'était qu'une étape suite à la maladie de l'une d'entre nous.

Il plissa les yeux.

— Votre protection, vraiment ? Assurée par un ramassis de blasphémateurs et de sodomites ?

Je pâlis sous la violence des mots. Ces accusations étaient graves, très graves. Bien plus que les calomnies qui s'étaient répandues ces derniers mois. Était-ce ce qu'avait voulu dire Raimbaud ? Qu'allait-il advenir de nous ?

— Que faisiez-vous sur les routes ? m'interrogea-t-il encore.

— La damoiselle Alaïs allait se marier à Marseille, accompagnée de sa servante, soufflai-je, réellement effrayée. Quant à moi...

Je me mordis les lèvres. Quelle excuse pouvais-je invoquer ? Ma raison d'être dans ce voyage était mince. La relique autour de mon cou me sembla peser encore plus lourd.

— Je me rendais sur la côte, finis-je par dire. Entre Montpellier et Narbonne. Mon père, Dieu ait son âme, y possédait un fief avant de se croiser et partir combattre en Terre sainte.

Fief qu'il avait vendu puisque nous étions restés à Chypre, mais le sénéchal l'ignorait probablement. Je comptais surtout sur l'aura de défenseur de la foi que la croisade octroyait à mon géniteur.

L'homme hocha la tête. Mes explications semblaient lui convenir, ce qui me donna suffisamment de courage pour demander d'une voix légèrement tremblante :

— Qui porte de telles accusations ?

— Des informateurs bien placés puisqu'ils sortaient de leurs rangs... avant de les quitter. Des accusations que notre bon et pieux roi, par l'intermédiaire de son grand inquisiteur, a pris très au sérieux. Toutes les commanderies d'importance en France ont été pareillement investies, ajouta-t-il avec fierté. Toutes, ce matin.

Je le fixai, abasourdie, n'en croyant pas mes oreilles. Une arrestation collective, partout en France ? Sur des dénonciations ? Une opération gigantesque dans laquelle je me trouvais malgré moi impliquée. Une conséquence de l'infortune qui s'attachait à mes pas depuis tant d'années ?

Durant un instant, je m'interrogeai sur le fond de vérité que ces accusations pouvaient contenir. Jamais je n'avais surpris, à Chypre, Ruad ou ces derniers jours, des gestes ou allusions qui pourraient suggérer de telles pratiques. Evrard, blasphémateur ?

Impossible. Raimbaud, sodomite ? Je refusais de l'imaginer alors qu'il n'avait même pas effleuré les lèvres que je lui offrais. Était-ce seulement le fait d'aigris et bannis, pleins de fiel, qui avaient trouvé une oreille complaisante dans l'entourage royal ?

Je revins à la réalité. Ce n'était point le moment de m'en inquiéter. Fixant le sénéchal, je répliquai.

— Je l'ignorais. Je cherchais une escorte capable de nous protéger. Ne sont-ils point réputés pour leur courage au combat ? Nul brigand ne s'y frotterait.

Je les avais moi-même vus à l'œuvre face aux Sarrasins.

— Qu'importe, répliqua l'homme avant de se tourner vers les soldats qui l'entouraient. Qu'on les embarque également.

Les deux hommes qui m'avaient emmenée, le grand maigre et le râblé, s'approchèrent à nouveau de moi.

— Non, m'écriai-je en faisant un pas en arrière. L'une de nous est très malade, peut-être même contagieuse. De cette peste qui a tué des enfants dans la région.

En un éclair, je m'étais remémorée notre étape à Remoulins, après la baignade dans le Gardon, quand j'avais compris que mon cœur commençait à m'échapper.

Les deux hommes s'arrêtèrent dans leur mouvement.

— C'est vrai, messire, renchérit le râblé. La plus jeune semble avoir de la fièvre. Peut-être vaudrait-il mieux les isoler ?

Le sénéchal réfléchit un instant, puis déclara.

— Qu'on les emmène au couvent des bénédictines. Peut-être que les sœurs s'avéreront capables de la guérir.

Ce qui fut fait. On sortit Alaïs de son lit. On nous rendit nos montures et on nous expédia au couvent entre quatre hommes d'armes qui tenaient leurs distances.

Au moment de quitter la cour, mon regard croisa brièvement celui de Raimbaud qu'on parquait dans le coin opposé. Malgré l'envie dévorante que j'en avais, je me forçai à l'ignorer. Je ne devais point montrer qu'il ne m'était pas indifférent. Je remarquai néanmoins la ligne de ses épaules tendues, ses mâchoires crispées par l'incertitude malgré l'air fier qu'il gardait, et lui adressai un coup d'œil furtif. Qu'il se tranquillise. Malgré ma fâcheuse posture, je comptais bien veiller sur la relique. Pour Ruad. Pour Chypre. Pour lui.

Quand ma monture passa la porte, il se déroba à ma vue. Je contins le soubresaut de mon cœur et m'attachai à maintenir Alaïs contre moi tout en guidant ma jument.

La difficulté du trajet m'empêcha de me rendre réellement compte de ma situation. Il fallut que les lourdes portes du couvent se referment sur nous pour que je réalise ce qui m'arrivait. J'étais de retour dans une prison semblable à celle que j'avais fuie des années plus tôt. Dans ma poitrine, mon cœur s'affola subitement. Ma tête me tourna et je m'obligeai à prendre de profondes inspirations, alors qu'une moniale nous guidait vers la cellule que nous partagerions toutes les trois. Arriverai-je à m'échapper un jour pour retrouver mon fils ?

La porte claqua dans un bruit sinistre. Alaïs se mit à geindre, dévorée par la fièvre revenue, et Bertille lui administra une de ses potions. Sous la panique qui menaçait de me submerger, je me mis à faire les cent pas, serrant et desserrant les poings. Il fallait que je me calme et réfléchisse à mes problèmes un par un.

En premier lieu, je devais sortir d'ici pour aller trouver l'évêque et réclamer mon fils. L'arrestation de Raimbaud, la relique qu'il m'avait remise, la découverte qu'il était mon sauveur secret de Ruad et mon inclination coupable, rien de tout cela ne devait remettre en cause mon but premier, récupérer mon enfant. Cette idée fixe avait été mon cap durant toutes ces années, me permettant jour après jour de surmonter l'adversité. Maintenant que je savais Romaric en bonne santé, l'urgence s'était légèrement estompée mais ce besoin viscéral restait inchangé. Un jour, mon fils et moi serions réunis.

Au soir, une moniale vint nous voir. Elle œuvra autour d'Alaïs sans mot dire en hochant la tête d'un air grave durant son examen.

— Va-t-elle se remettre ? la pressai-je. En combien de temps ? Quand pourrons-nous sortir ?

Elle resta mutique à chacune de mes questions. Était-elle astreinte à la règle du silence ? Ou peut-être n'en savait-elle rien ?

Je revins à Alaïs : sa peau pâle brillante de sueur malsaine, les plaques rouges sur ses joues, ses lèvres décolorées qui laissaient échapper une respiration fébrile. Des symptômes qui me montraient à quel point elle était souffrante et sans force.

Avant de sortir, la sœur nous laissa un repas chiche que mon estomac contracté n'aurait pu avaler. La porte claqua de nouveau. Je tombai à genoux et me mis à prier.

Plusieurs jours passèrent dans ce silence angoissant. Une moniale nous apportait nos repas sans jamais répondre à mes questions ou prières pour voir la mère supérieure. Une autre soignait Alaïs. Même Bertille avait perdu son allant coutumier et ne rompait plus que rarement le silence. L'incertitude de la situation était en passe de me rendre folle.

Tant de journées perdues sans avancer d'un iota au sujet de mon fils. J'essayais de me consoler en me disant qu'il était heureux. Il ne se rappelait probablement pas de moi, nous avions été séparés alors qu'il n'était qu'un bambin. Je ne lui manquais pas. En réalité, je ne manquais plus à personne.

Une nuit, mes mouvements désordonnés entortillèrent la chaîne de l'épine autour de mon cou. Dans mon rêve, j'étais à nouveau à Ruad et je me voyais étouffer sous les mains rudes d'un mamelouk. Je tentai d'appeler à l'aide, la bouche ouverte sur un cri incapable de sortir, et me réveillai en sursaut, le cœur battant la chamade. Dans la cellule, le silence régnait. Je soupirai de soulagement, ce n'était qu'un affreux cauchemar. Puis je replaçai la chaîne correctement et m'autorisai pour une fois à laisser mes pensées s'envoler vers Raimbaud.

Je le revoyais chevauchant sa monture, son assiette parfaite, ses épaules puissantes et les rayons du soleil jouant dans ses boucles. Où se trouvait-il aujourd'hui ? Avait-il été libéré ? Pensait-il parfois à moi ou seulement à sa relique ? Peut-être était-il en train de me chercher pour récupérer l'épine tandis que je dépérissais dans ce couvent ? Je grimaçai à ce vain espoir et un soupir accablé m'échappa. La justice n'était point rapide. Plus vraisemblablement, il croupissait toujours dans une geôle.

— Dame Flamalia ? interrogea une voix dans la nuit. Que se passe-t-il ? Vous sentez-vous mal ? Puis-je faire quelque chose pour vous ?

Bertille ! Elle ne dormait point, comme je l'avais cru. Sous cette sollicitude inattendue, je craquai. Les larmes me montèrent aux yeux et je me mis à sangloter. Cela faisait si longtemps que j'avais le cœur en charpie. Un instant plus tard, je sentis une main compatissante tapoter mon épaule.

— Allons, ne pleurez point, ma dame. Alaïs va mieux. Dès qu'elle sera guérie, nous sortirons. Car nous ne sommes point prisonnières, n'est-ce pas ?

Malgré elle, sa voix contenait une pointe d'incertitude.

— Je ne le pense pas, confirmai-je sans en avoir la moindre assurance mais parce qu'il fallait bien vivre d'espoir.

— Je préfère cela, reprit-elle la voix déjà plus légère. Car je ne suis pas faite pour devenir nonne. J'aime trop les hommes pour cela.

Elle m'adressa un clin d'œil avant de reprendre, plus sérieuse.

— Vous devriez prévenir votre parentèle de votre présence ici. Peut-être pourraient-ils assurer les soins de notre damoiselle ? Et nous pourrions enfin sortir de cette cellule sinistre.

— Je n'ai plus de parentèle, Bertille, avouai-je. Je suis seule. Seule, veuve, avec un fils qu'on m'a volé, un fief dont on m'a dépouillée. Je n'ai plus que mon nom, seul rempart contre la déchéance.

La jeune femme eut un petit cri étouffé.

— Vous paraissez pourtant si sûre de vous. Quand vous avez tenu tête aux soldats à la commanderie...

J'esquissai un sourire triste. Cela me faisait du bien de me confier, même à une servante délurée que je connaissais depuis moins d'un mois.

— Je me suis battue contre des Sarrasins. Alors de simples soldats de France à côté...

Elle laissa échapper un sifflement d'admiration et je m'en voulus aussitôt. Pourquoi me glorifiai-je ? Si Raimbaud n'avait point été là, je serais sûrement morte à Ruad ou j'aurais fini esclave dans un sérail.

— C'est donc pour cela que messire du Puy semblait vous tenir en si haute estime. Il sentait encore l'Orient à plein nez celui-là, foi de Bertille.

Je sursautai et rougis, confuse que nos pensées suivent le même chemin, soulagée que l'obscurité me dissimule à sa vue. La jolie rousse semblait diablement perspicace. Qu'avait-elle déduit d'autre, de ses observations ? Avait-elle remarqué mon trouble face au chevalier ?

Il valait mieux changer de sujet. Même si nos épreuves nous avaient rapprochées, je n'étais point prête à lui avouer une telle indignité.

— Tu sais maintenant pourquoi je ne peux te prendre à mon service, Bertille, même si je l'aurais souhaité. Je n'ai plus de toit.

— Un jour, vous retrouverez tout cela, m'assura-t-elle d'un ton encourageant. Et en attendant, je suis sûre que ma maîtresse vous prendrait dans sa maison. Elle vous aime bien.

L'idée était tentante. Me reposer quelque part après tant d'années d'errance. Mais je ne pouvais demeurer à Marseille, trop loin de mon suzerain pour réclamer justice.

— Je crains que d'autres tâches ne m'attendent. Je n'ai pas renoncé à mon fils. Je n'y renoncerai jamais ! Je me battrai jusqu'à mon dernier souffle pour le récupérer.

— Il faut quand même prendre le temps de vivre, ma dame. La vie est bien trop courte. Mais vous savez déjà tout ça avec votre époux qui a trépassé. À moins qu'il était déjà vieux ?

Je secouai la tête.

— Il n'était mon aîné que de quelques années.

— Alors vous voyez ce que je veux dire ! Peut-être que demain on sera tous morts. Ou proches de l'être, comme tous ces chevaliers qui nous accompagnaient.

Je me redressai subitement, l'esprit alarmé.

— Comment cela ?

— Vous ne savez point comment sont les prisons du roi Philippe ? À l'heure qu'il est, ils sont probablement tous passés sur le chevalet pour les faire avouer. Ou l'estrapade[1] peut-être. Un de mes voisins a tâté des geôles pour une vulgaire histoire de braconnage. Quand il en est ressorti, il ne pouvait plus se servir des deux derniers doigts de la senestre.

Le sang se retira de mon visage. La tête me tourna. Je n'avais pas un instant envisagé cette possibilité : Raimbaud souffrant sous les pinces et les tenailles. Affolée, je fermai les yeux, puis les rouvris tout aussi vite devant les visions d'horreur qui m'assaillaient.

— Non ! murmurai-je d'une voix altérée. Non. Pas les nobles.

— Et pourquoi donc ils bénéficieraient d'un traitement de faveur ?

— Parce que… Je ne sais pas, Bertille. Je l'espère seulement. Je prie pour qu'aucun d'entre eux n'ait à souffrir, nobles ou gens du commun, repris-je plus fermement, honteuse de m'être laissée aller à dévoiler mes faiblesses. Ce ne sont point des criminels.

— Moi aussi, je l'espère, ma dame. Comme j'espère bientôt qu'on sorte d'ici.

Sa réplique sonnait comme un vœu pieux. Un frisson s'empara de mon corps et je joignis précipitamment les mains, priant avec ferveur pour notre sauvegarde à tous.

1. Supplice qui consistait à attacher les bras de la victime dans le dos, puis à la faire tomber d'une hauteur importante sans lui laisser toucher le sol, pour que la force de la chute lui disloque les épaules.

Lettre II

Le 20 octobre 1307

Très cher Sire,

Le pape a quitté Bordeaux en toute hâte pour rejoindre Poitiers. Nul doute qu'il cherche à vous rencontrer pour protester de votre sainte intervention. Nous nous employons à faire avouer leurs turpitudes aux dignitaires du Temple le plus rapidement possible. Nuit et jour, nos geôliers y travaillent afin que triomphe la vérité. Ce n'est plus qu'une question d'heures.

Ainsi, une fois l'infamie des plus grands révélée, tous suivront et plus rien ne pourra arrêter leur chute.

Votre dévoué serviteur, Nogaret.

9

Abbaye de Saint-Sauveur de la Fontaine, près de Nîmes, novembre 1307

Novembre succéda à octobre, d'après les marques discrètes que je traçais au sol pour ne point perdre le compte des jours. Alaïs retrouva la santé sans que change notre routine. Mes pires craintes se confirmaient, nous semblions prisonnières. Ne sortirions-nous d'ici que pour être remises aux hommes du roi ? Comment pourrais-je alors retrouver mon fils ?

Assise contre le mur, mes ongles s'enfonçant convulsivement dans la peau de mes mains, je me désespérais en silence, à l'instar de Bertille dont les yeux se résignaient un peu plus chaque jour. De son côté, Alaïs pleurait sans bruit après sa famille et la douce existence à laquelle elle avait été arrachée. Plusieurs nuits, elle se leva durant son sommeil et usa ses mains sur la porte verrouillée en poussant des petits cris plaintifs, nous tirant de l'oubli dans lequel le repos nous avait miséricordieusement plongées.

Un mois après notre arrivée, la mère supérieure nous fit enfin mander. À l'annonce de cet événement que je désirais autant que je le craignais, un profond frisson s'empara de moi et je dus prendre appui sur le mur pour garder l'équilibre. Je carrai ensuite les épaules et pris la tête de notre groupe. Il fallait bien que quelqu'un le fasse et j'étais l'aînée.

Quand nous arrivâmes devant l'abbesse, j'étais plus morte que vive, redoutant qu'elle nous annonce notre transfert vers une geôle encore plus sinistre. Je cherchai un indice sur notre sort dans ses traits vieillissants, mais son visage disparaissait sous les voiles qui lui enserraient la tête.

— Mes filles, déclara-t-elle, un convoi de pèlerins s'est arrêté à quelques lieues d'ici. Il se rend à Saint-Gilles. De là, il devrait vous être possible de gagner Marseille, votre destination, il me semble.

Mes jambes faillirent me lâcher pour de bon. Cela signifiait-il que nous étions libres ?

— Oui, ma Mère, acquiesçai-je respectueusement tandis que mes deux compagnes restaient coites sous la surprise.

Je leur jetai un coup d'œil. Alaïs semblait au bord du malaise et Bertille, qui s'employait à la maintenir, m'adressa un sourire de soulagement.

— En remerciement de notre accueil, il me semble qu'un don serait bienvenu, reprenait l'abbesse. Nous n'avons point pour habitude de recueillir le tout-venant. Seules les plus nobles dames et damoiselles sont acceptées entre ces murs.

Son insistance semblait dirigée vers moi. Je cachai un rictus ironique. Je ne possédais rien. Ma seule richesse, hormis ma monture dont je devrais probablement me séparer, était la relique que je sentais peser sur mon cou. Je secouai imperceptiblement la tête. Elle ne m'appartenait point. Raimbaud m'avait fait confiance et je ne pouvais m'en séparer auprès de cette moniale cupide.

Puis je me rappelai le trousseau d'Alaïs qui nous avait suivi jusqu'ici.

— Cela me semble évident, répondis-je. Que penseriez-vous de deux belles bêtes de bât et de ce qu'elles transportent ?

Alaïs fronça les sourcils. Je soutins son regard et hochai la tête. Il fallait parfois faire des sacrifices, comme me l'avaient appris mes différentes fuites. À chaque fois, j'y avais perdu quelque chose : ma mère à Saint-Jean-d'Acre, ma santé à Ruad... Bien pire que quelques marchandises.

L'abbesse nous renvoya à notre cellule préparer nos affaires et, à sexte[1], nous étions dehors. J'inspirai avec délice l'air frais de l'automne, tout en promenant mon regard sur les arbres sans feuilles. Nous nous hissâmes sur nos montures respectives, parfaitement entretenues durant notre enfermement, et nous nous mîmes en route.

Alors que nous arrivions aux abords de Nîmes, un attroupement attira mon attention. Nous démontâmes et approchâmes. Étaient-ce les pèlerins que nous devions rejoindre ?

Une charrette dépassait de la foule. Des cris et des sifflements retentirent à son passage. Je levai les yeux et le sang se retira de mon visage. C'étaient des templiers, le regard fuyant et les épaules basses. Aussitôt, je les scrutai, espérant y découvrir un visage familier. Malgré leur teint un peu hâve, ils n'avaient point l'air trop mal portants. Avaient-ils été innocentés ? Allais-je bientôt croiser Raimbaud au détour d'un chemin ? À Marseille ou à Fontaine-de-Vaucluse auprès de mon suzerain ?

— Que se passe-t-il ? demandai-je à mon voisin, un homme aux vêtements aisés, le désignant comme bourgeois. Sont-ils libérés ?

Une expression sidérée se peignit sur son visage.

— Libérés ? Certainement pas. Pas après ce que ces maudits ont confessé !

— Ils sont seulement transférés dans une autre prison, intervint d'une voix malveillante une jouvencelle aux joues creuses.

Je l'écoutai à peine.

— Qu'ont-ils avoué ? les interrogeai-je avec empressement.

— Eux, je ne sais point, rétorqua l'homme en fronçant les sourcils devant mon ignorance. Mais les dignitaires du Temple ont déballé toutes leurs turpitudes : reniement de la croix, baisers infâmes, vénération d'idoles...

— Les dignitaires ?

1. Sixième heure du jour, correspondant à midi.

— Des corrompus. Charnay. Molay, le maître de l'ordre. Et maintenant Pairaud.

— Ainsi qu'une foule d'autres, ajouta un quidam à ma senestre. Des dizaines, venus de toutes les régions. Du nord au sud, de l'est à l'ouest. Tous dévoyés dans leurs commanderies alors qu'ils nous poussaient à leur céder nos maigres richesses pour sauver notre âme...

Il ponctua sa phrase d'un crachat qui faillit toucher ma jupe. Je reculai, l'esprit en pleine débandade.

— Même que l'grand maît' a dit aux aut' templiers qu'il se'vait plus à rien de nier leurs fautes, conclut une vieille femme à la dentition fantaisiste.

Je fis un autre pas en arrière, le corps glacé. Cela ne se pouvait. Mais si les dignitaires avaient avoué et incité leurs ouailles à se confesser à leur tour, c'était que l'ordre était coupable. Cela ne confirmait-il pas les rumeurs qui filtraient depuis déjà plusieurs mois, relayées par des hommes plus courageux que d'autres ? Les accusations ressortaient au grand jour...

Pourtant je n'arrivais pas à faire correspondre ce Temple dévoyé avec les hommes que j'avais fréquentés des années plus tôt. La moralité de l'ordre s'était-elle délitée à l'image de leurs possessions en Terre sainte ? Derrière les yeux pleins de bonté d'Evrard, y avait-il des messes d'idolâtrie ? Sous la compassion de Raimbaud, se cachait-il un reniement de la croix ? Dans ce cas, comment pouvait-il accorder tant d'importance à la sainte relique qu'il m'avait confiée ? N'était-ce qu'hypocrisie de sa part ? Ou peut-être s'était-il conformé à la règle commune sans s'y plier de cœur ?

J'aurais voulu le croire sans reproche, mais qu'importe mes désirs, l'ordre était impie. Je relevai la tête, décidée à accepter cette vérité malgré les élans contraires de mon cœur, quand je croisai le regard de Bertille.

— Vous êtes toute pâle, ma dame.

Je lui saisis le bras et m'appuyai contre elle.

— As-tu ouï ce qu'il se dit, Bertille ? murmurai-je.

Elle hocha la tête d'un air entendu.

— Comment j'aurais pu y échapper ? Il aurait fallu que je sois bouchée des oreilles. Encore heureux qu'on ait pu quitter le couvent sans être inquiétées après cette sale histoire.

Je ne répondis pas à ce pragmatisme caractéristique de la jeune servante. Je ne comprenais pas moi-même. Pourquoi nous avait-on laissées partir ? Fallait-il croire que, devant l'ampleur du scandale, notre témoignage ne revêtait plus aucune importance ?

Bertille avait raison. Nous avions eu de la chance, me répétai-je, sans arriver à m'en réjouir.

— Il faut trouver le chef du convoi, me rappela-t-elle, me sortant de mes pensées. Nous devons nous rendre à Marseille.

Elles, peut-être, pas moi. Pourtant je hochai la tête, incapable de les abandonner en cet instant. Avec ou sans templiers, je les amènerai jusqu'à la cité phocéenne. Je ne pouvais les laisser livrées à elles-mêmes.

10

Saint-Gilles-du-Gard, novembre 1307

Nous nous présentâmes au chef du convoi, un homme d'une quarantaine d'années à la voix forte qui nous fit les recommandations d'usage. Je hochai la tête d'un air absent – ce n'était point mon premier pèlerinage – plus préoccupée par les révélations que j'avais apprises que par les maigres dangers que nous pouvions rencontrer sur un chemin si balisé.

Pendant deux jours, nous voyageâmes avec le groupe jusqu'à apercevoir les remparts de Saint-Gilles. Nous passâmes la porte de la ville au milieu d'un flot de badauds, aux voix impatientes et transportées d'être arrivées à bon port. Des idiomes de toutes nationalités se faisaient entendre et les nombreux changeurs avaient fort à faire pour satisfaire leur clientèle. À l'instar d'autres, nous laissâmes nos montures à l'écurie et arrivâmes à pied devant l'abbatiale.

L'édifice, imposant dans sa jolie pierre blanche, se présentait comme un livre ouvert auprès des foules qui se pressaient autour. Sa façade, richement ornée, illustrait diverses scènes de la Bible et attirait les fidèles de l'Europe entière, au point que la ville était devenue le quatrième lieu de pèlerinage après Jérusalem, Rome et Compostelle.

Me dressant sur la pointe des pieds pour mieux voir, je parcourus l'église des yeux, admirant ses colonnes gracieuses et la précision de ses frises. Puis je me laissai gagner par la ferveur qui régnait autour de moi et priai pour le repos de l'âme de Gontran avec cinq ans de retard.

Après mes dévotions, j'appelai Alaïs et Bertille auprès de moi.

— Soyez prudentes et surveillez vos effets. Une telle affluence contient toujours son lot de voleurs.

— N'ayez crainte, ma dame. J'ai l'œil, me rassura Bertille.

Alaïs ne répondit point, se contentant de se rapprocher de nous tout en parcourant les alentours d'un air inquiet et je me félicitai de ma décision de les accompagner jusqu'à Marseille.

Sur le conseil de pèlerins venus de Rome, je décidai de trouver un embarquement au port de la ville pour rejoindre la cité phocéenne, un trajet plus sûr et rapide que par terre. Je me mettais en route quand Bertille m'arrêta.

— Puisque nous sommes rendues jusqu'ici, ne devrions-nous point en profiter pour visiter la crypte ?

J'avisai la foule qui se pressait à l'entrée pour contempler le tombeau du saint, puis la dévisageai.

— Vois le monde qui attend. Une aubaine pour les détrousseurs. Il me semble plus judicieux de rallier au plus vite Marseille. Qu'en pensez-vous, Alaïs ?

La jeune fille hésita, perdue. Je craignais parfois que les épreuves sans fin dans lesquelles ce voyage l'avait plongée ne fassent chavirer sa raison.

— Oui... peut-être. Mais ne devrions-nous point rendre grâce d'avoir échappé à ces... ces... ces blasphémateurs ? finit-elle en rougissant.

Je pinçai les lèvres. Au fond de mon cœur, je n'arrivais pas à condamner Raimbaud. Je refusai de croire que l'homme qui m'avait sauvé la vie et montré tant de bienveillance puisse être aussi impie, au moins dans les profondeurs de son âme. Peut-être l'ordre était-il sacrilège et il n'avait fait qu'obéir. C'était en substance ce que tous les prisonniers semblaient avouer dans leurs confessions, comme je l'avais appris auprès d'un bourgeois moins borné qui venait de Paris, avec lequel j'avais échangé quelques propos le long du chemin.

Leurs aveux faits, nul ne savait encore quelle serait leur pénitence. Affaiblis par ses problèmes de santé, le pape Clément V semblait dépassé par la célérité du roi Philippe le Bel à mener l'enquête à sa place.

D'un geste machinal, je posai la paume de ma main sur ma poitrine, là où je savais trouver la relique, et me remémorai ce dernier matin. Les yeux de Raimbaud qui quêtaient ma confiance, ses lèvres sur ma peau dont le souvenir m'arrachait de temps à autre un frisson. Le poids qui pesait à chaque instant sur mon cou m'empêchait de reléguer cet épisode au fond de ma mémoire. Ça et les tiraillements de mon cœur.

— Nous prierons à Marseille, tranchai-je.

Nous mîmes cap vers le port en quête d'un bateau. J'étais allée à bonne école à Chypre et je sus éviter les capitaines peu scrupuleux ou carrément bandits. Après quelques négociations, je nous trouvai des places sur un navire convoyant des pèlerins qui faisait escale à Marseille.

Je vendis les montures des jeunes filles, mais gardai Bravette, ma petite jument pour porter nos bagages. Au dernier instant, je m'étais sentie incapable de m'en séparer. Si elle m'évoquait parfois le supplice d'Astride, elle avait été ma seule amie durant de longues semaines et le témoin de ma rencontre avec mon fils. Elle me rappelait également les heures douces et paisibles à deviser avec le templier.

La nef, longue de près de cent pieds et large de vingt-cinq[1], prit la mer le lendemain et les vagues de la Méditerranée me rappelèrent un autre périple bien plus hasardeux. Accoudée au bastingage, les yeux perdus sur l'horizon, les souvenirs de la fuite de Ruad que j'avais, jusque-là, occultés remontaient peu à peu dans ma

1. La cogue, qui naviguait en Méditerranée durant les croisades, mesurait trente mètres de long pour huit mètres de large, et comportait deux mâts avec un total de six voiles.

mémoire : la souffrance pulsant dans mon corps qui voilait ma raison plus souvent qu'à son tour, la soif qui gonflait ma langue, et le soleil dont l'éclat impitoyable augmentait mes tourments.

Durant deux jours, Raimbaud et moi avions dérivé. Non sans mal, il avait dégagé mon haubergeon et avait tenté de nettoyer ma blessure à l'eau de mer. Sans rien voir, je m'étais redressée en hurlant avec l'impression que mon épaule était en feu. Les larmes dévalant mes joues, je n'étais plus qu'une boule de douleur. Il m'avait prise dans ses bras tandis que sa voix, mélange de ferveur et de détresse, m'encourageait à lutter pour survivre. Puis ses mains dans mon dos m'avaient reposée avec douceur dans le fond de la barque avant d'endiguer le sang qui coulait avec un morceau de son vêtement.

La nuit, alors que je grelottais de froid sous la fièvre, il s'était collé à mon dos, sa main posée à travers mon ventre, ménageant ma blessure et m'apportant sa chaleur. Je l'avais laissé faire, incapable d'affronter seule les températures fraîches, malgré l'inconvenance de la situation.

Quand j'avais cru ne pouvoir tenir une nuit de plus, la flotte de secours des templiers envoyée de Famagouste[1] *nous avait trouvés. Ma soif déchirante avait été étanchée, un médecin avait examiné ma blessure. Durant mes rares moments de conscience, j'avais demandé à voir mon sauveur, mais jamais il n'était entré dans le réduit où j'étais cantonnée. J'avais ensuite été transférée sur un navire génois qui faisait voile vers Constantinople et je ne l'avais point revu avant cette année.*

Il ne m'avait jamais dit son nom. Il ne connaissait pas le mien. Pourtant, à Ruad, il m'avait offert le plus beau des présents, l'espoir de revoir un jour mon fils dans cette vie et non dans l'autre. Pour cela, ma reconnaissance était infinie et sa condamnation impossible.

À Constantinople, ma blessure s'était infectée et j'avais mis plusieurs mois pour retrouver l'usage de mon bras. Quand je fus définitivement guérie au début de l'année 1304, ma misère abyssale et la guerre entre

1. Ville située sur la côte est de Chypre.

Constantinople et le tsar de Bulgarie firent obstacle à mon retour immédiat dans le Comtat Venaissin. La mort dans l'âme, il m'avait fallu attendre une occasion plus propice. J'avais fini par rejoindre un groupe de pèlerins qui regagnaient le royaume de France, gagnant ma pitance par de menus services, puis après quelques attaques de brigands où j'avais démontré ma maîtrise des armes, par la protection supplémentaire que je leur assurais. Durant ce long voyage, j'avais eu froid et faim, mes jambes étaient lasses et mon âme davantage encore.

Ce fut à cette époque que je me rapprochai d'Astride, une solide commère de Bourges, de quelques années mon aînée. Son époux la battait régulièrement à cause de sa stérilité, mais elle avait gardé assez de générosité en elle pour me prendre sous son aile et m'apporter l'affection dont j'avais tant besoin. Alors que j'avais tout perdu, elle avait été mon amie, mon rempart contre ma solitude et l'accablement qui, trop souvent, me guettait.

Petit à petit, au gré du voyage, bloqués parfois par les guerres, nous avions traversé les royaumes des Balkans jusqu'à arriver aux contreforts du Saint Empire. C'était là que l'effroyable s'était produit. Astride avait trouvé la mort sous les coups de son époux, persuadé que nous entretenions toutes les deux des relations condamnables. J'avais vu l'homme se transformer en bête sauvage sous la colère, crachant son fiel et frappant mon amie. L'esprit plein d'effroi et de rage, je m'étais jetée sur lui pour le faire cesser mais d'autres individus m'avaient retenue, malgré mes ruades et mes cris, m'obligeant à assister, impuissante, à la fin de la douce femme.

Tremblant de tous mes membres, je m'étais approchée d'elle, incapable d'y croire. J'avais contemplé ses yeux autrefois rieurs qui fixaient désormais le vide, et je m'étais effondrée sur sa dépouille, écrasée par le chagrin et la culpabilité.

La nuit venue, craignant pour ma vie, j'avais volé une jument, ma Bravette, pour fuir le courroux de l'époux faussement outragé et la suspicion solidaire du reste du groupe. Après des semaines de voyage à frémir d'effroi à chaque rencontre, j'avais fini par atteindre le Puy-en-Velay et je m'étais présentée devant Mélaine, accompagnée de templiers, les seuls hommes à qui je faisais encore confiance.

Lettre III

Le 22 novembre 1307

Très cher Sire,

Le pape vient de promulguer une nouvelle bulle, ordonnant aux souverains étrangers d'arrêter les templiers de leurs royaumes respectifs et de saisir leurs biens au nom de la papauté.

Il semble décidé à s'immiscer dans ce procès, vous empêchant de le mener à votre guise. Afin de contrer cette ingérence dans vos affaires, il faudra probablement recourir à l'intimidation, voire à la violence, comme pour le pape Boniface VIII en son temps.

Je reste pour ce faire, aujourd'hui comme autrefois, à votre entière disposition.

Votre dévoué serviteur, Nogaret.

11

Fontaine-de-Vaucluse près de Cavaillon, fin décembre 1307

J'aperçus le château de l'évêque de Cavaillon à l'horizon, et le soupir de soulagement que je poussai forma un nuage de buée dans l'air froid de la matinée. Puis je resserrai mon manteau autour de mon corps frissonnant, aussi glacé que mon cœur.

Trois semaines plus tôt, j'avais quitté Alaïs et Bertille à Marseille entre les mains de Petrus Valvert, le fiancé de la jeune fille.

— Voici Alaïs, votre promise, l'avais-je présentée quand la porte s'était ouverte devant nos trois silhouettes épuisées.

Il l'avait regardée avec stupéfaction durant un instant avant qu'une exclamation soulagée ne s'échappe de sa bouche.

— Après les nouvelles venues de France, je craignais tant que...

Il s'était interrompu, je l'avais rassuré.

— En dépit des circonstances, aucun mal ne nous a été fait.

— C'était juste plus long que prévu, mais les bonnes choses se font souvent attendre, avait renchéri Bertille avec un coup d'œil pour Alaïs qui avait rougi.

Insensible à l'humour de la servante, le jeune homme avait approuvé :

— Il est heureux que le pape ait enfin ordonné l'arrestation

de ces maudits templiers dans tous les royaumes afin d'instruire leur procès.

À cette nouvelle, j'avais étouffé un hoquet de stupeur, et depuis lors un malaise insidieux m'empoisonnait l'âme jour après jour. Si le pape corroborait ainsi l'action du roi Philippe en condamnant ses propres troupes, n'était-ce point parce que le Temple était réellement coupable ?

Étourdie, j'avais prétexté une longue route pour prendre congé.

— Voyez, ma dame, comme ils se dévorent du regard, comme si nous n'existions point, m'avait glissé à mi-voix Bertille au moment des adieux. Autant vous dire que si vous cherchez une servante un jour, ma proposition tient toujours.

Les larmes m'étaient montées aux yeux. Je lui avais pris les mains et les avais serrées avec reconnaissance, tout en secouant la tête.

— Tu mérites une vie meilleure que celle que je peux t'offrir, Bertille.

Puis j'avais pris la route avant de me mettre à sangloter pour du bon.

— Allez, ma Bravette, on y est presque, déclarai-je à ma monture pour chasser mes sombres pensées. Bientôt je t'emmènerai à l'écurie. Tu seras au chaud et bien nourrie. Et plus tard, tu viendras avec moi à Crebessac. Tu verras, tu seras heureuse au château. La terre est riche, l'herbe grasse et l'eau des ruisseaux limpide. C'est comme le paradis...

Ma voix se cassa. Je soupirai puis levai les yeux vers l'édifice et l'habitation vaste et solide un peu en-deçà du château proprement dit où je savais pouvoir trouver l'évêque Bertrand II Imbert, mon suzerain. Je ne l'avais point revu depuis que, jeune épousée, j'avais accompagné Gontran pour un acte qui nous accordait la jouissance d'un lopin de terre supplémentaire près de Crebessac.

Mon cheval attaqua courageusement la dernière montée. Le froid vif des hauteurs me piquait la peau du visage. Seul le bout de mon nez, rouge, sortait de ma capuche. Une bise coupante n'avait cessé de souffler durant ma dernière étape, me glaçant les os.

— Je vais bientôt retrouver mon fils, repris-je tout haut pour faire reculer la solitude. C'est un enfant calme et gentil. Il t'apportera des pommes, Bravette. Nous avons un beau verger.

La jument s'ébroua, ce que je pris pour un assentiment.

Oui, l'évêque ne pourrait refuser à une mère d'élever son propre enfant.

Lorsque j'atteignis la barbacane, un soldat m'arrêta, la moue maussade de devoir sortir par ce temps. Il était si grand que son visage arrivait presque à ma hauteur alors que j'étais en selle. Sa vêture indiquait qu'il n'était point un simple planton, peut-être même l'un des capitaines. Quand il se tourna vers moi, ses yeux brillèrent un bref instant. Je me raclai la gorge.

— Je suis la dame de Crebessac, me présentai-je d'une voix rendue rauque par le froid. Je viens adresser une supplique en tant que vassale auprès de monseigneur l'évêque.

Le soldat regarda autour de lui en fronçant les sourcils, à la recherche de mon escorte, invisible, avant de répondre.

— Je vais voir s'il peut vous recevoir.

Il prit le document que Raimbaud avait rédigé pour moi deux mois plus tôt. Alors que je lâchais le pli, je revis le templier penché sur le papier en train de prendre note sous ma dictée, ses yeux pleins de bienveillance rencontrant parfois les miens afin de m'encourager. Je serrai aussitôt les lèvres, toujours mortifiée d'avoir pu éprouver une certaine inclination pour un homme qui n'en était sûrement pas digne.

Me laissant sous la surveillance de ses compagnons, le garde partit jusqu'au logis de l'évêque. Je descendis de cheval et tentai de prendre mon mal en patience. Ma jument s'agita, contaminée par ma nervosité. Ces derniers jours, seule l'espérance de revoir mon enfant m'avait soutenue. Le moindre contretemps me paraissait insurmontable.

Après un temps qui sembla infini, le garde revint sans mon document. Je le dévisageai avec espoir. Il secoua la tête.

— Son Excellence ne vous recevra pas. Elle ne souhaite pas donner suite à votre demande.

— Pourquoi donc ?

L'exclamation m'avait échappé. L'homme prit une mine soucieuse.

— Il n'ignorait point que le jeune sire de Crebessac est sous la garde de sa tante, la dame de Brives. Un arrangement qu'il ne peut qu'approuver alors que la mère de l'enfant avait disparu durant plusieurs années, le laissant sans protection.

— C'est un tissu de mensonges, m'indignai-je, la rage gonflant ma voix. Au contraire, c'est Mélaine qui…

— Ne criez point entre ces murs, m'interrompit-il d'un geste autoritaire.

J'en restai suffoquée, les poings serrés sur les rênes. Mes droits de mère bafoués, piétinés par l'ambition et les mensonges de ma belle-sœur. Et je devais me taire ! Je le refusais de toutes mes forces.

— Il faut qu'il m'entende ! insistai-je. N'a-t-il point lu ma lettre ? Tout y est exposé.

— Il l'a parcourue jusqu'à la dernière ligne. Peut-être reconsidérera-t-il sa position si vous pouvez prouver votre bonne foi.

Je me sentis soudain sans force. Il avait tout lu. Mes épreuves, mes angoisses maternelles, mon cri du cœur, sans que l'injustice de ma situation ne le fasse réagir ! Un sanglot remonta dans ma gorge. Je me rappelais que Mélaine me l'avait prédit, mais comment avait-elle réussi à circonvenir mon propre suzerain ?

C'est davantage celui de ton fils, me rétorqua une petite voix dans ma tête. Et Mélaine affirmait défendre les intérêts de Romaric, non les siens. Elle semblait toujours avoir une longueur d'avance sur moi. Lui avait-elle parlé du document polémique que je conservais dans mes murs ? Tout cela était-il sans espoir ?

— Je reviendrai, soufflai-je à l'homme qui me barrait toujours le passage. Je n'abandonnerai pas.

Il m'adressa un haussement d'épaules désolé. Je jetai un regard de rancune blessée à la bâtisse, tandis que la rage et le désespoir se disputaient mon cœur. J'aurais voulu l'assaillir, casser ses murs jusqu'à atteindre cet homme insensible qui me déniait le droit de vivre auprès de mon fils. Mais je n'en avais point les capacités. Pour cela il m'aurait fallu une armée.

La mort dans l'âme, je fis tourner mon cheval.

Alors que les pas de ma monture me rapprochaient de Cavaillon, cette dernière idée ne cessa de trotter dans un coin de ma tête. Une armée. Je repensai, malgré moi, aux paroles de Raimbaud du Puy. Il avait paru si soucieux de m'aider tandis que nous cheminions côte à côte.

Non, comme un ami digne de confiance, me grondai-je alors qu'un soubresaut importun envahissait mon cœur. *Plutôt comme un soldat cherchant la faille pour soumettre une place forte.*

Mais je pouvais tout de même suivre ses conseils et tenter de prendre mon château d'assaut comme il l'avait suggéré. Une fois en possession de mon fief et de mon or, je serais davantage en position de force. Je pourrais négocier. N'avais-je point été formée au métier des armes dans ma jeunesse ? Certes, il me fallait de l'argent pour engager des mercenaires mais je savais maintenant où en trouver.

La chaîne d'or autour de mon cou parut soudain s'alourdir. Je grimaçai. J'avais juré d'en prendre soin. Mais un serment fait à un impie, un apostat, ne pouvait-il point être rompu ?

Malgré moi, les souvenirs de ce dernier matin envahirent mes pensées. Je retrouvais intacte l'urgence de sa voix, les interrogations dans ses yeux, son soulagement quand j'avais promis, puis le regard fervent qu'il m'avait adressé avant de disparaître. Un souvenir si doux et amer qui m'écartelait le cœur.

Il m'avait sauvé la vie à Ruad. Avais-je le droit de le trahir ?

Je secouai fermement la tête. Qu'importe ce que je lui devais. L'ordre du Temple ne méritait point de posséder cette sainte relique alors que dans le secret de leurs commanderies des cérémonies idolâtres les réunissaient pour de sombres et maléfiques pratiques.

Mes scrupules étouffés, je me redressai sur ma selle. J'attrapai le cylindre caché sous mes vêtements et l'examinai une fois de plus. En sus de la bourse que Petrus Valvert m'avait remise, l'or finement ouvragé du reliquaire devrait suffire dans un premier temps, me convainquis-je, incapable d'imaginer faire commerce de son contenu sacré. Néanmoins, je ne pouvais le vendre à n'importe qui. Cela susciterait beaucoup trop de questions.

Sauf chez les juifs !

Ils avaient été chassés du royaume de France par Philippe le Bel l'année dernière. Leurs richesses confisquées étaient venues remplir le trésor royal constamment épuisé par les guerres de Flandre et de Guyenne. Mais ils restaient libres dans le Comtat Venaissin sous la tolérance du pape à condition qu'ils restent cantonnés dans leurs quartiers sans pratiquer l'usure[1], métier dont ils étaient autrefois coutumiers. J'avais ouï dire qu'il restait possible de négocier sous le manteau certaines valeurs. Eux ne se formaliseraient point de vendre une relique chrétienne.

C'était la seule solution.

Arrivée à Cavaillon, je laissai mon cheval à l'écurie et regagnai la petite pièce que j'avais louée. Puis je cachai la relique sous une latte du plancher qui branlait légèrement. Pour cette première approche, j'avais décidé qu'il n'était point prudent de l'emmener avec moi. Je finis mes préparatifs en me vêtant de vêtements plus ordinaires.

Quand je sortis dans la rue, des nuages bas voilaient le ciel, cachant le soleil du matin. Je frissonnai dans ma robe plus fine, essayant de ne pas prendre ce changement de temps pour un mauvais présage.

Je me dirigeai vers le marché et posai quelques questions discrètes à des individus que je n'aurais pas aimé croiser la nuit.

1. Prêter à un taux supérieur à la coutume.

Leurs regards torves me mirent mal à l'aise. Des pièces migrèrent de ma bourse jusqu'à leurs mains avides contre un nom : le sieur Levi, spécialiste dans l'escamotage d'objets jugés trop reconnaissables qu'il valait mieux voir définitivement disparaître.

Je me rendis ensuite jusqu'au ghetto occupé par les juifs, quelques rues miteuses fermées par une barrière. Remontant mon capuchon sur ma tête, je frappai à la maison qu'on m'avait indiquée. Un vieil homme à l'air patelin vint m'ouvrir. Sur sa poitrine était fixée une rouelle, signe distinctif de sa confession. Il m'examina des pieds à la tête avant de demander d'un ton rogue :

— C'est pour quoi, l'étrangère ?

— Pour des affaires, répondis-je aussi sèche. C'est La Bosse qui m'a indiqué votre maison.

Il hocha la tête, jeta un coup d'œil dans la rue et me fit discrètement entrer avant de refermer derrière moi. Je réprimai un tremblement. Je ne pouvais plus faire marche arrière.

— Quelles affaires ?

— Un objet précieux, en or et en cristal, d'environ cette taille, précisai-je avec mes mains. Combien puis-je en tirer ?

— Montrez-le-moi d'abord.

Je secouai la tête.

— Je ne l'ai point avec moi, mais je reviendrai. Combien puis-je en espérer ? insistai-je, la voix tremblante face à l'énormité que j'étais en train de faire.

Vendre un reliquaire à un ennemi de la foi ! Mon père devait se retourner dans sa tombe. Mais que pouvais-je faire d'autre ?

Le vieil homme allait répondre quand la porte vola en éclats. Des soldats surgirent dans la pièce, leurs armes brandies. Je poussai un léger cri et reculai d'un pas, cherchant d'un regard affolé une issue. Ils bondirent dans ma direction et s'emparèrent de moi.

— Lâchez-moi, m'écriai-je alors qu'ils me tordaient les bras en arrière pour m'immobiliser. Que me voulez-vous ?

Le premier soldat resserra sa poigne et me souffla dans l'oreille une haleine chargée de relents fétides.

— L’usure est interdite.

Une coulée glaciale me parcourut le dos. Prise la main dans le sac ! Qui m’avait dénoncée ? L’homme louche que j’avais généreusement rétribué ?

Des mains hâtives me palpèrent le corps. Je frissonnai de dégoût et me débattis pour y échapper, ruant des pieds, cherchant à mordre. Après avoir emmené le vieux juif ailleurs, un autre garde vint prêter main forte à mon tourmenteur. Il me gifla, puis me fit un croche-pied. Je tombai au sol, et le premier reprit sa fouille, plus minutieuse.

Des larmes de rage perlaient au coin de mes paupières pendant cette humiliante inspection. Je serrai les dents, malgré tout soulagée à l’idée que je ne portais rien de compromettant sur moi. Si je me laissais faire, peut-être me relâcheraient-ils ?

— Vous devez faire erreur. Je ne possède rien, hormis quelques pauvres pièces.

Qu’ils m’avaient déjà arrachées...

— On vous a entendus, le juif et toi !

Sa recherche terminée, l’homme me remit brutalement debout. Puis il me traîna sans ménagement dans la rue. Sous sa rude traction, je manquai plusieurs fois de tomber, les genoux tremblants sous l’effroi. Je n’arrivais plus à réfléchir. Qu’allaient-ils faire de moi ?

Ils me jetèrent dans une geôle nauséabonde aux murs suintant l’humidité. De la paille pourrie abandonnée dans un coin en constituait l’unique mobilier. Sous la force de leur poussée, je tombai à genoux sur le sol souillé d’immondices. La porte claqua dans un bruit sinistre, qui se répercuta longtemps dans mes os. Les yeux pleins de larmes, je me relevai maladroitement, grimaçant sous la douleur avant de faire quelques pas incertains.

En prison. J’étais en prison ! Plus loin de retrouver mon fils que jamais.

Envahie par le désespoir, je me jetai contre la porte, la martelant de mes poings meurtris.

— Ouvrez-moi immédiatement. Je suis une dame noble !

Jamais je n'avais entendu parler d'une de mes semblables moisissant dans une geôle publique comme une ivrogne ou une prostituée. Un couvent, une chambre forte, un donjon, mais pas la sordide prison de la ville où se succédait tant de misère.

— Je vous en prie. Il y a erreur. Je suis la dame de Crebessac. La dame de Crebessac !

Mais je m'égosillais et frappais sur la porte en vain. Les soldats avaient quitté le couloir. Le désespoir s'empara de moi et je me laissai glisser le long du bois avant d'éclater en sanglots.

12

Cavaillon, 2 janvier 1308

Je passai le plus clair de mon temps prostrée sur la paille, essayant de conserver un peu de chaleur. Des grattements de rongeurs se faisaient continuellement entendre et, craignant que l'un d'eux ne me croque, je me réveillais en sursaut plusieurs fois par nuit. Même le sommeil ne pouvait plus m'apporter l'oubli. Des repas arrivaient de temps à autre sans que je sache si c'était le jour ou l'obscurité qui régnait dehors. À chaque fois que mon gardien me déposait ma pitance, maigre et déjà faisandée, je lui adressai la même prière. J'étais la dame de Crebessac. Pouvais-je voir le prévôt ?

L'homme restait sourd et muet à mes suppliques. Il fermait le guichet et s'éloignait dans le couloir, me laissant de nouveau seule avec moi-même. Je passais outre ma répugnance et croquais dans le bout de pain trop dur – je devais garder mes forces – puis j'allais me rasseoir sur la paille, découragée. Mes épreuves ne finiraient-elles donc jamais ? J'étais si fatiguée de devoir être forte. De quoi étais-je coupable pour que le destin s'acharne ainsi sur moi ?

Pour cette entorse à la loi, j'aurais dû être condamnée à payer une forte amende, dont la plus grosse partie aurait été supportée par l'usurier. Au lieu de cela, je me trouvais dans une geôle, comme si j'étais une criminelle coupable des pires turpitudes.

Pour la première fois depuis que j'avais appris les décisions du pape à Marseille, je m'autorisai à ressentir de l'empathie envers les templiers prisonniers eux aussi. Parfois, les circonstances étaient telles qu'on pouvait se retrouver du côté des coupables. Mais j'avais enfreint la loi des hommes et non celle divine comme eux. Je cherchais à réparer un tort qui m'avait été fait. Quelles excuses pouvaient-ils invoquer de leur côté ?

Des bruits dans le couloir me firent soudain lever la tête. Une conversation me parvint. Je redressai le buste, pleine d'espoir. D'habitude, je ne revoyais personne avant de longues heures après avoir reçu mon repas. Faisant jouer mes muscles affaiblis, je me levai et m'approchai de la porte.

— Elle se trouve par ici, capitaine, indiqua quelqu'un.

Était-ce mon geôlier ? En définitive, il savait peut-être parler.

— J'ai ouï dire que la prisonnière se dit noble, est-ce bien cela ? répondit une autre voix.

Mon cœur s'emballa. Ainsi, j'avais été comprise. Allais-je enfin sortir ?

— Oui capitaine, c'est ce qu'elle dit. La dame de Bessac.

Je soupirai en secouant la tête. Même s'il savait causer, ça n'empêchait apparemment pas mon gardien d'être à moitié sourd.

— Je vais voir cela, soupira l'autre. C'est que j'ai fort à faire avec la nouvelle que vient de recevoir l'évêque. Tu n'imaginerais jamais quoi !

Je fronçai les sourcils sous la concentration, persuadée de reconnaître ce ton grondant. Un borborygme lui répondit. Je grimaçai. Voilà que mon garde reprenait son mode de communication favori, le silence et le grognement.

— Elle arrive toute fraîche de Paris, poursuivit le capitaine à la voix troublante de familiarité. C'est à propos de Molay, le grand maître des templiers. Quand il a rejoint les cardinaux envoyés par le pape qui le réclamait depuis longtemps, tu sais ce qu'il a dit ?

Mes épaules s'affaissèrent. Rien qui ne me concernait. Pourtant mes pas me rapprochèrent d'eux-mêmes de la porte, presque jusqu'à la coller.

— Il est revenu sur ses aveux, continua l'homme. Il les a déclarés faux, arrachés sous la tourmente par les interrogateurs du roi, comme tous ceux de l'ordre ! Pour prouver ses dires, il s'est défait de son manteau et de sa tunique, puis il a dévoilé à la foule présente ses bras et son dos si tailladés qu'on voyait plus de nerfs que de peau. Ce n'est pas toi qui ferais un si bel ouvrage, hein ? En tout cas, les cardinaux en furent si saisis d'horreur que pas un ne put ouvrir la bouche. Cela a fait un beau scandale, au point que le roi a interdit aux prélats de garder eux-mêmes les templiers, comme il l'avait auparavant promis.

Dès les premiers mots, je m'étais laissée aller contre le bois rugueux, le souffle coupé et les jambes faibles, des pensées contradictoires plein la tête. Bertille avait eu raison au couvent. Si le grand maître avait été tourmenté, Raimbaud aussi avait probablement souffert dans sa chair. Un haut-le-cœur me saisit à cette idée. Je tombai à genoux, le corps envahi de tremblements et les mains jointes en une supplique muette. Était-il toujours en vie ? Était-il pareillement blessé ? Mutilé ? La question m'épouvanta tellement que je me concentrai sur une autre certitude. Il était innocent. Il l'avait toujours été, comme je l'avais pressenti au plus profond de mon cœur. Et moi, pleine d'indignités, j'avais cherché à trahir mon serment.

La porte s'ouvrit brusquement. Je relevai la tête vers la silhouette immense qui s'encadrait dans le chambranle. L'homme m'adressa un sourire stupéfait avant de s'exclamer en direction de mon gardien :

— Je la connais, ta petite noble, soldat. Elle est venue au château pour une supplique.

Puis, se tournant vers moi, il poursuivit :

— Ma dame, je ne pensais point vous revoir dans de telles

circonstances. Son Excellence l'évêque sera surpris, je pense, de cette nouvelle péripétie dans votre existence tumultueuse.

Ses yeux brillaient. Il me tendit galamment la main pour m'aider à me relever. Je la saisis, l'esprit en déroute. Devant moi se tenait le capitaine de la garde de Fontaine-de-Vaucluse, le géant qui m'avait refusé l'entrée du château.

Deux jours plus tard, après une toilette sommaire, on m'emmena au château de Fontaine. Bien encadrée, je passai la barbacane et gagnai le logis principal. Je fus introduite dans la grande salle, réchauffée par un feu vif. Aussitôt, mon corps fut pris de tremblements devant cette tiédeur agréable que je n'avais pas connue depuis longtemps et je sentis la sueur dégouliner entre mes omoplates.

Une silhouette se tenait dans un siège haut près de la cheminée. Réprimant mes frissons, je m'avançai la tête baissée. Du coin de l'œil, je remarquai sa posture légèrement voûtée par l'âge, ses cheveux blanchis sous le *galero*[1], puis je m'agenouillai devant lui, sans guère d'espoir. Il avait fallu que je me retrouve dans une geôle pour que l'évêque de Cavaillon, mon suzerain, daigne me recevoir. Il me fixa, l'œil sévère, un rictus de mépris aux lèvres.

— Ainsi, la dame de Brives avait raison. Non seulement vous êtes une hérétique aux mœurs dissolues mais aussi une criminelle. Et vous vous étonnez qu'on vous prive de votre fief.

— Non, monseigneur, protestai-je en me mordillant les lèvres sous la nervosité. Vos sources sont mensongères. Je ne suis point hérétique.

— Votre aïeule ne périt-elle point sur le bûcher ?

Je fermai brièvement les yeux. Combien de générations seraient-elles nécessaires pour que cette faute soit effacée ?

— En effet, mais mes parents et moi-même avons toujours suivi la seule vraie foi.

1. Chapeau à large bord et glands porté par les membres du clergé.

— Qu'aviez-vous alors à vous commettre avec ce juif ?

Il devait s'en douter. Il valait mieux que je lui avoue une partie de la vérité pour mieux dissimuler l'autre, toujours cachée, du moins je l'espérais, sous le plancher de la chambre que j'avais louée.

— Son Excellence ne l'ignore pas. Je cherchais à emprunter de l'argent.

— Pourquoi donc ?

Il me poussait dans mes retranchements, mais cette raison, je pouvais la clamer au grand jour, c'était celle qui me faisait vivre. Je le fixai droit dans les yeux.

— Pour récupérer mon fils qui m'a été arraché, à deux ans, par la sœur de mon époux comme je vous l'ai indiqué dans ma supplique.

Il me toisa avec hauteur, dominant ma posture de suppliante, puis se détourna légèrement pour se servir une coupe d'un pichet posé près de lui.

— Mon enfant, vous n'avez point de patience.

Je faillis m'étrangler d'indignation. Mes poings se serrèrent. Cela faisait presque six ans que Romaric m'avait été enlevé. Six longues années ! Combien de temps aurais-je encore dû attendre ? Néanmoins, je finis par baisser la tête. Mélaine m'avait avertie que l'évêque ne ferait rien pour moi. J'en avais la preuve. Cependant, il gardait tout pouvoir sur mon avenir. Je n'étais qu'une vassale, une femme qui ne se résignait pas à ce qu'on décidait pour elle.

— Vous avez été arrêtée alors que vous contractiez usure chez un juif dans l'intention de récupérer votre fils par vos propres moyens, reprit le prélat du ton sentencieux d'un juge. Pour faire pardonner vos fautes, parce que vous êtes noble dame et que je me refuse à faire une injure publique à votre nom, je vous condamne à partir en pèlerinage en Terre sainte. Marcher humblement dans les pas de Notre Seigneur, fouler la terre qu'il a foulée devrait vous ramener à de meilleures dispositions de foi et de mœurs séant à votre sexe.

Je n'écoutais plus. Était-il fou ? Je n'avais point commis de crime nécessitant une telle pénitence. Jérusalem était aux mains des Sarrasins depuis des années. Quelle chance une jeune femme chrétienne aurait-elle d'en revenir indemne ? Aucune ou presque.

Peut-être était-ce ce qu'il espérait ?

— Je suis née en Terre sainte ! protestai-je. Mon père y a combattu pour la foi.

J'avais parcouru cette terre bien plus que ce moralisateur ne le ferait jamais.

Mon exclamation fit mouche et une brève grimace de contrariété passa sur son visage. Encore une fois, les actes de mon père arriveraient peut-être à racheter une faute qui n'était pas de notre fait.

— Alors vous irez sur le tombeau de saint Jacques, à Compostelle, en Galice.

— Compostelle !

Un autre parcours de tous les dangers, des centaines de lieues, un voyage qui me prendrait plusieurs mois, si j'y survivais.

— Que va devenir mon fils ? m'exclamai-je.

— Quand vous reviendrez de ce pèlerinage avec la coquille et le certificat, prouvant ainsi que vous êtes une bonne chrétienne, j'ordonnerai qu'on rende votre fils et son fief à votre garde jusqu'à sa majorité.

Mon cœur se mit à battre plus vite sous l'émotion. Une lueur d'espoir brillait enfin au bout du tunnel. Si je faisais vite, dans moins d'un an, je serrerais Romaric dans mes bras. Je retrouverais ma place dans la société.

Je ne quittai pas l'évêque des yeux.

— Vous engagez-vous à le faire ? le pressai-je.

Il s'offusqua, frappant l'accoudoir du poing.

— Douteriez-vous de la parole d'un homme de Dieu, votre propre suzerain ?

Je ne croyais plus à grand-chose et certainement pas en sa

droiture. N'avait-il point prêté foi aux mensonges de Mélaine ? Néanmoins, il était mon seul espoir.

— Vous rejoindrez Arles dans une semaine avec le prochain groupe de pèlerins, conclut-il, et vous emprunterez la via Tolosana.

Partie 2

Romaric

13

Cavaillon, 3 avril 1310

Nantie de ma *compostela*, ce certificat de pèlerinage qui me rendrait enfin mon fils, je foulais à nouveau le sol de mon pays après deux longues années d'absence. Mon cheval fatigué martelait le chemin d'un pas las alors que je tentais de le pousser pour arriver avant la nuit.

Malgré l'hiver, j'étais partie pleine d'espoir avec, tout contre mon cœur, la relique que j'avais retrouvée intacte dans mon logis. J'avais aussi eu la chance de chevaucher alors que tant d'autres pèlerins s'usaient les pieds sur les chemins, préférant économiser leurs souliers et récoltant cors et ampoules.

Mais ma route avait été semée d'embûches. Moi qui n'étais jamais malade, j'avais attrapé la fièvre à Puente de la Reina, là où se rejoignaient la via Tolosana et les autres chemins de France. Il m'avait fallu plusieurs semaines avant de pouvoir traverser le grand pont de pierre, construit au-dessus de l'Arga pour le passage des pèlerins, qui avait donné son nom à la ville.

D'autres avanies m'étaient arrivées plus loin. Notre groupe avait été attaqué et volé. Plusieurs fois, les bacs qui nous transportaient de l'autre côté des cours d'eau avaient chaviré. J'avais appris à nager dans mon enfance et, avec l'aide de Bravette, j'avais pu m'extirper de la rivière quand tant d'autres se noyaient, aidés en cela par des passeurs peu scrupuleux, décidés à récupérer les effets des cadavres.

Pendant ce temps, le procès des templiers n'en finissait pas de traîner. Sommés par le pape, les autres souverains avaient à leur tour arrêté les chevaliers du Temple dans leurs territoires respectifs et les avaient interrogés, sans les torturer. En Aragon, Navarre ou Castille – royaumes que j'avais traversés – ils n'avaient recueilli nuls aveux. Alors qu'en France, après la rétractation spectaculaire de centaines de condamnés qui avaient suivi l'exemple du grand maître, de nouveaux interrogatoires violents à travers le pays avaient conduit une bonne partie de ceux-ci à réitérer à nouveau leur confession.

Ces nouvelles dramatiques m'avaient confortée dans ma conviction. La très grande majorité des frères n'étaient probablement pas coupables des accusations qu'on leur reprochait. J'attendais avec impatience que les deux procédures distinctes lancées par le pape, l'une pour juger l'ordre, et l'autre les personnes, aboutissent à une pleine déclaration d'innocence. Je ne voyais pas comment il pouvait en être autrement devant les manœuvres grossières et coercitives du roi Philippe le Bel, seul contre tous.

Et surtout, j'avais assisté à un miracle.

Lorsque j'avais aperçu la cathédrale de Compostelle un jour d'avril 1309, les larmes avaient dévalé mes joues, à l'instar de nombreux pèlerins autour de moi. Comme eux, je m'étais sentie soudain lavée de tous mes péchés : le serment que j'avais rompu, mes pensées coupables envers Raimbaud, mon impuissance pour Astride et Gontran.

Puis, devant le tombeau de saint Jacques, sur le coup de midi, alors que je priais intensément, avait eu lieu le prodige. L'épine des templiers que je portais autour du cou avait fleuri. C'était le Vendredi saint. Les ultimes réticences que je pouvais encore nourrir s'étaient évanouies. L'épine n'aurait pu fleurir si l'ordre n'avait point été saint.

Riche de nouvelles forces et certitudes, j'avais pris le chemin du retour, parsemé d'autant de dangers. Aux environs d'Auch, ma fidèle jument s'était blessée. Sa patte s'était coincée dans une anfractuosité du terrain et elle avait trébuché. J'avais juste eu le temps de bondir de la selle avant qu'elle ne s'effondre. Je m'étais reçue en roulade et m'étais arrêtée presque sous les sabots de l'escorte d'une riche dame, Béatrice des Baux. Cette fille du prince d'Orange, intriguée par mon agilité et ma diction soignée, un mélange étonnant, m'avait secourue et même réconfortée après la perte de Bravette. Nos âges semblables et sa fascination pour l'Orient nous avaient rapprochées alors que nous cheminions de concert sur le Camino[1]*. Je lui avais conté Acre, Chypre et Constantinople la moribonde, elle m'avait intégrée à sa suite. J'avais retrouvé auprès d'elle un entourage féminin que je n'avais plus connu depuis mon enfance. Connaissant les grandes lignes de mon histoire, elle m'avait prêté une monture pour que je rejoigne Cavaillon tandis qu'elle coupait vers la vallée Borgne, près d'Alès, là où se trouvait son fief.*

Je rejoignis le chemin du château de Fontaine-de-Vaucluse. Rien ne semblait avoir changé durant mon absence et mon impatience grandissait à chaque pas de ma jument. Sans m'en rendre compte, je pressai les flancs de ma bête épuisée pour la faire avancer plus vite. J'avais hâte de me retrouver devant l'évêque pour qu'il me rende mon fils. Mélaine ne pourrait s'opposer à ma demande malgré leurs accointances. Il me l'avait promis si je revenais de Compostelle.

Et j'étais revenue !

J'attaquai le dernier raidillon. Vues d'en bas, les tours de l'édifice qui dominaient le promontoire avaient quelque chose de menaçant. Nulle oriflamme ne battait dans le vent. Mon cœur se serra. L'évêque était-il présent ? Une boule m'obstrua soudain la gorge. S'il s'avérait absent… Je ne me sentais plus capable d'attendre un délai supplémentaire. Romaric avait dix ans, l'âge

1. *Camino francés*, le chemin de Compostelle.

d'être placé ailleurs. Comment pourrais-je le laisser partir alors que je ne l'avais pas vu grandir ?

J'arrivai devant la barbacane. Le capitaine dont j'ignorais toujours le nom, le géant, était de faction. Cette présence presque familière me soulagea. Je le saluai, ignorant s'il se rappelait de moi.

— Monseigneur Imbert pourrait-il me recevoir ? m'enquis-je. Je suis la dame de Crebessac. Il m'attend, c'est important.

Il m'attendait plus tôt, ou probablement jamais. Je ne pouvais me défaire de l'idée qu'il avait souhaité ma disparition. Mais j'étais de retour et plus que jamais j'étais prête à réclamer mon dû.

L'homme me dévisagea d'un air surpris.

— Monseigneur Imbert a trépassé cette année. L'ignoriez-vous ?

À cette nouvelle, le sang se retira de mon visage. Je m'affaissai sur ma selle, sans force. Cela ne se pouvait. Pas après tous ces efforts, toutes ces souffrances, toute cette attente ! Fallait-il que je recommence à zéro ?

— Pourrais-je alors rencontrer le nouvel évêque ? réclamai-je d'une voix qui me parut faible. Je suis sa vassale et une affaire de la plus haute importance me liait au précédent. Au sujet de mon fils.

Tout n'était pas perdu. Peut-être que celui-ci serait tout disposé à m'écouter et à prendre mon parti. Peut-être que Mélaine, me croyant disparue, n'avait point encore eu le temps de le retourner contre moi.

Le capitaine secoua la tête.

— Vous êtes la petite dame arrêtée chez le juif ? Je me rappelle de vous, maintenant. Malheureusement, le nouvel évêque n'a pas encore été nommé.

Il n'y avait donc personne pour m'aider ? Je me mordis les lèvres pour ne point me mettre à geindre sous la panique qui menaçait de me submerger.

— Quand le sera-t-il ? le pressai-je, penchée en avant.

— Je ne sais. Ce genre de choses prend parfois du temps.

Je ne l'ignorais pas non plus. Dans ce siècle, toutes les

nominations dépendaient davantage de tractations politiques, simonies et échanges de bons procédés que de la foi et du mérite du postulant.

Me laissant aller sur ma selle, je serrai les rênes de mes forces amoindries. Si j'avais été debout, je serais probablement tombée. Mon combat me sembla soudain sans espoir. Ma vie, une succession de malheurs que les êtres aimés traversaient pour m'être aussitôt arrachés.

— Mais peut-être que cela ira plus vite, maintenant que le Très Saint Père réside tout près, à Avignon, ajouta le soldat comme pour m'insuffler un peu d'espérance. Je vous le souhaite.

Sa main était posée sur la croupe de mon cheval. Je hochai machinalement la tête, trop choquée pour m'étonner de sa sollicitude. Ainsi, le pape avait fini par quitter Poitiers pour s'installer à la limite du royaume de France. Puis je me redressai d'un bond sous l'aiguillon d'un souvenir. Peut-être était-ce là ma chance ! À l'époque, Raimbaud ne m'avait-il point conseillée de solliciter directement une entrevue auprès de Clément V lui-même ? Je revis son expression bienveillante alors qu'il cherchait des moyens de guérir mon cœur de mère, et la nostalgie de ces instants où j'avais été heureuse sans le savoir me poignarda.

Comme je le lui avais fait remarquer alors, le pape ne recevrait probablement pas une dame de Crebessac. Outre ma petite noblesse, j'avais l'inconvénient d'être femme et sans relations. Mais j'avais maintenant un argument de poids. Autour de mon cou pendait toujours l'épine miraculeuse des templiers. J'allais m'en servir. Non à mon propre profit, mais pour apporter la preuve qu'un ordre qui possédait une relique aussi sainte, capable de fleurir spontanément, ne pouvait être corrompu. Une raison qui me semblait suffisamment noble pour passer outre mon serment.

Payer ma dette en rendant sa liberté à Raimbaud.

Je fis tourner mon cheval. Bientôt la relique allait s'éveiller. Je n'avais pas un instant à perdre.

Lettre IV

Le 4 avril 1310

Très cher Sire,

Molay est définitivement brisé, il ne cherchera plus à disculper le Temple. Il en appelle seulement à l'arbitrage du pape, qu'il ne verra jamais, nous y veillerons. Quant aux trois autres dignitaires en notre possession, ils ne pensent plus qu'à leur propre sauvegarde.

Mais d'autres voix s'élèvent des différentes prisons pour défendre l'ordre devant les commissions diocésaines. Quatre templiers sont particulièrement déterminés, j'ai nommé le procureur Pierre de Bologne, le chapelain Renaud de Provins et deux chevaliers auvergnats, Guillaume de Chambonnet et Bertrand de Sartiges. Leurs exemples galvanisent les autres. Rien qu'à Paris, ils sont maintenant des centaines prêts à témoigner, malgré la défection de leurs dirigeants.

Pour les faire taire, il me semble utile de leur faire croire qu'après avoir avoué leurs fautes lors de leur arrestation, prendre maintenant la défense de leur ordre reviendrait à les rendre relaps. Le châtiment d'un tel crime est la mort sur le bûcher. De quoi calmer leur souci de la vérité.

Et si cet expédient ne suffit point, il faudra recourir alors à des moyens plus persuasifs, légaux ou non. Nous en avons l'habitude.

Votre dévoué serviteur, Nogaret.

14

Avignon, 4 avril 1310

Le lendemain, j'arrivai à Avignon, cité appartenant au comte de Provence et inféodée au Saint-Siège. De mon promontoire, j'observai la ville bruissant d'activité en cette sixième heure du jour. J'aperçus le pont Saint-Bénézet qui enjambait le Rhône avec ses belles arches de pierre. Sur l'autre rive, une tour imposante gardait l'entrée dans le royaume de France.

Avignon. La dernière fois que je l'avais contemplée, Gontran se tenait à mes côtés. Nous revenions d'une visite à Mélaine pour lui racheter sa part de Crebessac avec ma dot, une démarche qui n'avait point eu l'heur de lui plaire. Délestés de notre fortune, nous étions revenus plus sereins, profitant du printemps pour visiter nombre curiosités de la région.

Mon cœur se serra douloureusement. J'avais toujours pensé que c'était dans cette ville que Romaric avait été conçu.

Je me remis en route avec un soupir, murmurant les berceuses que j'avais chantonnées à mon fils. Les remparts passés, j'interrogeai un étudiant de la toute jeune université de la cité. Il m'apprit que le pape avait élu domicile dans le couvent des dominicains proche du fleuve et m'indiqua la direction. J'arrivai devant l'édifice et actionnai la cloche. Un visage ingrat s'encadra dans le guichet. Le frère tourier, responsable de la porte, supposai-je.

Il me parcourut des pieds à la tête. Je redressai les épaules et, consciente de ma pauvre vêture, j'essayai de prendre une posture digne.

— Je suis la dame de Crebessac, me présentai-je. Je souhaiterais demander une audience au Très Saint Père.

— De la part de qui ?

— De moi-même, répondis-je avec un temps de retard, surprise par la question.

Son expression à la fois méprisante et goguenarde m'indiqua plus sûrement que des mots qu'il n'avait pas l'intention de transmettre la demande d'une inconnue à son illustre résident.

Je me mordillai les lèvres.

— C'est important. C'est à propos d'un objet précieux, très précieux…, insistai-je.

Je glissai la main dans mon aumônière pour attraper la supplique que j'avais rédigée. Je n'y avais pas mentionné la relique mais seulement un objet pieux de grande valeur dont je souhaitais faire don en échange de son intérêt pour mon affaire. Je n'en eus pas le temps, le frère avait déjà refermé le guichet.

Durant un instant, je fus trop stupéfaite pour bouger. Je me doutais que mon seul nom n'ouvrirait pas les portes, mais j'avais pensé qu'avec la relique j'aurais plus de chance. Je faillis sonner la cloche de nouveau pour la mentionner sans fard, mais une hésitation me retint. Raimbaud avait tout fait pour garder sa présence secrète, y compris vis-à-vis de ses compagnons. Je ne pouvais prendre le risque d'en informer tout un couvent.

Je fis quelques pas dans la direction d'où j'étais venue. Peut-être pourrais-je demander à Béatrice des Baux d'utiliser son nom pour obtenir une audience ? Puis je secouai la tête, dépitée. Le temps que je parvienne jusqu'à son fief, le Vendredi saint serait passé et la relique serait redevenue sèche pour douze mois.

Je ne pouvais attendre un an de plus, ni pour mon fils qui grandissait loin de moi, ni pour les templiers enfermés dans leurs geôles à la merci de leurs tourmenteurs. À cette idée, je me sentis défaillir. Il me fallait trouver au plus vite un subterfuge pour rencontrer le pape.

Une conversation surprise entre deux commères m'en donna l'opportunité trois jours plus tard. Clément V serait présent à la procession qui parcourrait la ville le dimanche des Rameaux[1].

Le jour voulu, je me glissai sur le chemin que le cortège emprunterait. Je patientai un long moment, fébrile, craignant de m'être trompée, jusqu'à ce que j'entende au loin les hymnes s'élever vers le ciel. Je plaquai alors ma paume sur la relique cachée sous ma robe pour me donner du courage et pensai un bref moment à celui qui me l'avait confiée. Mes lèvres murmurèrent son nom avec une ferveur qui n'avait rien de mystique. Raimbaud.

Quelques instants plus tard, le Palmesel, l'effigie représentant le Christ monté sur un âne, arriva au bout de la rue, tiré par les représentants des guildes. Le manteau pourpre de la statue, peint sur le bois polychrome, brillait sous le soleil du printemps. Je joignis les mains pour prier ou pour les empêcher de trembler, je ne savais. Mes souvenirs remontèrent à la surface. Je revoyais par bribes le voyage dangereux entrepris avec mes parents jusqu'à Jérusalem la Sainte. Plus que la solennité du lieu, je me rappelai leurs mains chaudes enserrant les miennes alors que nous remontions la via Dolorosa[2]. Tant qu'ils me tenaient, il ne pouvait rien m'arriver.

Arrivés en haut du Golgotha, ma mère m'avait murmuré :

— C'est grâce à la sainteté de cet endroit que ton père et moi avons pu nous marier. Si tu pries suffisamment fort, un jour, toi aussi, tu épouseras celui que tu aimes.

1. Le dimanche précédant le dimanche de Pâques.

2. Rue de Jérusalem que, selon la tradition, Jésus emprunta avant sa crucifixion.

J'avais acquiescé sans vraiment comprendre. Qui d'autre aurais-je pu aimer davantage que mes parents ?

Puis, à la naissance de Romaric, quand je l'avais contemplé, encore toute dolente de l'accouchement, un puissant sentiment protecteur s'était emparé de moi, et je m'étais aussitôt rendu compte qu'il avait ravi la première place de mon cœur pour ne plus jamais la quitter.

Un homme me bouscula. Je revins au présent. La foule était dense. Des soldats alignés à intervalles réguliers dégageaient les rues. Puis Clément V apparut, son riche vêtement faisant concurrence au Palmesel. Ses pas étaient lents comme s'il se sentait souffrant. Quand il s'approcha encore, je remarquai sous la mitre l'entaille profonde et ancienne qu'il arborait en haut du front au milieu des rides qui commençaient à se dessiner[1].

Il arriva à ma hauteur. C'était le moment.

Je trompai la vigilance du garde le plus proche et me jetai aux pieds du souverain pontife.

— Bénissez-moi, Très Saint Père, suppliai-je alors qu'il sursautait.

Très vite, j'ajoutai pour ses seules oreilles.

— Je possède une relique. Une épine de la Sainte Couronne. J'ai d'autres révélations. Recevez-moi, je vous en prie.

Je guettai sa réaction, pleine d'espoir. Il fronça le nez, surpris, ouvrit la bouche. À cet instant, une poigne vigoureuse me tira en arrière. Trois hommes m'encerclèrent.

— Monseigneur ? demanda l'un d'eux. Tout va bien ? Que faisons-nous d'elle ?

Le pape reprit une expression impassible.

— Fouillez-la et enfermez-la. C'est une des plaies de ce monde, une trafiquante de fausses reliques.

Je restai bouche bée. Ne me croyait-il point ? Pourquoi me serais-je jetée sous ses pas dans le cas contraire ?

1. Entaille que le pape s'était faite, enfant, en tombant sur une pierre.

— Non, elle est véritable, m'écriai-je avec un temps de retard. Elle fleurit tous les Vendredis saints.

L'incident faisait bruire la foule. Des cris réclamèrent la reprise de la procession. Les bras retenus en arrière, je vis, incrédule, le pape s'éloigner de moi. Des larmes d'impuissance jaillirent de mes yeux. Puis je fus traînée brutalement jusqu'à la prison d'Avignon. L'accablement m'envahit. Allais-je donc toutes les connaître ?

Dans la petite pièce aveugle faisant office de salle de garde, ils m'arrachèrent mon manteau, fouillèrent mes vêtements, m'ôtèrent mon aumônière et, pire que tout, la relique. D'un geste désespéré, je m'accrochai à la chaîne. Ce n'était pas ainsi que j'avais imaginé m'en séparer. Elle était mon sauf-conduit auprès du pape. Elle était mon seul lien avec le templier qui m'avait sauvé la vie. Et le miracle qui préserverait la sienne.

La chaîne se rompit, le cylindre tomba à terre où il se brisa et l'épine précieuse roula au sol. Un soldat poussa les débris du pied pour qu'ils ne le gênent point. Je le fixai d'un air horrifié. Il allait l'endommager ! L'esprit en déroute, les bras tendus, je me débattis entre les mains qui me retenaient toujours. L'un des gens d'armes me gifla, je tombai à terre.

— Je suis la dame de Crebessac, croassai-je alors que d'autres coups suivaient pour me réduire à l'impuissance. Je ne suis point une trafiquante.

Quand je cessai de bouger, la douleur irradiant tout mon corps, ils me prirent chacun par un bras et me remorquèrent jusqu'à une geôle. La porte se referma avec un bruit sinistre et je glissai dans l'inconscience.

Six fois le jour vint éclairer la meurtrière de ma cellule, six fois la nuit vint l'obscurcir. Dans la lumière parcimonieuse, je voyais mes hématomes se résorber, mes coupures cicatriser, mon corps se remettre peu à peu. Pas mon esprit. Je n'avais plus d'espoir. J'avais tout perdu, jusqu'à la liberté. Encore !

Le bruit de la barre qu'on tirait me sortit de ma léthargie. La porte s'ouvrit mais je ne me redressai point. C'était probablement l'heure du brouet infect qu'on me servait une fois par jour.

— Amène-toi.

Je relevai la tête, surprise. Ce n'était point le garde de faction habituel. Allait-on enfin m'interroger ? Me tourmenter ? À cette pensée, je frissonnai violemment et un peu de bile remonta dans ma gorge.

— Plus vite ! s'impatienta l'homme.

Malgré mon épouvante, je m'accrochai au mur et me mis debout. Mes jambes, pleines de courbatures, m'élancèrent, un vertige me saisit et je m'avançai à petits pas jusqu'à la porte. Le garde me fit sortir. Sous sa poussée, je parcourus d'un pas hésitant le couloir jusqu'à la salle où j'avais été battue. Quand il me remit mon manteau et mon aumônière, un intense soupir de soulagement m'envahit. Le spectre de la torture semblait momentanément écarté. Je passai mes vêtements avec maladresse comme un dérisoire retour en arrière des derniers jours. Mais il ne me rendit point la relique détruite et je me sentis nue de ne plus éprouver son poids autour de mon cou. Machinalement je cherchai du regard l'endroit où elle s'était brisée et retins un sanglot. Aucune trace n'en subsistait. Le sol avait été balayé, l'or probablement récupéré, le reste des débris jetés. Une profonde culpabilité m'étreignit.

— Pardonnez-moi, Raimbaud, murmurai-je d'une voix presque inaudible, la tête basse. Je n'étais point digne de votre confiance. J'ai failli à ma tâche.

L'homme me confia à d'autres gardes. Je débouchai à l'extérieur, sentis l'air frais sur le visage. J'inspirai profondément, soulagée de ne plus inhaler les remugles des geôles. Les rayons du soleil me caressèrent la peau et je rejetai la tête en arrière pour profiter de leur douceur. Cela ne dura point. On me fit monter dans une litière fermée, mais confortable, et après un court trajet dans la ville, je descendis dans le silence d'un cloître.

Je me trouvais dans le couvent des dominicains, là où résidait le pape. Un brusque espoir me gonfla la poitrine. Si j'avais été amenée en ces murs, presque comme une invitée et non une criminelle, c'était peut-être parce que Clément V avait vu fleurir la relique.

15

Avignon, 18 avril 1310

On me permit une toilette sommaire avant de m'introduire dans la grande salle où le pape recevait ses visites. Un feu brûlait haut pour chasser l'humidité même si les températures étaient douces. Des tapisseries précieuses, incongrues en ce lieu de prière, réchauffaient les murs. Clément V m'attendait assis dans un fauteuil surélevé richement orné. Il était vêtu d'une tunique de drap escarlate[1] blanche et, par-dessus, d'un manteau rouge du même tissu. Sur son crâne, la mitre qui ne cachait point sa cicatrice.

Je m'approchai de lui, la tête baissée en signe de respect, en dépit de mon cœur plein d'amertume, et m'agenouillai pour baiser son anneau.

— Racontez-moi. D'où tenez-vous cette relique prodigieuse… ou diabolique ?

Je relevai les yeux. Son ton légèrement paternaliste augurait bien de la suite. Après notre désastreuse première rencontre, il semblait aujourd'hui davantage désireux de m'écouter.

— Elle provient des chevaliers du Temple qui furent arrêtés

1. Drap de laine.

voilà trois ans. C'est l'épine fleurie qui reposait dans l'église templière de Nicosie, à Chypre.

— En effet, j'en ai entendu parler dans les retranscriptions des interrogatoires.

— Et vous l'avez vue à l'œuvre, complétai-je les yeux remplis d'espoir levés vers lui. N'est-ce point une preuve irréfutable que l'ordre du Temple ne peut s'être rendu coupable des accusations portées par ce procès inique ? Elle ne fleurirait point dans le cas contraire.

— C'est sauter un peu vite aux conclusions, me tempéra-t-il avec une lueur sévère dans le regard. Racontez-moi plutôt comment elle est arrivée entre des mains si profanes.

Je tiquai. Mes pauvres mains profanes l'avaient quand même préservée durant plus de deux ans, tandis que celles de ses hommes l'avaient brisée en quelques instants à peine.

— Un templier me l'a remise alors qu'il allait être arrêté ce fameux 13 octobre à Montfrin. Il m'a demandé de veiller sur elle.

— À Montfrin ? Que faisait-elle là ?

Sa voix s'était faite plus exigeante. Je secouai la tête.

— Je l'ignore, Très Saint Père. Tout s'est passé tellement vite. Il n'a point eu le temps de me le dire.

Moi aussi, je m'étais longuement posé cette question. Mais pas ce matin-là dans l'urgence. Il n'y avait point eu place pour de plus amples explications alors qu'il la passait à mon cou. Pourtant, il avait pris le temps de m'embrasser le poignet. Un frisson s'empara de mon corps quand je me rappelai ses lèvres sur ma peau. Plus de deux ans étaient passés mais les souvenirs de ces quelques jours si doux et incertains restaient vivaces. Allaient-ils s'estomper un jour pour ne devenir qu'une vague nostalgie ? Il le fallait.

— Néanmoins, il a choisi de vous remettre cet objet précieux entre tous à vous, une femme ! reprit le souverain pontife, me sortant de mes pensées. Surprenant !

— J'ai grandi à Chypre, rétorquai-je d'une voix que j'espérais égale malgré la colère provoquée par cette réflexion cinglante. J'ai épousé le fils d'un homme qui s'était voué au Temple dans sa maturité. Nous nous étions déjà croisés. Je crains qu'il n'ait point eu le choix.

— Et vous deviez me l'apporter ?

Je me tortillai légèrement dans l'espoir de soulager mes genoux. Je n'étais point tout à fait remise de mes blessures mais Clément paraissait décidé à prolonger à loisir ma posture de pénitente.

— Cela me semblait le plus judicieux, finis-je par répondre. Les templiers n'obéissent-ils pas qu'à vous seul ?

— Vous avez quand même attendu plus de deux ans.

— Vous étiez à Poitiers et je dus partir à Compostelle ! Je viens seulement de regagner mon pays.

Au ton de ma voix, plus vivace, il se laissa aller contre le dossier de son siège comme si l'entrevue l'avait épuisé.

— La voilà aujourd'hui entre de bonnes mains. À présent, je vous conseille vivement d'oublier cet épisode.

L'oublier ? Comment pouvais-je oublier que Raimbaud et tant d'autres croupissaient toujours dans leurs geôles à la merci du roi de France ?

— Vous les sauverez, n'est-ce pas ? Vous ne pouvez ignorer que leurs aveux furent arrachés sous la torture.

— Je ne suis point juge, mon enfant, me rappela-t-il avec une douceur trompeuse. Leur sort se trouve entre les mains des commissions diocésaines. Leurs membres ont toute ma confiance pour faire jaillir la vérité, quelle qu'elle soit.

— Comment le pourraient-ils avec les manœuvres des proches du roi qui menacent les templiers ? me désolai-je. Vous êtes le chef de toute la chrétienté. Ne pouvez-vous ordonner qu'on vous remette les prisonniers ?

Le pape soupira, la fatigue voilant ses traits.

— Ce n'est point si simple. À cause des rivalités des grandes familles, Rome est devenue dangereuse. Le Saint Empire s'effondre. Le royaume de France affirme sa puissance et nous ne saurions accuser son souverain de médisance ou de mauvais traitements. N'oubliez point que des témoins existent.

Je retins un soupir de découragement. Ainsi, le pape lui-même semblait craindre pour son pouvoir. Redoutait-il lui aussi que Philippe le Bel le somme de comparaître devant un concile, comme il avait tenté de le faire avec Boniface VIII pour le destituer ?

— Aucun autre royaume n'a recueilli d'aveux probants, insistai-je. L'infamie ne peut être que le fait de quelques individus isolés. Et avec l'épine…

— Du fond de leur cachots, les prisonniers se font bien entendre, m'interrompit Clément en se levant pour mettre fin à notre entretien. Ils ne vous ont point attendue pour plaider leur cause. Ils sont des centaines à vouloir témoigner, au point que l'enquête n'avance pas comme je le souhaite. Je vais devoir reporter d'un an le concile d'octobre qui devait statuer sur leur sort.

Je me mordillai les lèvres. Était-ce une bonne chose ? D'ici un an, l'épine refleurirait de nouveau. En contrepartie, les templiers resteraient encore de longs mois en prison à la merci de leurs tourmenteurs. Combien de temps Raimbaud pourrait-il résister si par miracle il était toujours sauf ? Les battements de mon cœur s'accrurent sous l'inquiétude. Non, il ne me fallait point penser à cela.

— Rentrez chez vous maintenant, répéta le pape d'une voix plus autoritaire, pressé de me mettre dehors.

Les jambes ankylosées, je me relevai avec peine, tout en secouant la tête.

— Je ne le puis. Je n'ai plus de demeure. C'était l'autre partie de ma supplique. La sœur de feu mon époux m'a arraché mon fils et volé mon fief dont l'évêque de Cavaillon était le suzerain. Depuis, je me bats pour les récupérer. Mais l'évêque n'est plus…

— Comment se prénomme votre domaine ?

— Crebessac, Très Saint Père.

Ma voix se brisa alors que dans mon esprit passait l'image de mon foyer perdu tel que je l'avais vu la dernière fois.

— Je vous rendrai ce qui vous est dû, conclut le souverain pontife. Allez en paix maintenant et oubliez toute cette histoire.

Je tressaillis sous le choc, incrédule. C'était l'assurance que j'attendais depuis si longtemps. Mon cœur s'emballa. La joie envahit mon esprit et réchauffa mon corps d'une chaleur bienfaisante. Bientôt je retrouverais mon fils.

Quand je sortis de la pièce, je me sentais l'envie de crier et danser en signe de victoire. Puis une ombre voila mon allégresse. Le pape ne m'avait fait aucune promesse à propos de Raimbaud et des siens.

Lettre V

Le 18 mai 1310

Très cher Sire,

Notre rapport de force avec le pape a porté ses fruits. Depuis que, pour vous amadouer, il a accepté de nommer Philippe de Marigny, le frère de votre chambellan, à la tête de l'archevêché de Sens, il est bien plus facile d'exercer une réelle répression sur ces impies qui refusent de se taire.

Les deux templiers les plus dangereux sont d'ores et déjà neutralisés. Pierre de Bologne s'est évadé et Renaud de Provins, si habile en droit, a été déchu de son titre de chapelain et rendu à la laïcité par le concile provincial de Sens, tenu une semaine plus tôt. Sa défense en devient, de ce fait, caduque.

Et après la condamnation décidée par le concile où périrent par le feu cinquante-quatre d'entre eux ce 12 du mois, je ne doute point que les autres reviennent bientôt à plus de raison et abandonnent toute velléité de défense.

S'il est nécessaire, nous dresserons d'autres bûchers ailleurs, même si les maîtres en théologie de l'université de Paris osent soutenir que les templiers brûlés n'étaient point relaps.

Votre dévoué serviteur, Nogaret.

16

Orange, 31 août 1310

Installée sur le banc en pierre du théâtre d'Orange, je contemplai le mystère qui se jouait devant moi, ces pièces de théâtre qui retraçaient des scènes de la Bible ou de la vie des saints. Un coussin m'isolait de la pierre brûlante mais la fournaise me faisait transpirer à grosses gouttes. Je sentais ma chemise me coller désagréablement à la peau et, cherchant un peu de fraîcheur, je m'éventai avec un bout de mon voile que j'avais repoussé pour me dégager le cou. À mon côté, Béatrice des Baux s'agita. Sa grossesse avancée rendait sa position particulièrement inconfortable, et la longueur de la pièce n'arrangeait rien.

Après ma visite au pape quatre mois plus tôt, je l'avais retrouvée en son fief, d'où j'attendais un signe du souverain pontife. Elle m'avait confirmé ma place de dame de compagnie et, pour la première fois depuis longtemps, j'avais retrouvé les occupations pleines de quiétude séant à une dame. En mai, nous avions rejoint Orange, domaine de ses parents, pour la Saint-Eutrope. Des complications dans la grossesse de ma bienfaitrice l'avaient obligée à prolonger son séjour et, trois mois plus tard, nous étions encore dans la principauté. Sa santé se rétablissait doucement et, n'y tenant plus, elle s'était remise à sortir.

— Il faut le fortifier, disait-elle. Je vais devenir folle si je dois encore passer trois mois au lit.

Moi aussi j'avais l'impression que j'allais devenir folle. Clément avait-il oublié sa promesse ? Je ne pouvais croire que Mélaine lui fasse obstacle. C'était le pape, le chef de la chrétienté !

J'abordais chaque matin avec un espoir qui s'amenuisait à mesure que la journée s'écoulait sans voir arriver le moindre courrier. J'étouffais ma lassitude le soir. Maintenant que je n'avais plus à me soucier de ma subsistance, il me semblait que j'avais trop de temps pour penser.

Je me forçai à revenir à la pièce. C'était la fin. Bientôt, je pourrais me lever et faire quelques pas pour me dégourdir les jambes. Je pourrais échapper à l'impression dérangeante d'être observée.

Une fois de plus, je me retournai pour parcourir la foule derrière moi. Des centaines de visages de badauds de toutes conditions convergeaient vers nous, ou plutôt vers la scène. Et si quelques regards se perdaient par ici, ce n'était point étonnant, avec les grandes dames qui m'entouraient.

Une main se crispa sur mon bras.

— Je vous envie, Flamalia, de n'avoir point puissance d'époux pour vous mettre dans cet état, me glissa Béatrice en grimaçant de douleur. Cette grossesse m'épuise et je crains parfois de ne pas la mener à son terme.

Je hochai la tête, compréhensive.

— Il ne faut pas penser à cela, ma dame. Vous aurez bientôt trois beaux enfants à chérir. C'est moi qui vous envie alors que j'ignore toujours ce que devient le seul mien.

— Moi, je suis d'accord avec Béatrice, intervint Marguerite des Baux, sa cadette. Je ne suis point pressée de contracter mariage, surtout si père a pour projet de m'unir à un homme de deux fois mon âge, comme toi ma pauvre sœur.

Béatrice acquiesça au moment même où je grimaçai. Par chance, Gontran n'avait été mon aîné que de quelques années.

— Au moins, tu peux espérer devenir veuve plus rapidement,

glissa Isabelle, une autre sœur, dont l'époux ne comptait que dix ans de plus.

— Si cet enfant ou un autre ne me tue pas avant, soupira Béatrice. Puis, si cela devait advenir bientôt, je ne doute point que père me contraindrait à une autre union.

Je les écoutais deviser, à mi-voix pour ne point que leurs propos scandaleux atteignent les hommes de leur escorte. Un mariage imposé, une vie risquée à chaque grossesse, un veuvage écourté, je n'enviais guère leur situation. Malgré mes épreuves, j'avais eu de la chance. Mon père ne m'avait point forcée et Gontran avait été un époux agréable aussi bien de figure que de caractère. Et maintenant, sans plus personne pour régler ma conduite, j'étais libre. Seul mon fils manquait à ce tableau idyllique. Mais il me manquait tellement que j'avais peine à voir mes avantages.

— Avez-vous ouï la nouvelle ? demanda soudain d'une voix forte Catherine, la dernière sœur, peu à l'aise dans ce genre de conversation. L'ordre des Chevaliers de Saint-Jean de Jérusalem a enfin totalement soumis l'île de Rhodes. Ils veulent en faire leur nouvelle base de reconquête de la Terre sainte.

— Quelle importance, toutes ces guerres lointaines ? la rabroua Isabelle. Cela change-t-il notre quotidien ? Sauf si nos hommes décident de se croiser en nous laissant leurs fiefs durant leur absence.

Je me perdis dans mes pensées. Parler de l'Hôpital, c'était me rappeler le Temple, les ordres ayant toujours été intimement liés dans l'imagination populaire par leur rivalité. À ce propos non plus, il n'y avait guère eu de progrès. Au contraire, la défense initiée en avril était retombée comme un soufflé alors que les bûchers se succédaient dans le royaume de France. Cette chaîne morbide ne semblait point vouloir s'éteindre et je craignais à tout instant qu'elle ne s'étende jusqu'ici.

Je pris une longue inspiration pour faire taire mon inquiétude. Depuis quatre mois, je m'obligeai à ne point penser au procès, comme me l'avait ordonné le pape. Je n'avais plus la relique et j'allais bientôt retrouver mon fils. Une nouvelle ère allait commencer pour moi. Une ère où les souvenirs d'un homme aux yeux doux et pleins de compassion n'avaient plus leur place.

Le mystère finissait enfin. Sur la scène, les comédiens se retiraient. Le brouhaha enfla dans la foule derrière moi. Les badauds se levaient, commentaient et rassemblaient leurs effets avant de se disperser.

— Patientons un peu jusqu'à ce que la presse soit moins dense, murmura Béatrice en s'éventant furieusement alors que je commençais à me lever.

J'acquiesçai. Malgré notre escorte, une bousculade n'était point impossible et, dans son état, elle pouvait devenir fatale.

Quand mon amie décida que nous pouvions rentrer au château en toute sécurité, je me levai de nouveau et parcourus la rangée de gradins pour gagner la sortie. Il y avait encore du monde dans les travées principales. Alors que je patientais, en attendant les dames des Baux qui s'attardaient, je fus soudain bousculée. Je retins un cri et me retournai, choquée par le malotru. Mon cœur s'affola, un vertige s'empara de moi. Caché sous un capuchon malgré la fournaise, un regard marron pailleté de vert me fixait intensément. L'homme posa un doigt sur sa bouche avant de fourrer un chiffon dans ma main et de se perdre dans la foule qui l'engloutit. Je retombai assise sur le banc le plus proche, les jambes coupées, le souffle court. Durant un instant, j'avais cru reconnaître Raimbaud. Comment cela pouvait-il être possible ?

Avec un peu de retard, je repensai au chiffon que l'inconnu m'avait glissé dans la main. Je le dépliai fébrilement. Quelques mots qui s'effaçaient déjà. Un rendez-vous demain au moulin brisé près de Buisson, au bord de l'Aigle. Lorsque Béatrice arriva à ma hauteur de sa démarche alourdie, je dissimulai précipitamment le bout de tissu dans ma manche.

— Vous sentez-vous mal ? Vous êtes toute pâle. On croirait que vous avez aperçu le diable.

— Ne vous inquiétez point, c'est seulement cette chaleur,

murmurai-je en comprimant de la main les battements fous de mon cœur. Cela est déjà en train de passer.

Sur le chemin du retour au palais, pendant que les quatre sœurs continuaient à se chamailler gentiment, mes pensées tournoyaient sans fin dans ma tête : surprise, incrédulité, espoir et crainte. Je n'osai me réjouir et pourtant, pourquoi cet homme m'aurait-il remis ce mot s'il n'était point celui que je pensais ? Raimbaud était libre et m'avait reconnue. Il m'avait retrouvée comme il me l'avait promis. Il venait récupérer sa relique.

Même si je n'avais plus rien à lui remettre, je savais que j'irais au rendez-vous.

17

Buisson, 1er septembre 1310

Le soleil avait dépassé depuis longtemps le milieu du ciel. Je pressai les flancs de ma monture. La bête renâcla, fatiguée par sa course. Cela faisait déjà quatre heures que je la poussais. J'insistai. L'impatience grandissait dans mon cœur alors que je me rapprochais du moulin brisé, le lieu de rendez-vous.

La veille, de retour au château, j'avais pris quelques renseignements auprès des écuyers. Le moulin de Buisson avait appartenu aux templiers. Il se racontait que l'un d'eux s'était donné la mort entre les murs pour échapper à l'arrestation, faute impardonnable, et depuis on disait le lieu hanté. Le bâtiment n'avait plus été entretenu, ni réparé, et ce choix singulier m'apportait une confirmation supplémentaire que j'avais bien vu Raimbaud hier.

J'avais à peine dormi la nuit précédente, oppressée par la fébrilité à l'idée de le revoir. D'un soupçon de crainte aussi. Comprendrait-il mon choix de m'être défaite de la relique pour la remettre au pape ? Une démarche qui, jusqu'à présent, n'avait point porté ses fruits, ni pour moi ni pour l'ordre.

Au matin, des cernes prononcés sous les yeux, j'avais sollicité auprès de Béatrice l'autorisation de m'absenter. Celle-ci m'avait dévisagée un bref instant, le sourcil haussé, les lèvres incurvées par une moue amusée.

— Un rendez-vous avec un homme ? Après tout, vous êtes veuve depuis fort longtemps. Vous auriez tort de ne pas en profiter de temps à autre, tant que vous restez discrète.

Puis elle avait ajouté avec davantage de sérieux en désignant son état.

— Et que cela n'ait évidemment point de conséquence.

J'avais rougi avant de secouer la tête.

— Il n'y a rien de cet ordre, ma dame. Ce n'est qu'un vieil ami.

Et pour cause. Malgré le trouble qu'il savait si bien susciter en moi, jamais Raimbaud n'avait fait quoi que ce soit qui puisse me faire penser que cela avait été réciproque.

Connaissant mon passé tumultueux, Béatrice ne s'était point inquiétée que je parte seule et dès que j'avais pu me libérer de mes obligations, je m'étais mise en route, l'allure soutenue de mon cheval masquant les battements frénétiques de mon cœur.

Au détour d'une colline, j'aperçus enfin le moulin. J'étais arrivée fort tard, le soleil avait commencé sa descente vers l'horizon. Tout semblait calme. Raimbaud m'avait-il attendue ? L'angoisse me vrilla le ventre à l'idée de l'avoir peut-être raté.

Une silhouette sortit du moulin alors que mon cheval parcourait les dernières toises. Il avait ôté la capuche de son habit et je reconnus les boucles folles de son propriétaire. Mon cœur rata un battement tandis que je démontais, les mains tremblantes. Je laissai aller ma jument – elle était bien dressée, elle ne s'éloignerait pas – et m'avançai jusqu'à lui. Il me fixait sans rien dire et j'eus soudain une crainte horrible. Était-il devenu muet ? Lui avait-on arraché la langue ? Ce message passé hier, sans un mot. Je n'avais point encore entendu le son de sa voix.

Je m'arrêtai à quelques pas de lui et le dévorai des yeux, fébrile, des interrogations plein le regard.

— Ainsi, vous êtes venue, finit-il par dire après un silence inconfortable. Je n'étais point sûr que vous le fassiez.

Sa voix était un peu rauque et, durant un instant, je crus que j'allais éclater en sanglots de soulagement. Il n'avait pas été mutilé.

— Je n'aurais point voulu vous faire défaut, soufflai-je en avançant encore d'un pas.

Je tremblai de tout mon corps, ne pouvant m'empêcher de le dévisager intensément. Ses traits paraissaient un peu plus marqués, mais sa silhouette était droite, ses épaules fermes, ses mains mobiles. Dieu merci, il ne semblait point souffrir d'infirmité. Seuls ses yeux me fuyaient.

Un élan violent me saisit, me poussant vers lui. Je le combattis. J'aurais voulu me réfugier dans ses bras comme dans le tunnel de Sernhac, le toucher pour m'assurer de son existence. Mais il gardait ses distances, refusant de m'adresser ce regard plein de bonté dont il n'était point avare autrefois. Je me mordis les lèvres, désemparée que nos retrouvailles ne ressemblent point à celles dont j'avais rêvé tant de fois. Étions-nous vraiment complices trois ans plus tôt ou seul mon esprit empreint de solitude avait imaginé une proximité là où il n'y avait eu que courtoisie de sa part ?

— Avez-vous toujours la relique que je vous ai confiée, ma dame ?

Je déglutis. J'avais eu raison de me retenir, il n'était venu que pour cela : sa relique.

— Je l'ai apportée à Sa Sainteté le pape en avril, balbutiai-je. Je ne savais point si j'allais vous revoir un jour. C'est le chef suprême de votre ordre et il m'a semblé que s'il contemplait lui-même ce miracle, il...

— Vous n'aviez point à en disposer, m'interrompit-il grossièrement. Vous aviez juré !

Je tressaillis.

— J'ai trahi votre confiance, reconnus-je avec humilité, et je m'en excuse sincèrement. Mais je n'avais plus espoir de vous revoir. Les nouvelles étaient alarmantes et cette responsabilité si lourde. Les bûchers et ce procès qui n'en finit pas... J'ai pensé que peut-être si le pape voyait lui-même ce prodige, cela pourrait disculper l'ordre, comme tant des vôtres l'ont mentionné dans leur défense. Je veux croire qu'il s'en servira à bon escient.

Un soupir s'échappa de sa bouche et son regard se détourna de moi comme si ma présence ne revêtait plus la moindre importance.

— J'accepte vos excuses puisque vous croyiez bien faire. Cela aurait pu être pire, en effet.

Sa froideur indifférente me fit monter les larmes aux yeux. J'aurais presque préféré être l'objet de sa colère. Je n'osai imaginer ce qu'il avait enduré ces dernières années pour que fut ainsi anéantie sa part d'humanité qui savait si bien me réconforter autrefois.

— Que deviez-vous en faire ?

— Rien qui vous concerne, ma dame. C'est beaucoup trop tard, de toute façon.

Un spasme me tordit l'estomac. Cette distance cérémonieuse qu'il maintenait, comme si nous étions deux étrangers… Mes yeux me piquèrent. J'avais nourri trop d'attente dans cette rencontre et mon cœur rempli de sensiblerie inutile peinait à se remettre de cette désillusion.

Il fallait que je parte avant de gâcher nos derniers souvenirs. J'esquissai un pas en arrière pressée de fuir cette pénible confrontation, lorsque sa voix m'arrêta.

— Quelle surprise de vous retrouver dans l'entourage de la famille des Baux. Le pape, les filles du prince d'Orange… Vous semblez bien en cour. Auriez-vous récupéré votre fief ? Vous seriez-vous remariée ?

Mon cœur se mit à battre un peu plus vite. S'intéressait-il donc encore un peu à moi ?

— Rien de tout cela, je le crains. J'ai rencontré dame Béatrice sur le chemin de Compostelle où mon suzerain, l'évêque Imbert, Dieu ait son âme, m'avait malgré moi jetée. Elle m'a fait l'honneur de me prendre en amitié et de m'intégrer à sa suite. Mais dans les faits, je suis toujours aussi miséreuse qu'à l'époque où vous m'avez connue.

Ma voix geignarde me fit horreur. Entre plaintes, reproches et conversation guindée, ce n'était point ainsi que j'avais imaginé nos retrouvailles. Je les avais espérées plus complices, plus tendres peut-être. Avec effort, j'ajoutai :

— Et vous-même, que faites-vous ici ?

Ses yeux se perdirent au loin, toujours plus loin de moi. Je réprimai un frisson.

— Je suis en route pour Faucon. Je vais rejoindre le prieuré de Saint-Germain. J'ai reçu l'absolution pour mes fautes et ne désire plus rien d'autre que de mourir en paix.

L'accablement de sa voix me gauchit le cœur. Parler de trépas, alors qu'il n'avait pas trente ans ! Sans réfléchir, je m'écriai :

— Vos fautes ? Je refuse de croire que vous vous soyez rendu coupable des vices qu'on prête à l'ordre. Nombre de vos frères sont revenus sur leurs aveux arrachés sous la torture. Si vous aussi avez été tourmenté, comment...

Son regard se chargea d'une telle colère que je m'interrompis net. J'inspirai profondément, choquée par la tension qui semblait crépiter dans l'air. Il s'était légèrement penché en avant, les épaules tendues, les bras contractés, comme s'il voulait en découdre, comme si j'étais son ennemie. Je détournai les yeux avant de finir d'une petite voix, incapable malgré tout de ne point confesser mon cœur :

— Je suis en tout cas heureuse que vous n'ayez point été relaps. Je n'aurais supporté vous imaginer périr.

Quand j'osai le regarder de nouveau, il avait abandonné sa posture martiale. Je crus distinguer un éclat humide dans ses yeux. Retenant mon souffle, je m'approchai encore. En tendant la main, j'aurais pu le toucher. Le cœur battant, je le dévisageai avidement dans le soleil couchant. Comme un fait exprès, je le revoyais auréolé de feu tel qu'il m'était déjà apparu dans la barque au large de Ruad, puis à Alès. Son visage était plus émacié et ses yeux éteints mais c'était bien lui. Ma poitrine se comprima douloureusement. Deux fois déjà, je l'avais cru perdu pour toujours. Sous l'émotion, je murmurai :

— Durant toutes ces années, j'ai tellement espéré vous revoir sauf. Il faut croire que Dieu a fini par exaucer mes prières.

Puis, ne pouvant plus me refréner, je m'effondrai en sanglots dans le creux de son épaule, pleine de tristesse de le découvrir amer, infiniment soulagée de le retrouver indemne.

Sa main vint me tapoter maladroitement le dos.

— Allons, Flamalia, ressaisissez-vous. Il ne faut...

Je secouai la tête contre lui. Toute l'angoisse, la frustration et la solitude de ces derniers mois remontaient à la surface. Je m'accrochai à ses muscles tendus sans pouvoir me reprendre. Il m'avait appelée « Flamalia », comme autrefois.

— Je vous en prie, continua-t-il d'une voix altérée. Je ne mérite point vos pleurs.

Il se tenait roide dans mes bras. Je me redressai légèrement pour le contempler. Ses yeux étaient à leur tour envahis par les larmes mais son port fier les empêchait de couler. Il inspira profondément avant de continuer, de plus en plus enroué.

— Cessez donc. Je ne suis qu'un misérable.

— Je refuse de le croire, répétai-je.

Il m'attrapa délicatement les poignets et m'écarta de lui, l'air grave.

— Pourtant, j'ai tout avoué. Tout ce qu'on m'a demandé de reconnaître, je l'ai fait. Idolâtrie, reniement, sodomie... Sans courage, sans honneur, j'ai médit sur le Temple et mes frères. Pour cesser de souffrir, pour garder ma vigueur. J'ai été lâche et indigne.

Incrédule, je fronçai les sourcils durant toute sa confession. Comment pouvait-il se juger aussi sévèrement ?

— Bien d'autres ont craqué sous la torture, protestai-je, même les plus grands d'entre vous.

Ses yeux se fichèrent dans les miens. Je tressaillis.

— Mais d'autres n'ont jamais rien reconnu. D'autres ont souffert mille morts dans leur chair et leur âme. Certains ne s'en remettront jamais, certains en sont morts... Vous rappelez-vous Hugues ?

Le guide qui nous avait menés à Sernhac. J'acquiesçai.

— Et Guilhem ? Guilhem dont je me méfiais.

Je secouai la tête. Lors de ce voyage, je n'avais eu d'yeux que pour un seul. Celui qui se tenait devant moi.

— Ils sont morts tous les deux sans rien renier de leur droiture. Dignes de nos prédécesseurs. Alors que moi... Même à Ruad, j'ai fui. Croyant sauver un frère, je vous ai secourue afin de me donner bonne conscience. Je pensais justifier ma lâcheté en rapportant la perfidie des mamelouks qui n'avaient point respecté leur parole de nous laisser partir. Mais dans l'obscurité et le froid de ma cellule, entouré par la souffrance et la mort, il n'était plus possible de m'aveugler.

— Vous m'avez sauvé la vie au péril de la vôtre à Ruad. Croyez-vous que cela compte pour rien ? m'écriai-je.

Il ne m'écoutait point. Le nez frémissant, la bouche pincée de honte, il restait sourd à tous mes arguments.

— Sans nos coupables faiblesses, notre ordre serait resté sans tache, et non point diffamé, méprisé aux quatre coins du monde comme à présent. Même les plus grands, comme vous dites. Ils ont laissé faire, abandonné notre honneur auprès de misérables. Est-ce donc tout ce qu'on retiendra de nous ? acheva-t-il d'une voix brisée. Notre corruption, notre lâcheté, notre avidité...

— Celle du roi de France, plutôt ! Qu'auriez-vous pu faire face à sa vindicte ? En vérité, vous seriez tous morts à tenter de lui résister.

Devant ma véhémence, il se détourna, les épaules basses, et rentra dans le moulin. Je le suivis en frissonnant malgré le soleil qui passait par l'ouverture béante dans le mur.

— Rien n'est perdu, repris-je d'un ton plein d'espoir. Le pape a reporté le concile, le temps de recueillir les conclusions des commissions diocésaines. Il vous y a donné rendez-vous pour témoigner devant l'assemblée des Saints Pères. Je ne doute point que de nouveaux templiers se lèveront pour défendre l'ordre même si on fit taire les premiers par la terreur du bûcher. Votre innocence sera reconnue, vous serez tous réhabilités. Et vous vivrez pour le voir. Vous vivrez, répétai-je, incapable de croire encore tout à fait à ce miracle.

Même s'il devait vivre loin de moi.

Cette pensée me prit par surprise. Avais-je vraiment envisagé un instant de...

— Cela en vaut-il encore la peine alors que nous avons failli à notre mission première ?

Il s'était retourné et me regardait à nouveau. Je fixai son visage tiré, ses lèvres tremblantes qui, plus que jamais, appelaient les baisers, ses yeux humides quémandant une absolution que je ne pouvais lui donner. À cette vision, des frissons m'envahirent tout le corps.

Le monde était sens dessus dessous. Les victimes se croyaient coupables et la diffamation régnait en maître. J'abandonnai mes ultimes réserves. Qu'importe que ce fût un péché après tout. Nous revoir après ce que nous avions traversé tous les deux était inespéré.

— Il y a des choses qui valent la peine.

Le cœur battant, je m'approchai de lui à petits pas. Je pris sa tête entre mes mains et inclinai tendrement son visage vers moi. Nos nez se touchaient presque, nos souffles se mêlaient, comme une réminiscence de notre étreinte secrète dans les tunnels de Sernhac. Je plongeai mon regard dans le sien pour lui insuffler de ma force. Et mes lèvres trouvèrent les siennes.

18

Je l'embrassai, goûtant la douceur de ses lèvres. Mes mains se perdirent dans ses boucles, plus longues que dans mon souvenir. Un instant plus tard, ses bras m'enserrèrent la taille et me plaquèrent contre son torse dur. Je frémis. Il répondait à mon baiser avec une ardeur que je n'avais jamais osé espérer. Son souffle précipité contre ma bouche m'enfiévra. Ses lèvres s'entrouvrirent et ma langue frôla la sienne, faisant naître une onde délicieuse au creux de mes entrailles. Le gémissement étouffé qui s'échappa de sa gorge acheva de me faire perdre tout sens commun. Je le voulais plus que jamais, même s'il m'était interdit.

Les jambes coupées, je me pressai contre lui sans plus de retenue. Mon ventre se moula impudiquement contre ses hanches. Le corps tremblant, il enfouit sa tête dans mon cou. Sa main remonta le long de mon échine, provoquant sur son passage un frisson incontrôlable. Elle survola mon épaule, effleura un sein. Défaillant, je parcourus son dos ferme avant de laisser mes doigts se perdre dans le creux de ses reins.

Nous nous caressâmes un long moment à travers nos vêtements, sans cesser de nous embrasser, comme deux jouvenceaux ayant échappé à l'attention de leurs aînés. Le frottement du tissu sur ma peau m'irritait les nerfs. La dureté que je découvris sous son habit accrut ma fièvre. Je laissai échapper un soupir impatient. Je n'étais plus une timide jouvencelle depuis longtemps, j'en voulais plus, bien plus. Je brûlais d'aller plus loin, d'arracher ces couches inutiles qui nous séparaient pour enfin découvrir l'odeur de sa peau, mais ses gestes empreints d'hésitation me retinrent. Les templiers n'étaient point accoutumés à satisfaire leurs désirs. Malgré la passion qui semblait l'embraser autant que moi, gardait-il encore quelques réticences ?

À moins que cela soit seulement de l'ignorance...

Cette prise de conscience soudaine me coupa le souffle. Mon cœur se gonfla d'allégresse. Ainsi, il était peut-être resté chaste, respectant ses vœux, à l'inverse de bien d'autres clercs qui n'hésitaient pas à fréquenter les bordels mis en place par l'Église elle-même.

Je m'écartai de lui et cherchai dans ses yeux une confirmation. Il me dévisagea sans faire un geste. Avec un air d'attente affamée plein d'incertitudes qui ne me trompa point.

En un instant, je me liquéfiai dans le velours de son regard. Je lui souris avec tendresse et, sans le lâcher des yeux, je commençai à me dévêtir. Je me délestai de ma cape et de ma ceinture. Puis, les gestes lents et pleins de grâce, je délaçai ma robe avant de la faire descendre jusqu'à mes pieds, suivie par ma chemise. Ses yeux se mirent à briller et, aussitôt, il m'imita.

La tension monta brusquement entre nous quand ses vêtements rejoignirent les miens sur le sol. Je passai ma langue sur mes lèvres devenues sèches et l'observai avec avidité. Je redécouvrais son torse, un peu plus maigre que dans mon souvenir, plus marqué aussi, et mes yeux s'emplirent de compassion devant ces traces tangibles de souffrance inutile. Il surprit mon regard et ses gestes se firent plus saccadés, rageurs. Je secouai la tête, désolée. Je ne ressentais point de pitié envers lui, seulement un juste courroux devant tant d'injustice.

Enfin il se tint devant moi, totalement nu. J'admirai la ligne de ses épaules, son ventre plat, ses jambes robustes et cette envie qu'il avait de moi qui me rendait fébrile.

— Vous êtes beau, murmurai-je la voix rauque de désir. Vous me plaisez infiniment.

Il eut un sourire un peu désabusé.

— Malgré ces cicatrices ?

Je touchai du bout des doigts la longue ligne qui barrait ma propre épaule, souvenir du cimeterre dont il m'avait sauvée.

— Voyez, j'en ai aussi. Vous déplairais-je pour autant ?

Son regard fiévreux m'enveloppa tout entière.

— La vôtre est honorable. Reçue à la bataille.

— Les vôtres ne le sont pas moins.

Nous nous fixâmes un long moment, les yeux remplis de la même faim dévorante. Puis, d'un mouvement nerveux, Raimbaud se rapprocha de moi et me plaqua contre lui, comme j'avais espéré qu'il le fît à Montfrin. Je ressentais la même urgence. Sa bouche reprit possession de la mienne, son sexe dressé frotta contre mon ventre et un gémissement impatient m'échappa. Un instant, je m'imaginai m'agripper à son cou et enrouler mes jambes autour de ses hanches, lui laissant le champ libre pour qu'il me pénètre sans délai.

À la place, je pris une profonde inspiration et le repoussai avec douceur. Pour cette unique transgression, je ne voulais pas d'un assouvissement rapide, bestial, presque décevant.

Il fronça les sourcils, décontenancé par mon attitude.

— Il n'est point nécessaire de se hâter, lui soufflai-je en guise d'explication.

Le regard fourmillant d'interrogations, il laissa retomber ses bras. Je lui pris la main et l'emmenai sur la paille, là où sa cape étalée indiquait l'endroit où il comptait dormir. Le confort était rustique, ce n'était pas un palais, mais je n'aurais point voulu être ailleurs.

Je me remémorai mes jours heureux de jeune épousée, les douces siestes et les nuits torrides durant lesquelles Gontran et moi jouions avec habileté de nos deux corps. Mais ce soir avait une saveur bien particulière. C'était Raimbaud qui se tenait aujourd'hui auprès de moi. Celui qui faisait battre mon cœur avec frénésie, comme je me rendais compte en cet instant. Celui que j'avais choisi en toute conscience, au mépris de la logique, des convenances et du salut de mon âme.

Nous nous allongeâmes l'un près de l'autre. Mettant de côté timidité et réserve, je me redressai pour l'embrasser de nouveau. Mes mains glissèrent sur son torse palpitant, comme pour en gommer les meurtrissures, bientôt rejointes par ma bouche. Je sentis ses doigts hésiter un instant en l'air puis se poser sur ma nuque, me faisant soupirer de bien-être. Il caressa le contour de mes oreilles et s'attarda sur la courbe de mon cou, là où la peau était la plus tendre. Je frémis et embrassai son ventre avant de descendre plus bas, suivant les lignes de ses muscles jusqu'à poser ma bouche sur son membre gonflé.

Il s'étrangla, s'agita. Je m'arrêtai.

— Ne le souhaitez-vous point ?

— Je ne sais..., murmura-t-il, son regard soudain plein d'ombres. Ils nous ont accusés de cela aussi. L'*osculum infame*...

Aussitôt ma gorge se serra à l'idée qu'il puisse associer cette caresse aux charges diffamantes auxquelles il avait dû répondre. Ce baiser infâme, caricature pernicieuse du rite d'adoubement. Je me redressai et lui effleurai tendrement le visage. Pour cette nuit, je voulais qu'il oublie tout et goûte seulement la joie d'être aimé.

— Ce ne sont que les choses banales de l'amour, telles qu'on les trouve dans l'intimité de deux personnes qui se plaisent.

Loin des yeux et des oreilles de l'Église, décidée à fustiger tout plaisir hors de l'acte de procréation.

— Mais n'est-ce point pécher que...

Ma voix se fit enjôleuse.

— Pour quelques instants, acceptez d'être simplement un homme que je pourrais aimer.

Je l'embrassai, laissant ses lèvres jouer avec les miennes jusqu'à ce que son souffle se précipite de nouveau. Puis je repris ma lente descente, effleurant, léchant, mordillant, le faisant tressaillir et soupirer jusqu'à refermer ma bouche sur l'objet de mon désir. Il laissa échapper une longue exhalation, à laquelle je ne pus m'empêcher de faire écho, troublée par mon pouvoir sur ses sens. Ses mains se perdirent dans mes cheveux. Son corps se tendit sous la pression de mes lèvres et les frôlements de plus en plus audacieux de ma langue.

Plusieurs fois, il se crispa sous mes caresses, se mordant les lèvres pour ne point défaillir. Les râles qu'il laissait échapper me mettaient en émoi. Je tremblais d'impatience à l'idée de le sentir se mouvoir en moi, nos peaux frottant l'une contre l'autre dans une intimité qu'il n'avait jamais connue. Mais pas encore, non !

— Faut-il… voulez-vous que je fasse pareil ? finit-il par murmurer, le souffle haché, entre deux assauts.

Mon cœur eut un soubresaut. Je fixai quelques instants ses yeux remplis d'incertitude. Puis je fis un signe de dénégation malgré la pulsation sourde qui m'envahit à imaginer sa tête entre mes cuisses. Je ne voulais point qu'il se sente contraint.

— Il existe d'autres manières de me plaire.

Frissonnant d'anticipation, je pris ses mains et les posai sur mes seins, avant de le laisser aller à la découverte des pleins et déliés de mon corps. Ses effleurements d'abord timides, puis de plus en plus appuyés, me mettaient sur des charbons ardents. Je tressaillais à chaque caresse, incapable de deviner ce qu'il allait faire ensuite, et mon corps palpitait tout entier contre le sien, plein d'impatience. Puis l'attente devint douce torture. Jamais je n'avais éprouvé un désir si aigu.

Au supplice, je me redressai et m'assis sur lui, mes jambes de part et d'autre des siennes, mon intimité moite contre son ventre. D'un geste lent, je le guidai en moi et fus aussitôt envahie d'un vertige grisant. Il poussa un soupir étranglé et m'attrapa les hanches lorsque je commençai à bouger. Je pris appui sur les muscles contractés de son torse tandis qu'il accompagnait mes mouvements, trouvant très vite le rythme pour me satisfaire.

Mes yeux plongés dans les siens, je suivais sa lente compréhension du caractère irrépressible de l'amour. Je ne pus bientôt plus retenir mes gémissements tant la vigueur de ses va-et-vient comblait ma chaude intimité si longtemps solitaire. Saoulée de plaisir, j'expirais de plus en plus fort, me mouvais de plus en plus vite, l'obligeant à suivre ma cadence. Je sentais nos cœurs s'emballer et nos corps se couvrir de sueur sous l'ivresse qui s'était emparée de nous.

— Quand… jusqu'à quand… faut-il…, balbutia-t-il soudain, le souffle court, une légère lueur de panique dans les yeux.

— Maintenant, exhalai-je quelques instants plus tard en sentant mon corps se contracter.

Je rejetai la tête en arrière et poussai un long gémissement d'extase. Il se tendit à son tour entre mes cuisses, son râle faisant écho au mien. Malgré la douce langueur de mes membres, je me dégageai aussitôt et plaquai mon ventre contre le sien tandis qu'il jouissait entre nous deux. Pas de conséquence, m'avait rappelé Béatrice ce matin sans que cela soit nécessaire. Je n'ignorais rien du jugement de mes pairs si je me retrouvais grosse. Alors que j'attendais qu'on me fasse justice, je devais plus que jamais veiller à ma *bona fama*.

Le silence succéda au tumulte de nos sens. Couchée sur Raimbaud, je percevais les battements précipités de son cœur et son souffle saccadé. Il referma ses bras autour de moi, chercha ma bouche et me baisa tendrement les lèvres. Je lui caressai le visage. Les mots me semblaient pauvres ou inutiles. Ils ne feraient que détruire la magie de cet instant, hors du temps, où deux êtres qui n'en avaient point le droit avaient malgré tout choisi de s'aimer.

Comblée, je posai ma tête contre son épaule. La nuit était tombée. Par le trou dans le mur, je pouvais apercevoir la lune qui nous éclairait de son halo, accentuant la blancheur de nos deux corps, comme si nous étions des statues de marbre antiques. Puis Raimbaud poussa un long soupir.

— Quand je pense que j'aurais pu ne jamais vous croiser…

— À Orange ? demandai-je en relevant la tête pour le regarder.

— À Ruad, me détrompa-t-il. C'est depuis ce jour dans la barque que vous hantez mes pensées.

— Et le regrettez-vous ?

Je ne savais plus si je parlais de l'île ou de l'heure qui venait de s'écouler.

— J'en serais bien incapable. Mais vous, Flamalia ? Je n'étais point…

Je posai un doigt sur ses lèvres pour l'arrêter.

— Depuis notre étape au bord du Gardon quand je vous ai surpris, et même avant, il me semble, je rêvais de me retrouver dans vos bras. Dans cette affaire, je plaide autant coupable que vous, avouai-je avec un petit rire confus.

Aussitôt je sentis son corps se raidir et l'atmosphère tendre et complice de la nuit s'assombrit brusquement. Je me mordillai les lèvres, maudissant ma maladresse. Pourquoi avais-je parlé de culpabilité ?

Raimbaud se dégagea doucement de mes bras, puis s'assit, me tournant le dos.

— Oui, les templiers sont coupables…, déclara-t-il d'une tout autre voix. Peut-être pas des accusations qui pèsent sur l'ordre, mais d'autres faits, plus graves. Nous avons perdu la dimension spirituelle de nos débuts, lorsque tous nous connaissaient encore sous le vocable des Pauvres Chevaliers du Christ et du Temple de Salomon.

Je m'assis à mon tour, plus blessée que je n'osais me l'avouer à l'idée que la politique s'invite de nouveau dans notre tête-à-tête. J'avais cru que ce tendre moment, si enivrant pour moi, lui ferait oublier ses préoccupations durant quelques heures au moins. Grossière erreur. Il semblait seulement plus apaisé, comme si je n'avais été qu'un exutoire à sa douleur.

— Pauvres, vraiment ? C'est plutôt risible quand on connaît nos richesses, grinça-t-il. Sous les honneurs, nous avons oublié notre humilité. Après la perte d'Acre, nous aurions dû nous réformer, accepter la fusion avec les Chevaliers de Saint-Jean. Qu'importe si le Capétien y aurait placé un homme à lui à notre tête. Avec un tel soutien, nous aurions pu reconquérir Jérusalem et retrouver notre raison d'être : protéger les pèlerins.

— Votre seul tort est d'avoir été un obstacle aux ambitions du roi Philippe d'affaiblir l'Église sur son territoire, tempérai-je. Un combat qu'il mène depuis plusieurs années, déjà sous le pontificat de Boniface VIII. Laisser un de ses proches à la tête des deux ordres rassemblés n'aurait fait que renforcer son pouvoir.

N'était-il déjà pas suffisamment puissant ainsi à mettre en danger un ordre qui avait été si prospère ?

— Mais également notre force. Nous aurions pu reconquérir les États latins aux mains des Sarrasins pour la seule gloire de Dieu.

Je masquai une certaine exaspération. La guerre encore, la croisade. Cette insistance à se battre, à tuer pour une façon de prier différente. J'en connaissais un rayon par l'histoire de ma famille, victime d'une croisade qui n'avait été finalement qu'une affaire de conquête.

— Le roi n'est point arrivé à ses fins, et vous voilà libre maintenant, finis-je par dire en l'enlaçant, espérant clore le débat.

Il secoua la tête.

— Libre ? Non, il m'est impossible d'être libre.

— Pourquoi ? m'inquiétai-je, mes doigts se crispant sur sa hanche.

Il fixa le plafond éventré.

— Je ne sais si j'arriverais à me libérer un jour de ce que j'ai vécu là-bas. C'était... Non, vous ne pouvez un instant imaginer la douleur, les intimidations... les récompenses aussi, acheva-t-il dans un souffle honteux. Tout était fait pour briser la fraternité que nous éprouvions les uns pour les autres. Ceux qui avaient avoué bénéficiaient d'un traitement de faveur. Nous mangions mieux, étions mieux logés, tandis que les autres continuaient d'être tourmentés.

Il s'arrêta un bref instant pour raffermir sa voix. Je me tendis contre lui, à la fois impatiente et angoissée d'entendre la suite.

— Il ne semblait point y avoir d'échappatoire. Quand nous comparaissions devant la commission pour nos interrogatoires, nos geôliers restaient dans notre dos, promettant par leur seule présence de nouveaux supplices si nous ne disions pas ce qu'ils attendaient de nous. Puis certains chanceux comme moi reçurent l'absolution pour des fautes qu'ils n'avaient point commises avant d'être relâchés, pendant que d'autres, plus courageux, croupissent toujours dans cet enfer.

La détresse dans sa voix me meurtrit le cœur. Je ne pouvais empêcher des frissons d'horreur me parcourir tout entière à sa confession. Tant de cruauté gratuite me révoltait. Je prenais seulement la mesure du dégoût de lui-même qu'il ressentait toujours. Les larmes aux yeux, je le serrai contre moi, espérant qu'il trouve une forme d'apaisement contre mon doux corps de femme. Ce réconfort, au moins, je pouvais le lui offrir. J'embrassai son visage et ses yeux embués. Sa poitrine eut un bref sursaut avant qu'il ne prenne plusieurs inspirations profondes pour calmer l'émotion qui l'avait envahi. Après quelques instants, il se dégagea de mon étreinte et se leva. Il me tendit ensuite la main afin de m'aider à me relever à mon tour.

— Venez.

Il ramassa ma cape et m'attira dehors sous la lune.

— Que faites-vous ? Où allons-nous ? l'interrogeai-je.

— À la rivière. Nous voilà quelque peu tachés après vos douces idées.

Ce changement d'attitude me dérouta. Il laissa tomber ma cape sur la berge et, ma main toujours dans la sienne, m'entraîna dans l'onde fraîche jusqu'à un trou d'eau. Le niveau atteignit mon ventre et ma peau se couvrit de frissons.

— Avez-vous froid ? Vous rappelez-vous ce que vous me fîtes subir sur les rives du Gardon ? Mais je suis moins cruel que vous. Venez que je vous réchauffe.

Son ton avait retrouvé un peu de l'espièglerie d'autrefois. Il me prit dans ses bras, frotta vigoureusement mes épaules du plat de ses mains, enroula mon dos dans ses larges paumes. Je frémis à nouveau, mais de bien-être.

Je levai la tête vers son visage pour l'embrasser encore, me repaître du goût de ses lèvres dont je ne me lassais pas, et retins un soupir de dépit. Il ne me regardait point, son visage tourné vers la nuit profonde.

— Qu'allons-nous devenir maintenant ? chuchotai-je pour attirer son attention.

Il abaissa son regard sur moi, empli de gravité.

— Rien n'a changé, Flamalia. Demain vous retournerez auprès de Béatrice des Baux. Vous avez votre fils à retrouver, votre fief à récupérer. Moi, je reprendrai ma route jusqu'à Faucon, là où est ma place. Je ferai pénitence, ajoutant un manquement de plus à la longue liste de mes fautes, et j'y attendrai le jugement de l'ordre.

Mon ventre se comprima douloureusement à ces paroles. Je me dégageai de son étreinte, blessée, et regagnai la berge où je m'enroulai dans ma cape, d'un geste saccadé plein de maladresse. Un froid acéré m'envahit le cœur. Il me rejetait, comme si ce que nous venions de vivre ne comptait point à ses yeux, comme si ce n'était qu'une entorse passagère à ses vœux.

Il me rattrapa en deux pas et m'immobilisa, ses deux mains sur la rondeur de mes épaules. Je tressaillis.

— Où allez-vous ?

— Je peux tout aussi bien repartir tout de suite, fulminai-je en relevant le menton, faisant appel à la fierté de mon sang pour ne point lui laisser voir combien son indifférence me peinait. Maintenant que vous savez ce qu'est devenue la relique, vous n'avez plus besoin de moi.

Il m'emprisonna dans ses bras et ses lèvres effleurèrent ma tempe. Malgré moi, je me laissai faire.

— Restez, Flamalia, je vous en prie. Voyager de nuit est dangereux et… Oh ! je crains bien de ne point savoir parler à votre cœur.

— Que voulez-vous dire ? demandai-je, méfiante.

Son souffle contre mon oreille se suspendit un bref instant, avant que sa voix ne reprenne, pleine d'une tendresse qui fit palpiter ma poitrine :

— Permettez-moi d'imaginer durant quelques heures encore à quel point mon existence aurait pu être douce à vos côtés, si le destin me l'avait permis.

Cette révélation me chavira. Ses mains glissèrent jusqu'à ma nuque et, inclinant ma tête, il m'embrassa avec fougue. La chaleur de sa peau nue contre la mienne, la fermeté de ses muscles sous mes mains et son désir revenu achevèrent de réveiller l'envie profonde que j'avais toujours de lui. Je me collai à son corps et répondis à son baiser avec une ardeur égale. Puis, d'un geste plein de force contenue, il m'enleva dans ses bras et me ramena vers le moulin.

19

Saint-André-de-Valborgne, octobre 1310

Quand Béatrice des Baux regagna son fief en octobre, suivie de sa suite dont je faisais toujours partie, un pli m'y attendait. Dès que je l'eus en main, je déchiffrai le sceau avec fébrilité : SIGILLVM DOMINI PAPE. IN COMITATV VENAYSINI.

Une missive du pape !

Les doigts tremblants, j'arrachai le cachet de cire. Les bonnes nouvelles s'étaient faites rares ces derniers temps. Sa santé toujours chancelante, Béatrice était rentrée en litière et le voyage de retour s'était éternisé au-delà du raisonnable. J'avais eu beaucoup trop de temps pour penser à mon avenir, à l'homme qui ne m'avait laissé aucun espoir et au garçon que je désespérais de revoir un jour.

Les yeux clos, je me remémorai la scène qui s'était déroulée un bon mois plus tôt.

Au moment de nous quitter, alors que je m'accrochais désespérément à son regard, Raimbaud m'avait déclaré :

— Je suis… profondément heureux de vous avoir revue, Flamalia. Mais je vous en prie, n'attendez rien de moi. Je ne deviendrai point renégat. Je resterai un chevalier du Temple jusqu'à ma mort comme j'en ai fait le serment, qu'importe le jugement qui nous attend. Je ne

failirai plus et n'abandonnerai point l'ordre dans la tourmente. Vous le comprenez, n'est-ce pas ?

Il m'avait caressé la joue. J'avais ravalé mes larmes et hoché la tête. Il ne pouvait faire fi de ce qu'il était, comme je ne pouvais passer outre mes sentiments maternels. Il s'était surtout révélé plus lucide que moi. Aucun avenir ne s'offrait à nous. Nous dire adieu avait été la décision la plus sage, même si elle me déchirait.

J'avais cherché une certaine consolation en remarquant la flamme qui brillait à nouveau dans ses yeux. Peut-être était-ce seulement pour cela que le destin nous avait rassemblés. Pour que je lui rende l'espoir en la vie et lui insuffle une nouvelle force. De ces retrouvailles que je n'avais plus espérées ne devaient subsister qu'un doux souvenir, et non point raviver mes sentiments.

Pendant que je m'éloignais sur ma monture, je n'avais pourtant pas cessé de regarder en arrière pour le contempler, chaque fois d'un peu plus loin. J'avais eu l'impression qu'on m'arrachait le cœur. Quand je m'étais retournée une ultime fois, il avait disparu. Laissant les larmes dévaler librement sur mes joues, j'avais alors lancé ma jument dans un galop éperdu.

Je revins au présent. Dans la grande salle où l'intendant m'avait remis le pli, je déroulai le papier avec brusquerie. Il m'échappa des mains et, les jambes soudain faibles, je me laissai aller contre la tapisserie.

Le pape Clément me rendait mon fief. Mélaine avait cédé. Un contingent de soldats m'attendait près d'Avignon pour m'accompagner reprendre mon bien. Pendant un bref instant, je fus incapable de respirer tant la joie inonda mon cœur, même si quelques lignes plus bas m'informèrent que Romaric ne me rejoindrait point avant la fin de l'année. Un délai demandé par lui-même. Je fronçai les sourcils, essayant de comprendre. N'était-il point impatient de retrouver sa mère ? N'avait-il point envie de regagner le fief dont il allait hériter ? *Mais peut-être le connaissait-il déjà,* pensai-je avec un temps de retard.

J'allai aussitôt trouver Béatrice qui ne quittait plus guère sa chambre, la naissance se rapprochant. Je la trouvai appuyée contre de nombreux coussins, le souffle court, la coiffure négligée, ses longs cheveux ternis pendant le long de son visage pâle. Je m'agenouillai près de son lit et lui pris la main.

— Ma dame. Une grande nouvelle m'est parvenue. Le Très Saint Père me rend mon fief de Crebessac.

Elle m'adressa un sourire fatigué.

— Quelle merveilleuse nouvelle ! J'en suis heureuse pour vous.

— Je sollicite votre permission de me retirer de votre service afin d'en reprendre possession, soufflai-je, désolée de l'abandonner en si fâcheuse posture.

Elle me dévisagea avec bienveillance.

— Je savais que je ne pourrais point vous garder longtemps près de moi, Flamalia. Je vous y autorise bien évidemment et je viendrai avec plaisir voir vos installations quand je me sentirai plus ingambe.

Les larmes me montèrent aux yeux devant tant de compréhension.

— Vous êtes trop bonne, ma dame. M'autorisez-vous à vous quitter d'ici… trois jours ?

— Faites donc. Vos récits qui savent si bien me distraire me manqueront mais je serai très bientôt occupée et n'aspirerai plus qu'au repos.

Ainsi fut fait. Trois jours plus tard, je quittai le château de Saint-André-de-Valborgne sous un temps froid et venteux. Je le remarquai à peine. Mon cœur bouillait d'allégresse et, sans m'en rendre compte, je talonnai ma monture avec vigueur, pressée d'être déjà arrivée.

Il nous fallut cinq jours pour arriver à Crebessac. Cinq jours de voyage où les soldats du pape m'en rappelaient d'autres, mais où il n'y avait point de jeunes filles sur lesquelles veiller.

En parcourant les chemins familiers, je remarquai quelques changements. Les maisons de mes serfs se dégradaient, bien trop de champs restaient en jachère, un tronc d'arbre barrait la moitié d'une route, obligeant les chariots à mordre la prairie pour passer l'obstacle. Loin de nos soins attentifs à Gontran et moi, Crebessac semblait avoir souffert.

Je me jurai de tout remettre en état. En attendant le retour de mon fils, me plonger dans la gestion du domaine me permettrait de me distraire des pensées moroses qui envahissaient trop souvent mon esprit.

Mon château apparut à l'horizon. J'arrêtai ma jument pour le contempler, émue. Crebessac, ma maison, mon foyer. Ses deux tours de pierres grises dans la brume matinale. Son fossé sec et le pont qui en barrait l'entrée. Ses murs crénelés qui entouraient la cour où se trouvait le logis seigneurial. En fond de ce tableau, la forêt. Je sentis mon cœur se serrer. Avec mon domaine, c'était un peu de Gontran et de nos belles années qui me revenaient.

Le capitaine du détachement nous annonça avec les trompes, et plusieurs hommes apparurent aux créneaux. Je plissai les yeux en reconnaissant Justin, le capitaine de ma garde, fidèle aux Crebessac comme son père avant lui, et qui m'avait trahie. Allait-il faire des difficultés pour me laisser entrer ? J'espérais que les ordres du pape soient suffisants pour le faire fléchir. À mon grand soulagement les portes s'ouvrirent en grand. Je redressai le menton et avançai mon cheval. J'étais la châtelaine, je me devais de passer la première.

Je trottai sur le pont la tête haute, sans dévisager personne, passai la voûte qui contenait la herse et arrivai au milieu de la cour. Là seulement, j'exécutai une volte pour me retourner et contemplai les soldats du pape qui investissaient la place.

Prenant une grande inspiration, je criai d'une voix forte :

— Justin Peiras.

L'homme d'une cinquantaine d'années s'avança. Il n'avait plus cet air fier que je lui avais toujours connu. Au contraire, il se tenait légèrement voûté, les épaules rentrées comme s'il voulait passer inaperçu. Mais je ne pouvais oublier sa forfaiture.

Il s'arrêta près de mon cheval. Je le toisai d'en haut, chose que je n'avais jamais pu faire jusqu'à présent à cause de sa taille imposante, de deux têtes plus hautes que la mienne.

— Qu'as-tu à dire pour ta conduite ?

Ma voix claqua comme un fouet et il redressa le menton en un sursaut de fierté.

— J'ai toujours obéi aux Crebessac. Aux vrais Crebessac et non aux...

Il cracha par terre. Aussitôt, mon bras partit en avant et l'atteignit au niveau de l'oreille. Sous la violence du choc, il chuta lourdement en arrière, surpris, tandis que je tentai de masquer la douleur irradiant de mes doigts. Je n'y étais pas allée de main morte. Puis je relevai la tête. Plus un bruit ne régnait dans la cour. Tous, jusqu'au dernier marmiton, me contemplaient en silence, attendant de voir la suite. Avec un frisson, je pris soudain conscience que j'étais seule, incapable de savoir sur qui compter. Lorsque la troupe du pape repartirait, je me retrouverais à la merci de tous ces gens, les miens, dont chacun pouvait être un ennemi ou un espion potentiel. Combien d'hommes à elle Mélaine avait-elle encore dans la place ?

La révélation me cueillit brusquement. Je parcourus fébrilement les visages autour de moi. Roscelin, l'écuyer alerte qui avait toujours pris soin de ma haquenée, m'avait-il trahie lui aussi ? Et Mahaut, l'imposante cuisinière aux cheveux striés de gris qui régnait sur les cuisines et me gardait précieusement les fanes de carottes dont je raffolais en soupe, avait-elle pris le parti de Justin ? Qui d'autre m'avait conspuée, empoisonné par les mensonges de Mélaine ? Qui m'avait soutenue dans le secret de son cœur sans oser l'avouer ?

Plus que jamais, je ressentis ma solitude. Je ne pouvais

m'appuyer sur personne. Cependant, il me fallait restaurer mon autorité. Mon avenir en dépendait.

Justin commençait à se relever. Je m'adressai à deux soldats qui portaient mes couleurs, les couleurs de Crebessac.

— Emmenez-le et enfermez-le dans une geôle.

Je répugnais d'habitude de me servir de ces quelques cellules en sous-sol, insalubres, humides et au froid mordant. Mais je ne pouvais laisser un tel ennemi en liberté comploter dans mon dos. J'avisai Bérenger, un sergent aux mœurs tranquilles qui m'avait vue arriver jeune épousée sur le cheval de Gontran et qui m'avait toujours témoigné la plus grande considération. Je l'interpellai.

— À partir d'aujourd'hui, tu remplaceras Justin dans ses fonctions. Je te nomme capitaine de la garde. Veille à toujours être fidèle aux Crebessac, et à travers le dernier d'entre eux, à moi, sa mère.

Il inclina respectueusement la tête tandis qu'un léger soupir collectif émana de l'assemblée.

— Je suis heureuse de vous retrouver tous, clamai-je alors.

Me tournant vers le groupe des servantes, j'ajoutai :

— Nous avons trente personnes à nourrir et à loger ce soir. Mettons-nous au travail.

Ils regagnèrent lentement leurs postes, apparemment satisfaits que je ne révolutionne pas davantage le château. Je les suivis des yeux, le cœur mitigé de n'avoir pas reçu plus de soutien.

Dès que je descendis de cheval, mes jambes me lâchèrent, et je me raccrochai discrètement aux rênes pour masquer ma faiblesse. J'étais fourbue. La responsabilité qui me tombait à nouveau dessus me donnait le tournis. J'avais cru qu'il me suffirait de retrouver mon fief pour que tout s'arrange. Je n'avais point anticipé les conséquences de cette trahison. Plus rien n'était pareil.

Je finis par confier ma monture au jeune garçon d'écurie qui était probablement encore un bébé au sein au moment où j'avais été chassée de chez moi. Une autre tête à apprivoiser et à fidéliser. Y arriverais-je ?

— Occupe-toi bien d'elle, lui glissai-je. C'est une bonne bête.

Je me tournai ensuite vers le logis. J'avais hâte de regagner ma chambre pour me soulager de ma tenue de voyage et enfiler quelque chose de plus confortable. Et peut-être réclamer un bain pour me débarrasser de la poussière de la route.

Je cherchai du regard ma servante d'autrefois, prête à la héler, et me rappelai que je ne l'avais point vue. La petite s'était peut-être mariée entretemps. Ou alors elle avait été mise dehors après mon départ.

Quand je passai la porte du logis seigneurial, l'émotion me submergea. Les tapisseries avaient besoin d'être nettoyées, la brassée d'herbe sur le sol changée. Je traversai la salle principale où j'aimais me tenir l'hiver pour faire les comptes et rejoignis le passage qui menait à la tour. Plusieurs paires d'yeux me suivirent. J'empruntai l'escalier en colimaçon jusqu'à la dernière pièce tout en haut, juste avant le grenier, là où nous dormions, Gontran et moi. Là où j'avais somnolé soir après soir avec notre fils après sa disparition.

Je refermai la porte derrière moi, demandant à ne point être dérangée. Puis je fis le tour de la pièce des yeux. Il y régnait le même état de négligence que dans le reste du château. Je ne m'y intéressai pas immédiatement, je devais vérifier autre chose.

Je m'approchai de la tapisserie placée près du grand lit, celle juste à côté du cimeterre que mon père avait pris à un Sarrasin en Terre sainte, et l'écartai. Derrière, au niveau de la troisième pierre à partir de ma dextre, un mécanisme invisible permettait d'accéder à une cache aménagée dans l'épaisseur du mur. Je l'actionnai. Le grincement qu'il produisit me sembla de bon augure. Puis, quand la cache fut dévoilée, je poussai un soupir de soulagement. Tout était à sa place, dans l'état où je l'avais laissé huit ans plus tôt. Mon or soigneusement rangé dans un coffret, une charte et un long rouleau de parchemin posés à côté. Je saisis ce dernier pour constater son état – il ne présentait point de moisissures – et je le reposai avec douceur. Un texte qui aurait pu me coûter cher.

Je refermai la cache et remis la tapisserie en place. Tout allait rentrer dans l'ordre. J'avais retrouvé ma terre et mon argent. Je n'étais plus une femme vivant de la charité et de la bonté d'autrui. Secouant la tête, j'ôtai ma coiffe avant de m'attaquer à ma cape et fronçai les sourcils en voyant mes doigts maculés de poussière. Je frappai dans les mains pour réclamer une aiguière avant de me rappeler que personne ne guettait derrière la porte. Il était temps que je remplace ma servante. Peut-être pourrais-je engager une jeune et gentille paysanne des environs qui cherchait un travail pour se constituer une dot ?

Aussitôt un souvenir me revint en mémoire. Oubliant ma cape, je dévalai les escaliers jusqu'à la grande salle. Je gagnai l'écritoire installée dans un coin et rédigeai quelques lignes avant de cacheter mon pli. Je me rendis ensuite dans la cour où je hélai un jeune écuyer aux cheveux clairs et ras dont les traits m'étaient inconnus.

— Toi ! Comment t'appelles-tu ? lui demandai-je. Et depuis quand es-tu à Crebessac ?

— Je me nomme Arnaud, ma dame. Je suis l'un des neveux de Roscelin. Je suis arrivé il y a deux ans.

— Très bien. Je te charge de gagner Cavaillon et de remettre ce pli à un coursier qui l'emmènera à Marseille chez le sieur Petrus Valvert. Tu as compris ? Marseille. Valvert.

Il hocha la tête et se précipita vers l'écurie pour m'obéir. Je le suivis des yeux. Bientôt, si Dieu le voulait, une tornade rousse au franc-parler ravageur rejoindrait Crebessac. Maintenant que j'étais maîtresse en mon domaine, je pouvais aider Bertille à réaliser son rêve et lui faire connaître la vie de château.

20

Crebessac, décembre 1310

D'un pas nerveux, je m'approchai une nouvelle fois de la fenêtre et jetai un coup d'œil sur le vieux cadran solaire du domaine appuyé contre le mur des écuries. La journée me semblait interminable depuis qu'un chevaucheur m'avait informée au début du jour que mon fils allait m'être rendu aujourd'hui.

— Allons, ma dame. Rien ne sert de s'agiter ainsi, gronda une voix dans mon dos. Pourriez-vous rester quelques instants tranquille, le temps que je vous arrange ?

Je me retournai. Bertille se tenait derrière moi, l'air sévère, ma coiffe au bout des mains. Je la repoussai d'un geste impatient. Comment pouvait-elle rester aussi calme ?

La jeune servante était arrivée un mois plus tôt dans la charrette d'un de mes fermiers alors que, mes cheveux protégés par un vieux voile noué sur la nuque, j'arrachais avec vigueur les mauvaises herbes du potager en compagnie des filles de cuisine.

Dès que je l'avais aperçue, mon cœur s'était empli de joie. Pour la première fois depuis mon retour, je m'étais sentie moins seule, malgré les domestiques et soldats du château que je m'efforçais d'apprivoiser. J'avais alors compris que j'avais pris la bonne décision.

Elle s'était approchée de moi de sa démarche pleine d'allant, ne se gênant point pour détailler le domaine, laissant même échapper quelques remarques à mi-voix.

— C'est cossu ici. Je devrais me plaire... Puis je suis bien aise d'être enfin à bon port et de ne plus sentir cette charrette me secouer le fondement. Un vrai avant-goût de l'enfer...

Se tournant vers moi, elle avait ajouté.

— Pourrais-tu dire à ta maîtresse que Bertille, de Marseille, est là ? Elle m'a fait mander.

J'avais souri de ce quiproquo.

— C'est moi, Bertille. Ai-je tant changé ces dernières années que tu ne m'as point reconnue ?

Une rougeur aussi vive que brève avait envahi ses joues tandis qu'elle s'écriait :

— Oh ! ma dame, je suis confuse !

Elle m'avait ensuite parcourue d'un œil critique : ma vieille robe de futaie, mes socques et le voile décoloré qui protégeait mes cheveux de la poussière.

— N'empêche, on dirait bien qu'il était temps que j'arrive. Vous devez vraiment manquer de servante compétente. Mais cela va changer, vous verrez. Je vais bien m'occuper de vous.

À cet instant, c'était elle qui m'avait paru la plus âgée de nous deux et les larmes m'étaient montées aux yeux à l'idée de pouvoir m'appuyer en toute confiance sur quelqu'un.

Abandonnant mon travail, je l'avais menée à l'intérieur, lui priant de me donner des nouvelles. Alaïs allait bien, m'avait-elle appris. Elle n'avait point encore donné naissance mais cela ne saurait tarder, avait-elle jugé quand elle l'avait croisée au marché. J'avais froncé les sourcils, étonnée de cette formulation, et Bertille était repartie dans une de ses tirades inimitables dont elle avait le secret.

— Je ne vivais plus sous son toit, ma dame, m'avait-elle expliqu Telle que vous me voyez, je suis devenue une veuve respecta comme vous, enfin presque. J'avais marié un savonni s'appelait. Ah, il sentait bon, le gaillard, comm

il n'a pas tenu longtemps. Un soir qu'il avait fait trop bonne chère, il s'est effondré et ne s'est jamais relevé.

— Oh ! je suis désolée, Bertille, m'étais-je écriée.

Elle avait écarté mes regrets de la main.

— Il m'avait laissé son commerce, mais c'était déjà trop de travail avec lui, alors sans... Puis un sien neveu commençait à me faire une cour éhontée pour récupérer l'héritage sans trop mettre la main à la bourse. Alors, quand votre message est arrivé chez ma maîtresse, enfin l'ancienne, j'ai vendu le commerce et me voici. Je ne le regrette point, vous avez un joli domaine.

Elle avait alors fouillé sa besace et en avait sorti un gros paquet emballé dans de la toile.

— Je vous ai rapporté du savon. De celui qu'on fabriquait pour les nobles dames. Voulez-vous l'essayer tout de suite ? Je peux vous préparer un bain si quelqu'un dans ce logis m'indique où trouver un baquet.

Son air bourru ne semblait point admettre de refus. J'avais pourtant secoué la tête en riant. Le mariage, si bref avait-il été, n'avait modifié en rien le franc-parler de la jeune femme, mais il semblait lui avoir donné l'assurance qui lui manquait parfois. Reprenant mon sérieux, j'avais ajouté en baissant la voix.

— Je ne souhaite point faire de toi une simple servante, Bertille. J'ai besoin d'une personne de confiance pour veiller avec moi sur Crebessac. Je te verrais plus comme une intendante... officieuse.

— Alors que je ne sais point lire et à peine compter ? Ma dame, vous n'y pensez pas ! s'était-elle exclamée. Non, non ! Moi, je prendrai soin de vous, et vous, vous garderez votre paperasse.

La discussion s'était close ainsi et elle était devenue ma servante attitrée.

Une servante aux tendances parfois tyranniques, comme à l'instant, alors qu'elle tendait le bras pour ramener le volet et dérober le cadran solaire à ma vue.

— Cessez de vous user le regard. Votre garnison vous préviendra bien assez tôt de leur arrivée, maugréa-t-elle.

Soudain, elle suspendit son geste et plissa les yeux.

— Ne serait-ce point eux que j'aperçois au loin ? On dirait qu'ils arrivent. Vous feriez mieux de mettre votre coiffe.

Je ne l'écoutais plus. J'avais bondi à la fenêtre et fouillai l'horizon du regard. Se pourrait-il qu'elle ait raison ? Il me semblait moi aussi apercevoir un mouvement à l'extrême limite de ma vision, mais je craignais que ce ne fût qu'un mirage.

— Vite, Bertille, la priai-je. Active-toi que je descende donner des ordres.

Des ordres que j'avais répétés cent fois dans ma tête. Les ordres au nouveau cuisinier, les ordres au capitaine de la garde, les ordres aux servantes, que tout soit parfait pour le retour de mon fils, leur futur seigneur.

Bertille me coiffa avec dextérité, les mains légères et délicates, malgré ses dehors abrupts. La dernière épingle posée, je dévalai l'escalier en colimaçon, sautant les marches deux à deux de manière fort peu raisonnable comme quand j'étais petite fille dans la forteresse de Saint-Jean-d'Acre.

Une fois les derniers détails réglés, je gagnai le pont-levis baissé, suivie de Bertille. La colonne s'était rapprochée. Maintenant que je pouvais distinguer les traits des divers cavaliers qui la composaient, je les dévisageai avidement. Cette silhouette à l'allure juvénile, cet adolescent si robuste déjà, était-ce mon fils ? Comme il avait grandi depuis la dernière fois que je l'avais entraperçu, trois ans plus tôt.

Il a presque onze ans, comptai-je en me rappelant cette nuit d'hiver glaciale où je l'avais mis au monde. *Il devient un homme.*

À côté de lui, entourée d'une quinzaine de soldats, se tenait Mélaine. J'avais reconnu de loin son maintien altier et plein de morgue. Après notre dernière entrevue désastreuse, nous allions nous retrouver face à face. Je retins un frisson involontaire, me morigénant. Les circonstances n'étaient point les mêmes. J'étais sous la protection du pape et, malgré son impudence, je doutais que Mélaine ose passer outre.

De toute façon, je n'avais pas l'intention de chercher l'affrontement avec elle, ni de demander réparation. Le retour de mon fils suffisait amplement à mon bonheur. Je ne souhaitais en aucun cas me perdre dans une vengeance stérile qui ne ramènerait point les années perdues. Mélaine avait veillé au bien-être de Romaric et, pour cette unique raison, j'étais prête à trouver au fond de moi la force d'effacer le passé.

— Voilà bien du beau monde, soupira Bertille qui ne savait rester longtemps silencieuse.

Il était vrai que les pièces d'armure de la troupe brillaient au soleil et que les surcots aux couleurs vives donnaient au tableau un air de tournoi. J'adressai à mon amie un sourire malicieux, l'excitation et la joie de l'instant inondant mon cœur.

— Te prendrais-tu aux mirages de ces beaux chevaliers ? Et Roscelin ?

En effet, depuis son arrivée à Crebessac, dès leurs devoirs respectifs remplis, je les croisais rarement l'un loin de l'autre.

— Il ne faut point perdre de son ambition, ma dame. Roscelin est certes aimable, mais il n'est pas chevalier. Et je ne prétends pas à la sainteté comme vous-même à dormir continuellement seule.

Une rougeur fugitive envahit mes joues à la pensée d'une nuit d'été où, moi aussi, je m'étais blottie contre un corps chaud et consentant. Je détournai la tête, et Bertille se méprit sur ma gêne.

— Ne vous inquiétez point, ma dame. Je n'irai certainement pas me rapprocher de ceux-là alors que vous ne les portez pas dans votre cœur. Je n'ai pas l'intention de vous causer de l'embarras.

— Je te remercie. Bientôt, nous en inviterons d'autres. Maintenant que Romaric est de retour, je pense organiser une joute aux beaux jours et le présenter à nos voisins. Cela fait si longtemps qu'il est absent, puis c'est bientôt un homme. Il est temps de l'habituer à ses pairs.

— Si fait, approuva la servante, il sera bientôt en âge de

connaître sa première donzelle. Et ma foi, s'il le faut, je veux bien me dévouer à la tâche dans quelques années.

Je me figeai un instant, la bouche ouverte de saisissement.

— Mais ce n'est encore qu'un enfant ! m'écriai-je.

Je venais seulement de le retrouver. Devais-je déjà le perdre au profit d'une autre ?

— Je disais ça pour vous rendre service, ma dame. Il atteindra sa majorité dans trois ans. Et à qui d'autre confier cette tâche si ce n'est à une femme d'expérience en qui vous avez toute confiance. Je ne compte que vingt-quatre années. Connaissez-vous une autre fille mieux qualifiée pour ce rôle au sein de votre maison ?

Je me mordis les lèvres.

— C'est tout de même fort précoce. Il n'y a point urgence.

Elle haussa les épaules.

— Les années passent vite. Vous ne voudriez tout de même pas qu'il découvre les choses de l'amour seulement quand il prendra femme ?

— Et pourquoi pas ? rétorquai-je, piquée au vif. N'est-ce point ce qu'on exige des jeunes filles ?

La servante secoua la tête.

— Vous n'êtes pas sérieuse. Pensez à son malaise au soir de ses noces. Son épouse pourrait le trouver bien maladroit.

Un regard tendre et affamé à la fois passa dans mon esprit. Je fermai brièvement les yeux devant la force douce-amère de ce souvenir. Aujourd'hui plus qu'un autre jour, alors que j'avais tant de choses à aviser, Raimbaud semblait s'inviter dans mes pensées. Maintenant que je le savais sauf, arriverai-je à l'oublier un jour ?

— S'ils éprouvent l'un pour l'autre des sentiments sincères, je ne pense point que cela ait de l'importance.

Bertille souffla d'un air peu convaincu. Désireuse de clore la conversation, je ramenai mon regard sur les cavaliers. Ils n'étaient plus qu'à une trentaine de pas. J'adressai un large sourire à mon fils et mon cœur se serra quand je le vis garder un air fermé.

Quelques instants plus tard, ils arrivèrent à ma hauteur. Mélaine et Romaric se séparèrent de la troupe et mirent pied à terre en premier. Elle n'avait point changé. Lui, je le reconnaissais à peine.

Je fis un signe au jeune garçon d'écurie pour qu'il vienne prendre leurs deux chevaux. Puis je m'approchai de mon fils, le cœur battant, et me rendis compte avec stupeur qu'il pouvait me regarder dans les yeux, sans que j'eusse à les baisser. Le regard marron de son père, constatai-je, et la chevelure couleur châtaigne qu'il tenait de moi.

Mon petit, comme il avait grandi !

Oubliant tout protocole, oubliant ma belle-sœur et son hostilité, j'ouvris les bras pour le serrer contre moi.

— Romaric, mon fils !

— Mère, me salua-t-il d'un air réservé à la limite de la sécheresse en veillant à rester hors de portée.

Les larmes me montèrent aux yeux devant ce rejet manifeste. Une fêlure s'ouvrit dans ma poitrine. Je laissai retomber mes bras le long du corps et, par un suprême effort de volonté, je pris sur moi pour continuer à sourire.

C'est normal, tentai-je de me rassurer.

Il ne m'avait point vue depuis sa petite enfance. Il ne se rappelait probablement plus de moi. Nous étions comme deux étrangers même si nous partagions le même sang. Il faudrait du temps pour retisser nos liens, mais nous y arriverions.

Je me tournai alors vers Mélaine et me forçai à dire :

— Bienvenue à Crebessac. J'espère que le voyage vous fut propice.

Elle acquiesça de la tête, sans rien ajouter.

— J'ai fait préparer le repas, continuai-je avec une certaine raideur. Veuillez me suivre.

— Ce n'est point la peine, je connais le chemin, rétorqua-t-elle avec hauteur. Je vivais ici bien avant vous.

J'attendis que Romaric me tende le bras pour m'escorter mais il choisit d'accompagner sa tante et je me retrouvai seule. La troupe nous emboîta le pas, je donnais des ordres pour leur installation et accompagnai Mélaine et Romaric dans la grande salle. Un homme nous y suivit, habillé comme un bourgeois, le cheveu noir et long, arrangé avec affectation en de légères oscillations. Ignorant sa qualité et ne voulant point envenimer la situation, je décidai de laisser faire.

Dans la pièce, les tables étaient déjà dressées. J'avais sorti la nappe des grands jours, et des vases imposants contenant les dernières fleurs des champs ornaient la table principale, légèrement surélevée. L'héritier du domaine était de retour, cela se fêtait. Mes gens de moindre importance, avec qui je partageais volontiers mes repas d'habitude, étaient répartis sur d'autres tables tout autour.

D'un sourire, j'indiquai sa place à Romaric. Il parut légèrement intimidé, me rappelant le petit garçon qu'il restait, et m'obéit sans un mot. Je pris ensuite la place centrale à sa droite et plaçai Mélaine à côté de moi. L'homme mystérieux se glissa sur le banc près d'elle.

Une fois tout le monde installé, je fis apporter les bassines d'eau pour qu'ils puissent se laver les mains de la poussière de la route. Quand les premiers plats arrivèrent, splendides et riches comme il se devait en de telles circonstances, je me levai et m'exclamai d'une voix forte :

— C'est un jour de joie qui voit l'héritier du fief revenir sur ses terres.

Romaric se leva un peu gauchement et salua à son tour l'assemblée. Nos gens tapèrent des pieds et des mains en une ovation spontanée. Je retins un rictus amer. C'étaient les manigances de Justin qui les avaient privés de leur futur seigneur durant de longues années. S'ils ne l'avaient point laissé commettre cette infamie, de nombreuses souffrances auraient été évitées.

Je laissai la liesse s'exprimer durant quelques instants, puis nous nous rassîmes et le bruit finit par décroître jusqu'à revenir à un niveau de conversation normal.

Mélaine se pencha alors vers moi, ses yeux jetant des éclairs.

— Quelle surprise d'être assignée comme une criminelle par le pape en personne. Vous avez de bien belles relations pour une hérétique.

Je grimaçai. Si je n'avais point souhaité l'affrontement, ma belle-sœur semblait de son côté décidée à ouvrir les hostilités.

— L'évêque, *mon* suzerain, étant décédé et non remplacé, commençai-je en insistant sur le mot, il me fallait me tourner vers une instance supérieure. Le Très Saint Père me fit l'immense honneur de me prêter une oreille attentive dans cette affaire.

— Garce ! Je me demande comment vous avez fait pour qu'un tel seigneur vous écoute. Mais qu'importe. Romaric est presque un homme maintenant. Il échappera à votre influence pernicieuse et deviendra un vrai Crebessac.

Je me raidis et lui lançai un regard assassin. Elle n'avait pas mis longtemps à cracher son venin. Pouvait-elle imaginer un instant les épreuves que j'avais subies toutes ces années par sa faute ?

Je pris une profonde inspiration afin de calmer les battements de mon cœur et conclus avec une légère touche d'ironie :

— Je ne peux, en tout cas, que vous remercier de la bonne éducation que vous fîtes donner au seul héritier de votre lignée.

Elle regarda devant elle d'un air pincé. Je m'obligeai à rester en apparence courtoise pendant que, de l'autre côté, Romaric ne perdait pas une miette de notre échange.

— D'ailleurs, à ce propos, reprit Mélaine après quelques instants de répit, il a été convenu qu'il partirait en apprentissage dès ce printemps auprès du vicomte Armand-Guillaume de Polignac afin de devenir page, puis écuyer dans sa maison. Vous vous rendez compte de l'honneur considérable qui lui est fait.

Je secouai la tête, consternée. Ce printemps ? Non, jamais je ne pourrais accepter une séparation aussi précoce. Chez un Polignac en plus, le suzerain de Mélaine, et si loin de Crebessac.

— C'est un grand honneur, en effet, mais il me semble plus judicieux que Romaric tisse des liens avec un seigneur proche de son fief plutôt que du vôtre.

— Il héritera aussi de Brives, en plus de Crebessac, l'avez-vous oublié ? C'est mon plus proche parent.

— Je veux apprendre auprès d'Armand-Guillaume, intervint mon fils avec force.

Je me tournai vers lui et adoptai un sourire apaisant malgré ma contrariété à le voir prendre le parti de sa tante.

— L'accord n'est point remis en question, mon fils, mais il me paraît judicieux de rester sur vos terres les premiers temps pour que les gens de Crebessac et vos pairs fassent votre connaissance.

Il pinça les lèvres et j'enchaînai, désireuse de changer de conversation.

— Vous ne m'avez point présenté votre voisin, Mélaine.

— C'est Raoul Langlois, le précepteur de Romaric. Je n'ai point eu le cœur de les séparer. J'espère que vous l'accepterez dans votre maisonnée.

Je sentis le sang me colorer le visage. Un espion ! Sous couvert du bonheur de mon fils, elle introduisait un espion chez moi. Je me forçai à sourire, même si à l'intérieur, je fulminais.

— Je m'en voudrais de vous priver d'un précieux serviteur et me dois de vous rendre en échange le vôtre, j'ai nommé Justin Peiras, l'ex-capitaine de ma garde.

D'un signe, je demandai qu'on l'amenât. Quelques instants plus tard, ce fut fait. Justin se tint devant nous, un peu hagard de se retrouver en bruyante compagnie après l'isolement qu'il avait connu dans les geôles.

Il avait un peu maigri mais j'avais veillé à ce qu'il ait suffisamment de repas et de couvertures pour lutter contre le froid et l'humidité. Je me refusais à faire régner des conditions inhumaines dans mes cellules, malgré sa perfidie. J'avais suffisamment fait l'expérience d'un inconfort semblable.

Dès qu'il la reconnut, il se jeta aux pieds de Mélaine.

— Ma dame, intercédez pour moi. Voilà deux mois que je suis au cachot.

— Au cachot ! glapit ma belle-sœur, outrée. Est-ce comme cela qu'on récompense un fidèle serviteur des Crebessac ?

— C'est comme cela que je châtie ceux qui, à cause de pernicieux conseils, se retournent contre la main qui les nourrit. Que Justin remercie au contraire le ciel que je ne l'ai point davantage puni pour sa félonie, rétorquai-je en jetant un coup d'œil au susnommé Raoul.

Qu'il se le tienne pour dit !

Sous l'indignation, Mélaine bondit sur ses pieds.

— Dans ces conditions, je crains de ne pouvoir accepter votre hospitalité pour cette nuit. Il me faut repartir céans si je veux atteindre Cavaillon avant le coucher du soleil.

Je me levai à mon tour, les jambes tremblantes, point fâchée de me débarrasser aussitôt d'elle. Moins de deux heures s'étaient écoulées depuis son arrivée et je me sentais déjà éreintée par son agressivité.

— Il en sera fait selon vos souhaits.

Mélaine quitta la salle pour faire préparer son escorte. Alors que j'allais la suivre, Romaric me murmura :

— Vous auriez dû le tuer !

Je sursautai, horrifiée.

— Qui cela ? Justin Peiras ?

— C'est ce qu'elle aurait fait à votre place. Mais vous, vous êtes faible.

Il me quitta avant que je fusse capable de répondre, estomaquée de le découvrir si implacable. Mon fils avait-il seulement grandi entouré d'amour ?

La réponse me fut donnée dès que j'atteignis la porte du logis seigneurial. Dans la cour, Romaric étreignait sa tante comme un garçon le ferait avec sa mère. Un rôle qu'elle m'avait volé sans vergogne. Un spasme me tordit le ventre et j'écrasai furtivement une larme avant de les rejoindre.

21

Crebessac, janvier 1311

J'étais confortablement installée dans la douce chaleur de la grande salle, plongée dans mes comptes, quand un fracas soudain fit dériver mon regard vers la fenêtre. Comme chaque matin depuis son retour, Romaric s'entraînait avec ardeur au métier des armes.

Il avait ressorti la vieille quintaine de sa remise et l'avait installée dans le pré derrière le château. Il s'acharnait dessus plusieurs heures par jour, faisant virevolter le bout de bois dans tous les sens sous les regards admiratifs de quelques écuyers.

Nos relations n'avaient guère évolué depuis un mois qu'il vivait auprès de moi. La célébration de la Nativité n'avait amené aucun sourire sur son visage. Celle du jour de sa naissance non plus, même si j'avais demandé qu'on lui prépare pour l'occasion les gaufrettes au miel dont il était friand, petit. Il restait droit, hiératique et renfermé, comme l'avait été le roi Philippe le Bel dans sa jeunesse. Allait-il devenir aussi implacable ?

Pour ne point le braquer, je l'avais laissé organiser ses journées comme bon lui semblait, ne réclamant sa présence qu'une heure par jour au matin et durant le repas du soir. Lors de ces occasions au cours desquelles je cherchais à l'intéresser au domaine, il ne pipait mot malgré les questions que je lui posais. Je m'obligeais à garder patience. J'attendais qu'il vienne progressivement vers moi, même si sa défiance crucifiait mon cœur de mère. Cette dernière perfidie de Mélaine me paraissait parfois insurmontable.

Je reposai le livre de comptes que je consultai en soupirant, incapable de me concentrer sur les chiffres. Ce n'était point en regardant Romaric de loin que je parviendrais à me rapprocher de lui. Autant le rejoindre. Quand il s'entraînait ainsi, l'affreux Raoul n'était jamais dans les parages. Il s'occupait probablement d'envoyer son compte rendu à sa maîtresse, comptant mes boisseaux de farine et mes litrons de sel pour justifier sa présence en ces murs.

Car il ne se passait rien de notable à Crebessac, le domaine était endormi par l'hiver.

Je revêtis un mantel, gagnai la cour et empruntai la petite poterne à l'arrière du château. Puis je me dirigeai vers Romaric, vêtu d'une simple broigne en cuir bouilli malgré la froideur. Une brève hésitation dans sa frappe m'indiqua qu'il m'avait repérée – à l'instar de tout bon combattant attentif à son environnement –, mais il fit semblant de ne point m'avoir vue, tapant toujours plus vite, plus fort jusqu'à ce que je sois obligée de me tenir devant lui pour attirer son attention.

— Comment se passe l'entraînement, mon fils ? criai-je par-dessus le tumulte, le froid de la journée créant de la buée devant ma bouche. Vous y consacrez de nombreuses heures. À ce rythme, vous serez bientôt aussi habile qu'un templier.

— Ces impies ! cracha-t-il en me fusillant du regard.

Je me mordillai la lèvre, embarrassée. Pourquoi les avais-je évoqués, eux, et non point les hospitaliers, si populaires depuis leur conquête de Rhodes ?

Je ne le savais que trop bien. L'un d'eux ne quittait jamais longtemps mes pensées.

— Vous les admiriez autrefois, continuai-je avec courage, refusant de battre en retraite. Le père de votre père, Evrard de

Crebessac, en était un. Il est mort sous les cimeterres des mamelouks. Je doute que Mélaine vous ait dit du mal de vos aïeuls.

Du moins de leurs ancêtres communs car, pour ma part, je savais qu'elle considérait toujours ma branche comme un ajout pernicieux et détestable à leur arbre généalogique.

Il haussa dédaigneusement les épaules.

— Qu'importe ce qu'ils furent. Je deviendrai un chevalier puissant devant lequel tout le monde s'inclinera, et surpasserai les exploits de n'importe lequel d'entre eux.

Je repris espoir, malgré l'agressivité contenue dans sa voix. Pour la première fois, il me parlait de ses aspirations. Peut-être arriverions-nous à construire un vrai dialogue ?

— Je n'en doute point, à vous voir si volontaire, soufflai-je.

— Mais cela ne risque pas d'arriver, reprit-il d'un air boudeur, alors que vous refusez de m'envoyer apprendre auprès du vicomte de Polignac.

— Vous pourriez tout aussi bien progresser ici comme vous le faites, entouré de vos gens, l'amadouai-je.

Ce n'était qu'un pis-aller. Sans l'émulation de garçons de son âge, sans figure paternelle à admirer, il lui manquerait toujours quelque chose, j'en avais conscience. Mais je ne pouvais le laisser partir maintenant comme il le souhaitait si ardemment sans qu'il ne me soit perdu pour toujours.

— Ça m'étonnerait. Que pourrais-je bien apprendre de vieux soldats mous et craintifs ?

La condescendance qui transparaissait dans son ton, indigne de sa position, m'échauffa. Je redressai les épaules.

— Ce sont vos gens, mon fils ! Ils se feraient hacher menu pour vous défendre. Vous ne pouvez les mépriser, même si votre naissance est plus noble.

Nous nous affrontâmes un bref instant du regard avant que je n'ajoute, changeant de sujet :

— Au printemps, je pense organiser une joute pour notre retour sur nos terres. Vous êtes trop jeune pour y montrer vos talents mais nous pourrions peut-être organiser une épreuve pour les garçons de votre âge.

J'espérais ainsi qu'il se fasse des amis et qu'il réclame alors de rejoindre l'un d'eux pour partager un apprentissage plein de camaraderie. Si je le savais à seulement quelques lieues de moi, je me sentirais plus tranquille.

— Si vous voulez, persifla-t-il. N'est-ce point vous qui décidez de tout ici ? Vous êtes la châtelaine de fait, sinon de droit. Ne m'avez-vous pas fort habilement évincé de mon rôle avec l'appui du pape ?

Une boule me comprima la gorge à l'entendre répéter les mensonges de sa tante.

— Tu n'es encore qu'un enfant, Romaric, croassai-je le fixant dans les yeux. Je décide au mieux pour ton avenir.

Malgré moi, mon ton s'était fait plus familier, plus proche. Il serra les poings.

— Il n'y a que vous pour vouloir me maintenir dans cette relation dépendante. Mais je suis trop grand pour me laisser dicter ma conduite par une catin sournoise, faible et hérétique.

Ce fut l'injure de trop. La colère frémit dans mes veines. Faible, moi, alors que jamais la vie ne m'avait permise de l'être un instant ? La guerre, les dangers de la route, la maladie, le cachot, j'avais tout affronté pour le retrouver. J'avais parcouru des milliers de lieues pour le revoir. J'étais allée jusqu'à m'adresser au pape afin d'obtenir justice quand tous me tournaient le dos. Catin, vraiment ? J'avais veillé à ne point salir son nom alors même que j'étais dans les bras de l'homme que j'aimais. J'avais tenté de garder ma droiture en toute circonstance, préservant du mieux possible une *bona fama* déjà bien écornée. Pour lui, juste pour lui !

Sans réfléchir, je ramassai d'un geste vif la deuxième épée d'entraînement appuyée près de la quintaine et assénai un coup puissant dans son torse. Il se plia en deux sous le choc avant de redresser la sienne pour se défendre. J'esquivai sa lame, puis, d'un mouvement de l'épaule qui réveilla ma vieille blessure, je lui balançai un revers habile vers le visage. Surpris, il le para avec maladresse, ne pouvant l'arrêter totalement. Son épée s'échappa de ses mains et tomba avec un bruit mat à terre. Je posai mon pied dessus avant de le toiser.

Mon cœur chancela brusquement à la vue de sa bouche en sang. Même si les armes étaient émoussées, je n'y étais point allée de main morte. Malgré cela, je serrai les lèvres, je ne pouvais me montrer tendre en ces circonstances. Il l'assimilerait à de la lâcheté.

— Je ne suis ni catin, ni faible, ni hérétique, menaçai-je d'une voix basse et glaciale. La moitié de Crebessac m'appartient toujours. En tant que fils, vous me devez le respect. Et s'il le faut, je saurai vous l'apprendre.

Je balançai alors mon épée à terre et regagnai le château d'un pas vif. À l'intérieur de moi, je tremblais comme une feuille. J'avais usé de violence, porté la main sur mon fils. Je l'avais blessé. Mais j'avais aussi senti sa force, plus importante que je ne m'y attendais. Seules la surprise et la colère m'avaient permis de le désarmer aussi facilement. Il fallait espérer que la leçon suffise.

Quand je regagnai la grande salle, remplie de frissons incontrôlables, Bertille se tenait près du feu qu'elle alimentait. Elle se leva à mon approche.

— Ben, vous avez un beau coup d'épée, ma dame. Je ne l'aurais point cru avant de le voir par moi-même. Dommage que vous ayez abîmé le bas de votre robe au passage.

Je baissai la tête et constatai que l'ourlet s'était décousu sur deux empans. Les larmes me montèrent aux yeux. Romaric me pardonnerait-il cet accès de colère ? N'avais-je pas tout gâché avant même que quelque chose ne débute entre nous ?

— Allons, ma dame. Ne vous mettez pas dans des états pareils pour si peu. Je suis sûre que je pourrai la réparer.

Je m'essuyai les yeux d'un mouvement rageur.

— Ce n'est point cela. Crois-tu que Romaric et moi pourrons partager un jour une vraie relation d'affection ?

La servante secoua la tête.

— Je crains bien qu'il ne soit trop tard. Vous ne l'avez pas vu grandir. Mais vous pouvez toujours envisager une relation basée sur la confiance et le respect mutuel, et pour cela vous avez eu raison de ne point vous laisser dire. Je bouillais de le voir vous mépriser.

— Et si je lui avais cassé une dent ! m'inquiétai-je à nouveau en repensant au sang sur sa lèvre. Ou ébranlé les autres ? Il n'était pas suffisamment protégé.

— Bah, il faudra lui hacher sa viande ! Mais il n'a probablement rien, reprit-elle en me voyant changer de couleur. Si cela peut vous tranquilliser, j'ai entendu au village dire beaucoup de bien d'un ermite, habile aux soins, qui vit à quelques lieues d'ici. Il pourrait examiner Romaric. Voulez-vous que je le fasse mander ?

— Fais donc, Bertille. Il me faut songer aussi à trouver un maître d'armes. Mon fils ne rêve que de plaies et de bosses. Malheureusement, son entraînement solitaire ne lui apporte que des frustrations.

— Je m'occupe de l'ermite. Quant à vous, vous feriez mieux d'aller vous rafraîchir le visage. Vous avez l'air bouleversé. Si Raoul voit ça, il risquerait d'en tirer de fausses conclusions. Il ne manquerait plus que l'autre garce remette les pieds ici pour essayer de vous dicter votre conduite.

J'acquiesçai à son bon sens. Jour après jour, je me félicitais de l'avoir rappelée près de moi. Il était tellement plus facile de ne plus porter seule ses soucis.

— Oh ! qu'est-ce que je ferais sans toi, Bertille !

Elle haussa les épaules, mais le petit sourire qu'elle esquissa m'apprit que ma déclaration l'avait touchée.

22

Crebessac, 14 avril 1311

À défaut d'une tendre concorde, mes relations avec Romaric ne se dégradèrent point davantage. J'avais tenu ma promesse et, le carême terminé, Crebessac s'était paré de son costume de fête. Des fanions colorés et brodés aux armes de la famille par mes servantes volaient au vent. Une tribune avait été dressée pour accueillir les gentes dames des environs et des tentes diverses avaient fleuri sur le grand pré au gré des arrivées de mes voisins venus faire montre de leurs prouesses à la joute.

Postée à l'entrée de la tribune, je guettais l'arrivée des derniers invités, tout en gardant un œil sur Romaric qui, oubliant sa réserve habituelle, courait dans tous les sens pour se préparer.

Je souris machinalement, heureuse de constater à quel point mon fils était excité par cette journée. Si j'avais refusé que des enfants s'affrontent comme les hommes faits, j'avais organisé différentes épreuves d'habileté, à cheval, à l'épée et à l'arc. Il entendait bien s'illustrer dans les deux premières, et mon cœur de mère se gonflait de fierté à l'idée de sa réussite.

Soudain, un équipage attira mon attention. Je m'avançai à sa rencontre, le sourire aux lèvres. Comme elle me l'avait annoncée, Béatrice des Baux était venue voir mon installation. Je l'accueillis d'une révérence quand elle sortit de la litière, n'étant point suffisamment remise après ses couches pour chevaucher toute la journée.

— Ainsi, voilà Crebessac. Il semble être un domaine fort opulent. Je comprends votre impatience de le retrouver.

J'acquiesçai d'un signe modeste.

— Comment vous portez-vous, Béatrice ? Et votre enfant ?

— C'est une fille, encore.

— Je vous félicite.

— Il aurait mieux valu un garçon, soupira-t-elle, fataliste.

— Vous en avez déjà un. Elle fera un beau mariage et vous attirera des alliances prestigieuses.

Elle secoua la tête, amusée.

— Il n'y a que vous pour voir du positif dans le fait de naître femme. Mais allons-y, installons-nous dans la tribune, je ne puis rester trop longtemps debout.

Son époux n'étant pas là, je l'emmenai jusqu'aux places d'honneur que je lui avais réservées.

— Où est donc votre fils, le seigneur de Crebessac ? Je ne le vois point, s'étonna-t-elle.

— Il se prépare avec les jeunes gens de son âge pour les épreuves que je leur ai organisées. Il est impatient.

— Comme tous les hommes dès qu'il s'agit de démontrer leur puissance, se gaussa-t-elle.

Deux femmes de sa suite s'assirent auprès d'elle. D'autres dames, de suffisamment d'importance pour rejoindre la tribune principale, vinrent prendre place autour de nous, tandis que leurs époux se préparaient à la joute.

Le tournoi allait bientôt commencer. Dans la lice, Roscelin et Bérenger veillaient à préparer la première rencontre. J'échangeais des mots aimables avec mes voisines lorsqu'un chevalier de haute taille, déjà vêtu de son surcot, toussota au bas de l'estrade. Je baissais les yeux vers lui, ennuyée. Y avait-il un problème ?

— Ma dame, me permettriez-vous de défendre vos couleurs ?

Je le fixai avec stupeur. C'était déjà le deuxième qui me faisait la demande. Puis j'acceptai en rougissant, gênée par son regard direct, avant de me morigéner en reconnaissant ses armes. Valmenon, un domaine proche du mien. Ce devait être le frère cadet, Gérald. Il n'y avait là rien d'extraordinaire. Ce n'était qu'un acte de courtoisie envers la dame du château de la part d'un voisin, et non un quelconque intérêt pour une veuve de trente et un ans.

Quelques instants plus tard, le héraut fit résonner sa trompe et annonça les premiers participants. Je me redressai. Ceux-ci arrivèrent à cheval dans la lice, saluant le public avant de gagner chacun une extrémité, accompagnés de leurs écuyers. Puis, au signal de Roscelin, ils s'armèrent d'une lance et s'élancèrent l'un vers l'autre. Le galop des chevaux résonnait comme le tonnerre dans l'espace fermé des tribunes et je sentis l'excitation des spectateurs me gagner. Les jouteurs arrivèrent au contact, les lances se brisèrent mais ils restèrent tous les deux en selle, avant d'entreprendre un autre passage.

Au deuxième impact, le chevalier le plus jeune chuta, sa lance toujours intacte. Il quitta la lice alors que le vainqueur en faisait le tour pour se faire acclamer.

Ce n'étaient point mes premières joutes mais, durant un instant, je partageai l'impatience de mon fils. En dépit du danger de ces rencontres et des blessures fréquentes, il y avait de quoi griser n'importe qui.

Les duels se succédèrent. J'admirai les techniques de certains, critiquai par devers moi les gestes d'autres. Je félicitai le vainqueur de chaque échange, appuyant mon discours d'un sourire quand je vis Gérald de Valmenon, qui défendait mes couleurs, gagner trois fois de suite. Deux jouvencelles dépitées murmurèrent qu'il y avait probablement quelques tricheries pour que mon chevalier s'illustre autant, avant d'être promptement rappelées à l'ordre par un regard courroucé de leur mère.

— Depuis tout à l'heure, il vous dévore des yeux, me fit remarquer Béatrice en me montrant Gérald qui s'avançait pour recevoir la couronne du vainqueur.

— C'est seulement de la courtoisie. Ne suis-je point la dame qui invite ? m'amusai-je.

Quand je le félicitai, ses yeux me dévisagèrent avec insistance et sa main s'attarda un peu trop longtemps sur la mienne.

— Ma dame, murmura-t-il pour n'être entendu que de nous deux. C'est votre sourire qui m'a permis de vaincre aujourd'hui. J'ose espérer que vous ne serez pas cruelle et m'en offrirez d'autres bien vite. Pour vous, je me sens prêt à être victorieux dans toutes les batailles.

Je masquai du mieux possible mon ébahissement. Me faisait-il des avances ? Depuis quand étais-je devenue si désirable ? Je le détaillai brièvement. Sa haute stature, ses cheveux noirs et épais, ses yeux vert mousse, n'éveillaient aucun écho en moi. Troublée par son insistance, je retirai promptement ma main et m'écriai qu'il fallait continuer la joute.

Me réfugiant dans mon rôle d'hôtesse, je lançai l'épreuve des jeunes gens, attendue impatiemment par mon fils. Le hasard l'avait désigné comme faisant partie des premiers à s'exhiber et je le vis bientôt s'avancer sur son cheval, attendant son tour pour relever le défi. Pour ce jeu d'habileté, il fallait récupérer un anneau au galop au bout d'une lance légère et sauter un fossé sans le perdre.

Les premiers concurrents s'élancèrent, avec plus ou moins de succès. La joie des gamins victorieux faisait plaisir à voir, même si la plupart de mes invités s'étaient désintéressés de l'épreuve pour discuter entre eux de fermages, d'alliances et d'impôts, l'autre but de ce genre de rencontre.

Enfin ce fut le tour de mon fils. Son regard était fixe, sa bouche pincée par la concentration. Il s'élança, vif comme l'éclair, trop vite pour mon cœur inquiet. Il abaissa sa lance alors qu'il se rapprochait de l'anneau et, d'un coup vif, l'enleva. Je battis des mains, heureuse de son succès. Saurait-il le garder en passant le fossé ?

Il arrivait déjà dessus, ses talons fouettant les flancs de sa monture. Je retins mon souffle. Soudain, un chien désemparé par la foule surgit et se faufila dans les jambes du cheval. Celui-ci refusa l'obstacle, et je vis avec horreur Romaric voler par-dessus l'animal, puis disparaître dans le fossé.

Un cri m'échappa. Me levant d'un bond, je me précipitai vers l'endroit où il était tombé. D'autres m'avaient devancée. Je les écartai et pâlis subitement. Romaric gisait couché sur le côté, sa jambe formant un angle anormal. L'os pointait à travers la peau et le sang coulait, goutte à goutte, sur la terre. Mon fils était blessé ! Il releva la tête en grimaçant, serrant les dents pour ne pas pleurer comme l'homme qu'il voulait déjà être. Mon cœur se tordit de peine et d'admiration.

Je me jetai à ses pieds.

— Oh ! mon fils. Souffrez-vous beaucoup ?

Il détourna la tête, mais j'avais eu le temps de voir des larmes briller dans ses yeux.

Lorsque deux de mes gens vinrent le chercher, j'appelai Bertille.

— Je ne peux m'absenter pour une jambe cassée, alors que d'autres ont subi des blessures plus graves, me lamentai-je. Je te confie mon enfant, Bertille. Veille à ce qu'il soit examiné par un chirurgien, et bien soigné surtout.

Elle dégagea doucement ses doigts que je tordais dans mes mains sans m'en rendre compte.

— Vous pouvez compter sur moi, ma dame.

Le cœur déchiré par l'inquiétude, je m'obligeai à reprendre mon rôle d'hôtesse.

Le reste de la journée me parut interminable. Je la vécus dans un état second, acquiesçant aux propos des dames, renseignant obligeamment mes invités, souriant et félicitant de manière mécanique, jusqu'à ce que Bertille vienne m'annoncer que l'os de Romaric avait été remis en place et la jambe bandée. Mon garçon avait été très courageux. Il avait à peine crié quand l'os s'était réaligné, malgré le sang qui coulait à gros bouillons, me décrivit avec force détails ma servante. Un étourdissement me saisit et je me mordis les lèvres pour ne point défaillir. L'ermite dont j'avais déjà pu admirer la science avait aidé à stopper l'hémorragie et lui avait donné une potion pour dormir. Tout allait bien, conclut-elle avec entrain après m'avoir donné des sueurs froides.

L'esprit un peu plus léger, je réussis à faire meilleure figure pour le banquet du soir. La cour où avait lieu le festin avait elle aussi pris des airs de fête. Des étendards colorés pendaient des remparts et de grands bouquets de fleurs embaumaient dans les différents coins. De longues tablées avaient été dressées, garnies de nappes étincelantes, éclairées de chandelles qui illuminaient la nuit naissante.

À mes côtés, à la table d'honneur, en lieu et place de mon fils, se tenaient les vainqueurs du jour, dont ce Gérald qui profitait de la moindre occasion pour m'effleurer la main ou coller sa jambe à la mienne. L'indulgence que j'avais ressentie au départ pour sa cour empressée s'estompait à la mesure de son insistance. Je ne cessais de reculer pour fuir son contact importun au point de me rapprocher de l'autre vainqueur, un homme discret qui avait le bon goût d'être pourvu d'une épouse ravissante et ne s'intéressait à moi que pour sacrifier à la courtoisie. Plus les plats défilaient, plus le vin coulait et plus Gérald se faisait entreprenant, ne faisant même plus semblant de masquer ses allusions graveleuses. Croyait-il que je pouvais être sensible à ses manières de soudard et à son haleine de bestiau ?

N'y tenant plus, je balbutiai une excuse à propos de mon fils et me levai de table. Sa main vint effleurer mes fesses comme si je n'étais qu'une servante venue lui remplir sa coupe. Je bondis en avant pour échapper à cet attouchement déplaisant, mais la robe que j'avais enfilée pour la circonstance, plus précieuse et étroite que celles que je portais dans la vie quotidienne, m'entrava les jambes, et je dus quitter la cour à petits pas élégants au lieu de mes grandes enjambées habituelles.

J'arrivai devant la chambre de mon fils et entrai, après avoir brièvement frappé. Mon enfant n'avait point bougé depuis que j'étais passé le voir en coup de vent juste avant le festin. Il dormait toujours, son petit visage pâle brillant dans la pénombre de la pièce éclairée par une seule bougie. Une ombre bougea à son chevet. Bertille.

Je m'approchai.

— Je suis soulagée de te trouver ici, Bertille. Mais as-tu seulement dîné ? m'inquiétai-je. Pourquoi n'as-tu pas laissé la place à Raoul ? Je ne l'aime point, mais je sais qu'il ne fera jamais de mal à Romaric. Autant qu'il serve à quelque chose au lieu de hanter les couloirs comme un esprit vengeur.

— Ma foi, c'est ce que je voulais faire, ma dame. Mais le drôle, il a tourné de l'œil rien qu'à la vue des chairs retournées. Alors j'aime autant ne point l'avoir dans les pattes. Je m'occupe de veiller le petit.

Je soupirai, consternée. Au moins, je pouvais me féliciter que Mélaine ne m'ait point laissé un exécuteur implacable.

— Comment se porte Romaric ?

— Il n'a point de fièvre et, depuis qu'il a pris la potion qu'Eudes, l'ermite, lui a préparée, il dort sereinement comme vous pouvez le voir.

— Qu'a dit le chirurgien ? Mon fils gardera-t-il des séquelles ?

Ma voix avait tremblé. Si voir mon enfant sauf pour le moment me tranquillisait l'esprit, il me fallait néanmoins affronter la réalité.

— Il ne devrait point en avoir s'il respecte une immobilité totale durant trois lunes, le temps que l'os se ressoude.

— Trois lunes !

Comment Romaric allait-il supporter cette inaction, lui qui chaque jour, qu'importe le temps, s'entraînait durant plusieurs heures ?

Devant mon air catastrophé, Bertille crut bon d'ajouter :

— J'ai proposé à Eudes de rester au château en votre nom le temps que notre petit sire guérisse.

— Tu as bien fait, mais a-t-il accepté ? Un ermite n'aime guère la compagnie, en général.

— Je crois bien que celui-ci ne l'est point par choix, ma dame.

Mais vous verrez par vous-même demain. Il a demandé à vous parler.

Je hochai la tête. Puis je me penchai vers Romaric et embrassai sa joue. Qu'il était beau quand il dormait. Je pouvais alors oublier son mépris et croire qu'il m'aimait lui aussi.

— Il faut que j'y retourne, même si je n'en ai aucune envie, soupirai-je. Imagines-tu que le vainqueur de la joute, ce Gérald de Valmenon, a entrepris de me faire une cour des moins subtiles ? Que peut-il bien me trouver ?

— Je l'imagine sans peine, ma dame, s'exclama Bertille. Pour une femme de votre expérience, vous êtes parfois d'une naïveté consternante. Vous semblez riche, le faste de ces joutes en est la preuve. Votre seul héritier est un enfant téméraire qui vient de se blesser. S'il venait à succomber... Vous devenez un parti intéressant pour tous ces damoiseaux sans fief.

— Tu veux dire qu'ils espèrent la disparition de mon fils ? m'écriai-je d'une voix blanche.

— Que nenni, je n'ai point affirmé une telle chose... Mais cela ferait assurément leurs affaires. En plus, vous êtes encore assez jeune pour leur donner des héritiers. Et jolie aussi, même si vous vous obstinez à garder vos cheveux courts comme une pénitente. Maintenant que vous êtes une châtelaine respectable, vous devriez les laisser repousser.

Je soupirai en portant machinalement ma main à mon cou. Depuis que je les avais coupés des années plus tôt, j'appréciais de ne point sentir ma tête alourdie par leur masse. Pourquoi devrais-je me contraindre pour une question de parure ? Puis Raimbaud n'avait point détesté mes cheveux, me rappelai-je. Je me remémorai ses mains chaudes sur ma nuque alors qu'il m'embrassait, ses baisers et soupirs dans mon cou quand il m'avait aimée pour la deuxième fois. À cette évocation, je sentis un délicieux frisson s'emparer de mon corps et secouai la tête pour chasser ces doux souvenirs. Il fallait que je me résigne. Cela ne serait jamais rien de plus.

Pourquoi alors n'arrivais-je point à l'accepter ?

— À quoi bon. Après tout ce que tu viens de me dire, je ne suis pas prête à me remarier, déclarai-je.

Un dernier regard à mon fils et je quittai la chambre. Les clameurs qui s'échappaient de la cour m'indiquaient que l'ambiance était encore montée d'un cran. De nombreuses dames, à l'instar de Béatrice, fort lasse, s'étaient probablement retirées dans les tentes qui avaient été montées, mon château ne pouvant accueillir tout le monde. Mais, en tant que châtelaine, je devais rester et supporter encore cet affreux Gérald jusqu'à ce qu'il roule sous la table. Ce qui ne devrait plus tarder.

Soudain une ombre se détacha des murs du couloir obscur. Je sursautai.

— Enfin je te trouve. Je te cherchais partout.

Une voix légèrement pâteuse que je reconnus comme étant celle de mon champion envahissant. Avait-il eu l'intention de me suivre jusqu'à ma chambre ? J'émis un petit hoquet dédaigneux. Il ne doutait vraiment de rien.

Je me déportai vers ma senestre pour éviter sa silhouette titubante. Il fit de même et, avec une force que je ne soupçonnais point, il me plaqua contre le mur, son corps lourd écrasant le mien. La pierre me glaça les os mais toujours moins que son haleine avinée dans mon visage.

— Je te tiens, petite colombe.

— Lâchez-moi immédiatement, soufflai-je d'un ton furieux.

— Oh non, certainement pas. Tu es toute froide, je vais te réchauffer.

Je levai les yeux au ciel. Son ivresse était telle que je l'imaginais, inaccessible au raisonnement. Il chercha à m'embrasser, ses lèvres baveuses tout près des miennes, je le repoussai. Ma rébellion ne le découragea point. Il délaissa ma bouche, ses grosses paluches s'attaquèrent à mon corps et je me cambrai de dégoût.

— Oh ! la garce aime ça.

Cela avait assez duré. Il n'était pas né, l'ivrogne qui arriverait à me soumettre. En me donnant une éducation de garçon, mon père avait veillé à ne point faire de moi une victime.

Je tentai de lui balancer un coup de genou dans l'entrejambe, mais ma robe, plus étroite que d'habitude, m'empêcha d'y mettre la force voulue. Au lieu de se plier en deux comme je l'espérais, il prit mon geste pour une invite et grogna de satisfaction. Il emprisonna mes poignets d'une main et tenta de retrousser mes jupes de l'autre. Un frisson de répulsion m'envahit quand je sentis sa paume sur ma peau. Non de peur. En bonne tacticienne, je calculai le moment exact où mon genou libéré écraserait ses parties intimes.

— Lâchez-moi, je vous en prie, tentai-je encore pour ne point arriver à cette extrémité.

Alors que j'allais frapper, une ombre se matérialisa derrière mon agresseur et, d'une prise habile sur l'épaule, le jeta loin de moi. Gérald roula sur le sol, à moitié hébété, et je rajustai précipitamment ma jupe.

— Ma dame, j'ose espérer qu'il ne vous a point outragée, s'inquiéta mon sauveur, abaissant son regard sur moi.

— Rien dont je ne puis me remettre, assurai-je.

Je le dévisageai. Sa carrure musculeuse, son habit modeste. Des yeux enfoncés sous d'épais sourcils, des cheveux ras et mal coiffés, une barbe broussailleuse mais propre. Ses traits me semblèrent familiers sans que j'arrive à me rappeler qui il pouvait être. Un des serviteurs de mes nombreux invités peut-être ? Un de mes féaux s'étant déplacé pour la circonstance ?

— Je vous remercie de m'avoir sauvée de ce péril, ajoutai-je ensuite.

— C'était fort peu de choses.

Je ne le contredis point. Grâce à lui, Valmenon avait échappé à une défaite peu glorieuse.

— Vous pouvez regagnez le festin sans crainte. Je m'occupe de faire ramener ce misérable auprès des siens.

J'acquiesçai, soulagée qu'il me décharge de cette opération

déplaisante et regagnai la cour illuminée par les flambeaux apportés par mes gens. Les artistes avaient fini leur numéro depuis longtemps et les tables s'étaient vidées. L'autre champion s'était retiré. Quelques hommes discutaient encore, d'autres ronflaient, écroulés sur les tables et bancs. Je pouvais sans peine m'éclipser. Échaudée par mon aventure, je me faufilai avec prudence dans les couloirs mais ne fis point de mauvaises rencontres.

Ce fut seulement quand je refermai la porte de ma chambre que je réalisai que mon sauveur avait bien des manières pour un homme du commun.

Le lendemain, quand j'émergeai après une nuit entrecoupée de cauchemars, mes serviteurs s'activaient déjà pour ranger le désordre de la veille. Je me dirigeai aussitôt vers la chambre de mon fils. Toute la nuit, je l'avais imaginé mourant, malgré les assurances de Bertille. Je savais pourtant que ma servante me préviendrait en cas de rechute.

J'ouvris la porte et mes yeux se dirigèrent aussitôt vers le lit où reposait Romaric. Il dormait toujours. Était-ce normal ? Je tournai mon regard vers la silhouette qui veillait dans un coin de la pièce et plaquai une main sur ma gorge, stupéfaite. Devant moi se tenait mon sauveur de la veille.

L'ermite, compris-je aussitôt, me rappelant ses traits entraperçus deux mois plus tôt quand il était venu examiner mon fils. À cette époque, il m'avait semblé plus vieux, courbé, fatigué et non point dans la force de l'âge comme sa poigne de la veille me l'avait montré.

— Soyez le bienvenu, Eudes. Je ne sais comment vous remercier. Pour mon fils et pour... hier. Je suis confuse de ne point vous avoir reconnu.

— C'est compréhensible, avec le choc.

Je fis un signe de dénégation. J'avais toute ma tête la veille.

— Ce que vous avez fait...

Il m'interrompit d'un geste qui manquait singulièrement de déférence.

— Oubliez-le, ma dame. Je peux seulement vous recommander de vous entourer d'un homme capable de vous protéger des mauvaises rencontres.

— Comme un époux, remarquai-je amèrement.

— Ou une garde plus attentive.

Je hochai la tête. J'avais remarqué que mon nouveau capitaine, Bérenger, n'était point le plus capable à ce poste. Mais il restait celui auquel je faisais le plus confiance. Le précédent m'avait trahie. Comment désavouer celui-ci maintenant sans risquer de créer une vague de ressentiment ? Et pour le remplacer par qui ?

Ce n'était de toute façon point ce qui me préoccupait en ce moment.

— J'en suis consciente. Mais laissons cela. Vous vouliez me parler. Comment se porte mon fils ? Risque-t-il de garder des séquelles ? Une boiterie ?

Il secoua la tête.

— Ne vous alarmez point. Il est jeune. Il devrait s'en remettre. Je lui change son cataplasme deux fois par jour pour éloigner l'infection. Puis je le fais dormir. Le corps travaille mieux quand la douleur s'oublie.

— Je vous récompenserai. Mon enfant est tout pour moi.

— Je souhaitais surtout vous informer de son traitement, reprit-il en me désignant un pot posé sur le coffre. Cette potion, le *Requies Magna* ou Grand Repos, permet de soulager la douleur et de provoquer le sommeil. Elle est composée de nombreuses plantes utilisées en cuisine : santal, cannelle, muscade, rose, laitue vireuse, plantain, mais aussi de plus puissantes comme le pavot, la jusquiame noire et la mandragore...

Je l'écoutai attentivement alors qu'il m'indiquait la posologie à appliquer, ébahie par sa science, soulagée que mon fils soit entre de si bonnes mains. Quand il eut fini, il se leva pour quitter la pièce, me laissant seule avec Romaric.

Je caressai avec douceur son front, tout en m'abîmant dans mes réflexions. Tout à l'heure, il me faudrait faire une apparition pour un dernier repas avant le départ de mes invités. Revoir Gérald de Valmenon ne m'enchantait guère. Comment se comporterait-il ? Allait-il s'excuser ? Je passai la main dans les cheveux de Romaric et ses paupières frémirent. Il ouvrit les yeux et sursauta.

— Mon cher petit, murmurai-je. Vous êtes en sécurité. Votre jambe est cassée mais le médecin m'a assuré que vous vous remettrez sans dommage.

Il échappa à la caresse et se tourna en grimaçant de l'autre côté. Je soupirai. Cet accident ne nous avait point rapprochés. Je restai silencieuse quelques instants, ne sachant si je devais insister, puis Bertille entra.

— Vos hôtes vous réclament, ma dame. Je vais rester avec le jeune sire, si vous le voulez bien.

— Je t'en remercie, Bertille. Pourras-tu veiller à ce qu'il prenne sa potion ?

Je lui expliquai le dosage. Elle acquiesça et je rejoignis mes devoirs en soupirant.

Gérald se montra cependant courtois et pressant comme la veille. Mon mouvement de recul instinctif quand il m'attrapa la main sembla le surprendre et je ne lus dans ses yeux qu'un étonnement sans borne. L'ivresse semblait lui avoir miraculeusement effacé la mémoire. Non la mienne.

23

Crebessac, 20 juin 1311

Deux mois après l'accident, Romaric ne tenait plus en place. L'inaction forcée lui pesait. Je lui consacrais toutes mes matinées, lui expliquant les comptes du domaine, les gabelles, dîmes et autres corvées. J'étais heureuse d'avoir un prétexte pour passer plus de temps avec lui, tout en lui montrant que je ne cherchais point à l'évincer de la gestion de son fief. Mais quoi que je dise ou fasse, il trouvait toujours une raison de s'emporter ou bouder, et mettait ma patience à rude épreuve.

On frappa à la porte de ma chambre dans laquelle je m'étais réfugiée après un de ces moments pénibles, puis Bertille entra.

— Ma dame. Un chevaucheur est arrivé. Il porte un message de l'évêque de Cavaillon.

Mon suzerain ! Je pâlis légèrement et je me levai d'un bond du lit sur lequel je m'étais assise.

— J'arrive.

Le cœur battant, je suivis Bertille. Voilà des mois que je n'avais point pensé à l'évêque. Le précédent était décédé alors que je revenais de pèlerinage, prête à lui faire tenir sa promesse de retrouver mon fils, et je n'étais point encore au courant de son remplacement.

L'homme m'attendait dans la grande salle. Après les salutations d'usage, il me tendit un pli et patienta le temps que j'en prenne connaissance. Les doigts fébriles, je brisai le cachet. Le nouvel évêque allait-il contester mon droit sur Crebessac malgré les ordres du pape ?

Je poussai un discret soupir de soulagement en parcourant la lettre. Ce n'était qu'une injonction à lui rendre l'hommage nécessaire en tant que vassale. À Malaucène, autre lieu de résidence du pape. D'ici une semaine. Une dizaine de lieues me séparaient de la ville. Autant dire que je ne devais point traîner à me mettre en route.

Le nouveau titulaire se prénommait Pons II Auger de Laneis. Quel homme était-il donc ? Allait-il m'apporter autant d'ennuis que le précédent ? Une chose était sûre, il fallait que je lui fasse la meilleure impression possible.

Le messager se racla la gorge, attendant toujours. Je relevai la tête vers lui.

— Je me présenterai à Son Excellence aux jour et lieu dits, lui confirmai-je.

Puis je le renvoyai à Bérenger afin qu'il veille à ce qu'il puisse se restaurer et je rejoignis la chambre de Romaric. Ce voyage s'annonçait comme une distraction bienvenue et adoucirait peut-être le caractère de mon garçon. Peut-être aussi nous rapprocherait-il ?

Des voix résonnaient à travers le battant. Je reconnus immédiatement celle de mon fils qui ricanait, suivie du timbre de Raoul, geignard et hypocrite, lisant un texte de bataille. Une autre leur répondit que je n'identifiai pas mais mon fils approuva avant que Raoul ne reprenne sa litanie. J'ouvris la porte. Le précepteur interrompit sa lecture en me reconnaissant. De l'autre côté, l'ermite Eudes était occupé à préparer un remède à son patient. Ainsi, c'était lui la troisième voix que j'avais perçue. Je le saluai d'un bref hochement de tête.

— Que voulait l'évêque ? me demanda Romaric dès que j'eus refermé la porte.

La fierté m'envahit de le voir s'impliquer dans la marche de son fief. Dans quelques années, tout cela serait à lui. Je le laisserai gérer à sa guise, ne reprenant les commandes que s'il partait à la guerre, perspective que j'abhorrais au plus profond de moi mais que je savais inéluctable.

— Il n'y a rien de grave, mon fils. Un nouveau prélat a été nommé et, comme vous le savez en pareil cas, ses vassaux doivent lui rendre l'hommage.

Je me tus un instant. Je n'avais point envie que Raoul coure informer Mélaine de notre absence. Un reste de peur m'étreignit à l'idée que ma Némésis cherche à nouveau à me prendre Crebessac. Puis je me morigénai. Elle l'apprendrait bien assez tôt.

— Nous devrons être à Malaucène pour la Saint-Irénée. Et nous mettrons facilement deux jours de plus avec la litière nécessaire pour vous transporter…

— Une litière ! éructa mon fils. Jamais je ne me présenterai à mon suzerain couché comme un vieillard.

— Il faudra bien vous y résoudre. Deux lunes seulement sont passées depuis votre accident. Votre jambe n'est point assez solide.

— C'est ce qu'on va voir, grogna Romaric.

Avant que je puisse faire quoi que ce soit, il posa ses deux pieds à terre. Puis il se mit debout et avança sa jambe valide. Il bascula aussitôt en avant, son visage déformé par la souffrance. Un léger cri m'échappa. Je tendis inutilement les bras. Eudes fut plus rapide. En deux enjambées, il fut auprès de mon enfant et le retint avant qu'il ne s'effondre. D'un geste maladroit, mon fils referma sa main sur un médaillon qui pendait au cou de l'ermite et l'arracha.

Le bijou tinta au sol pour atterrir à mes pieds. Je le ramassai machinalement avant de faire le tour du lit.

— Comment va-t-il ? m'inquiétai-je en aidant Eudes à recoucher Romaric devant un Raoul plus blanc que neige, ses mains tordant avec nervosité le texte qu'il lisait quelques instants plus tôt. L'os s'est-il… brisé de nouveau ?

— Il est à craindre que la fracture soit fragilisée. Mais l'os semble toujours aligné, continua Eudes en palpant la jambe de mon fils sans s'émouvoir de ses cris de douleur. Il doit absolument rester un mois de plus sans le moindre effort.

Tout en parlant, ses yeux ne cessaient de dériver vers le bijou que je serrais toujours dans mes mains.

— Mais il devait m'accompagner pour l'hommage ! protestai-je. S'il voyage en litière ?

L'ermite secoua la tête.

— Les chocs pourraient ralentir sa guérison. S'il veut remarcher sans effort un jour, il ne faut plus aucune imprudence...

Le ton grondant, il se tourna vers le jeune garçon qui, oubliant la douleur, hocha frénétiquement la tête. La menace semblait avoir été efficace.

Puis il pivota vers moi.

— Pourriez-vous me rendre mon médaillon maintenant ?

Je lui tendis le bijou y jetant un coup d'œil au passage. Cela ressemblait à un sceau. Soudain, je pâlis en reconnaissant le petit dessin représenté dans un coin. Eudes referma sa main dessus et le fit disparaître dans une poche.

Alors qu'il finissait d'installer son malade d'un geste nerveux, si différent de sa maîtrise habituelle, je ne pouvais m'empêcher de le dévisager discrètement. Voilà deux mois qu'il vivait sous mon toit, comment avais-je pu rester aussi aveugle ?

Dès qu'il eut fini, il quitta la chambre sous un prétexte presque inaudible. Je tançai à mon tour mon fils pour son imprudence, il se réfugia dans un silence boudeur et je soupirai en constatant qu'il continuait à refuser toute autorité de ma part.

Puis je partis à la recherche de l'ermite, décidée à obtenir des explications. Le temps que je le retrouve, il avait déjà passé les portes du château. Son départ ressemblait davantage à une fuite. Avisant un cheval qui patientait dans la cour, je me hissai dessus pour le rejoindre.

Je le rattrapai sur le sentier descendant au village. Il courait à petites foulées. Je jetai l'équidé sur son chemin, l'obligeant à s'arrêter, et sautai à bas de ma monture.

— Où courez-vous donc ainsi ? m'exclamai-je presque plus essoufflée que lui.

— J'ai à faire ailleurs, ma dame.

— Je sais ce que vous êtes, repris-je les mains ouvertes pour ne pas le brusquer. Ne fuyez pas ainsi, je ne vous veux aucun mal.

— J'ignore à quoi vous faites allusion.

Il allait reprendre son chemin, je m'écriai :

— J'ai reconnu le sceau. J'ai grandi à Chypre. Mon beau-père Evrard de Crebessac était des vôtres. C'est un symbole templier.

— Allez-vous me dénoncer pour ce vol ? m'interrogea-t-il, les yeux étrécis.

Je secouai la tête.

— Non, je ne pense pas que ça en soit un. Vous êtes un templier. La façon dont vous m'avez secourue dans le couloir, avec une prise habile. Votre sang-froid, votre culture, votre charisme qui fait que mon fils boit vos paroles alors qu'il méprise ses propres gens.

Je laissai passer quelques instants pour qu'il confirme. Il se cantonna à un silence prudent.

— Vous deviez être quelqu'un d'important pour être en possession de ce sceau, continuai-je alors. Je m'étonne qu'on vous ait relâché. Comment avez-vous réussi à le garder par-delà la prison ? Quand il fut arrêté, Raimbaud du Puy dut…

Je m'arrêtai brusquement. Il n'avait pas à connaître mes secrets.

Sa main me serra brusquement le poignet.

— Qui avez-vous dit ? gronda-t-il.

— Le connaissez-vous ? rétorquai-je aussitôt, incapable de m'en empêcher.

Nous nous fixâmes un long moment en silence. Une hésitation passa dans ses yeux. Un instant, je crus qu'il allait tenter de me molester pour m'arracher des confidences mais l'impression de danger s'évanouit.

— Oui, finit-il par avouer. J'étais présent le jour où il fut reçu dans le Temple. À la commanderie de Richerenches, connue pour l'élevage de chevaux robustes destinés à la Terre sainte.

Je le fixai avidement, espérant qu'il continue. Je voulais l'entendre me raconter la vie de celui que je ne pouvais oublier.

— Je croyais qu'il était à Chypre.

— Il y fut vite envoyé. Puis il revint en France avec la soixantaine de chevaliers qui accompagnait le grand maître. Mais vous, d'où tenez-vous son nom ?

J'hésitai un instant avant de répondre. Après tout, mon départ n'avait rien eu de secret.

— Je faisais partie des dames qu'il devait escorter jusqu'à Marseille. J'étais présente le jour de son arrestation. Un jour de grand malheur pour les vôtres.

— A-t-il dit ou fait quelque chose qui sortait de l'ordinaire ? me demanda-t-il avidement.

Oh oui. Je m'en rappelais comme si c'était hier. Ses mains et ses lèvres sur ma peau dans cette chambre à l'aube. Ce premier contact, point tout à fait innocent, qui m'avait enflammée. Je rougis.

— Je vois dans vos yeux que oui ! triompha-t-il.

Je m'empourprai de plus belle avant de me reprendre, refusant qu'il ait connaissance de cette faiblesse.

— En effet, il me confia quelque chose lui appartenant.

— Et qu'en avez-vous fait ?

Je le dévisageai avec attention. Cette impatience dans ses yeux qu'il ne pouvait totalement masquer. Se pouvait-il qu'il en fût le destinataire ? C'était possible. Lors de nos rares conversations, il avait quelques fois évoqué la Provence.

— Je vous le dirai si vous m'expliquez ce que c'était.

— Voilà deux mois que je soigne votre fils, ma dame. La méfiance n'est plus de mise entre nous.

— Comme vous le dites, dis-je en retour, un léger sourire aux lèvres. Vous pouvez parler sans crainte, je ne vous trahirai pas.

Durant un instant, il parut peser le pour et le contre.

— C'était une relique, souffla-t-il, me confirmant qu'il était dans le secret.

— La relique de l'épine, précisai-je. Elle est maintenant entre les mains du pape.

Il poussa un soupir.

— Au moins, ce maudit Philippe ne la possède point.

— Le miracle de sa floraison permettra peut-être même de prouver l'innocence de l'ordre, approuvai-je. Mieux que si elle était partie au-delà des mers.

Eudes fronça les sourcils.

— Ainsi, il vous a tout dit. Il a trahi le Temple.

— Non, m'insurgeai-je, prête à le défendre bec et ongles, il ne l'a point trahi.

Du moins, pas de cette façon-là, pensai-je un instant plus tard, me rappelant notre nuit au moulin.

Mais ce doux intermède n'appartenait qu'à nous deux.

— Je l'ai deviné toute seule, continuai-je. Ce n'était pas difficile.

Puis je rajoutai, pensive.

— Je n'imaginais pas que messire du Puy avait une si grande importance dans l'ordre. Il ne comptait point de nombreuses années de service.

— Nous cherchions la discrétion et il fut jugé suffisamment habile. Plus jeune, il avait réussi à s'extirper d'un traquenard orchestré par les Sarrasins. Une trahison qui tua nombre des nôtres.

Ruad. Ainsi, tout nous ramenait à cette première rencontre.

— J'avais perdu tout espoir de retrouver la trace de l'épine, reprit Eudes après quelques instants. Grâce à vous, je peux cesser ma quête et disparaître.

— Allez-vous vous retirer dans un monastère comme les templiers qui furent absous ? À Faucon, comme lui ?

— Je ne puis le rejoindre, me détrompa-t-il. Vous aviez deviné juste à mon propos, ma dame. Seule la clandestinité m'attend.

Il commença à me contourner.

— Attendez, criai-je. Ne partez point. Vous serez à l'abri à Crebessac. Vous pourriez entraîner mon fils quand il sera guéri. Voilà plusieurs lunes que je lui ai promis un maître d'armes...

— Et trahir ainsi mon personnage ! Si je révélais des dispositions guerrières, les gens s'interrogeraient... Déjà le sieur Raoul Langlois semble éprouver quelques doutes.

Je me mordillai la lèvre. Il n'avait pas tort.

— Adieu, ma dame. Il est temps que je reprenne ma route.

Sans réfléchir, je tendis le bras pour le retenir.

— Restez au moins jusqu'à ce que je revienne de Malaucène, le suppliai-je. Vous n'ignorez point la trahison dont je fus victime. Restez pour veiller sur mon fils, je vous en prie.

Il hésita.

— Nous étions voués à protéger les pèlerins, finit-il par dire. Les plus faibles qui ne pouvaient se défendre. Vous avez de votre côté préservé notre relique. Evrard vous tenait en grande estime et il semblerait que Raimbaud ait fait de même. Très bien, je partirai après votre retour.

24

Monastère du Groseau, près de Malaucène, 28 juin 1311

Rassemblés dans la grande salle du monastère du Groseau, où le pape Clément résidait l'été, j'attendais mon tour pour rendre hommage à mon suzerain, le nouvel évêque de Cavaillon. Le lieu bruissait des chuchotements des autres vassaux tandis que Aubin de Valmenon, le frère aîné de Gérald, se trouvait auprès de l'évêque pour renouveler le serment qu'il avait fait à son prédécesseur et continuer à jouir de son fief.

J'avais retrouvé l'empressement de Gérald sans plaisir mais, au milieu de ses pairs, hors de l'ivresse, il affichait des manières plus courtoises. Malgré tout, je frissonnais encore de dégoût à me rappeler son corps écrasant le mien dans la pénombre d'un couloir quelques mois plus tôt.

Je jetai un coup d'œil vers mon escorte qui attendait plus loin. Roscelin me retourna mon regard. C'était lui qui dirigeait le petit groupe de six hommes et une femme que j'avais emmenés avec moi, refusant de dégarnir Crebessac. Bérenger, mon capitaine de la garde, était resté dans mon fief, avec Eudes et Bertille.

Celle-ci avait tempêté quand je lui avais signifié qu'elle ne serait pas du voyage.

— Emmener la petite Eliette, la muette, comme servante

à Malaucène ? Vous n'y pensez pas ! s'était-elle écriée. Elle n'a même pas quinze ans.

— Au contraire, avais-je affirmé. Elle ne sait ni écrire ni parler. Elle ne répétera point mes secrets.

Et depuis que je l'avais recueillie dénutrie à la fin de l'hiver à la porte de mon château, elle m'était toute dévouée comme un jeune chien.

Bertille était restée mutique un instant. J'avais profité de mon avantage.

— Je te confie ce que j'ai de plus précieux : mon fils. Veille sur lui, il n'y a qu'en toi que j'ai entièrement confiance. Je serai vite rentrée.

Elle avait fini par s'incliner et nous nous étions mis en route.

Je reportai mon attention sur la scène principale. Aubin avait fini. Le nouvel évêque, à la mine grave et à la silhouette bedonnante installée dans un riche fauteuil, remit à mon voisin un bâton, symbole du fief dont il lui renouvelait la possession. Le vassal s'écarta et un héraut appela mon nom, Crebessac.

Je pris une profonde inspiration et m'avançai vers le siège épiscopal. Je m'agenouillai avec grâce tandis que l'évêque couvrait mes mains des siennes. J'observai à travers mes cils ses yeux posés sur moi. Ils ne semblaient contenir ni duplicité ni jugement. Peut-être que cet homme serait réellement mon allié comme nous étions en train de nous le promettre mutuellement.

L'évêque m'épargna le baiser rituel, peut-être à cause de mon statut de femme. Puis nous scellâmes notre accord sur la bible, avant qu'il ne remette à moi aussi la *festuca*[1], symbole de notre accord.

Je me reculai, un discret soupir de soulagement aux lèvres, et laissai la place au vassal suivant. Tout s'était bien passé, Pons Auger n'avait point remis en cause mon autorité sur Crebessac,

1. Bâton remis lors d'actes juridiques, y compris lors des serments de vassalité.

peut-être grâce à la protection du pape. Machinalement, je levai les yeux vers le plafond, imaginant le souverain pontife dans les profondeurs de son palais. Un raclement de gorge me ramena au présent. Je sursautai, mal à l'aise. Aubin et Gérald de Valmenon se tenaient auprès de moi. Je jetai un coup d'œil paniqué vers Roscelin mais son attention était tournée vers la cérémonie qui continuait.

— Ainsi, votre fils n'est point encore suffisamment remis de ses blessures que vous êtes venue seule, ma dame, me salua Gérald. J'en suis profondément désolé.

Ses paroles semblaient sonner faux. Je fixai d'un air méfiant son regard charognard qui me parcourait des pieds à la tête comme pour m'évaluer.

— Nous espérons son rétablissement au plus vite, ajouta son frère Aubin, semblable à son cadet, en légèrement plus petit.

— Cela ne saurait tarder, répliquai-je vivement en me tournant vers lui.

— Veuillez excuser notre manière cavalière de vous aborder, mais nous avions une proposition à vous soumettre, ma dame. Habituellement, nous traitons cela entre chevaliers. Dans les circonstances présentes, ce n'est point possible… mais tranquillisez-vous, il n'y a pas matière à s'inquiéter.

Au contraire, une boule me comprimait la poitrine. Je me sentais défaillir. Étaient-ils venus pour solliciter ma main ?

— De quoi s'agit-il ? soufflai-je d'une voix faible que je maudis aussitôt devant l'air satisfait des deux hommes.

Aubin s'avança d'un pas dans ma direction.

— Je vous propose de prendre Romaric comme page dans ma maison pour son apprentissage. Il est plus qu'en âge de rejoindre une autre seigneurerie. Dès qu'il sera remis de ses blessures, bien entendu.

La mise en garde de Bertille résonna soudain à mes oreilles. Je me mordis sauvagement l'intérieur des joues. C'était presque pire. Aubin n'allait-il pas sciemment mettre mon fils en danger ? Qui le protégerait à Valmenon loin de moi ? S'il disparaissait…

À cette idée, je suffoquai, le ventre tordu par l'effroi. Face à moi, Gérald semblait s'amuser de mon désarroi. N'était-ce pas ce que me promettait son petit sourire satisfait ?

Je ne savais plus... Que pouvais-je faire ?

Le silence s'éternisait, peu naturel. Il me fallait reprendre la parole, tuer leur certitude naissante. Moi vivante, jamais je ne leur laisserais Romaric. Mais je ne devais point m'en faire des ennemis. Valmenon était plus riche de soldats que Crebessac.

— Je suis très flattée de votre offre, sire Aubin. Malheureusement, Romaric...

Il fronçait déjà les sourcils. Quelle raison pouvais-je invoquer pour refuser une telle proposition ? C'était un honneur. Aubin était connu dans la région pour sa bravoure et, veuve sans soutien, je reprenais seulement possession de mon fief après que Mélaine...

Non, pensais-je soudain quand je me rappelais sa dernière manœuvre. *Non, non.*

Mes poings se serrèrent comme un déni de la réalité, mes yeux s'embuèrent. Pourtant y avait-il meilleure solution ? J'en doutais. Je baissai la tête, vaincue, avant de la relever brusquement, fixant Aubin dans les yeux.

— Je ne peux accepter votre offre, messire, déclarai-je fermement. Romaric doit rejoindre la suite du vicomte Armand-Guillaume de Polignac dès l'année prochaine. Cela fut décidé en concertation avec sa tante, vassale de cette puissante famille, dont il est également l'héritier. Malgré mes désirs, je ne puis revenir sur un arrangement pris de longue date.

Le dépit s'inscrivit un bref instant sur les traits de Gérald avant de disparaître. Je soupirai de soulagement.

— Oui, c'est tout à fait compréhensible, déclara avec peine celui-ci.

— Si l'accord devenait caduc, ajouta Aubin, rappelez-vous de notre conversation. Je serai heureux de compter Romaric dans ma maison.

J'acquiesçai, partagée entre la satisfaction d'avoir réussi à faire obstacle à leurs desseins et la tristesse de ce que cela signifiait. Je devrais me séparer de mon fils, c'était inéluctable. Je pouvais encore gagner quelques mois, mais il partirait voler de ses propres ailes, loin de moi.

Après cela, ils ne s'attardèrent point. Nous échangeâmes encore quelques remarques aussi polies qu'hypocrites. Puis, alors qu'ils allaient me quitter, des imprécations résonnèrent derrière nous. Nous nous tournâmes en bloc vers la source du bruit.

Le pape Clément traversait le couloir, le visage rougi par la colère, s'indignant auprès d'un de ses conseillers.

— L'archevêque de Ravenne a bravé mes ordres ! Il a interdit le recours à la torture pour obtenir des aveux. Et il vient même de reconnaître treize templiers innocents. Comme l'archevêque de Mayenne !

L'homme hochait la tête avec empressement tandis que le pape continuait d'un ton de plus en plus furieux.

— Mais j'annulerai leurs décisions. Les prisonniers ne doivent point se soustraire aux tourments des inquisiteurs. Il est temps de rappeler à tous que c'est moi qui décide de la procédure à suivre !

Puis il disparut, laissant dans son sillage force chuchotements. Je n'y pris point garde, abasourdie, le cœur glacé d'angoisse de voir que celui que je considérais jusqu'alors comme le principal défenseur des templiers semblait maintenant devenir un de leurs ennemis les plus implacables.

Lettre VI

Le 29 juin 1311

Très cher Sire,

Le pape appelle enfin les souverains étrangers à utiliser la torture pour faire avouer leur infamie aux templiers. Le concile approche et, comme vous l'avez décidé, l'ordre doit absolument y être condamné. Vous ne pouvez passer pour un faux accusateur et Clément V ne peut les absoudre sans craindre d'être lui-même jugé pour l'avidité dont il a fait preuve lors de son pontificat. S'il dénonce nos accords, nous réclamerons l'ouverture du procès de la mémoire de Boniface VIII, son prédécesseur tout aussi cupide que lui. Clément ne prendra point le risque de créer un précédent.

Votre dévoué serviteur, Nogaret.

25

Je me penchai à la fenêtre au son de cette voix que j'aurais reconnue entre mille. Il était là dans ma cour, ses encouragements et ses conseils montant jusqu'à la grande salle où je faisais mes comptes. Face à lui, mon fils, souriant, attentif. Leurs épées brandies puis entrechoquées, leurs avances, feintes et replis. Leur plaisir lors d'une manœuvre audacieuse et réussie. Leurs rires complices devant les cris effarouchés d'une fille de cuisine dérangée dans sa corvée…

Un chaud sentiment d'amour me saisit pour les deux protagonistes de ce tableau. J'abandonnai aussitôt mes affaires et descendis les escaliers pour les rejoindre, me repaître de leur présence, les étreindre.

Mais le couloir n'en finissait pas, s'assombrissant à mesure que j'avançais. J'accélérai le pas. Il fallait me presser, les retrouver. Vite. Une urgence que je ne m'expliquais pas me prit à la gorge. Je tournai à l'angle et mon cœur s'affola. Un cul de sac terminé par une meurtrière. Je plaquai mon visage par l'ouverture. En bas, les soldats du roi. Ils se saisirent de lui, l'emmenèrent. Affolée, je le vis se débattre. Il cria mon nom, son visage tourné vers moi. Une lamentation s'échappa de ma gorge…

Je me réveillai brusquement. Le cœur battant, j'ouvris les yeux dans l'obscurité et me redressai au moment où une exclamation inquiète se faisait entendre de l'autre côté de la toile de la tente.

— Ma dame. Que se passe-t-il ?

Roscelin, mon écuyer.

L'hommage. Le pape. Tout me revenait par bribes. Raimbaud !

Je repris mon souffle et répondis.

— Ce n'est rien, Roscelin. Tout va bien.

Je me recouchai, laissant les battements de mon cœur retrouver leur rythme normal. Ce n'était qu'un cauchemar provoqué par mes angoisses pour les deux hommes que j'aimais. Je fermai les yeux et me remémorai le début du rêve, si doux, avant de les rouvrir.

Raimbaud. Le danger qu'il courait après la volte-face du pape !

Ce songe n'était-il pas un signe ? Pourquoi ne proposerai-je pas à Raimbaud de venir entraîner Romaric ? Mon fils aurait besoin d'un maître d'armes avant son départ. Mon templier avait besoin d'un lieu sûr où attendre la décision du concile. Si elle devait lui être néfaste, je le cacherais. Je refusais de toutes mes forces l'idée qu'il soit à nouveau jeté en prison. Ou pire.

Ma résolution était prise. Chez moi, à Crebessac, il serait à l'abri. Dès demain, je me rendrais dans le prieuré où il faisait retraite.

L'aube était à peine levée que je pressais déjà mon monde.

— Je comprends que votre fils vous manque, ma dame, argumenta Roscelin au nom de tous alors que je sellais moi-même ma jument, mais nous ne sommes point prêts à prendre la route encore. Les chevaux ne se sont point désaltérés, ils ne sont pas en état de faire une longue étape...

— Ils n'auront pas à la faire, le coupai-je. Nous partons vers Vaison-la-Romaine. C'est à peine à trois lieues d'ici.

Sans lui laisser le temps de m'interroger davantage, je montai en selle, les obligeant à faire de même.

Nous gagnâmes d'abord la ville de Malaucène, à un quart de lieue, et arrivâmes au milieu du marché fleurant bon les olives et le miel.

— Arrêtons-nous un instant, ma dame, me pria Roscelin.

Nous ne nous sommes pas sustentés ce matin, et Vaison ne tient point marché en sa cité, comme Malaucène.

J'acceptai à contrecœur, me rangeant à ses arguments. Puis je démontai, les cuisses déjà raides tant j'étais restée tendue durant ce court trajet.

Raimbaud allait-il accepter ? Durant la nuit, j'avais peaufiné mes arguments et je brûlai d'impatience de les déballer avant que ma foi en leur justesse ne s'échappe tout à fait. Bientôt je serais face à lui...

Suivant l'exemple de Roscelin, Eliette, ma petite servante muette, descendit de sa pauvre haridelle, seul cheval qui ne l'effrayait point, et s'avança parmi les étals. Je la suivis, craignant que quelqu'un ne la brutalise. Elle s'arrêta devant une enseigne, tenue par un moine à la silhouette rondouillarde qui vantait ses produits : légumes et simples. J'hésitai. Je n'avais point besoin de me charger, même si l'odeur des amandes fraîches et de la fleur d'oranger me mit l'eau à la bouche tout en me rappelant l'Orient. Agacée, je me détournai avec brusquerie et butai sur un autre moine, courbé sous un petit tonneau, la capuche tombant bas sur son visage. Je levai machinalement le regard vers lui et poussai un petit cri de surprise. Ses yeux marron pailletés de vert dont je me rappelais si bien la douceur s'écarquillèrent à leur tour. Le tonneau trembla sur son épaule. Je balbutiai, les jambes faibles.

— Messire, je vous retrouve, soufflai-je. C'est vous que je venais chercher. J'ai besoin de...

Face à moi, Raimbaud fronça les sourcils.

— Ce n'est point le lieu pour en discuter.

Il abandonna son chargement et m'entraîna d'un geste nerveux entre deux tentes. Je le suivis, le corps rempli de frissons, l'esprit envahi par des images provenant de notre dernière rencontre. Il était si proche. Je n'avais pas envisagé que le revoir me troublerait autant.

— Que faites-vous ici ? m'interrogea-t-il une fois que nous

fûmes à l'abri des regards. Je n'ai point entendu dire que Béatrice des Baux se trouvait céans.

— Et vous ? Je vous croyais au prieuré de Saint-Germain à Faucon.

— Il nous arrive de vendre les produits de nos récoltes.

Nous ?

— Seriez-vous devenu moine ? m'inquiétai-je aussitôt, le cœur battant.

D'un geste spontané, je saisis sa capuche et la lui ôtai. Mes mains s'aventurèrent dans ses boucles, et je poussai un soupir de soulagement de n'y découvrir aucune tonsure. Il m'attrapa délicatement les poignets et m'écarta de lui.

— Non, Flamalia, je ne suis point moine. Comme je vous l'ai dit, je resterai un templier jusqu'à ma mort.

Ainsi, il n'avait pas changé d'avis. Je le fixai, le souffle court, le cœur affolé par l'emploi de mon prénom, et le désir flamba dans mes veines à sentir ses mains chaudes sur ma peau. Cela faisait un an que je ne l'avais point touché. Comment arriverais-je à le côtoyer chaque jour sans rien lui laisser deviner de mes sentiments s'il me faisait déjà perdre mes moyens ?

Le silence s'éternisait sans que je sois capable de le lâcher du regard. Il avait meilleure mine, les joues plus pleines, les yeux moins creux, même si des chaînes invisibles semblaient toujours l'attacher. Face à mon examen silencieux, il finit par détourner la tête et me lâcha. Aussitôt, je me sentis incomplète.

— Ce qu'il s'est passé au moulin ne doit point se reproduire, murmura-t-il entre ses dents serrées.

Je rougis d'être aussi transparente.

— Ce n'est point pour cela que je voulais vous voir. J'ai retrouvé mon fief et mon fils, Romaric. Il a onze ans et va bientôt partir en apprentissage pour devenir écuyer.

— J'en suis heureux pour vous.

Il me sourit avec cette chaleur qui n'appartenait qu'à lui, les yeux brillant d'une pointe de tendresse. Mon cœur rata un battement et un spasme agréable me tordit le ventre. Je me raclai la gorge pour reprendre contenance.

— Je venais vous solliciter pour l'entraîner durant quelques mois, repris-je. Il est à l'âge difficile et ne m'écoute point, ni moi ni ses gens. Les jeunes sont si fougueux et je crains qu'il ne se blesse encore comme il le fit en avril. Je connais votre droiture et votre habileté. Vous saurez le captiver.

— Je doute d'être le seul à correspondre à ce portrait.

— Vous êtes le seul en qui j'ai confiance, rétorquai-je avec élan. Tous les vôtres n'ont point fait retraite. Alors pourquoi n'attendriez-vous pas le jugement du concile à Crebessac plutôt qu'à Faucon ?

Cette phrase était ma botte secrète. Que perdrait-il à enseigner ce qu'il savait si bien faire en mon château plutôt qu'à porter des tonneaux dans son prieuré ? Il n'était point fait pour cette tâche de portefaix, il était un combattant, nous le savions tous les deux.

Mes yeux ne quittaient pas les siens. Je me repaissais de sa présence, le cœur dilaté de joie. Ses épaules robustes dont je connaissais la fermeté, ses traits aussi droits et harmonieux que son âme, sa bouche qui savait se faire fondante. À cette dernière pensée, je frémis et me mordis nerveusement les lèvres, il ne fallait point m'aventurer sur ce terrain.

— Vous n'aurez point d'autres… attentes, n'est-ce pas ?

Il hésitait. Je hochai la tête malgré le pincement dans ma poitrine. Il fallait que je me contente de cela : la joie de respirer le même air que lui, le plaisir quotidien d'entendre sa voix, le bonheur de deviser ensemble autour d'une table bien garnie… Je ne pouvais espérer plus. Le savoir à l'abri dans mon château devait suffire à me combler.

Y arriverais-je ?

— Je vous demande seulement de veiller à l'entraînement de mon fils, affirmai-je.

— Je dois y réfléchir, conclut-il en fuyant mon regard.

Puis, après un instant, il ajouta :

— Il faut y aller maintenant. Voilà trop longtemps que nous avons disparu.

— Vous me sauvez encore. Je vous en remercie.

Il ramena ses yeux sur moi et je me fis violence pour ne point le toucher. Il me fixa un long moment comme s'il voulait ajouter quelque chose, puis il soupira.

— Adieu, Flamalia. Je vous ferai parvenir ma décision.

Quand il tourna les talons, je laissai retomber la main que j'avais levée machinalement, avant de murmurer pour moi-même, le souffle court et les yeux bordés de larmes :

— Ne tardez point trop, Raimbaud. Je crains tellement pour vous...

26

Crebessac, 4 juillet 1311

Mon château apparut à l'horizon et je poussai un soupir de soulagement. Mes pires craintes ne s'étaient point réalisées. Le bâtiment ne semblait pas présenter de signes d'attaque ou d'incendie. Ma bannière flottait toujours au sommet de la tour. Mes gens vaquaient tranquillement, parcourant le pont-levis descendu pour entrer ou sortir.

Je piquai un galop pour arriver plus vite, constater de mes propres yeux que Romaric se portait bien. Je franchis le pont-levis au trot enlevé, faisant résonner les sabots de ma monture sous la voûte de pierres.

— Holà, ma dame, m'accueillit Bertille alors que je débouchais dans la cour. On croirait que vous êtes poursuivie par le diable. Votre nouveau suzerain vous donnerait-il la chasse ?

Une fille de cuisine qui passait à côté fit précipitamment un signe de conjuration. Je rassurai ma servante en mettant pied à terre.

— Que non point, Bertille. Je suis seulement impatiente de retrouver mon fils.

— Comme moi, Roscelin, me fit-elle en adressant un regard tendre à l'écuyer qui entrait à son tour.

Depuis plusieurs mois, leur aventure semblait se poursuivre

sans que ni l'un ni l'autre ne se décident à aller plus loin. Bertille n'avait point eu le temps de trouver un seigneur à son goût lors de la joute à cause de l'accident de Romaric et je commençais à comprendre qu'elle n'y tenait pas plus que cela.

Je repris d'un air plus grave :

— Où est mon fils ? Les circonstances m'ont malheureusement obligée à accepter de le confier aux Polignac quand il sera guéri. Il me faut lui apprendre la nouvelle.

— Je comprends votre air tragique, ma dame, compatit-elle. Vous le trouverez dans sa chambre. Il n'a point osé désobéir aux ordres de l'ermite mais attendez-vous à ce que la nouvelle le ravisse.

J'acquiesçai et, laissant ma servante accueillir son amoureux, je pénétrai dans le logis. Aussitôt, l'énormité de ce que j'allais faire me tomba dessus. Je montai lentement l'escalier qui menait à la chambre de mon fils, chaque pas pesant plus lourd que le précédent. Bien trop vite je fus devant sa porte. Je l'ouvris après un coup bref et entrai. Romaric leva les yeux. Raoul était près de lui.

— Sortez, Raoul, je souhaiterais parler à mon fils en privé.

Le précepteur me jeta un regard sournois avant de quitter la pièce. Je l'ignorai, mon attention tournée vers mon enfant que mon air grave semblait inquiéter. Lui adressant un sourire triste, je m'assis sur le bord du lit et baissai les yeux pour éviter de pleurer.

— Romaric, je m'engage à vous laisser partir chez le vicomte de Polignac dans un an s'il y consent toujours.

Le jeune garçon sursauta, réprimant un cri de victoire.

— Vraiment, mère ?

— J'en fais le serment, continuai-je la voix égale, me dominant pour ne point laisser couler mes larmes. Entretemps, il faudra que vous vous entraîniez ici dès que vous serez guéri. Je pense avoir trouvé un maître d'armes qui vous conviendra. Il n'est point question que le vicomte découvre un Crebessac maladroit. Vous apprendrez aussi la gestion du domaine avec moi.

Je relevai les yeux. La joie qui irradiait de son visage m'émut et me blessa à la fois.

— J'apprendrai, mère. Je serai le meilleur.

— Je n'en doute point.

L'adolescent eut un sursaut de fierté. Puis il hésita avant de demander :

— Si je puis me permettre… Qu'est-ce qui vous a fait changer d'avis ?

Je le dévisageai, surprise de sa formulation si courtoise, à l'opposé de nos âpres discussions habituelles.

— C'est l'amour que j'éprouve pour vous, répondis-je sans mentir. Comme votre tante, je vous souhaite toujours le meilleur.

Je ravalai mes larmes. Je devais faire taire mon égoïsme. Je savais que, dans les circonstances présentes, c'était le meilleur choix pour lui, même s'il me lacérait le cœur. Mon fils était heureux, cela seul devait compter.

Les semaines qui suivirent me parurent à la fois interminables et trop rapides. L'été s'installa et sa chaleur suffocante fit souffrir la végétation. Le niveau des cours d'eau baissa, rendant plus difficile l'arrosage des parcelles cultivées. Les maladies d'été se répandirent, les incendies se déclenchèrent, et je dus, plus d'une fois, venir en aide à mes gens.

Romaric me suivait partout dans mes démarches. Sa jambe guérie, il recommença à monter à cheval, et un sourire plus fréquent qu'auparavant apparut sur son visage. J'insistai pour aller lentement, sans galop effréné. Il refusait que je l'épargne.

Jour après jour, je guettais le chemin, sans que ni lettre ni templier ne l'empruntent jamais. Quand l'impatience menaçait de me submerger, je me réfugiais dans le secret de ma chambre, et, couchée à plat-ventre sur mon lit, je martelais le matelas de mes poings. Puis, enfin calmée, je finissais par convenir que ce silence était une fin de non-recevoir plus douce qu'un franc refus, qui me permettait encore d'espérer.

Le soir, Romaric et moi nous asseyions sur les remparts pour profiter de la douceur de l'air. Sous la flamboyance du crépuscule, je lui racontais d'une voix feutrée mes nombreux voyages. Je faisais revivre pour lui les senteurs d'Acre, les parfums de Chypre, les couleurs de Compostelle et de tous les lieux que j'avais pu arpenter sur terre et sur mer. Il m'écoutait religieusement, posait des questions que je trouvais pertinentes. Je sentais que, petit à petit, un lien plus intime se tissait entre nous.

— Décidément, ma mère, me confia-t-il une fois alors que la pénombre qui s'installait nous incitait à plus de franchise, comme Shéhérazade, vos nombreuses histoires soir après soir m'empêchent de vous détester comme ma tante le voudrait.

Je me figeai, hébétée par cette confidence. Je savais que Mélaine l'avait monté contre moi, mais l'entendre me l'avouer aussi directement... La gorge obstruée, je trouvai seulement la force de répliquer :

— Ainsi, tu connais l'histoire de Shéhérazade.

Il ne s'offusqua point de mon tutoiement, comme si nous étions vraiment proches à cet instant.

— Mon grand-père Evrard avait envoyé un rouleau du conte à ma tante. Je crois qu'il l'avait traduit.

— C'était mon père qui l'avait fait[1], soufflai-je. Tes deux grands-pères étaient des amis très proches, et ta grand-mère raffolait des histoires et des chansons de toutes origines.

Après cela, nous rentrâmes à l'intérieur, l'un et l'autre trop confus et pudiques pour nous étendre davantage sur nos sentiments. Mais je voulais croire qu'à partir de cet instant, il se découvrait capable d'éprouver un peu d'affection pour moi.

1. Elle ne sera officiellement traduite que plus tard au XVIIIe siècle par Antoine Galland, mais le fragment le plus ancien de l'histoire date du IXe siècle.

27

Crebessac, 31 octobre 1311

L'automne s'installait à Crebessac. Les moissons, les vendanges et autres récoltes avaient été faites, les céréales stockées, le raisin foulé, les châtaignes et les noix ramassées. Le domaine se préparait peu à peu à l'hiver. Dans quelques mois, le printemps reviendrait et Romaric partirait loin de moi.

Je retins un soupir en déambulant parmi les étals de marchands exposant leur marchandise dans la cité voisine de l'Isle-sur-la-Sorgue. À mes côtés, Bertille commentait tout, décidée à me faire acquérir une coiffe à la dernière mode que je jugeais bien peu pratique. Quand je l'entendais insister ainsi, je me demandais parfois qui, de nous deux, était vraiment la maîtresse.

Sur son instance, je finis par m'approcher du chapelier.

— Voyez, ma dame, ce magnifique couvre-chef orné des plumes de ce noble volatile qu'est le paon.

Je hochai la tête et laissai une main distraite courir sur les douces décorations. Bertille m'imaginait-elle vraiment ainsi emplumée ?

— Si vous avez une préférence pour l'orfroi[1], nous avons celui-ci de toute beauté. Il rehaussera à merveille votre teint.

1. Broderie d'or.

Je secouai la tête, je ne comprenais décidément rien à la mode. J'avais trop longtemps erré pour m'en préoccuper et ne demandais à ma vêture qu'à être commode.

Un couple de bourgeois s'approcha à son tour de l'étal. Tandis que la femme hésitait entre les coiffes, le marchand se pencha vers l'époux.

— Avez-vous ouï les dernières nouvelles du concile par ici ? Enfin le Très Saint Père se décide à agir.

Mon cœur rata un battement. Je savais que le concile avait débuté mi-octobre, à Vienne, près de Lyon. L'assemblée avait-elle déjà pris sa décision alors que Raimbaud n'était point encore venu se mettre à l'abri dans mon fief ?

— Quoi donc ? m'écriai-je, prenant de vitesse l'époux.

Le camelot me dévisagea avec surprise avant de répondre.

— Il a fait jeter en prison les quelques templiers suffisamment impudents pour venir défendre leur ordre. Ce n'est point trop tôt. Voilà trop d'années que cette histoire dure. Il est temps qu'ils soient condamnés pour leurs méfaits.

Je pâlis brusquement. Mon cœur s'emplit de compassion pour ces innocents, tandis que la colère flambait dans mes veines. Comment Clément pouvait-il agir de manière si arbitraire après les avoir invités lui-même à venir témoigner ?

— Vraiment ? soufflai-je, les poings serrés.

— Cela ne devrait pas inquiéter une noble dame telle que vous. Il n'y aura point de troubles et tout rentrera bientôt dans l'ordre.

Son air satisfait m'écœura. Je n'avais soudain plus le cœur à me promener.

— Partons, Bertille, murmurai-je. Je crains de me sentir dolente tout à coup.

La servante se précipita pour me soutenir.

— Oui, ma dame. Vous serez mieux à Crebessac.

— Crebessac ! s'exclama l'homme. Attendez, ma dame. Je crois avoir un pli pour vous. D'un pauvre religieux qui ne pouvait se payer un coureur. C'est que cela commence à dater, j'avais presque oublié.

Mon cœur se mit à battre plus vite. Je me redressai, l'œil plus vif, n'osant y croire.

— Une lettre ?

Le marchand chercha au fond de son chariot et en extirpa un rouleau qu'il me tendit.

— Voilà, adressée à la dame de Crebessac.

Je m'en emparai, la main tremblante. Le sceau en était simple, inconnu. Fébrile, je le brisai et dépliai le papier, cherchant immédiatement la signature.

— C'est la réponse de Raimbaud du Puy, soufflai-je.

— Une lettre de messire du Puy, l'homme qui nous escortait quand nous allions à Marseille ? répéta Bertille. J'ignorais que vous vous échangiez des missives.

Elle me jeta un regard entendu. Je fuyai sa curiosité en éveil – je ne l'avais point informée de mes projets avant d'en avoir la confirmation – et revins à la lettre que je déchiffrai.

Ma dame,

N'ayant guère les gains nécessaires pour m'offrir un coureur, je remets cette lettre à l'attention d'un marchand, je ne doute point que votre bonté le récompense de sa peine quand il vous la remettra.

Je me trouve désolé de ne pouvoir répondre favorablement à votre demande et regrette de vous laisser dans la difficulté, mais d'autres devoirs m'appellent ailleurs. Afin de racheter mes fautes, je pars au concile témoigner en faveur de l'ordre et...

Mon cœur s'arrêta de battre, mes sens s'obscurcirent. Je lâchai la lettre, qui tomba à terre, devant une Bertille qui ne semblait savoir si elle devait la ramasser ou me secourir.

— Il est à Vienne, murmurai-je dans un souffle.

Elle poussa un juron dont je ne connaissais point l'existence tandis que le regard du chapelier passait de l'une à l'autre sans rien comprendre de mon drame.

Avec effort, je m'obligeai à respirer calmement afin de faire refluer la panique qui menaçait de me submerger. Je remis fébrilement une pièce au marchand pour sa peine, me détournai et repris la lettre des mains de Bertille qui l'avait récupérée.

Raimbaud finissait par les formules d'usage creuses en vogue. Les mains fébriles, je la refermai avec brusquerie, habitée par l'unique certitude qu'il faisait partie des hommes emprisonnés à la merci d'un pape qui semblait avoir perdu toute mesure.

Tout ce que j'avais toujours redouté !

— On rentre, ma dame ? s'inquiéta Bertille.

— Oui, prononçai-je avec effort en me tordant nerveusement les doigts. Que Romaric reste avec nos gens, qu'il s'amuse, mais moi… je crois que cela est au-dessus de mes forces.

Je rejoignis l'endroit où étaient parqués nos chevaux et dus m'y reprendre à trois reprises avant d'avoir assez de force pour me hisser en selle, tant mes mains tremblaient. Après avoir fait partie des trop rares templiers libérés, l'homme que j'aimais se retrouvait à nouveau dans une geôle. Je secouai la tête de désespoir. Pourquoi fallait-il qu'il s'imagine redevable d'une dette ? Qu'il ait un tel goût pour le martyre ? J'avais compris depuis longtemps que le roi Philippe ne cherchait point la vérité dans cette affaire et qu'il ne relâcherait pas non plus son emprise sur le Temple, à moins que plus fort que lui ne finisse par le museler. Ce que le pape ne semblait plus décidé à faire.

Le corps glacé, je parcourus la demi-lieue qui me séparait de mon fief et passai le pont-levis dans un état second sans rien remarquer de l'agitation qui saisissait le château à chacune de mes arrivées. Je remis ma monture au garçon d'écurie sans le voir. Je laissai tomber mon mantel, qui fut rattrapé par une servante un peu plus agile que les autres, puis je titubai jusqu'à mon fauteuil favori et m'écroulai contre le dossier sans prendre garde à l'âtre où brillaient de menues flammes.

Quelques instants plus tard, Bertille s'arrêta près de moi, tel un ange tutélaire. Elle me tendit une coupe.

— Une médecine contre les chocs, ma dame. Buvez !

Je pris la boisson et la portai machinalement à mes lèvres. L'alcool me brûla la langue sans me détourner de mes angoisses.

Quand Romaric était tombé de cheval, quand je m'étais rendu compte qu'il était vivant, je savais quoi faire. Je devais veiller à ce qu'il reçoive les meilleurs soins tout en dirigeant d'une poigne ferme la fête que j'avais ordonnée. Il fallait montrer à tous que Crebessac n'était pas une proie facile à conquérir, dirigé par une faible femme. Cela n'avait point été hors de portée. Mais dans le cas présent, que pouvais-je contre l'arbitrage aveugle des puissants ? Raimbaud allait peut-être subir à nouveau la torture, souffrir et mourir au fond d'une geôle sans que je puisse l'aider d'une quelconque manière.

Mon cœur chavira à cette idée intolérable.

Bertille posa sa main sur mon bras, interrompant mes ruminations.

— Ma dame, j'ai a priori quelques charrettes de retard. Mais comment diable en êtes-vous venue à correspondre avec messire du Puy ? Je le croyais disparu dans les prisons du roi depuis des années.

Je pris ma tête entre mes mains.

— Nous nous sommes croisés l'année dernière avant que je récupère mon fief, avouai-je. Je possédais quelque chose qui lui appartenait, qu'il m'avait donné pour le soustraire aux geôliers lors de son arrestation. Cet été, je l'ai revu. Je lui avais demandé d'être le maître d'armes de Romaric avant son départ auprès du vicomte. J'attendais sa réponse…

Elle me jeta un regard mi-désolé, mi-dubitatif. Je me rendais moi-même compte de la pauvreté de mon explication qui justifiait fort mal que je confie l'apprentissage de mon fils unique à un homme que je connaissais si peu.

Je n'avais point la force de m'exposer davantage. Je conclus seulement :

— C'est une longue histoire. Il m'a sauvé la vie bien des années plus tôt. Il avait toute ma confiance.

Elle hocha la tête, arborant l'air de quelqu'un qui a flairé depuis longtemps un mystère.

— C'est bien regrettable d'apprendre l'arrestation d'un homme probe. Mais vous n'y pouvez rien, ma dame. Ainsi va la vie. Il ne sert à rien de vous mettre dans des états pareils. À part prier… ou peut-être botter le cul de ce pape de malheur, même s'il a fini par vous rendre votre fief, finit-elle en chuchotant pour n'être entendue que de mes seules oreilles.

J'acquiesçai misérablement lorsqu'un brouhaha dans le couloir m'indiqua le retour de mon fils.

— Regardez, mère, s'exclama-t-il avec enthousiasme en passant la porte. Voyez ce duo de dagues dont j'ai fait l'acquisition. Elles me seront très utiles lors de mon apprentissage auprès d'Armand-Guillaume.

Je levai un regard égaré vers lui. Fallait-il qu'il me rappelle à cet instant que j'allais bientôt le perdre lui aussi ? Et si, à l'instar de mon père, il ne revenait jamais dans son fief, appelé par d'autres aventures ? Serais-je condamnée à vieillir seule dans ce château sans rire ni joie ? Je n'en aurais jamais la force.

Quand soudain je me redressai. Rien ne m'obligeait à rester ici à me morfondre. Qu'était-ce la soixantaine de lieues qui me séparait de Vienne alors que j'étais allée jusqu'à Chypre et Compostelle ? J'avais déjà rencontré le pape. Si d'une façon ou d'une autre je pouvais faire quelque chose pour Raimbaud, je me sentais incapable de rester en arrière.

— Tu as raison, Bertille, commençai-je au grand soulagement de la jeune femme. Je vais partir à Vienne.

— À Vienne ! s'écria-t-elle. Mais que diable iriez-vous faire là-bas ?

— Vous vous absentez encore, mère ? renchérit Romaric. Et Crebessac ?

La réalité me rattrapa et je m'affaissai à nouveau. Je n'étais point libre. Je ne pouvais abandonner mon fief et mon fils pour lesquels je m'étais tant battue.

Je pourrais emmener Romaric avec moi, réfléchis-je en mon for intérieur. Mais qui veillerait sur Crebessac ? À quel homme de confiance pourrais-je le confier ? Alertée par Raoul, Mélaine n'en profiterait-elle pas pour me trahir une nouvelle fois ? Ou un de mes voisins, comme ces Valmenon aux dents longues ?

— Bertille restera ici pour veiller au grain durant mon absence, tranchai-je.

— Il n'est point question que je laisse une dame de votre qualité aller à Vienne sans une servante correcte dans ses bagages, s'écria-t-elle, en cet instant plus châtelaine que moi. Dieu sait quelle bêtise vous seriez capable de commettre !

Je me tournai vers elle, trop inquiète pour prendre ombrage de ses propos.

— Tu es la seule à qui j'ose confier mon fils.

— Je peux me garder tout seul, protesta l'intéressé. Ces dernières semaines, j'ai suffisamment appris auprès de vous le fonctionnement du domaine.

— Mais tu n'as même pas douze ans, le raisonnai-je. Certaines choses nécessitent le concours d'un adulte.

— Je représenterai dignement notre famille, mère. Raoul et nos gens dont vous ne cessez de vanter les qualités m'y aideront.

— Raoul ?

Mon sang ne fit qu'un tour. Cet espion qui m'avait été imposé !

— C'est un bon gestionnaire, insista-t-il. Il m'est fidèle, mère. Il est fidèle aux Crebessac. Il ne vous décevra point.

Aux Crebessac oui, mais à moi ? C'était la créature de Mélaine !

Mais les yeux de mon fils me suppliaient de le croire et je sentis mon cœur s'écarteler. Je ne pouvais le désavouer devant ses gens. Notre confiance était encore trop fragile. Et puis n'avais-je point fait tout cela pour lui ? Depuis toujours, il passait à la première place. Sauf pour cette dernière décision, ce départ précipité pour tenter de sauver l'homme à qui je devais la vie… et que j'aimais sans espoir.

Je m'inclinai.

— Très bien. Nous procéderons ainsi. Mais je veux que tu m'envoies une lettre tous les dix jours par chevaucheur. Viens avec moi, maintenant. Il y a des choses qui ne sont destinées qu'aux oreilles des Crebessac.

Il me jeta un regard surpris. Je n'ajoutai rien de plus et l'emmenai dans ma chambre. Derrière la tapisserie, je lui montrai la cache secrète.

— S'il m'arrive quelque chose, l'argent est là, lui expliquai-je. Il y a aussi la charte qui fait de nous les seigneurs de ce fief.

Il hocha la tête gravement avant de me désigner le rouleau dont je n'avais point parlé.

— Et ceci, qu'est-ce donc ?

J'hésitai. Mais il était mon fils, le seul être de mon sang.

— C'est l'histoire d'une de tes arrière-grands-mères, Edelmire de Péreille, qui avait embrassé la foi cathare et que l'on traitait d'hérétique[1]. Un document qui peut s'avérer dangereux s'il tombe entre de mauvaises mains. Mélaine a tenté de me priver de ta tutelle pour cela. Un jour peut-être que tu voudras le lire.

Il se dandina d'un pied sur l'autre.

— Je ne sais… Mélaine disait…

1. Voir *La damoiselle des bois*.

— Qu'importe ce qu'elle ou moi pensons, Romaric. Ou même le reste du monde. Forge-toi toujours ta propre opinion.

J'avais failli oublier cette leçon, moi aussi, et trahir l'homme que j'aimais. J'espérais que cela n'arriverait plus jamais.

Partie 3

Clément

28

Vienne, 20 novembre 1311

La ville se dressait sur la rive gauche du Rhône. À l'ouest du fleuve, la France. À l'est, une principauté ecclésiastique dépendant du Saint Empire germanique. Les cinq collines qui l'entouraient dessinaient comme un écrin autour de la cité, dominée au nord par le château de la Bâtie, résidence de l'archevêque de Vienne, villégiature provisoire du pape et prison où croupissait très certainement Raimbaud.

À cette idée, je grimaçai et détournai la tête, le temps de me reprendre. Je ne devais point faiblir.

La route avait été éprouvante. À chaque pas qui m'éloignait de Crebessac, je craignais d'avoir pris la mauvaise décision. Que me prenait-il de laisser mon fils seul, à la merci de Raoul, avec seulement nos soldats manquant d'expérience pour veiller sur lui ? Comme il l'avait annoncé, Eudes était reparti dès mon retour de l'hommage, et Bertille m'accompagnait, refusant de rester en arrière.

Profitant de mon inquiétude, elle m'avait questionnée avec beaucoup d'habileté. Je lui avais parlé de Ruad alors que j'avais juré des années plus tôt de n'en jamais rien dire. Je lui avais avoué mon tourment, mes sentiments sans espoir et l'impression tenace que, d'une façon ou d'une autre, Raimbaud et moi étions liés. Car sinon, malgré nos routes dissemblables, pourquoi le destin nous remettait-il sans cesse en présence l'un de l'autre ?

— Comment puis-je te convaincre ? lui avais-je chuchoté un soir à l'étape alors que Roscelin et Arnaud, les seuls gardes qui nous accompagnaient, s'occupaient des chevaux. Comment pourrais-je t'expliquer l'élan qui me pousse vers lui ? Je ne peux tout simplement pas le laisser périr.

La servante avait hoché la tête.

— Si ce n'est point pitié d'aimer comme ça sans être payée en retour. Ne pouviez-vous vous trouver un gentil damoiseau sans complication qui vous aurait mariée et rendue heureuse ?

J'avais esquissé un sourire triste. Je l'avais déjà eu mon gentil damoiseau, mais en dépit de ses qualités, il ne m'avait point embrasé le cœur. Quant à penser à un autre...

— Nous en avons déjà parlé, il me semble. Je n'épouserai personne qui pourrait d'une façon ou d'une autre souhaiter malheur à mon fils.

— C'est sûr que, lui, il ne risquait point de chercher à vous épouser. Et rien ne l'empêchait de vous servir quand même avec son épée, et pas seulement dans l'art de la guerre, avait-elle répliqué avec un clin d'œil explicite. Ce n'était point un mauvais calcul de votre part.

J'avais aussitôt rougi tandis qu'elle avait repris avec une impertinence sans borne, jubilant presque :

— Quelque chose me dit que vous n'ignorez rien de ses talents, ma dame.

— Tu as vu juste, m'étais-je confessée, écarlate, alors que je ne l'avais fait auprès de nul prêtre.

Je m'étais refusée à aller plus loin dans mes confidences. Mais le sourire rêveur qui avait fleuri sur mes lèvres à ce souvenir l'avait convaincue mieux qu'un long discours. C'était peine perdue. Je ne ferais point demi-tour.

— Ainsi, nous voilà au tribunal de Dieu, déclara soudain ma servante avec un sifflement, me sortant de mes pensées.

Je revins à la ville. À l'est, sur le mont qu'on appelait Pipet, une autre forteresse, surmontée d'un donjon carré, faisait concurrence au château de la Bâtie. En dessous, un énorme hémicycle en pierres posé sur la pente du mont démontrait que les Romains avaient été présents dans la région.

Nous entrâmes dans la ville et passâmes devant la cathédrale Saint-Maurice avec ses deux tours carrées et sa façade richement ornée toujours en construction. C'était en ce lieu que s'était déroulée la première session du concile le 16 octobre. J'aperçus ensuite le temple d'Auguste et Livie, imposante construction datant des siècles passés et reconvertie en église, la grâce de ses hautes colonnes d'origine ternie par les murs qui les comblaient.

Quand nous approchâmes de la Gère, affluent du Rhône, et de ses nombreux moulins disséminés sur ses rives, l'activité devint plus industrieuse et mon escorte dut se placer devant moi pour nous frayer un chemin dans les rues étroites.

Nous nous arrêtâmes dans une auberge de bonne facture. Devant la qualité de mon équipage, le tenancier s'avança vers moi, obséquieux.

— Le bonjour, ma dame. Souhaitez-vous vous installer pour vous restaurer ?

— En effet, le saluai-je, je cherche un bon repas et une chambre pour quelque temps.

Il se tordit les mains.

— Une chambre... cela ne sera point possible. Elles sont toutes occupées, avec l'affluence en ville. En plein concile, vous ne trouverez nulle part où aller !

Je soupirai devant son pessimisme.

— Nous allons déjà prendre le repas ici.

J'envoyai les deux hommes à la recherche d'un logement, puis commandai à manger pour Bertille et moi avant de prendre place en bout de table. Les flammes ronflaient dans la cheminée. Autour de nous, le brouhaha des conversations nous entourait comme un cocon. Je laissais mes yeux errer dans le vague, préoccupée par les propos de l'aubergiste. Peut-être était-ce folie d'être venue à Vienne, comme ne cessait de le répéter ma servante. Le tenancier nous apporta une soupe et je laissai mes mains se réchauffer autour de l'écuelle jusqu'à ce que le liquide refroidisse, tandis que Bertille, affamée, l'attaquait à belles dents, au risque de se brûler.

Un long moment plus tard, la porte s'ouvrit sur mes deux écuyers. Leurs mines penaudes n'auguraient rien de bon.

— Tout est complet, partout, commença Roscelin. La ville explose. Les prélats et leurs suites, les marchands fleurant la bonne affaire, le personnel supplémentaire...

— Les auberges sont pleines, les abbayes, les maisons des habitants aussi, même les seigneureries. Nous arrivons bien tard pour espérer trouver quelque chose, ma dame, renchérit Arnaud.

— À ce point-là ! m'écriai-je.

— Après tout, même les geôles sont occupées dans cette ville, grogna Bertille.

J'y prêtais à peine attention. Avais-je fait toute cette route pour rien ? Devais-je me contenter d'une tente hors les murs avec le froid qui descendait et seulement deux gardes ?

— Ne reste-t-il vraiment aucune place ? réclamai-je. Je ne suis point exigeante...

Je me rappelai encore les étapes souvent spartiates lors de mes longues pérégrinations.

— Il y a bien un endroit, hésita Arnaud, mais...

— Où donc ?

Le jeune écuyer chercha le soutien de son aîné, qui fronça les sourcils, puis capitula devant mon insistance.

— Le prix est un peu élevé mais la chambre est propre et confortable.

— Cela me convient, m'écriai-je. Pourquoi ces réticences ? Ne me dites point que c'est Mélaine qui me loge ?

— Oh non, certainement pas, finit-il par dire. Non, la seule chambre libre à louer de cette ville se trouve dans le bordel.

— Je rêve ! s'écria Bertille sans la moindre discrétion. Tu

comptes vraiment loger notre dame avec les filles publiques ? Tu as perdu la raison !

— Plus bas, Bertille, ordonnai-je.

— Ce n'est point tout à fait cela, se défendit Roscelin. C'est dans la maison attenante où vit la tenancière. Elle est séparée du bordel par une porte communicante.

Je poussai un discret soupir de soulagement. Malgré mon désespoir, je ne me voyais point coucher au milieu des fillettes[1]. Une maison même à côté me convenait bien mieux.

— Je la prends, décidai-je. Après tout, nous avons connu des logements moins cossus. Mais, à partir de maintenant, cessez tous de m'appeler « ma dame », que je ne perde point le peu de réputation qui me reste.

Je laissai mes soldats se restaurer à leur tour, puis nous partîmes vers mon nouveau logement, niché dans une petite rue discrète. Une lanterne rouge à l'extérieur indiquait la nature de l'endroit, si les rires graveleux qui s'échappaient par la porte n'eussent point déjà renseigné le passant.

Refusant d'entrer dans la grande salle du bas prévue pour festoyer, j'envoyai Roscelin à l'intérieur chercher la tenancière. Il revint avec une femme d'une quarantaine d'années, longue et sèche aux yeux fureteurs.

— C'est vous la dame qui cherchez un logement ? me demanda-t-elle abruptement, sans même une salutation.

J'acquiesçai.

— Faut-il que vous soyez bien aux abois pour accepter mes conditions, se moqua-t-elle. Vous êtes la première.

Je voulais bien le croire.

— C'est une chance, rétorquai-je sans me démonter, sinon je n'aurai pu profiter de votre offre.

Elle hocha la tête, semblant apprécier ma répartie.

1. Nom donné aux prostituées.

— On m'appelle l'Abbesse, se présenta-t-elle alors. Vous voulez visiter, peut-être ?

Toujours aussi peu aimable ! Je ne me décourageai point et confirmai. Nous nous dirigeâmes vers la petite maison attenante aux vitres obscures et passâmes la porte d'entrée fort basse. Elle débouchait sur une salle sombre, modestement meublée : deux bancs, un coffre et un tapis aux couleurs passées. L'Abbesse nous précéda ensuite dans un escalier qui craquait fortement et nous mena au premier étage. Deux portes se faisaient face dans le petit couloir où nous peinions à nous tenir tous les cinq.

— Mon officine, commenta la maquerelle en désignant celle de gauche. C'est là que je dormirai. Je vous laisse ma chambre là-haut. Pas de cuisine, vous prendrez vos repas à l'extérieur.

Je tournai mon regard vers l'autre porte, probablement celle qui communiquait entre les deux maisons. Nous montâmes un second étage et arrivâmes dans la dernière pièce de l'habitation, une chambre plus confortable que je ne m'y attendais. Le lit semblait de bonne facture et assez grand pour que Bertille et moi ne nous sentions pas à l'étroit. Un tapis aux couleurs pâles, caractéristiques des colorants bon marché, réchauffait le sol. Un coffre avec une cuvette et un petit banc complétaient l'ameublement. L'air sentait le propre d'un endroit souvent aéré.

— Les draps ont été changés, la courtepointe et le tapis brossés. Je suis pour l'hygiène, moi, même chez mes filles. Des filles malades, ce sont des filles qui ne travaillent point et de l'argent en moins.

Je grimaçai. Je n'avais point besoin qu'elle me rappelle le sort peu enviable de mes nouvelles voisines. Des filles souvent victimes de la pauvreté ou, pour les plus aisées, des violences d'hommes qui leur avaient volé leur seule valeur, leur vertu, les condamnant ainsi à ce triste destin pour subsister.

— Cela me semble correct. L'un de mes gardes dormira dans la pièce en bas, l'autre restera à l'écurie. Pour le paiement, vous m'aviez dit...

— Deux livres tournois par nuit. Combien de temps resterez-vous ?

Je grimaçai devant le prix prohibitif, deux fois le salaire d'un journalier.

— Je l'ignore encore. Probablement quelques semaines.

— Vous venez pour le concile, n'est-ce pas ? continua la femme, me dévisageant sans la moindre gêne. Tous les voyageurs sont là pour cela. Les affaires, les guerres d'influence, les demandes d'audience... Vous avez de la chance, mes filles sont les mieux renseignées de la ville.

Je sentis mon intérêt s'éveiller et redressai la tête. N'ayant ni appui ni relations, j'avais besoin de toutes les informations possibles pour aider Raimbaud. Je commençais à me dire que c'était la providence qui m'avait guidée jusqu'à cet endroit.

— Vraiment ? émis-je d'une voix prudente, de peur qu'elle ne fasse monter les enchères.

— Elles savent y faire pour recueillir les confidences. Pour les renseignements, ce sera une livre en plus.

Je ne sourcillai point, même si j'ignorais encore si Crebessac était suffisamment riche pour supporter cette dépense en plus des pattes qu'il me faudrait peut-être graisser à l'avenir.

— Cela m'intéresse, en effet.

— Affaire conclue, dans ce cas. Soyez la bienvenue chez Margot.

La femme sourit, ce qui transformait sa physionomie. Elle en devenait presque aimable. Néanmoins, je ne lui donnai point mon nom en retour.

Lettre VII

Le 11 décembre 1311

Très cher Sire

Malgré le soin du pape à n'inviter au concile que des prélats français, ou presque, il semblerait que les trois quarts de ceux-ci n'approuvent point l'arrestation des neuf templiers venus témoigner. Au contraire, ils insistent pour entendre leur défense.

Il me paraît dangereux de laisser les événements suivre leur cours sans intervenir. Un retournement de situation reste toujours possible surtout que Vienne n'est point terre de France. Clément n'a déjà pas suivi votre injonction de tenir le concile en nos frontières, il pourrait choisir de prendre encore d'autres libertés vis-à-vis de vous.

Votre dévoué serviteur, Nogaret.

29

Vienne, 10 mars 1312

Je soupirai en m'habillant soigneusement pour me prémunir du froid de l'hiver. Il faisait glacial en ce début mars et Margot était chiche de son bois. Pourtant, je ne pouvais décemment me plaindre de mon installation. Bien vite, j'avais été au courant de tout ce qui se passait dans la cité, comme la composition du concile, réduit en regard des sujets traités et comptant peu de prélats étrangers. Une assemblée pro-française sélectionnée avec soin pour ne point faire de vagues.

Cependant, durant cet hiver où chacun des évêques allait s'entretenir avec les autres, nouait des alliances, choisissait des allégeances plus ou moins avouées, nombreux étaient ceux qui n'approuvaient point les mesures coercitives du pape vis-à-vis des templiers venus témoigner. Ils souhaitaient les entendre avant de prononcer leur jugement. Cette nouvelle inattendue m'avait rendu un peu d'espoir. Peut-être que rien n'était joué d'avance comme je l'avais cru au départ. Peut-être que Raimbaud serait bientôt libéré.

Mais le pape ne se décidait point à annoncer la deuxième session du concile.

Je fis un signe à Bertille en saisissant mon manteau. Il était l'heure de nous rendre à l'auberge, celle du premier jour, qui réceptionnait le courrier que mon fils Romaric nous envoyait régulièrement.

Ces lettres seules avaient le pouvoir de me rendre le sourire. Tout était tranquille à Crebessac. La Noël s'était bien déroulée et les villageois avaient apprécié d'avoir parmi eux leur jeune seigneur, à défaut de leur dame. Les arbres avaient été élagués, les outils réparés, le bois de chauffage entreposé. Aucune menace autre que le froid qui amenait toujours son cortège de morts et de misère ne semblait mettre Crebessac en danger.

À chaque lettre, la nostalgie me saisissait un peu plus pour mon domaine et le fils que j'y avais laissé, et la culpabilité m'étreignait davantage. Je n'avais rien accompli à Vienne depuis mon arrivée et mon impuissance me rongeait. Je savais que mon suzerain, l'évêque de Cavaillon, était présent mais en quoi aurait-il pu m'aider ? Quelle justification aurais-je pu donner pour plaider auprès de lui le sort des templiers ou solliciter un entretien auprès du pape lui-même ? Je n'étais point une femme d'influence, et la mauvaise santé de Clément le rendait inaccessible.

Alors que Bertille passait la porte, je me rendis compte que j'avais oublié mes gants et m'attardai un instant dans la chambre pour les prendre. Quand un énorme craquement en provenance du couloir se fit entendre, je me précipitai hors de la pièce. Baissant les yeux, je découvris, effarée, que le vieil escalier en bois s'était écroulé entre le premier étage et le rez-de-chaussée.

Aussitôt, je me plaquai au sol et m'approchai du rebord.

— Bertille ! criai-je la voix chargée d'angoisse.

Un grognement mécontent me répondit, quelques débris se soulevèrent et ma servante, passablement échevelée, se releva en ronchonnant.

Je poussai un profond soupir de soulagement. Elle ne semblait point blessée.

— Chambre confortable..., grognait-elle. Mais bien sûr. Je l'avais bien vu, moi, que cet escalier ne valait plus un clou.

— Comment vas-tu ? Es-tu indemne ? demandai-je avec

empressement, même si sa mauvaise humeur proverbiale me rassurait déjà sur son état.

— Ça va, ça va, bougonna-t-elle en relevant la tête vers moi. Mais vous voilà bien coincée, ma dame.

Je ne pouvais qu'en convenir. Mais peut-être qu'à l'aide d'une corde je pourrais la rejoindre. J'en avais été capable dans ma jeunesse.

Je n'eus pas à mettre mes talents juvéniles à l'épreuve. La porte de communication s'ouvrit sur l'Abbesse.

— Que se passe-t-il ici ?

— Votre escalier s'est écroulé sous le poids de ma servante !

Elle grimaça, davantage pour son bien que pour le tort que nous avions subi.

— Nous allions sortir, repris-je. Serait-il possible de passer par cette porte ? Elle communique bien avec la rue ?

La femme m'examina un bref instant, hésitant.

— Vous y tenez vraiment ? Cela pourrait choquer votre sensibilité.

— Ai-je un autre choix ? rétorquai-je avec humeur.

Pensait-elle que je n'avais rien vécu ? Je n'étais point une timide jouvencelle.

Elle haussa les épaules.

— Allez-y, dans ce cas. Mais ne dérangez point mes clients.

Je prévins Bertille que j'arrivais en passant par l'autre maison et franchis la porte communicante. Aussitôt, rires, grognements et autres bruits divers me parvinrent de manière bien plus audible qu'à travers les murs de la chambre. Un court instant, je restai clouée sur place, choquée par la scène qui s'offrait à moi. Des petites pièces, guère plus grandes que des alcôves, s'alignaient le long du couloir. Leurs portes ouvertes me dévoilaient des grabats étroits qui n'invitaient point au repos. Certaines pièces étaient closes et je frémis, ne me doutant que trop de ce qu'il pouvait se passer à l'intérieur.

Margot ne m'avait point attendue et j'avançai d'un pas hésitant pour la rejoindre. Des filles à moitié dénudées me lorgnèrent de leurs yeux résignés tandis que des hommes de tout âge et condition les tripotaient, parfois avec brutalité. Horrifiée, je baissai les yeux. Comment les choses de l'amour pouvaient-elles être à ce point perverties ?

Quand j'arrivai à l'escalier, la tenancière me déclara :

— C'est tout droit. Plus qu'à traverser la salle. Moi, il faut que je m'occupe de la réparation au plus vite.

Je hochai la tête et empruntai les marches, la tête basse, poursuivie par des regards concupiscents et des bruits obscènes. Je me faisais l'effet d'une poule dans un terrier de renards. J'avais traversé des champs de bataille de manière presque plus sereine.

J'arrivai enfin en bas, le corps tout saisi de frissons. Une grande salle ressemblant à une auberge en occupait tout le volume. À l'autre bout, la porte d'entrée. J'y étais presque.

Une main se glissa soudain autour de ma taille, aussi sinueuse qu'un serpent. Je poussai un cri alors qu'un bras me plaquait contre un torse dur.

— T'es nouvelle, toi ? Je ne t'ai jamais vue.

Je levai un regard rempli d'effroi vers la voix qui venait de retentir. Un géant ! Atterrée, je fixai son visage vaguement familier, puis je me ressaisis et commençai à me débattre.

— Tu n'es pas de première jeunesse mais tu as une jolie tournure. Et de bonnes dents.

— Lâchez-moi ! protestai-je. Je ne suis point une fille publique.

— Oh ! Une occasionnelle, alors, reprit-il d'un air intéressé. C'est encore mieux.

Soudain il s'arrêta, plissa les yeux, saisis mon visage entre ses mains pour le tourner vers la lumière.

— Mais je t'ai déjà vue. T'es la petite dame arrêtée chez le juif. La vassale de mon évêque. Comment donc, déjà ? Crebessac !

Je poussai un cri d'horreur en reconnaissant à mon tour le capitaine de la garde de mon suzerain.

Il desserra légèrement sa prise, perplexe, sans me lâcher tout à fait. Je tentai de me dégager, en vain, tandis qu'il secouait la tête, comme incapable d'y croire.

— Flamalia de Crebessac, si je me rappelle bien. Que diable faites-vous ici ? N'avez-vous jamais retrouvé votre domaine que vous voilà rendue à vous prostituer ? Ma pauvre, vous êtes tombée bien bas.

Je le fixai bouche bée. Il semblait réellement compatir à mon malheur. Avec un temps de retard, je me rappelais que je ne l'avais point vu à l'hommage. Ignorait-il donc que j'avais prêté serment au nouvel évêque ? Peut-être celui-ci n'avait-il parlé que de mon fils, comme si je ne comptais pas ?

Puis je secouai la tête, catastrophée. Je me rappelais les mises en garde de Bertille. Qu'allait devenir ma *bona fama* après avoir été surprise en un tel lieu ? Peut-être valait-il mieux en effet qu'il me pense toujours miséreuse.

— Je ne fais point commerce de mes charmes, démentis-je, même si je loge par ici. Il est vrai que j'ai connu certaines difficultés. Mais tout devrait bientôt s'arranger. Il n'est point nécessaire d'ébruiter l'affaire.

J'espérais que cette mise en garde suffise. Il m'adressa un clin d'œil comme s'il n'était pas dupe.

— On m'attend au château, mais j'ai prévu de revenir passer la soirée ici. J'espère que vous y serez toujours...

— Le château ? relevai-je en cessant de tenter de me dégager de son étreinte.

— Le château de la Bâtie.

— Y vivez-vous ?

Il releva la tête, l'œil un peu fier, avant de reconnaître :

— Non, mais je m'y rends souvent, avec ce concile qui s'éternise. Pourquoi, ce château vous intéresse-t-il ?

— Je m'intéresse plutôt à ses geôles..., avouai-je, espérant qu'il m'en dise plus sur leurs occupants.

Je n'eus pas le temps de finir qu'il partit dans un rire tonitruant.

— Vous n'en avez pas eu assez de celles de Cavaillon ? Ce n'est point un lieu agréable, je peux même dire qu'elles sont pires. Et ce ne sont pas les pauvres bougres qui y souffrent en ce moment même qui diront le contraire.

Mon cœur rata un battement, étranglé par l'angoisse. Parlait-il des chevaliers du Temple ?

— En effet, on les dit occupées par des hôtes de marque. Ces fameux templiers qui défrayent la chronique depuis des années. Cela... m'intrigue.

Je m'étais forcée à esquisser un sourire un peu avide malgré l'effroi que je ressentais. Dans quelles conditions épouvantables était détenu Raimbaud ?

— Seriez-vous de ces écervelées qui croient que leur infamie est visible sur leur visage ? Ils n'ont point de cornes ou de marques qui les désignent impies. Ils n'ont rien d'extraordinaire.

L'un d'eux l'était pour moi. Mais le capitaine ne devait point s'en douter. Je redressai le menton.

— Je pense surtout que vous n'avez pas la possibilité de me les montrer. Dommage. Je vous croyais un personnage plus important.

— Bien sûr que si ! s'insurgea-t-il devant la déception feinte de ma voix. Je connais tout le monde au château.

— Pourriez-vous me les faire visiter ? osai-je alors qu'un autre client me bousculait en beuglant une chanson à boire.

Il me serra davantage pour me retenir. Je sentis son souffle aviné et m'obligeai à ne point détourner la tête en attendant sa réponse.

— Que me donneras-tu en échange ?

Je frissonnai. Son ton s'était fait plus familier. Ses yeux plus vifs. Je n'aimais pas le chemin qu'empruntait notre conversation. Cependant, je ne pouvais ignorer que c'était probablement ma seule possibilité de connaître le sort de Raimbaud, et même de le voir de mes propres yeux.

— Je pourrais vous payer un coup à boire tout à l'heure, lui proposai-je.

N'avait-il point dit qu'il repassait plus tard ? Les soldats ne crachaient jamais sur un gobelet de vin.

— Je préférerais quelque chose de plus personnel, susurra-t-il en me soufflant son haleine au visage.

Je n'avais point besoin de davantage d'explications. Je le repoussai.

— Je vous l'ai déjà dit. Je ne suis point une fille publique.

Il m'adressa un sourire goguenard.

— Seulement une noble dame qui s'est fourvoyée dans un lieu… inhabituel. Pour toucher quelques gains supplémentaires peut-être. C'est justement ce qui m'intéresse.

Il accompagna sa tirade d'une caresse explicite sur mes fesses. Je me raidis, le nez pincé. Il n'allait quand même pas imaginer que… Je me rappelai les images entraperçues à l'étage. Non, jamais je ne pourrais. De plus, il savait qui j'étais. S'il parlait de moi à l'évêque, ça en serait fini de ma réputation.

— Alors ? s'impatienta-t-il.

— Si vous menez cette quête avec succès, comme dans les romans de chevalerie, je pourrais vous récompenser par… un baiser ?

J'avais hésité, espérant que cette proposition exalte son côté chevaleresque plutôt que ses plus bas instincts.

Un large sourire s'épanouit sur le visage du capitaine et je compris qu'il n'avait pas été sûr d'obtenir autant.

— Payable d'avance ?

— Payable après, répliquai-je fermement, décidée à ne plus me laisser avoir.

— Tu es dure en affaires. Viens donc alors.

Sans me laisser le temps de protester, il me prit la main et me tira dehors. Je passai devant une Bertille médusée de me voir en si curieuse compagnie et lui fis un petit signe pour lui indiquer que je contrôlais tout, enfin je l'espérais.

Il m'installa sur la croupe de son cheval, m'obligeant à me tenir à lui pour ne point tomber, et s'élança à vive allure en direction du château. La crainte et l'excitation se disputaient mes pensées. Impatience de revoir mon templier, effroi de le découvrir souffrant. Nous n'étions point en terre de France, mais si le pape l'avait soumis à la tourmente par le biais de ses inquisiteurs comme il l'avait ordonné à tous...

Je frissonnai violemment.

Nous arrivions déjà au niveau des terrasses inférieures occupées par les cours et les bâtiments annexes du château. Je levai la tête et aperçus le donjon qui nous dominait, projetant une ombre sinistre sur le sol. Dans la basse cour, où il semblait avoir ses entrées, le capitaine me fit descendre de cheval et m'attrapa sous le bras, tout en saluant les gardes de faction. Seule une mimique accueillit mon passage. Je ne devais point paraître dangereuse. Nous empruntâmes un couloir sombre, descendîmes des escaliers, passâmes des grilles.

— Tu es venu jouer ? s'enquit un geôlier quand nous arrivâmes à sa hauteur. Je vais encore te dépouiller.

— J'arrive, répondit mon guide. Juste le temps de laisser la jolie garce jeter un coup d'œil aux prisonniers...

L'autre hocha la tête.

— Traîne pas !

Nous nous remîmes en route. Alors que je parcourais les couloirs, serrée contre le soldat, je pris conscience que jamais je n'aurais pu franchir autant d'obstacles seule. Jamais je ne pourrais revenir seule.

Nous passâmes sous une dernière arche et j'oubliai tout quand je vis les cellules alignées, chacune fermée par une porte grillagée. La lumière du jour ne pénétrait point jusqu'ici et la salle n'était éclairée que par de trop rares chandelles pour en chasser la pénombre. Une odeur aigre me prit à la gorge, odeur d'humidité et de pourriture, odeur de souffrance et de désespoir.

Le capitaine me laissa aller et j'avançai d'un pas hésitant. Ce n'étaient point mes premières geôles, pourtant je ne pouvais empêcher mes membres de trembler. Je fouillai du regard chaque cellule à la recherche d'un visage familier. Les silhouettes fantomatiques qui y étaient enfermées relevaient à peine la tête à mon passage, me compliquant la tâche. Chaque pas me coûtait davantage, chaque regard me serrait le cœur. J'avais déjà été prisonnière, plusieurs fois même, je connaissais le désespoir d'entendre la lourde grille se refermer sur soi. Mais je n'y étais restée que quelques jours. Eux y croupissaient depuis des mois, et avant cela ils avaient connu la prison durant des années…

Où se trouvait Raimbaud ? Je ne le voyais point. Était-il si changé que je ne l'avais pas reconnu ? Avait-il… succombé ?

Plus effrayée que jamais, je m'obligeai à avancer jusqu'à la toute dernière cellule où l'éclairage tremblant des bougies arrivait à peine. Derrière moi, une exclamation me fit sursauter. Je glissai un coup d'œil vers l'arrière et vis le capitaine, resté à l'entrée, disparaître dans la pénombre du couloir.

Je fus secouée par un frisson violent. Il m'abandonnait dans ces geôles nauséabondes dont il n'avait point exagéré la description tout à l'heure. Mais j'étais arrivée au bout du passage et, quand je relevai la tête, deux yeux brillants me dévisagèrent comme si j'étais une apparition. J'aperçus des boucles folles collées par la crasse. Une silhouette dont j'avais caressé chaque contour. Mon cœur s'arrêta de battre un instant et un tremblement s'empara de tout mon corps à le découvrir vivant devant moi.

— Raimbaud, chuchotai-je en m'approchant tout près des barreaux, oublieuse de tout le reste.

Son visage s'anima un bref instant, mélange d'incrédulité et d'un sentiment que je n'arrivais point à définir.

— Que faites-vous ici, Flamalia ?

Sa voix cassée me brisa le cœur. Son état de maigreur me tordit le ventre et les fers infamants à ses poignets me firent monter les larmes aux yeux. Avait-il été torturé ?

— Comment allez-vous ? chuchotai-je, craignant d'entendre la réponse.

— La pitance est un peu plus chiche qu'au prieuré. Et les puces, plus nombreuses !

Je secouai la tête.

— Non, ce n'est point ce que je voulais dire. Avez-vous été… ?

Je m'interrompis, incapable de finir. Cette coupure qu'il avait au visage, ces ombres dans ses yeux…

— Non, nous n'avons point été tourmentés, pas encore si c'est cela qui vous inquiète. Cela ferait mauvais effet devant le concile, si nous y paraissons un jour. Mais, de toute façon, vous connaissez mon courage, je ne risque guère de dommage.

Sa dérision m'affligea et une vague d'amour submergea mon cœur. Oh si, il en fallait du courage pour revenir se jeter dans la gueule du loup comme il l'avait fait.

Je m'agrippai des deux mains aux barreaux.

— Gardez espoir, Raimbaud. La majorité des membres du concile veut vous entendre témoigner. Ils ne sont point dupes des charges retenues contre vous. Ils…

Je m'interrompis net en entendant des pas se rapprocher et reculai à contrecœur, un juron de dépit aux lèvres. Le capitaine me rejoignait. C'était trop tôt, j'avais encore tant de choses à avouer à mon templier. Je n'avais point envisagé d'échanger quelques mots avec lui et je me fustigeai maintenant d'avoir si mal employé cette occasion. Au lieu de mes questions stupides, j'aurais dû lui dire qu'il n'avait rien d'un lâche, que j'admirais sa force d'âme, et à quel point il m'était cher. Je lui adressai un dernier regard, tentant d'y faire passer tous ces sentiments. Dans la pénombre, ses yeux semblèrent s'illuminer en réponse.

— Viens donc ici, ma belle.

Fronçant les sourcils, je me retournai vers le soldat. Trop vite, il me saisit le poignet. Il referma son autre bras autour de ma taille et fondit sur ma bouche. Ses lèvres s'écrasèrent sur les miennes tandis que ses doigts m'attrapaient la nuque. La surprise me cloua sur place un bref instant, avant que je le repousse brusquement. Détournant la tête, je croisai le regard incrédule de Raimbaud. Les yeux écarquillés, les muscles bandés, il s'était avancé jusqu'à ce que ses bras se retrouvent tendus au bout de ses chaînes. Rouge de honte et de colère, je détalai.

— Mais pourquoi te sauves-tu comme cela ? cria le géant. N'était-ce pas ce que tu voulais ?

Il me rattrapa de l'autre côté de l'arche et m'immobilisa contre le mur suintant d'humidité.

— Est-ce ainsi que tu tiens tes promesses ?

Sa voix grondante m'aurait probablement terrorisée un autre jour. Pas aujourd'hui.

— Vous m'avez prise par surprise, répliquai-je d'une voix furieuse.

— Recommençons alors ! s'impatienta-t-il.

— C'est trop tard. Cela vous en fera deux.

— Es-tu si chiche de tes faveurs alors que tu vis dans un bordel ?

— Vous me devrez alors un autre service.

Frustrée et mortifiée, je ne savais plus ce que je disais. Nous nous affrontâmes quelques instants du regard, suffisamment longtemps pour que je reprenne conscience de la situation. Il me tenait toujours au sous-sol de la forteresse. Trois portes au moins me séparaient de la lumière du jour. Il savait où je logeais. Chez l'Abbesse. Avais-je vraiment le choix ?

— Soit, tu auras un autre service, capitula-t-il avant moi, le regard impatient. Vas-tu te décider ?

Je pris une longue inspiration. Certes, j'avais promis, même si jamais je n'avais souhaité que cela se passe ainsi. Faisant fi de ma répugnance, je passai mes bras autour de son cou et inclinai la tête en arrière. À cet instant, je ne valais probablement pas mieux que les pensionnaires de Margot.

Il n'attendit point davantage. Sa bouche vint bien trop vite fouailler la mienne alors qu'il me serrait contre lui, ses mains palpant avec une certaine rudesse mon corps réticent. Je fermai les yeux de lassitude et me raccrochai à la vision que j'avais eue. Raimbaud était vivant, indemne, et avec la grâce de Dieu, il serait peut-être bientôt libre.

30

Je quittai le château, seule, et découvris Bertille qui m'attendait à l'extérieur des portes. Dès qu'elle m'aperçut, un intense sentiment de soulagement s'inscrivit sur son visage.

— Oh ! ma dame, ne put-elle s'empêcher de s'exclamer malgré mes consignes, j'ai cru que vous ne ressortiriez jamais de là-dedans. Que vous voulait cet homme ?

— Il n'était point nécessaire de s'inquiéter. C'était une vieille connaissance. Grâce à lui, j'ai pu voir Raimbaud, me réjouis-je, voulant oublier ce qu'il m'en avait coûté. Il est vivant et se porte… assez bien.

Malgré les conditions misérables dans lesquelles je l'avais surpris.

— Une vieille connaissance, hein ! Les vieilles connaissances ont tendance à ne vous apporter que des tracasseries supplémentaires. M'enfin, si cela vous réconforte… même si cela ne change pas grand-chose à nos problèmes.

Maintenant qu'elle ne s'inquiétait plus pour moi, je retrouvais la Bertille grondeuse dont j'étais coutumière.

— Il faut garder espoir, répondis-je en prenant le chemin de notre auberge. Le concile est prêt à entendre les templiers.

— Encore faudrait-il pour cela qu'une session soit prévue. À ce rythme, on y sera encore l'année prochaine.

Je ne pouvais que l'approuver. Je ne comprenais point pourquoi le pape faisait ainsi traîner les choses en longueur. Était-ce seulement à cause de sa santé défaillante ?

— Et votre fils dans tout ça ? ajouta ma servante. Il finira par partir avant que vous soyez rentrée. Puis, quand le pape se décidera à absoudre le Temple, votre amoureux regagnera sa commanderie. Et qu'y aurez-vous gagné alors ?

Je grimaçai sous la violence de ses propos, point exempts de sagesse. Bertille savait où appuyer pour faire mal. Dans quatre mois tout au plus, Romaric rejoindrait le vicomte. J'étais en train de gaspiller le délai que je lui avais réclamé pour mieux le connaître.

À l'auberge, nous nous installâmes dans notre coin habituel. Nous étions à peine assises que le tenancier, toujours obséquieux, vint m'apporter un pli. J'esquissai un sourire. La lettre de Romaric était arrivée. Cela faisait plus de deux semaines que je n'avais rien reçu et ce retard avait commencé à m'inquiéter.

Je brisai le cachet et déroulai la missive.

Mère,

Je vous saurais gré de ne point me tenir rigueur de ce retard dans notre correspondance mais les événements se sont précipités à Crebessac.

En premier lieu, j'ai reçu la visite de Gérald de Valmenon, notre voisin. Il nous a apporté des petites pommes d'hiver et s'est montré désappointé de ne point vous trouver au logis. Je l'ai accueilli selon son rang et lui ai fait les honneurs du domaine. Je pense qu'il était satisfait de mon hospitalité…

Je frissonnai et cessai un instant de lire, le cœur glacé par l'inquiétude. Qu'était venu faire Gérald à Crebessac ? Était-il venu repérer les lieux en vue d'une attaque au printemps ? Étudier nos défenses ? Et Romaric, si confiant, ne se doutant de rien. Il fallait que je le mette en garde. Non, il fallait que je rentre, tout de suite, et prépare le château à un siège éventuel…

— Quelque chose ne va pas ? s'inquiéta Bertille devant ma mine pâle.

Je lui fis signe d'attendre et repris ma lecture.

... et nous a invités à Valmenon ce printemps. Il semble fort désireux de vous y voir. En parallèle, ma tante Mélaine, me sachant seul...

Je retins un juron. Raoul, l'infect cancrelat. C'était probablement de son fait.

... m'envoya une demi-douzaine de soldats de Brives pour veiller sur le domaine. Ils ont été bien accueillis par la garnison de Crebessac et je suis heureux de ne voir nulle rivalité entre eux.

Je posai d'un geste las ma main sur mon front. C'était presque pire. Si je me réjouissais de savoir que Mélaine veillait sur Romaric depuis son fief lointain, l'ingérence dont elle faisait preuve m'effraya. Risquai-je à nouveau de me retrouver enfermée dans un couvent avant de pouvoir me retourner ?

Je relevai la tête face à une Bertille dévorée par la curiosité. Devant nous, refroidissaient deux écuelles que je n'avais même pas vues arriver.

— Les nouvelles sont... préoccupantes. Il nous faut rentrer chez nous.

— Je suis heureuse de vous l'entendre dire, fit-elle en souriant, du moins pour le retour. Voilà trop longtemps que nous sommes parties.

Nous quittâmes l'auberge sans toucher au repas. Je devais donner des ordres à Roscelin, qu'il prépare nos montures, vérifie leurs fers et achète des provisions pour la route. Alors que je parcourais les ruelles de la cité, mes pensées ne cessaient de faire des allers-retours. Romaric seul à Crebessac, à la merci de Gérald. Raimbaud seul dans sa cellule, à la merci du pape. À cet instant, j'aurais vendu mon âme au diable pour posséder le don d'ubiquité, mais Bertille avait raison. Mon fils avait davantage besoin de moi.

Malgré moi, ma brève entrevue avec le templier dans les cachots me revint en mémoire. Son air abattu, la lumière qui s'était brièvement allumée dans ses yeux, si rapide que je doutais de mes souvenirs. La dérision dans ses propos. Et, bien trop tôt, le capitaine nous avait interrompus pour venir chercher sa récompense.

Mon cœur se tordit à ce rappel. Ce regard de défiance que Raimbaud m'avait lancé, serait-ce l'ultime souvenir que je garderais de lui ?

Je ne pouvais de toute façon plus me cacher la réalité. Si par malheur l'ordre était condamné, Raimbaud croupirait en prison pour de longues années. Au contraire, s'il était blanchi comme cela me semblait de plus en plus probable, il retrouverait son chapitre. Quoi qu'il se passât, il était perdu pour moi, comme il l'avait toujours été. Cette prise de conscience me lacérait le cœur.

Quand, ouvrant la porte chez Margot, Bertille et moi nous retrouvâmes devant les décombres de l'escalier, je m'arrêtai, stupéfaite. Tant d'événements s'étaient déroulés que j'avais presque oublié cette mésaventure.

L'Abbesse arriva sur ces entrefaites. Aussitôt j'en profitai.

— Je viens vous informer que nous partons dès demain matin.

— C'est à cause de l'escalier ? s'exclama-t-elle.

J'aurais pu acquiescer, cela aurait été plus facile.

— Non point, la détrompai-je. Des nouvelles nécessitent notre retour. Plus rien ne nous retient ici.

Elle soupira, hésita, puis lâcha.

— Même pas un dernier renseignement… confidentiel ?

Je me mordis les lèvres, indécise.

— Je vous écoute, finis-je par dire.

— Celui-là se monnaye plus. Cinq livres.

— C'est du vol ! s'exclama Bertille dans mon dos.

Je la fis taire d'un geste, ma curiosité en éveil. Margot avait-elle eu connaissance de la date de la deuxième session du concile ? Possédait-elle une information sur les futurs interrogatoires ? Je ne pouvais rester dans l'ignorance.

Je sortis ma bourse de mon aumônière, bien allégée, et comptai les pièces qu'elle me demandait.

— J'espère que cela en vaut la peine, soufflai-je devant le regard réprobateur de ma servante.

— Vous allez pouvoir en juger vous-même. Le conseiller du roi, Guillaume de Nogaret, est à Vienne depuis une vingtaine de jours pour des entrevues secrètes avec le pape. Un de ses clercs a même perdu un brouillon dans le lit d'une de mes filles.

Je pâlis, les jambes soudain molles, et ressentis un début de nausée. Ils étaient probablement là pour influer sur la décision du concile. L'ingérence du roi n'était point nouvelle. Le contraire aurait même été étonnant.

Peut-être était-ce pour cela que tout traînait en longueur ?

— Pourquoi ne le dites-vous que maintenant ? interrogea Bertille d'une voix accusatrice.

Margot haussa les épaules.

— Mon escalier doit être réparé et je me suis habituée à vos paiements, reconnut-elle sans la moindre gêne.

— Vous pourrez encore compter quelques jours dessus, tranchai-je. Nous restons !

31

Durant plusieurs jours, je m'usai les yeux sur le brouillon que m'avait remis Margot, cherchant à en percer les secrets. Un brouillon si utilisé, si gratté que je doutais que je puisse en tirer quelque chose. Son propriétaire devait être bien ladre pour n'avoir point jeté un support ayant tant servi. À force de patience, je parvins à déchiffrer quelques fragments par ci par là, comblant les trous par déduction. Une occupation bienvenue pour me distraire de l'inquiétude que je ressentais pour mon fils.

En désespoir de cause, j'avais envoyé Roscelin à Crebessac pour qu'il juge lui-même de la situation. Il ne m'avait point déçue jusqu'alors et, avec les sentiments qu'il éprouvait pour ma servante, j'espérais qu'il me resterait fidèle. Il avait carte blanche pour inciter Romaric à faire appel à sa tante si la situation le nécessitait. Même si je devais en pâtir par la suite, je savais au moins que Mélaine et moi partagions un but commun : la sauvegarde de mon fils unique.

Assise à l'écritoire que Margot m'avait prêté – contre quelques pièces de plus – je terminai la retranscription du dernier texte exploitable, les mains tremblant devant l'absence de compassion de son auteur. Puis je rangeai les lettres dans l'ordre avant de les parcourir de nouveau, de plus en plus épouvantée face à l'enjeu que je croyais deviner.

Mes yeux s'écarquillèrent quand j'en compris toutes les

implications. Soudain prise de nausées, je m'affaissai sur le coffre qui me servait de siège. La bile me brûla la gorge sous les hoquets irrépressibles qui me saisirent. Mes membres se mirent à trembler, glacés par l'effroi, et, en lieu et place de mon cœur, n'existait plus qu'un trou béant.

— Perdus, ils sont tous perdus, gémis-je auprès de Bertille qui s'était vivement approchée au premier signe de malaise.

Je m'effondrai dans ses bras et éclatai en sanglots.

Si l'ordre était reconnu coupable d'hérésie, n'allaient-ils point tous être emprisonnés ou même exécutés, comme les cathares, jugés eux aussi hérétiques au siècle dernier ?

À cette idée, je poussai un nouveau gémissement de terreur.

— Ne vous inquiétez point, ma dame, me chuchota Bertille en me berçant tendrement. Remettez-vous. Tout va s'arranger, vous verrez...

Je la laissai dévider ses petits mots réconfortants sans en croire un seul. Elle n'avait point connaissance de ce que j'avais découvert.

Décidé à affaiblir l'emprise de l'Église dans son royaume, Philippe le Bel avait profité de quelques accusations malveillantes pour arrêter les templiers qui avaient refusé de fusionner avec les hospitaliers, brisant ainsi le rêve du roi de mettre un de ses proches à la tête des deux ordres réunis. Puis, par l'entremise de son grand inquisiteur, il les avait fait torturer pour leur arracher des aveux, leur reprochant pas moins de cent vingt-sept chefs d'accusation. Cherchant à reprendre le contrôle, le pape Clément avait porté l'affaire dans l'Europe entière, ordonnant deux procès distincts, nommant des commissions diocésaines parmi les gens d'Église pour enquêter.

En vain. Quand les templiers avaient fini par se rebeller en force, clamant leur innocence du fond de leurs prisons, les bûchers s'étaient allumés. Quand les commissions des autres pays avaient innocenté leurs prisonniers, le pape avait ordonné l'usage de la torture. Quand quelques courageux s'étaient malgré tout présentés aux portes de la cathédrale de Vienne pour témoigner au concile, il les avait fait arrêter. Car il savait que s'il les absolvait, le roi réclamerait l'ouverture du procès de la mémoire du pape Boniface VIII pour impiété. Et Clément V qui, plus encore que son prédécesseur, avait abusé de sa position et fait trafic de charges pour enrichir les siens, pourrait lui aussi être mis en cause. Une menace que Nogaret, le conseiller du roi, était probablement venu rappeler au souverain pontife pour ne point lui laisser l'envie d'écouter son collège favorable à la tenue d'un jugement plus juste.

Que pesai-je en face, moi et mes découvertes ? Si je les dénonçais, je me ferais broyer, à l'instar du puissant ordre que je voulais sauver. Beaucoup plus vite même. Mon impuissance me tuait. Mon impuissance les condamnait.

Seul un miracle pouvait encore les sauver. Un miracle comme un fragment d'épine séché qui se mettrait à fleurir un Vendredi saint. Un miracle que j'avais apporté au pape un jour d'avril et que le roi Philippe lui-même ne pourrait récuser. Peut-être était-ce seulement pour cela que Clément faisait traîner les choses ?

Un brouhaha à l'extérieur nous tira progressivement de notre affliction. D'une voix enrouée, je demandai à Bertille de se rendre à la fenêtre.

— Il y a foule dans la rue, ma dame. Et cela trompette dans l'air.

J'essuyai mes yeux et la rejoignis. En effet, la population se pressait dans les venelles, en direction du pont qui traversait le Rhône.

— Quel jour sommes-nous ? m'inquiétai-je.

Avais-je raté une procession ?

— La Saint-Herbert, ma dame.

Le 20 mars, le début de la semaine sainte. Il n'y avait rien qui justifiait une telle fièvre populaire. Serait-ce l'ouverture de la deuxième session du concile ? Une bouffée d'espoir m'envahit. Le Vendredi saint tombait quatre jours plus tard.

Nous descendîmes dans la rue et, poussées par la foule, nous n'eûmes d'autres choix que de la suivre jusqu'à ce que je m'arrête net. Au milieu des oriflammes et des nombreux soldats, presque une armée, qui l'entouraient, je vis apparaître un personnage que ses attributs royaux identifiaient sans erreur possible : le roi de France Philippe le Bel en personne.

L'ultime espoir qui brillait encore au fond de mon cœur s'éteignit brusquement comme une chandelle sur laquelle on aurait soufflé.

Deux jours plus tard, dans le secret de ses appartements et entouré de quelques personnages dont même Margot ignorait le nom, le pape Clément V promulgua une nouvelle bulle, *Vox in excelso,* scellant le sort des templiers. Dans la foulée, il ordonna la tenue de la deuxième session du concile pour en donner lecture… à la Saint-Richard, le 3 avril.

Lorsque la relique serait depuis longtemps retournée à son état d'épine sèche !

À partir de cet instant, je sombrai dans le désespoir. Je ne trouvai plus le sommeil et ne cessai de me retourner la nuit dans mon lit, le corps moite de sueur. Mes cernes se creusèrent et je perdis le peu d'appétit qu'il me restait. Je finis même par ne plus quitter ma chambre, sauf pour errer de temps à autre dans le bordel à la recherche du capitaine de la garde de Cavaillon.

Quand je l'aperçus un jour, quittant une chambrette, je me jetai sur lui.

— Vous me deviez un service, vous rappelez-vous ? le pressai-je. Emmenez-moi voir les cachots !

Je ne cherchai même plus à donner le change. Qu'importe ce qu'il pouvait penser de ma supplique. Je voulais revoir Raimbaud une dernière fois avant que les circonstances ne me l'arrachent. Je voulais confesser mon cœur et lui faire mes adieux.

L'homme fixa mon visage pâle et mes yeux cernés durant un long instant. Peut-être comprit-il ce que j'avais cherché à cacher jusque-là, que je connaissais l'un d'eux et qu'il était cher à mon cœur.

Il prit une expression désolée.

— Je ne puis. Les hommes du roi ont investi les lieux. Nul étranger ne peut plus s'y rendre.

Mes lèvres tremblèrent. Ainsi, même cet ultime adieu me serait refusé. Mes forces m'abandonnèrent et il dut me retenir pour ne point que je chancelle. Me reprenant, j'allais faire demi-tour, la tête et les épaules basses, quand il m'arrêta.

— Mais je peux te faire entrer dans la cathédrale lors du concile. Peut-être les pères feront-ils comparaître les prisonniers et ainsi pourras-tu le revoir ?

Surprise, je plongeai mon regard dans le sien, cherchant le piège, et, pour la première fois, en remarquai la bonté.

— Qu'est-ce qu'il m'en coûtera ? demandai-je, décidée à accepter son prix quel qu'il fût.

— Ton silence, ma belle. Seulement ton silence.

32

Vienne, 3 avril 1312

J'étais dans la cathédrale ! Dissimulée sous un habit de soldat, mes cheveux courts disparaissant sous un casque, je montais la garde près d'un pilier, à moitié cachée par celui-ci. Une place que m'avait judicieusement choisie le capitaine. À la fois discrète et assez proche de l'assemblée qui allait se tenir dans quelques instants.

Les membres du concile arrivaient par petits groupes, les nobles invités aussi, dont le plus illustre de l'assemblée : le roi, que l'on qualifiait de Bel. Il l'avait été dans sa jeunesse avec son air de statue, son nez droit et aristocratique, ses yeux bien écartés et sa mâchoire carrée, même si l'empâtement guettait à présent ses traits.

Il s'installa sur un trône à la droite du pape, à peine plus bas que celui-ci. Ses trois fils, Louis, Philippe et Charles, tous de robustes garçons de vingt-deux, dix-neuf et dix-sept ans, l'entourèrent. Son frère, Charles de Valois aussi. Sa suite de conseillers, Nogaret en tête, dont je connaissais maintenant l'esprit diabolique et le talent pour la diffamation.

Les ecclésiastiques suivirent : une vingtaine de cardinaux, quatre patriarches, une grosse centaine d'évêques et d'abbés. Quelques légations étrangères d'Angleterre, d'Aragon, de Castille, de Sicile, du Portugal et de Chypre. Aucun autre souverain n'était présent. Un petit concile par rapport à d'autres qui réunissaient parfois plus de cinq cents participants. Mais un concile dont l'issue m'importait plus que tout.

Drapant son corps maladif dans son riche manteau, Clément V se leva de son trône pour prononcer son discours d'introduction. Sous son geste, son vêtement écarlate de la nuance du sang frais recouvrit sa tunique blanche, couleur de l'innocence. Cette vision m'apparut soudain comme une allégorie de ce qui allait suivre. Je frissonnai.

Les débats commencèrent. Plusieurs affaires étaient à l'ordre du jour. J'entendis d'abord parler du secours de la Terre sainte et du rétablissement de la discipline ecclésiastique, et rongeai mon frein devant ces sujets dont je me moquais bien. Ensuite fut abordée la mémoire de Boniface VIII, le précédent pape accusé d'hérésie par le roi Philippe lui-même. Je me redressai, n'ignorant pas que ce point faisait partie des accords entre la couronne et la papauté. Mais, après quelques déclarations de part et d'autre, tous reconnurent le défunt comme légitime et irréprochable, et ses accusateurs furent libérés de toute poursuite.

Mes genoux se mirent à trembler. Si Boniface VIII pouvait reposer en paix, les templiers seraient déclarés coupables.

C'était justement leur tour. Personne ne fit venir les prisonniers et, le cœur au bord des lèvres, j'entendis le pape menacer d'excommunication immédiate toute personne qui ouvrirait maintenant la bouche. Un silence de plomb suivit cette déclaration. Avec des gestes lents et pleins de majesté, Clément déroula le précieux parchemin, renfermant le contenu de la bulle, et commença à en faire la lecture.

« *Clemens episcopus servus servirum Dei...*

Clément, évêque, serviteur des serviteurs de Dieu... »

Alors qu'il lisait d'une voix fragilisée par la maladie qui le rongeait, je fus forcée de revivre avec l'assemblée le calvaire des chevaliers du Temple. Le pape ne nous épargna aucun détail.

La suspicion qu'ils inspiraient, la vigilance pleine de piété du roi de France, les aveux *spontanés* de nombre d'entre eux, terme qui me donna envie de bondir, l'hérésie, l'infamie, les soupçons et scandales qui jetaient l'opprobre sur l'ordre…

La nausée m'envahit, plus prégnante que jamais. Je serrai les poings d'impuissance. J'avais envie de hurler que ce n'était qu'une vaste machination, mais plus que la menace d'excommunication, ce fut ma promesse au capitaine de la garde qui me retint. Le silence, je devais garder le silence, ne point trahir celle que j'étais. C'était la seule chose qu'il avait exigée de moi.

Clément arrivait en fin de document et tous, penchés vers l'avant, attendions la sentence. Celle-ci survint, enroulée de circonvolutions sans fin.

Ne reconnaissant l'ordre des Templiers ni coupable ni innocent, le pape choisissait de le supprimer par voie de provision et d'ordonnance – par une décision administrative, compris-je – défendant dorénavant quiconque de s'en prévaloir. En outre, il réservait les biens et les personnes à sa décision exclusive.

Puis il se tut, sans en dire plus.

Je restai figée sous le choc, les mains tremblantes, les genoux faibles, incapable de savoir si je devais me réjouir ou pleurer. L'ordre n'était plus. Tout s'était terminé sans que les templiers puissent se faire entendre. Sans que la vérité n'éclate. Sans connaître surtout le sort de l'homme que j'aimais.

L'assemblée du concile se dispersa en silence, toujours sous la menace d'excommunication. Malgré tout, çà et là des chuchotements à peine audibles se faisaient entendre. Un homme passa près de moi, presque à me frôler. Sortant de mes pensées, je bondis en arrière.

— Sacré vieux renard, murmura-t-il à un autre. Malgré le beau piège que nous lui avions tendu, il a réussi à nous filouter.

Je le reconnus. Guillaume de Nogaret, le garde du sceau du roi, un des fervents artisans de ce procès inique, dont l'aïeul était mort sur le bûcher, jugé lui aussi comme hérétique.

Je rejoignis le bordel de Margot dans un état second. Alors que j'enlevais mes frusques de soldat, Bertille me pressa de questions. Je lui exposai la décision du concile. Ils n'étaient point condamnés. Ils n'étaient point reconnus innocents. Ils n'existaient tout simplement plus.

— Alors ils vont être libérés ?

Je me laissai tomber sur le lit et lui adressai un regard éperdu.

— Je ne sais, Bertille. La décision n'a point encore été prise. Tout reste entre les mains du pape.

Je n'étais pas encore délivrée de mon angoisse.

Il nous fallut attendre encore début mai pour connaître les dernières dispositions papales. Les nombreux biens des templiers seraient donnés aux hospitaliers, ordre éminemment populaire depuis qu'ils avaient conquis Rhodes un an et demi plus tôt, montrant leur volonté de reprendre les possessions de Terre sainte.

Dépité, le roi Philippe dut se contenter de toutes les espèces sonnantes et trébuchantes qu'il avait ramassées dans les commanderies, d'un remboursement substantiel destiné à couvrir les frais de son procès et de l'abandon des dettes considérables qu'il avait contractées auprès du Temple qu'il n'aurait ainsi jamais à rembourser. Dans l'ensemble, il ne faisait point une mauvaise affaire pour renflouer les caisses de l'État, qu'il avait appauvri avec ses nombreuses guerres de Flandre et Guyenne.

Quant aux personnes, le pape se réservait le jugement des principaux dignitaires. La multitude des anonymes étaient renvoyés à la décision des conciles provinciaux qui statueraient sur leur libération éventuelle.

Vienne se vidait. Après la dernière session du concile, chacun regagnait sa juridiction. Le roi, les cardinaux, les évêques. Seul restait le pape, souffrant, réfugié dans les profondeurs du château de la Bâtie.

Je devais moi aussi quitter la ville. Dans son dernier courrier, mon fils me pressait de rentrer, me rappelant qu'il partirait bientôt chez le vicomte de Polignac. Le délai que je lui avais réclamé était presque arrivé à son terme. Malgré cela, je me sentais incapable de me mettre en route, toujours anxieuse du sort de Raimbaud. N'étant ni dignitaire ni emprisonné par un concile provincial, n'allait-il point être oublié au fond de sa geôle ? C'était ma plus grande crainte.

Il me fallait rencontrer le pape, malade et plus inaccessible que jamais. Je ne savais comment faire. Je n'avais plus de relique à brandir sous son nez. Je n'avais plus que mon insignifiance et ma volonté de libérer celui que j'aimais.

Pour cela, j'étais prête à tout.

33

Vienne, fin mai 1312

Ce n'était point la première fois qu'un contingent de filles quittait discrètement le bordel pour aller distraire les hôtes du château de la Bâtie. Après avoir pesé le pour et le contre, je décidai d'en faire partie, au grand dam de Bertille.

— C'est une chose de loger chez l'Abbesse, s'époumona-t-elle en vain. C'en est une autre de s'habiller en prostituée et, qui sait, de se faire traiter aussi mal. Vous êtes noble dame. Je vous en prie, renoncez à cette idée.

Elle s'était mise à genoux devant moi, preuve de son inquiétude. J'en fus touchée mais refusai de dévier de ma conduite.

— Raimbaud m'a sauvé la vie, Bertille. Si je le puis, je sauverai la sienne.

— Mais à quel prix ! Je refuse de croire qu'il vous demanderait une chose pareille. Si on vous reconnaît, votre *bona fama* sera ruinée. Même le couvent ne voudra plus de vous. Aucun homme ne mérite que vous preniez un tel risque pour lui. Aucun. Et surtout pas lui qui ne vous aime point.

— Je lui dois d'avoir retrouvé mon fils, Bertille. Je lui dois tout ce à quoi je tiens.

Je me rendis compte trop tard de ma maladresse, en l'excluant ainsi. Elle se détourna, vexée, avant de m'asséner.

— Pourquoi le pape vous écouterait-il, d'abord ? Il a suffisamment montré qu'il ne prenait avis de personne, pas même de son collège.

— Il m'entendra, assurai-je. Je lui ai amené un trésor précieux la dernière fois.

Je n'en avais aucune idée, mais si je ne pouvais me raccrocher à cette certitude, toute mon entreprise me semblerait vaine.

Je me vêtis de ma robe la plus provocante, au décolleté si échancré qu'il dévoilait une partie de la cicatrice de mon épaule. J'y attachai la ceinture jaune, emblème des filles publiques. Puis je me fardai soigneusement et m'emmitouflai dans ma cape avant de rejoindre le groupe qui se rassemblait mollement au rez-de-chaussée.

Une fois au milieu d'elles, j'observai mes compagnes avec attention, essayant de calquer mon attitude sur la leur. La plupart ne semblaient point abattues, mais plutôt excitées par l'aventure. Elles parlaient des mets et du vin qu'elles pourraient déguster, des menues babioles qu'elles pourraient recevoir. Elles échangeaient quelques astuces professionnelles, se moquaient ouvertement de certains qui manquaient de vigueur, rassuraient celles dont c'était la première sortie.

Je fus soudain heureuse d'être fardée. Sous la poudre, j'avais l'impression d'être une autre, que ce n'était pas réellement moi, Flamalia de Damval, châtelaine de Crebessac, noble damoiselle, sage épouse, puis respectable veuve, qui allait s'exposer à la convoitise d'hommes prêts à la payer. J'ignorais ce qu'il me faudrait accomplir pour atteindre la chambre pontificale et je craignais de ne point en avoir le courage.

Mon corps fut soudain envahi de frissons. Bertille, avec son bon sens, me sembla tout à coup infiniment plus sage que moi. Je faillis renoncer, regagner la sécurité de ma chambre, mais les gardes venus nous chercher donnèrent l'ordre du départ et je fus embarquée dans le groupe.

Les flambeaux de notre escorte m'éblouirent, me faisant

perdre la notion du temps. Le trajet me sembla rapide, bien plus que quand je l'avais emprunté à cheval derrière le capitaine de la garde de Cavaillon. Trop tôt à mon goût, les tours et murs menaçants se dressèrent devant moi.

Après une fouille rapide, nous passâmes la porte sans difficulté et je déglutis, de plus en plus terrorisée. Une main compatissante me tapota le bras.

— Choisis-en un qui ne soit point trop vieux, cela passera plus vite, tu verras, me chuchota une voix charitable. Mais ils sont souvent moins généreux.

Je frissonnai. Puis, pour me donner du courage, je songeai à Raimbaud qui se trouvait à quelques toises de moi à peine, sous les fers. Aux semaines qui étaient passées, à la nouvelle de la suppression de l'ordre qui avait dû lui parvenir. Au désespoir peut-être qui l'avait saisi. Ne m'avait-il point juré qu'il mourrait templier ? Même ce droit lui était maintenant dénié. À défaut, je me promis qu'au moins il serait libre.

Cette dernière pensée me galvanisa. Malgré ma peur, je redressai les épaules. J'avais affronté les Sarrasins, j'avais survécu aux dangers de nombreux chemins, ce n'étaient point quelques seigneurs et ecclésiastiques trop gras qui allaient me faire perdre mes moyens.

Je saisis ma chance lors d'une bousculade dans les couloirs alors que nous arrivions en même temps qu'un groupe de soldats. Avant que le calme ne revienne, je disparus dans une encoignure de fenêtre, masquée par une tapisserie. Puis, alors que le groupe s'éloignait, je priai pour que personne ne remarque mon absence.

Quand le silence fut revenu, je quittai ma cachette et remontai le couloir. Chef suprême de la chrétienté, le pape occupait probablement la plus belle chambre du château. Je montais une première volée d'escaliers pour gagner les étages quand j'entendis des pas. Cherchant frénétiquement une cachette du regard, je constatai avec épouvante que nul recoin ne pouvait me dissimuler dans ces escaliers trop étroits. En désespoir de cause, je refermai soigneusement ma cape pour masquer ma tenue révélatrice et me réfugiai dans l'ombre. Puis, le cœur battant, je baissai la tête quand la silhouette que j'avais entendue arriva à ma hauteur. Un valet chargé d'un plateau plein de flacons, j'étais sur la bonne piste. Il me dépassa sans un regard. Je poussai un soupir de soulagement, me laissant aller un instant contre le mur, avant de reprendre mon ascension tout ouïe. Le château n'était point vaste, je ne doutai pas de trouver rapidement.

J'arrivai à l'entrée du couloir et me plaquai immédiatement contre le mur. Un garde se trouvait près de la porte dans le donjon. Pas de doute, j'étais au bon endroit. Il me fallait maintenant tromper sa vigilance avant que mon imposture ne soit démasquée.

Mon entreprise me parut soudain insensée. Comment pouvais-je espérer m'introduire en catimini auprès d'un des individus les plus importants au monde ? J'allais être découverte. Dans le meilleur des cas, on allait me ramener dans la grande salle et m'obliger à faire ce pour quoi j'avais été amenée. Quant au pire, je ne préférai point l'évoquer.

Je respirai profondément plusieurs fois afin de modérer mon angoisse et analysai la situation. Je ne pourrais me cacher du garde. Ce n'était pas la bonne façon de procéder. Ne devais-je pas au contraire profiter de mon déguisement et y aller au culot ? Sous cette apparence, je n'étais qu'une fille publique, il ne m'imaginerait point dangereuse.

Je m'avançai en ondulant légèrement des hanches, ma cape rejetée en arrière pour dévoiler mon décolleté, les yeux fixés droit sur le soldat. Il me regarda arriver d'un air perplexe. Je lui souris d'un air aguicheur.

— C'est toi Gérald ? On m'a envoyée trouver un Gérald.

C'était le premier nom qui m'était venu à l'esprit, celui de l'homme qui avait cherché à m'agresser sous mon toit.

— Moi, c'est Norbert, corrigea l'autre.

— Oh ! j'ai dû me perdre, murmurai-je en me rapprochant

davantage, le collant presque. Peut-être pourrais-tu m'indiquer où trouver Gérald ?

Une odeur désagréable de sueur et d'épices me prit à la gorge. Je me forçai à ne point froncer le nez de dégoût quand il passa sa main autour de ma taille.

— Tu n'es pas obligée de partir tout de suite, commença-t-il d'une voix égrillarde. Tu pourrais me tenir compagnie. Je me sens seul dans ce couloir.

Il essaya de me pousser contre le mur. Luttant contre mon écœurement, je m'obligeai à lui faire face et levai les bras comme si j'allais le serrer contre moi. Il esquissa un sourire paillard qui se transforma en grimace lorsque je lui envoyai mon genou entre les jambes. Il se plia en deux sous la douleur. J'esquissai un sourire satisfait en saisissant sa dague. Soudain, il se redressa et plaqua sa main sur mon cou, m'écrasant la gorge. L'air me manqua, des larmes me montèrent aux yeux. J'émis un borborygme étouffé tout en battant des bras, cherchant à le blesser avec le couteau. Un voile descendit devant mes yeux. Mon cœur s'affola, j'allais perdre connaissance. Son air cruel commença à se brouiller, des taches apparurent dans mon champ de vision. Je suffoquais ! Dans un dernier sursaut, je lançai une jambe vers mon agresseur. Par bonheur, elle atteignit son genou. Sous le choc, il desserra légèrement sa prise. Je lui tailladai aussitôt le visage, lui dessinant une longue balafre jusqu'à l'oreille. Incrédule, il porta la main à sa joue. J'en profitai pour lui envoyer mon genou dans le ventre. Puis je lui décochai un coup dans la mâchoire avec le pommeau de la dague. Il partit en arrière alors que je reprenais convulsivement mon souffle. Je finis de l'assommer en lui cognant la tête contre le mur et le laissai glisser au sol.

Je restai immobile quelques instants de plus, le cœur battant, les sens aux aguets, craignant que cette échauffourée n'ait alerté quelqu'un. Mais la voie restait libre. Je murmurai ensuite une rapide prière à l'intention de mon père qui m'avait permis d'apprendre à me battre, même si j'avais failli ne point avoir le dessus. Parcourant le couloir des yeux une dernière fois, j'ouvris la porte et m'avançai dans la chambre. Il faisait sombre, mais les deux chandelles allumées près du chevet me permirent d'apercevoir une silhouette à moitié redressée dans le lit, un peu égarée.

— Que se passe-t-il ?

Dans son visage livide et amaigri, je reconnus sa marque au front. Aussitôt, je barrai la porte et m'avançai vivement vers lui. Il était bien là, ce lâche qui avait condamné tant d'hommes à la souffrance et la mort pour racheter ses propres excès. Sans lui laisser le temps de reprendre ses esprits, je demandai, le cœur plein de rage :

— Ainsi, vous ne vous êtes point servi de la relique des templiers pour les disculper. Ne fleurissait-elle plus entre vos mains ?

Impies.

Je m'étais interrompue, retenant in extremis ce dernier mot sous ma langue. Il sursauta, puis il plissa les yeux avant de murmurer, glacial.

— Une seule personne était au courant. Crebessac. Que faites-vous ici ? Dans cet accoutrement ?

Je pris quelques courtes inspirations pour apaiser la colère qui grondait en moi. Il fallait que je me calme. Ma marge de manœuvre était étroite, je n'avais point le droit à l'erreur. Ma vie et celle de Raimbaud en dépendaient.

— Je suis venue vous demander de libérer les neuf hommes qui ont eu le courage de venir témoigner au concile comme vous les aviez invités à le faire des années plus tôt.

Il fronça les sourcils.

— Que vous importe leur sort ! Ne vous ai-je point rendu votre fief comme je m'y étais engagé ?

— Et j'en remercie Votre Sainteté, enchaînai-je en m'inclinant devant lui en geste feint de respect. Mais pourquoi n'avoir point suivi l'écrasante majorité de votre concile qui voulait les entendre ? Pourquoi n'avoir point programmé la session le Vendredi saint ?

Je l'entendis respirer avec peine. L'agitation ne lui valait rien. Je m'en réjouis.

— Je n'ai point reconnu la culpabilité de l'ordre.

— Mais vous ne pouviez contrarier et désavouer le roi de France en déclarant le Temple innocent. Vous deviez à tout prix éviter qu'il revienne sur le procès du pape Boniface VIII, accusé d'hérésie et de simonie.

Ses yeux acquiescèrent, trop surpris par ma déduction, semblait-il.

— Il n'aurait point fallu créer un précédent alors que vous avez couvert vos proches de revenus au cours de votre pontificat, repris-je malgré moi d'une voix fielleuse. La *bona fama* est si capricieuse entre les mains des conseillers du roi. Les templiers en savent quelque chose.

— Comment oses-tu, femme ! croassa-t-il en se redressant davantage, le corps tremblant. J'ai sauvé la papauté. C'était la seule chose à faire.

En sacrifiant au passage des centaines d'hommes innocents. Mais un seul m'importait. Il était trop tard pour réclamer justice pour les autres.

Son maigre corps fut soudain secoué par une quinte de toux. Il tendit un bras fébrile vers la coupe sur le chevet. Elle se renversa, répandit son contenu.

— À boire, implora-t-il, ses yeux chassieux remplis de larmes.

Je m'emparai de la cruche et versai un peu de vin dans la coupe, sans la lui tendre.

— Libérez ceux qui sont en votre pouvoir. Le roi est reparti et Vienne n'est point terre de France. Allez-vous vous soumettre à ses ordres hors de ses frontières ? Ces templiers ne souhaitaient rien d'autre que défendre leur honneur et celui de l'Église par la même occasion. Ils ont déjà subi leur pénitence.

— Ils sont relaps, puisqu'ils ont avoué leurs fautes ! Donne-moi donc cette coupe maintenant. Oserais-tu désobéir à ton suzerain ?

De faux aveux arrachés par la torture. Je frissonnai néanmoins devant sa voix menaçante. Le temps passait sans qu'il semble céder du terrain. Si quelqu'un découvrait le garde assommé dans le couloir, j'étais perdue. D'ailleurs, ne l'étais-je point déjà à menacer l'homme le plus puissant du monde ?

— Ils n'ont pu être relaps puisque, dans votre grande miséricorde, vous les avez empêchés de témoigner, finis-je par répondre, chassant mes doutes.

Clément en resta un instant sans voix.

— Te mêlerais-tu de théologie mieux que les docteurs de la loi du roi Philippe ?

Son ton doucereux ne me rassura point. Je me rappelais notre première entrevue. S'il était aujourd'hui diminué physiquement, son esprit paraissait plus affûté que jamais, pour preuve sa pirouette devant le roi.

Flairant le piège, je secouai frénétiquement la tête

— Bien sûr que non, je ne suis qu'une femme ignorante de ces choses.

Devant mon aveu de modestie, le visage du pape se fendit d'un fin sourire. Il me semblait qu'il s'amusait. Comme un fauve devant une proie. Un frémissement de peur me parcourut le dos. Je le masquai du mieux possible.

— Mais une femme intelligente, comme ma chère amie Brunissende[1]. Il ne me déplaît point de deviser à l'occasion avec votre sexe, même si vous ne savez pas toujours garder la réserve qu'il sied à votre état.

J'inclinai la tête, m'obligeant à adopter une posture plus humble.

— J'en ai conscience, Très Saint Père. Je venais seulement plaider leur grâce. Que vous importe de garder enfermés ces neuf-là puisque vous avez réussi à circonvenir le roi de France et à préserver la papauté hors de son influence ? Ils ne vous causeront

1. Brunissende de Foix, avec qui il entretint une amitié durant de longues années.

point de tracas. Et je vous fais le serment que personne ne verra une fille publique quitter votre chambre un soir de bacchanale.

J'avais relevé les yeux à cette dernière phrase et j'eus le temps de surprendre une brève expression décontenancée dans son regard. Il avait saisi le sous-entendu. Moi aussi, je pouvais tenter l'intimidation. Il était malade, affaibli et ne pouvait me manipuler comme il l'aurait souhaité.

— Très bien, je m'y engage, Crebessac. Donnez-moi cette coupe maintenant, souffla-t-il avec difficulté, à nouveau pris par une quinte de toux.

Ses yeux jetèrent des éclairs avant qu'il n'ajoute.

— Et trouvez-vous un époux qui saura vous renvoyer aux occupations de votre sexe. Ou je désignerai moi-même l'homme qui vous y contraindra. Il ne peut résulter que du désordre de laisser une femme se mêler de choses qu'elle ne peut comprendre sans le secours d'un homme pour l'éclairer.

Frissonnant à cette nouvelle menace, je tendis le vin. Mes terres se trouvaient sous la juridiction de l'Église, je ne pouvais prendre ses paroles à la légère.

— Je m'y emploierai, Très Saint Père, répondis-je alors qu'il buvait avidement pour calmer le feu de sa gorge.

Mais pas avant que Romaric ne soit adulte.

Après un dernier regard, je quittai la chambre. Dans le couloir, je m'appuyai un instant contre le mur, épuisée par la joute dangereuse que je venais de disputer. Puis j'avisai l'homme toujours à terre, inconscient, et me redressai. Je ne devais point m'attarder en ces lieux. Il me fallait disparaître avant que quiconque ne donne l'alerte. Je m'y étais engagée.

Je redescendis les escaliers et trouvai un baquet d'eau sale dans lequel je me trempai la tête pour me débarrasser des fards étalés sur mon visage. Je dissimulai la ceinture jaune derrière un meuble et me mis alors à respirer plus librement. Zigzagant comme une servante occupée parmi les hommes dans la cour, j'allais me réfugier près des communs en attendant le retour des autres filles, le cœur battant à tout rompre après les multiples dangers auxquels j'avais échappé. Mais mes prières avaient été entendues. Raimbaud allait être libéré.

34

Sur le chemin de Vienne à Crebessac, mi-juin 1312

Sous la chaleur, les pas des chevaux se faisaient lourds. Je mourais pourtant d'envie de lancer ma monture au galop pour retrouver au plus tôt mon fils qui m'attendait à Crebessac.

Cela faisait trois jours seulement que j'avais quitté Vienne. Durant deux semaines, j'avais attendu avec angoisse que Clément V tienne sa promesse. Puis Margot, par l'intermédiaire de ses filles, m'avait informée que les templiers avaient été libérés, soulageant la crainte qui ne m'avait point quittée.

Raimbaud n'avait pas tenté de me revoir. Comme les autres, il s'était probablement empressé de quitter la ville qui l'avait emprisonné. Il ne savait rien de mon intervention auprès du pape et n'avait point songé à me chercher, ignorant que je vivais toujours céans.

Ce n'était pas le plus important. Romaric allait bientôt me quitter pour rejoindre l'entourage du vicomte de Polignac. Esseulée, j'aurais alors tout le loisir d'envoyer un chevaucheur porter une lettre au prieuré de Saint-Germain où Raimbaud avait trouvé refuge avant son départ pour le concile. Peut-être y était-il revenu ? Ou peut-être avait-il pris la route de Crebessac ? Je voulais croire que le destin qui nous avait si souvent réunis me permettrait de le revoir bientôt.

J'essuyai les quelques larmes qui m'étaient montées aux yeux en pensant à mon fils et relevai la tête. Un nuage de poussière s'élevait sur la route à une centaine de toises. Un cavalier solitaire s'approchait au grand galop, malgré la chaleur. Je secouai la tête. Il allait épuiser son cheval, le tuer peut-être. Quand il se rapprocha, je reconnus avec stupeur mon écuyer, Roscelin. La crainte s'empara de moi. Seul un malheur pouvait justifier un tel train d'enfer.

Il s'arrêta à ma hauteur et sauta à bas de sa monture.

— Ah, ma dame, je vous retrouve enfin !

— Que se passe-t-il ? m'écriai-je en démontant à mon tour. Est-il arrivé quelque chose à mon fils ? Est-ce Mélaine ?

— Que non point, ma dame. Le jeune sire se porte bien et votre fief aussi. J'ai seulement une lettre à vous remettre. Mais voyez par vous-même.

Il me tendit un pli, l'air embarrassé. Je l'ouvris, la peur au ventre malgré ses assurances, et le parcourus rapidement. Il ne m'avait point menti. Moi seule étais concernée.

Gérald de Valmenon dévoilait enfin ses intentions. Sans même me consulter, il m'informait avoir demandé ma main à notre suzerain, l'évêque de Cavaillon, et l'avoir obtenue. Nos épousailles seraient célébrées à la fin de l'été.

Un frisson s'empara de tout mon corps sous le froid glacial qui m'envahit.

Si Romaric ne risquerait plus rien auprès de Polignac, ce ne serait point mon cas. Dépouillé des manières policées qu'il se sentait obligé d'afficher en public, Gérald ne m'avait point paru tendre. Devenue sa femme, je serais à la merci de ses mains rudes. Je devrais subir sa violence et ses assauts. Comment avait-il manœuvré pour obtenir cet accord ? Et surtout, que pouvais-je faire pour y échapper ? Après ce qu'il m'avait dit, je savais n'avoir aucune aide à attendre du pape, bien au contraire.

— Bertille, appelai-je sans force.

Ma servante me rejoignit. Je lui montrai le papier, la main tremblant si fort que je ne distinguais plus les mots.

— Ma dame aurait-elle oublié que je ne sais point lire ? fit-elle remarquer avec la froideur qui régnait entre nous depuis mon coup de force auprès du pape.

— Gérald, murmurai-je. Il a obtenu ma main de mon suzerain.

Elle lâcha un juron, n'ignorant point son agression en mon propre château.

— Il y a du malheur parfois à posséder du bien, s'exclama-t-elle, ses yeux brillant de compassion. Ne pouvez-vous l'éviter, ma dame ? Peut-être en prenant le voile et en vous enfermant dans un couvent ? L'évêque ne saurait aller à l'encontre d'une vocation pieuse.

Je frissonnai devant ma seule porte de salut. Cloîtrée entre quatre murs jusqu'à la fin de mes jours ? Ne plus arpenter Crebessac et veiller sur mes gens ? Cette perspective me faisait presque autant horreur. Était-ce mon seul recours ?

— Vous pourriez aussi lui couper l'herbe sous le pied en en épousant un autre, continua Bertille, réfléchissant à toute vitesse.

Je relevai la tête, pleine d'espoir.

— Qui, Bertille ? l'interrogeais-je. À qui puis-je me fier suffisamment pour lui octroyer de tels droits sur moi ?

— Un de vos gens, peut-être ?

Je parcourus mon escorte du regard et mes yeux s'arrêtèrent sur mon écuyer. Bertille retint son souffle. J'hésitai avant de secouer la tête.

— Non, Roscelin n'est point de naissance suffisamment haute. Gérald aurait tôt fait de le balayer, appuyé par l'opinion publique. Ils penseraient tous qu'il a profité de ma faiblesse, et me délivrer de son emprise deviendrait un acte pieux. Je refuse de faire votre malheur à tous les deux.

Une lueur de soulagement passa dans son regard. Pourtant, aucune protestation n'avait franchi ses lèvres pour m'en dissuader. Une rougeur m'envahit les joues. Je ne méritais point son dévouement alors qu'à Vienne j'avais tant de fois ignoré ses mises en garde, obnubilée par mon inquiétude pour mon templier.

— Raimbaud, murmurai-je au même instant.

Mon cœur se mit à battre plus vite. Je poursuivis d'une voix fébrile :

— Il est de naissance noble et son ordre n'est plus. Il peut me sortir de cette situation intenable en suivant ton idée, Bertille. Il faut nous rendre sans délai à Faucon, au prieuré de Saint-Germain. Peut-être s'y trouve-t-il ?

Vivre avec lui, le côtoyer à chaque instant... Un tel bonheur pouvait-il vraiment advenir de l'infortune qui me menaçait ? L'esprit frétillant à cette idée que je ne m'étais jamais permis d'envisager, je mettais déjà le pied à l'étrier quand Bertille me fit redescendre sur terre.

— Encore faudrait-il pour cela qu'il accepte. Il n'a point voulu entraîner notre jeune sire comme vous l'en aviez prié. Il a toujours fait peu de cas de vous. Il faut vous résigner, ma dame, à ce que vos sentiments soient à sens unique. D'ailleurs, je vous déconseille de lui avouer la part que vous avez prise à sa libération si vous ne voulez point vous attirer son mépris. Les hommes sont ainsi faits d'absurdes fiertés, ils n'ont point les mêmes notions d'honneur et de nécessité que nous.

Je secouai la tête. Je n'avais jamais eu l'intention de le faire. En laissant Vienne derrière moi, j'avais décidé d'oublier au plus vite tout ce qui s'y était déroulé : mon attitude vulgaire et sans honneur, indigne de la noble dame que j'étais. Le désespoir qui m'avait poussée à me faire passer pour une fille publique, ruinant pour toujours ma *bona fama* si cela venait à se savoir.

— Je le convaincrai !

Refusant de perdre davantage de temps, j'ordonnai à Roscelin de rentrer à Crebessac comme s'il ne nous avait point croisés, et Arnaud, Bertille et moi-même partîmes au galop vers l'ouest.

Nous mîmes quatre jours pour atteindre le monastère. Quatre jours durant lesquels les doutes de Bertille n'avaient cessé de me miner. Si Raimbaud était bien présent, comment allait-il accueillir ma demande ? Une fois de plus, je m'adressais à lui en suppliante. Y serait-il sensible cette fois-ci ?

Pour me rassurer, je listai dans ma tête les compensations qu'il pourrait trouver à ma proposition, alors qu'il ne possédait plus rien : une place dans le monde, un château agréable… et une femme amoureuse dans son lit.

S'il voulait cependant continuer de mener une vie d'ascète, j'étais décidé à l'accepter aussi, en dépit de la peine que je ressentais à cette idée. Je ne voulais point le contraindre. Il pourrait se retirer dans le lieu de son choix. J'avais seulement besoin de ne plus être veuve.

— Comment allez-vous procéder pour vous faire admettre à l'intérieur ? m'interrogea Bertille, toujours pragmatique, alors que nous faisions une halte un peu avant Vaison-la-Romaine. Un prieuré n'est point un moulin où on entre et sort comme on veut.

Un spasme me secoua le ventre. Je ne pouvais plus penser à un moulin sans me rappeler un certain soir d'été, davantage encore maintenant que j'allais revoir Raimbaud. Ce jour-là, sa sincérité n'avait fait aucun doute. Je ne lui avais pas été indifférente. Ce souvenir renforça ma détermination. Il allait accepter.

— Je me ferai passer pour un homme qui cherche un asile pour la nuit, répondis-je avec naturel. Arnaud et toi m'attendrez un peu plus en aval.

Elle leva les yeux au ciel, déjà résignée.

— Ne cesserez-vous jamais de vouloir vous travestir ? S'ils vous surprenaient ?

— Je suppose qu'ils me jetteraient dehors, répliquai-je, ne voulant point m'attarder sur le danger que je pouvais courir. J'ai abusé une armée à Ruad. J'ai abusé un concile à Vienne. J'y arriverai encore.

— Moi qui pensais que servir une dame de qualité me mettrait à l'abri de toute aventure. Que nenni. Dès notre première rencontre, quand je vous ai vue arriver seule et sans peur, j'aurais dû me douter que vous n'étiez pas comme les autres.

Je lui pris la main.

— Le regrettes-tu vraiment, Bertille ? Tu sais que je n'ai point le choix dans cette affaire. Mais je n'aurais jamais assez de mots pour te remercier de ta présence à mes côtés. Tu n'es point ma servante mais une vraie amie, celle que j'ai toujours espéré trouver.

Désarmée, elle poussa un soupir et me laissa partir, ses yeux légèrement embués.

Juste avant de nous séparer, je revêtis une tenue d'homme prêtée par Arnaud, puis je piquai un galop jusqu'au monastère. À la porte, je déguisai ma voix et demandai l'hospitalité pour la nuit. Alors que l'on me conduisait à la maison des hôtes, je laissai mes yeux fureter partout. Les cellules des moines devaient se trouver de ce côté-là du bâtiment, supputai-je, connaissant le plan d'ensemble de ce genre d'endroit. Il me faudrait m'y glisser au moment de la prière des Vigiles, en pleine nuit, et trouver la cellule de Raimbaud. S'il vivait ici.

Je ne pus retenir un frisson à cette pensée. Tout mon plan reposait sur l'hypothèse qu'il avait regagné le prieuré. Mais peut-être ne le trouverais-je point en ces murs et je n'aurais alors d'autre solution que d'entrer en religion.

Je touchai à peine au maigre repas qu'on m'apporta, l'énervement et l'inquiétude me nouant l'estomac. Je me couchai aussitôt après, ôtant seulement mes chaussures avant de m'assoupir par instants.

L'heure survint, à la fois trop tôt et trop tard, et la peur m'envahit alors que je me glissais dans les couloirs silencieux. Arrivée près des cellules, je me tapis dans l'ombre d'un grand coffre et attendis le retour des moines de l'église. Ils revinrent un à un, la tête inclinée, cachée pour certains dans la profondeur de leur capuche. Je déglutis. Comment allais-je distinguer Raimbaud au milieu de toutes ces silhouettes uniformes ?

Une démarche plus énergique et martiale attira mon attention. Je suivis l'homme des yeux. Quand il repoussa légèrement sa capuche en arrière, je crus apercevoir des cheveux courts qui rebiquaient en un semblant de boucles. Mon cœur fit un bond. C'était lui. Il fallait que ce soit lui. Mais ses traits restaient dissimulés par la pénombre. Je repérai la porte par laquelle il s'engouffra, l'une des dernières, et continuai à guetter les silhouettes restantes. Aucune autre ne réveilla la même réminiscence.

Lorsque toutes furent rentrées, je me glissai dans le couloir silencieux. Mes pieds couverts par mes chausses ne faisaient aucun bruit. Le froid de la pierre remonta le long de mes jambes, glaçant davantage mon corps envahi par l'appréhension. Je m'arrêtai devant la porte que j'avais repérée et inspirai profondément, le cœur battant avec frénésie. Si je me trompais, quelles seraient les conséquences ?

Je fermai brièvement les yeux et me revis dans la forteresse de Ruad, juste avant de m'élancer au milieu de la mêlée. Parfois, il fallait savoir s'en remettre à la grâce de Dieu et espérer un miracle. Je poussai la porte. Aussitôt l'ombre à l'intérieur se retourna, les bras écartés, les jambes légèrement fléchies en un réflexe d'homme de guerre.

— Qui va là ?

L'angoisse qui m'étreignait le cœur s'effaça. C'était sa voix. Une voix légèrement enrouée qui provoqua des frissons sur tout mon corps.

Je chuchotai en fermant le battant.

— Ne criez pas, Raimbaud. C'est moi, Flamalia.

Il s'étrangla, avant de cracher d'un timbre coléreux d'autant plus redoutable qu'il était bas :

— Ainsi, c'était vous le visiteur arrêté pour la nuit. Que faites-vous là ? Que me voulez-vous encore ?

J'eus l'impression de recevoir une gifle. Pourquoi semblait-il me haïr ? Était-ce parce que je m'étais introduite subrepticement dans le prieuré pour le voir ?

Je m'approchai de lui, les mains jointes.

— Je devais vous parler. J'ai besoin de vous, Raimbaud. Un homme veut s'emparer de mon fief par le mariage, menacer mon fils peut-être, avec la bénédiction de mon suzerain.

Les trémolos dans ma voix me surprirent. Je me croyais plus ferme. J'hésitai un bref instant, puis j'ajoutai, faisant un nouveau pas vers lui :

— Faites obstacle à cet odieux projet. Épousez-moi à sa place, je vous en prie.

Ses yeux pleins d'orage s'écarquillèrent. Il plissa le nez et suffoqua.

— Vous épouser ? Avez-vous perdu la raison ?

Je me mordis la lèvre, indécise.

— Cela vous serait-il interdit ? N'avez-vous point retrouvé un état laïc ? Je croyais que maintenant...

Je m'interrompis, refusant de revenir sur la sentence inique du concile.

— Il n'est point question que je vous épouse ! protesta-t-il avec vigueur. Avez-vous donc oublié ce que je vous ai dit à Malaucène ?

Ma gorge se serra. Le rejet contenu dans sa voix me broyait le cœur. Bertille avait raison. Même maintenant qu'il n'était plus astreint à une règle, il ne voulait pas de moi. Je ne représentais rien pour lui.

— J'entends vos réticences, Raimbaud, et ne vous demande pas de vivre avec moi si cela vous déplaît. Je vous implore seulement de prononcer les paroles qui nous engagent l'un envers l'autre. Libre à vous ensuite de vous retirer ailleurs, je vous en laisserai les moyens.

Je repris mon souffle avant de conclure, les yeux suppliants :

— Je ne peux que me tourner vers vous. Vous êtes le seul en qui j'ai confiance pour ne point convoiter le bien de mon fils.

Ma tirade ne m'attira qu'un regard de mépris qui m'aurait affligée si je ne l'étais pas déjà.

— Oh ! je comprends fort bien. Un époux trop proche ne vous

laisserait point le loisir de continuer vos petites intrigues avec la soldatesque.

Sous le choc, je restai mutique un long instant, blessée par sa réponse et son ton mordant, à mille lieues des réserves auxquelles je m'attendais.

J'étudiai son visage fermé, la ligne rigide de sa bouche avant de comprendre soudain ce qu'il voulait dire.

— Oh... vous parlez de ce qui s'est passé à la prison, j'imagine. Ce baiser, c'est... c'est la seule chose que j'ai concédée pour pouvoir visiter les geôles. Je m'inquiétais tellement à votre sujet après votre lettre.

— Je ne vous avais pourtant rien demandé. Mais il semblerait que vous soyez incapable de me laisser en paix.

Sa voix sèche me poignarda. J'aurais voulu m'enfuir loin de son intransigeance, de sa sévérité, de son dédain. Au lieu de cela, je carrai les épaules. Pour Romaric, je devais essayer encore. Du moins, je voulais m'en convaincre.

— Je ne vous propose point un marché de dupes, Raimbaud. Je... Vous êtes le bienvenu à Crebessac. C'est un lieu agréable. Vous dormirez dans la plus belle chambre, avec moi, si vous le désirez. Je... Je suis encore fertile, je pourrais vous donner des fils, finis-je pleine d'embarras.

N'était-ce point à cela qu'un homme aspirait dans l'existence ? Avoir une descendance ?

Je crus le voir tressaillir avant qu'il ne rétorque :

— Que ferais-je de fils alors que je ne possède rien à leur transmettre ? Partez, maintenant, avant que je ne finisse par regretter de vous avoir rencontrée un jour.

Il s'était détourné. Mon cœur se pinça si violemment que je crus qu'il allait s'arrêter. Les larmes me montèrent aux yeux. Cette dernière phrase prononcée d'un ton plein d'affliction acheva de tuer tout espoir. Il me chassait de sa vie.

Je fis un pas vers la porte et me retournai vers lui une dernière fois. J'observai ses épaules dont la bure ne cachait point la force, ses lèvres pleines qui me troublaient tant quand elles ne crachaient pas de mépris, ses yeux pailletés de vert que j'avais vus un jour se remplir de larmes. Je m'y raccrochai, plongeai dans leur profondeur une ultime fois avant de les perdre pour toujours.

— Je comprends que je vous importune. Adieu, Raimbaud. Je suis au moins heureuse de vous savoir maintenant libre.

— Croyez-vous vraiment que je le sois ?

Il avait parlé si bas que je doutais d'avoir entendu.

— Que voulez-vous dire ? le pressai-je en revenant vers lui. Vous retiennent-ils prisonnier ici ?

Le pape se serait-il joué de moi ? Les avait-il libérés pour les asservir ailleurs ?

Il serra brusquement les poings.

— C'est vous qui me retenez prisonnier ! Je ne peux trouver la paix. Je ne vois plus que vous. Je ne pense plus qu'à vous. Pour mon malheur, il fallait en plus que je vous aime.

Je le fixai sans y croire, la bouche ouverte de stupéfaction, et mon cœur se mit à tambouriner à grands coups dans ma poitrine. Mes yeux se mouillèrent d'un excès de joie. Ainsi, depuis tout ce temps, il partageait mes sentiments.

— Vous m'aimez ? Vous m'aimez vraiment ? Moi aussi, Raimbaud, je vous aime. Mais je croyais...

Je me rapprochai de lui les bras tendus. Il bondit en arrière comme s'il s'était brûlé.

— Voilà qui est bien commode tout à coup. Comment pourrais-je vous croire sincère ? N'est-ce point une nouvelle manière de me gagner à votre cause ?

Je m'arrêtai net. Comment pouvait-il imaginer que je fasse preuve d'autant de vilenie ? Ne me connaissait-il point ?

Pourtant, j'avais usé de bassesse avec le pape, reconnus-je. Avec le capitaine de la garde aussi. J'avais envisagé de vendre une sainte relique. Il avait raison. Quand la nécessité se faisait trop forte, je devenais prête à tout. Mais pas à ses dépens.

— Ignoriez-vous vraiment ce que j'éprouvais pour vous ? Alors que depuis le décès de mon époux, dix ans plus tôt, vous êtes le seul à m'avoir tenue dans vos bras ?

Il secoua la tête.

— Cela ne signifie rien. Je vous plaisais. Voilà longtemps que vos yeux me l'avaient avoué, bien avant vos paroles.

Il n'avait pas tort. Dès Montfrin, je lui aurais laissé mon corps avec joie s'il avait tenté quoi que ce soit. Mais depuis lors, j'avais fait bien plus sous le coup de véritables sentiments.

Un pli soucieux barra mon front. Sa voix s'était, malgré tout, faite plus douce, comme si ce souvenir le touchait. Avais-je vraiment l'espoir de le convaincre de la sincérité de mon cœur ?

— J'ai gardé la relique pour vous. J'ai toujours cru à votre innocence et je suis allée la plaider auprès du pape.

Il posa un doigt sur sa bouche. J'avais élevé la voix sans m'en rendre compte.

— N'ajoutez rien. C'était votre noblesse qui parlait, de celle qui incite à protéger ceux dans le besoin. Vous en auriez fait autant pour un autre que moi.

Je fis un signe de dénégation, touchée qu'il me reconnaisse au moins cette qualité.

— J'ai délaissé mon fils unique et je vous ai suivi à Vienne, repris-je plus bas. J'ai usé de stratagème pour vous visiter dans votre prison, puis pour assister au concile en espérant vous y voir. J'ai même...

Je m'interrompis brusquement alors que les avertissements de Bertille me revenaient en mémoire. Non ! Ma *bona fama* ne s'en relèverait pas.

— Quoi donc ?

— Je ne peux vous le dire.

C'était par trop infamant. Il avait déjà une opinion suffisamment ternie de moi. Je ne pouvais entacher le peu de grâce qu'il me restait à ses yeux.

— Dites-le-moi, m'ordonna-t-il sans me lâcher du regard. Dites-moi ce que vous comptiez m'avouer.

Cherchait-il vraiment des preuves pour me faire confiance ? Il n'aurait pas dû en avoir besoin.

— Non, je m'y refuse.

— En auriez-vous honte ?

Malgré moi, mon visage s'enflamma. Je fronçai les sourcils.

— De quoi devrais-je rougir alors que mes intentions étaient honorables ?

J'avais relevé le menton, et mes yeux le défiaient d'oser me contredire.

— Alors avouez-le-moi, Flamalia.

Mon prénom lui échappa, récréant entre nous une bulle d'intimité, comme lors de ce jour lointain dans les tunnels de Sernhac. La nostalgie m'envahit. Peut-être que tout n'était pas perdu.

Je pris une grande inspiration.

— Après la décision du concile, je me suis introduite dans la chambre du pape pour le prier de vous libérer, lui révélai-je sans m'étaler davantage. Ce qu'il a fait heureusement.

Il recula soudain, le regard plein d'orage.

— C'est impossible, vous mentez ! Comment l'auriez-vous convaincu, vous, de faire preuve de mansuétude alors que d'autres à l'autorité bien plus établie ont échoué ?

Je le fixai, l'air abasourdi. Il ne me croyait point. Il me traitait de menteuse. Avant même de réfléchir aux conséquences, je rétorquai :

— Peut-être parce que je m'étais vêtue en fille publique et qu'il n'avait point besoin d'un nouveau scandale durant son pontificat !

Il lâcha un sifflement incrédule, le corps roide, les yeux écarquillés, comme outragé. Je plaquai mes mains sur ma bouche. Dieu tout-puissant, qu'avais-je fait ?

— Sacrebleu ! Vous avez fait quoi ? s'exclama-t-il comme en écho de mes pensées.

— Il n'était pas décidé à vous rendre votre liberté, me justifiai-je, le rouge aux joues, regrettant ma sincérité. Je ne… Je ne savais comment décrocher une audience… Je n'avais plus la relique pour attirer son attention.

Il m'attrapa par le bras, me forçant à le regarder. Dans ses yeux, une lueur de peur que je n'avais jamais perçue. Ni à Ruad, ni à Montfrin, ni même dans les geôles de Vienne.

— Avez-vous eu besoin de… de convaincre quelqu'un… de votre… déguisement ?

C'était à son tour de buter sur les mots. Je frissonnai, comprenant où il voulait en venir.

— Dieu merci, ce ne fut pas nécessaire. Même pour vous, je ne suis point sûre que j'en aurais eu la force, reconnus-je humblement.

Il secouait toujours la tête, mais je remarquais que le soulagement l'avait envahi.

— Une fille publique dans la chambre du Très Saint Père. Je ne sais même pas pourquoi je m'en étonne. Vous êtes si surprenante, Flamalia. Si pleine d'audace. Rien ne vous effraie.

Je levai les yeux vers lui.

— Oh si, murmurai-je. Vous ne pouvez imaginer comme j'ai craint pour vous ces derniers mois.

Certaines nuits, j'en faisais encore des cauchemars.

Il me prit les mains avec douceur, les enfermant dans les siennes. Je tremblai de nous sentir soudain si proches.

— Pourquoi ne vouliez-vous point m'avouer que je vous devais ma liberté ? Que vous étiez allée jusqu'à risquer l'infamie pour moi ?

— Je refusais de vous forcer la main. Je ne voulais pas de votre reconnaissance obligée. Vous me sembliez tellement hostile.

Il approcha sa main de mon visage, en effleura le contour.

— C'est parce que je vous croyais indifférente. Seulement prise au piège par la proposition qu'on vous avait faite. Je ne pouvais imaginer vous côtoyer chaque jour tout en vous aimant en vain.

Je le dévisageai intensément, fondant sous la tendresse de son regard.

— Alors vous accepteriez de m'épouser et de vivre à mes côtés ?

Mon cœur battait à tout rompre dans l'attente de sa réponse. N'allait-il pas dresser un autre obstacle entre nous ?

— Oui, Flamalia. Jamais plus je ne vous laisserai partir loin de moi...

Une fois ces mots murmurés dans mon cou, comme une excuse, il referma ses bras sur moi et me serra presque jusqu'à m'étouffer. Le ventre parcouru de délicieux frissons, j'inclinai la tête en arrière, les lèvres offertes, et le sentis poser sa bouche sur la mienne. Avec délice, je retrouvai le goût de ses baisers. Je poussai un léger gémissement et attrapai sa nuque avant de l'embrasser à mon tour, laissant nos langues reprendre la danse qu'elles avaient initiée presque deux ans plus tôt. Le souffle court, il me plaqua contre le mur. Je me coulai contre son corps, mes hanches ondulant sous la caresse de ses mains.

Soudain il s'arracha à mon étreinte et chuchota, reprenant sa respiration avec peine :

— Non, mon ardente, ma douce flamme. Pas ici, ainsi, à guetter chaque bruit et à craindre à tout instant d'être entendus. Pas avant que vous ne soyez officiellement mienne.

Je retins un soupir de frustration et, sans le quitter des yeux, je soufflai d'une voix rendue rauque par le désir.

— Ce jour me tarde déjà. Faites vite. Réglez vos affaires et venez me rejoindre. Je vous attendrai sur la route près de notre moulin, à Buisson.

35

Crebessac, juillet 1312

Le château apparut à l'horizon, éclairé par le soleil couchant. La lumière rosée qui le nimbait effaçait l'ordinaire du quotidien, le faisant apparaître tel un lieu de légende auréolé d'une mystérieuse magie. Comme à chaque fois, mon cœur se gonfla de gratitude à le revoir. Je me tournai vers Raimbaud qui chevauchait à mes côtés et guettai sa réaction à la vue de notre futur foyer. Lui plaisait-il ?

Il me sourit.

— Voilà un lieu aussi plein de promesses que sa châtelaine.

Mais la joie ne semblait point atteindre ses yeux. Mon plaisir se ternit. Était-il déçu de son aspect moins défensif que les solides forteresses dont il avait l'habitude ?

Je m'obligeai à sourire de nouveau. Depuis que nous chevauchions ensemble, après qu'il m'eut rejointe à Buisson, le sourire avait rarement quitté mes lèvres. L'avoir quotidiennement à mes côtés, à l'abri de tout danger. Deviser ensemble au pas des chevaux et retrouver la complicité de notre premier voyage. Le serrer dans mes bras chaque soir même si nous nous interdisions d'aller plus loin, sous le regard goguenard de Bertille et les mines rougissantes de mon jeune écuyer Arnaud. Après les épreuves que nous avions traversées l'un et l'autre, le bonheur était à portée de main. Mais une ombre planait toujours au-dessus de nous : Gérald.

J'avais écrit à Romaric pour l'informer de mon prochain mariage, qu'il prenne les dispositions nécessaires auprès du prêtre du village tout en veillant à ce que la nouvelle n'atteigne point Valmenon. J'avais remis mon sort entre ses mains, lui montrant ainsi la confiance dont je l'honorais, mais je ne pouvais me départir d'une pointe d'angoisse. Il n'était pas encore adulte. Avait-il su nous prémunir de tout danger ?

Des silhouettes s'agitèrent sur le rempart. Sans crier gare, je partis au galop, pressée de revoir mon fils. Je restais sa mère, même si les effusions n'étaient point de circonstance entre nous. Le groupe m'emboîta le pas, malgré Bertille qui se plaignit du rythme d'enfer qu'il n'était point nécessaire d'adopter si près du but.

Mon arrivée avait été repérée et je trouvai le pont-levis baissé quand j'atteignis la grande porte. Je me retournai un bref instant pour vérifier que Raimbaud me suivait, puis franchis l'arche de pierre au trot soutenu. Ma monture à peine arrêtée, je sautai au sol, manquant sous l'impatience de m'étaler avec mes longues jupes, et me ruai vers le logis seigneurial. Quand Romaric apparut à la porte, je m'arrêtai en pleine course. Il me semblait qu'il avait encore grandi. Oui, il me dépassait maintenant et ses épaules s'étaient élargies. Mais le changement ne s'arrêtait point là. Son regard avait mûri. Il paraissait plus posé, sérieux.

Le cœur battant à tout rompre, je m'exclamai :

— Oh Romaric, que je suis heureuse de te retrouver ! Je me suis tant languie de toi.

— Vous vous êtes fort attardée, mère. Mais j'ai pris soin de Crebessac en votre absence.

Je grimaçai à ce léger reproche, ce ton boudeur que je n'avais point oublié. Mon fils n'avait pas autant changé que je le croyais.

— Je l'ai vu. Les champs ont l'air riches, le village prospère... Tu as admirablement su gérer les difficultés. Je suis si fière de toi.

Un pas se fit entendre derrière nous. Je jetai un coup d'œil et Romaric suivit mon regard. Raimbaud venait de démonter.

— Quel homme avez-vous choisi pour vous épouser, mère ? Quelles relations ou richesses nous ramène-t-il alors que vous pouviez espérer bien mieux ?

Mon sourire se crispa. Je m'attendais à cette question. Dans toutes les couches de la société, les alliances se devaient être mutuellement profitables. Moi-même j'avais ramené à Gontran une importante dot en espèces sonnantes et trébuchantes, à défaut de relations. Et mon fils, élevé par sa tante si avide d'intérêts, ne pouvait que s'étonner. Mais pas si tôt, devant l'intéressé, alors qu'il n'avait prononcé la moindre parole de bienvenue.

Avais-je eu tort de ne point lui confier mes doutes à propos des ambitions des Valmenon ?

— Bien peu, mon fils, répondis-je, refusant de me dérober. Mais cet homme ne cherchera point à te déposséder de ton héritage. Pas comme d'autres pourraient souhaiter le faire.

Romaric plissa les yeux. Le nom de Gérald flotta un instant entre nous et je changeai de sujet.

— Ton entraînement avec nos gens a-t-il été profitable ? Es-tu prêt à rejoindre le vicomte de Polignac ?

Aussitôt son visage s'éclaira.

— Tout est prêt, mère. Mon équipement, mes deux chevaux... L'écu que m'a façonné le forgeron est de toute beauté, avec les armes de Crebessac et de Brives associées. Il faut que vous le voyiez...

Je lui souris, attendrie, alors qu'il redevenait un petit garçon, heureux de ses nouveaux jouets. Le retrouvant dans de meilleures dispositions, je lui pris le bras et murmurai :

— Je n'y manquerai point. J'ai hâte de découvrir comme mon fils a fière allure. Mais nous venons seulement d'arriver après une longue route. Viens donc que je te présente.

Je l'amenai près de Raimbaud. Ils se dévisagèrent un long moment sans rien dire, se jaugeant, chacun refusant de prendre la parole en premier. Je grimaçai. Le silence devenait assourdissant.

— Raimbaud du Puy était avec ton grand-père Evrard le jour où il périt avec courage sous les cimeterres des mamelouks, finis-je par dire, cherchant à créer une certaine connivence entre eux.

Cela n'eut guère l'effet escompté. Ils continuaient à se fixer avec froideur. Mon sourire se crispa. Lorsque je crus ne plus pouvoir tenir, une voix retentit derrière moi.

— Nous aussi, on risque de périr bientôt sans même un rafraîchissement pour chasser la poussière de la route. Dès que je disparais, les servantes ne sont plus capables d'accomplir leur travail !

Nous nous retournâmes. Ma servante se tenait dans la cour, les mains sur les hanches, l'air courroucé, ses boucles rousses accrochant les derniers rayons. Aussitôt les filles de cuisine s'égaillèrent devant son rappel à l'ordre.

— Oh ! Bertille, m'exclamai-je. Que ferais-je sans toi ?

— En effet, mère, le repas a été préparé, réagit Romaric. Venez donc.

Il se tourna vers notre visiteur, lâchant d'un ton manquant de chaleur :

— Soyez le bienvenu.

— Je vous en remercie, répondit celui-ci à peine moins sec. Crebessac est un fief dont vous pouvez être fier.

Je jetai un coup d'œil à Raimbaud. Son air restait sombre alors qu'il nous suivait, et soudain je m'inquiétai de ce qu'il pouvait ressentir à vivre de notre charité, lui qui avait été membre d'un ordre puissant et respecté.

Je poussai un soupir de lassitude. Je n'avais point prévu cette opposition entre les deux hommes que j'aimais. Où était donc la complicité innée que j'avais rêvée pour eux deux ?

Peut-être n'était-ce point un mal que le départ de mon fils soit prévu deux jours plus tard, reconnus-je malgré les affres dans lesquels cette idée me plongeait. Ainsi, Raimbaud pourrait prendre ses marques sans être continuellement jaugé. Et quand Romaric reviendrait, tout irait pour le mieux.

Après le repas, Raimbaud se retira dans la chambre que je lui avais allouée, dans l'autre tour, loin de la mienne pour ne point prêter le flanc aux médisances, et je me rendis sur le rempart avec mon fils. Le templier et moi avions vécu trop de choses chacun de notre côté. Il y avait une partie de ma vie qui ne pouvait le concerner, comme une portion de la sienne m'échapperait toujours.

Assise sur la pierre encore tiède de son exposition au soleil, je regardai les étoiles prendre possession du firmament et la lune débuter sa course sur la voûte céleste.

— Que vouliez-vous me dire en privé, mère ? s'agita Romaric à mes côtés, insensible à la beauté du moment. Est-ce à propos de vos choix... étonnants ?

— Certainement pas, rétorquai-je d'un ton sec, fâchée que sa nouvelle indépendance l'incite à contester même les décisions me concernant. Je voulais seulement te redire à quel point je suis fière de toi. Je n'aurais pu mieux faire à Crebessac. Tu es prêt à voler de tes propres ailes.

Je rajoutai, ne pouvant m'en empêcher :

— Tu seras prudent auprès du vicomte, n'est-ce pas ?

— Prudent, s'insurgea-t-il. Au contraire, je dois être brave. Voudriez-vous qu'on me traite de couard ?

Je soupirai. La fierté des hommes...

— Ne sois point téméraire. Je n'ai que toi, Romaric.

— Plus maintenant, mère.

Je secouai la tête. Comme si c'était pareil... Il était mon seul enfant.

Après un court silence, il reprit sans me regarder.

— Pendant votre absence, j'ai lu le rouleau, l'histoire de mon aïeule. Je comprends mieux la raison de votre départ. Vous lui ressemblez fort, à vouloir protéger ceux qui vous sont chers.

— Comme je l'ai fait pour toi, Romaric.

— Ma tante Mélaine ne me voulait point de mal, protesta-t-il.

— Je le sais et l'en remercie. Mais elle m'a privée de ta jeunesse. Je ne t'ai pas vu grandir. C'est mon plus grand regret.

— Mais vous me verrez devenir hardi et courageux. À votre image, mère.

Je retins un hoquet tandis qu'il se levait d'un mouvement brusque, peu naturel. Je doutais d'avoir bien entendu. M'avait-il vraiment reconnu quelque qualité ?

— Je vais me coucher, ajouta-t-il avec légèreté alors que je peinais à calmer les battements effrénés de mon cœur. Vous devriez en faire autant, mère. La journée de demain s'annonce d'importance et puisqu'on parle de jeunesse, vous n'avez plus celle de vos premières épousailles.

J'acquiesçai, presque soulagée de retrouver ses sarcasmes habituels. Mais quelque chose semblait avoir changé durant mon absence.

Quand je regagnai ma chambre que je partageais pour la dernière fois avec Bertille, celle-ci n'y était point. Je commençai à ôter ma coiffe. La servante arriva peu de temps après, essoufflée et le rouge aux joues.

— Que se passe-t-il ? la pressai-je. Pourquoi cette hâte ? As-tu connaissance d'une nouvelle alarmante ? Valmenon ?

— Que nenni, ma dame, mais j'ai été retenue aux cuisines et je ne voulais point vous faire attendre.

Quelque chose dans son ton m'interpella. Je la fixai un instant avec l'impression qu'elle ne me disait pas toute la vérité. Sous mon examen, elle se détourna, s'empara d'un peigne et commença à me démêler les cheveux, se plaignant encore de leur longueur indigne d'une dame.

— Comment vous coifferai-je pour demain ? se lamenta-t-elle d'une voix un peu trop aiguë. Aucune épousée n'a jamais eu des cheveux aussi courts, j'en suis sûre.

— Je fais confiance à ton habileté pour me trouver une coiffure digne de mon rang, Bertille.

Elle soupira de manière théâtrale.

— Si vous cessiez aussi de vous faire passer pour un homme, ils auraient le temps de repousser. À croire que cela vous amuse.

— Il faut reconnaître qu'ils jouissent de bien plus de libertés que nous. Mais j'avoue que j'aspire à la paix, je suis fatiguée de me battre.

Elle posa le peigne et commença à détacher ma robe.

— Que pourrions-nous craindre encore ? Votre fils heureux chez le vicomte, votre amoureux bien à l'abri dans votre fief et même le désir du pape de vous voir mariée sur le point de se réaliser.

J'éclatai de rire. Elle avait de ces simplifications...

— Tu oublies Gérald de Valmenon, repris-je avec plus de sérieux. J'ignore comment il prendra la nouvelle de mes épousailles.

— Probablement mal, ma dame, s'amusa-t-elle. Mais que pourra-t-il faire alors que vous lui avez magistralement coupé l'herbe sous le pied ? Il n'oserait quand même pas se ridiculiser à venir vous en demander raison alors que vous ne lui avez même pas signifié votre accord.

— Je l'espère, Bertille. Mais c'est le genre d'homme qui estime qu'une femme n'a point son mot à dire.

36

Le lendemain, l'aube était à peine levée que je trempais déjà dans une cuve avec Bertille à mes pieds, bien décidée à me poncer de partout pour me rendre la peau douce.

— Allons, Bertille, toutes ces simagrées ne sont pas nécessaires, protestai-je alors qu'elle s'emparait de ma jambe. Ce n'est point comme si Raimbaud ne m'avait jamais touchée.

— Ces simagrées ! s'insurgea-t-elle, le regard orageux. Alors que vous vous négligez depuis des mois. J'ai fait bien plus pour le mariage d'Alaïs. Vous n'allez quand même pas me voler mon plaisir !

Je soupirai et capitulai, tant qu'elle ne dépassait point tierce.

J'avais ordonné que le mariage soit célébré le plus tôt possible dans la journée. S'il n'avait tenu qu'à moi, la cérémonie aurait déjà eu lieu hier, à peine descendus de cheval, avec la poussière de la route encore sur le dos, mais il m'avait fallu ménager mon fils et mes gens.

— Quelle robe voulez-vous porter ? me demanda Bertille, après m'avoir soigneusement séchée.

— Ai-je tant de choix ? m'étonnai-je.

— Vos coffres contiennent des merveilles, ma dame. J'ai trouvé au moins deux robes suffisamment élégantes pour l'occasion. Préférez-vous la bleue ou la rouge feu ?

Des robes datant des débuts de mon mariage, me rappelai-je.

Je m'étais si peu préoccupée de ma toilette depuis mon veuvage que j'avais oublié leur existence.

— La rouge, décidai-je.

Raimbaud ne m'appelait-il pas sa flamme ? Aujourd'hui, je voulais me voir flamboyer dans ses yeux.

— Tu y ajouteras aussi le collier que Mélaine a été obligée de me rendre.

Bertille m'aida à passer ma toilette, puis elle entreprit de me coiffer à sa convenance, deux tresses courant de chaque côté de ma tête, telle une couronne, qu'elle égaya de quelques fleurs de rosier sauvage. Elle posa par-dessus un voile si fin qu'il semblait fait de fumée, un souvenir que j'avais ramené d'Orient et porté à mes premières épousailles.

— Voilà, s'exclama-t-elle d'un air satisfait en me tendant mon unique miroir.

Je me mirai longuement, ayant du mal à me reconnaître. Si je n'avais plus la fraîcheur d'une jouvencelle, l'éclat de bonheur de mes yeux compensait largement ma mine plus mature.

— C'est magnifique, Bertille, m'exclamai-je, oubliant mes préoccupations durant quelques instants.

Elle eut une mimique modeste.

— Il faut bien que votre promis se rende compte de la chance qu'il a de marier une femme aussi exceptionnelle que vous.

— C'est moi qui ai de la chance, murmurai-je en m'empourprant.

Le conseil de ma mère reçu longtemps auparavant me revint en mémoire. J'avais dû prier suffisamment fort puisque, en dépit de tout ce qui nous séparait, j'épousais aujourd'hui l'homme que j'aimais.

Je descendis dans la cour et pris place sur ma jument joliment harnachée pour rejoindre la chapelle du village, suivie par le cortège de mes gens.

J'arrivai devant l'édifice. Raimbaud était déjà présent, dans une tenue élégante mais un peu démodée qui avait appartenu à Gontran. Je reconnaissais là l'efficacité de Bertille. Mes servantes avaient probablement œuvré une bonne partie de la nuit pour la remettre aux bonnes mesures. Le cœur battant, je pris quelques instants pour l'admirer, sa carrure soulignée par le pourpoint, ses jambes moulées dans les chausses de couleur vive. Une douce chaleur m'envahit le ventre. Ce jour que j'avais espéré sans y croire était arrivé. Dans quelques instants, j'allais devenir sienne comme il allait devenir mien et plus rien ne nous séparerait jamais.

Je descendis de cheval et m'approchai de lui. Dès qu'il m'aperçut, ses yeux s'écarquillèrent et je fus heureuse d'avoir laissé œuvrer Bertille. Puis son sourire se crispa légèrement. Ainsi, lui aussi semblait préoccupé par la menace qui planait toujours au-dessus de notre bonheur.

— Ce sera bientôt fini, murmurai-je, plongeant mon regard dans le sien.

Je lui pris la main. Quand il la serra avec force, je sentis mon cœur fondre. Plus que jamais, je comprenais les recommandations de mon père : sa légère inquiétude, son impression de me forcer la main en me proposant Gontran, sans me laisser le temps de trouver celui pour lequel mon cœur battait la chamade comme à cet instant.

La cérémonie débuta, fort différente de la première que j'avais vécue. À l'époque, je m'étais sentie perdue, une pauvre jouvencelle au milieu de tous ces inconnus dont j'étais le point de mire. Aujourd'hui, je les connaissais tous, mais je n'étais pas beaucoup plus sereine. Cela aurait dû être uniquement un jour de joie, mais tandis que le prêtre débitait ses paroles, déroulant la longue liste de nos devoirs respectifs, je me sentais désagréablement exposée. J'écoutai à peine, les épaules raides, les sens en éveil, redoutant d'entendre un galop retentir et des imprécations ordonner de tout cesser.

Mais la cérémonie prit fin sans que rien ne vienne la troubler. Raimbaud se tourna vers moi et prit mes lèvres en un baiser passionné, à la vue de tous. Sous la brûlante pression de sa bouche, je frémis, oubliant toutes mes inquiétudes. Puis nous pivotâmes vers le reste de l'assistance. Le visage fermé de mon fils m'arracha une grimace. Se sentait-il mal à l'aise de me voir remplacer son père avec tant d'empressement ?

Nous regagnâmes le château avec un peu plus de hâte que ne le voulaient les usages. Quand je fus enfin entre mes murs, je poussai un discret soupir de soulagement à l'idée que Gérald ou un autre ne nous ait point interrompus. Je pouvais maintenant profiter de la fête et de la douce certitude d'avoir épousé l'homme qui me convenait.

Nous nous dispersâmes dans la grande cour où avait lieu le repas. Musique, danses et spectacles agrémentèrent le banquet, où seuls mes gens avaient été invités. À ma senestre, Romaric ne cessait de parler de son futur départ, comme pour nier l'événement présent. Je hochais la tête et mimais une joie factice à ses propos tout en jetant de fréquents coups d'œil à ma dextre où Raimbaud restait étrangement silencieux. Malgré cela, j'avais une conscience aiguë de sa présence. Je sentais la brûlure de son regard qui ne me quittait point et savourais l'impression qu'il me donnait d'être un objet précieux.

Entre deux services de plats, Bertille vint me chercher.

— Allons, ma dame, ce sont vos épousailles. Il vous faut danser, même si vous n'êtes plus une jouvencelle.

— Vraiment, Bertille, est-ce nécessaire à mon âge ? soufflai-je en désignant discrètement les deux hommes qui s'ignoraient avec application.

Sans me laisser protester davantage, elle m'entraîna avec elle dans une ronde. Dès que les pas me le permirent, je tournai la tête vers Raimbaud et fronçai les sourcils en découvrant mon fils à ses côtés. L'air contrarié qu'ils arboraient tous les deux me serra le cœur. J'allais me dégager, mais Eliette, la petite muette qui tenait mon autre main, trébucha. Quand je regardai de nouveau vers la table d'honneur, Romaric avait rejoint Raoul. Je secouai la tête pour chasser mes idées noires. C'était le jour de mes noces. Peut-être avais-je seulement rêvé cette hostilité ?

Enfin arriva l'heure de disparaître. Je refusai qu'un quelconque cortège nous accompagne alors que mon fils était dans l'assemblée. Je n'étais plus une jeune fille innocente et lui l'était encore bien trop, du moins je l'espérais.

Nous arrivâmes à ma chambre. Malgré la douceur de la saison, un feu brûlait dans la cheminée, apportant une tiédeur agréable. La pièce avait été décorée avec de grandes gerbes de fleurs sauvages. Le cimeterre gagné par mon père des années plus tôt était toujours accroché au mur, ainsi que la tapisserie qui masquait le mécanisme de la cache secrète. Je tournai la tête vers le lit où Bertille avait changé les draps et fus parcourue d'un délicieux frisson d'anticipation.

Raimbaud referma la porte et nous nous retrouvâmes seuls pour la première fois depuis ma visite nocturne dans le prieuré. Nous restâmes quelques instants face à face, à nous dévisager sans faire un geste. Une lueur si furtive que je n'arrivais pas à l'identifier passa dans ses yeux légèrement écarquillés. Je laissai mon regard dériver sur son corps, le déshabillant en pensées. Aussitôt ma respiration s'emballa et je tendis la main vers lui. Il choisit cet instant pour me tourner le dos, s'empara de deux coupes et d'une cruche, et nous servit un vin capiteux.

— On dit que cela donne des forces aux jeunes mariées, remarqua-t-il d'une voix un peu forcée en me tendant l'une des coupes.

— Je ne suis plus jeune, m'exclamai-je d'une voix joyeuse pour dissiper sa gêne. Et je pense surtout qu'il s'agissait de les enivrer pour ne point qu'elles s'effrayent de ce qui pouvait arriver.

Il fronça les sourcils.

— Est-ce ainsi que cela s'est passé pour vous ?

Je secouai la tête.

— Oh non, Gontran était plein de délicatesse...

Je m'interrompis brusquement. Ce n'était point le moment de faire des comparaisons alors qu'il semblait toujours mal à l'aise.

Afin de retrouver une contenance, je trempai mes lèvres dans ma coupe et la posai, presque intacte, sur le coffre où elle s'était auparavant trouvée. Je n'avais pas besoin d'amener davantage de confusion dans ma tête. Pendant ce temps, Raimbaud n'avait pas bougé, le regard accroché sur le cimeterre.

— Quelque chose vous chagrine ? attaquai-je, incapable de supporter un instant de plus cette atmosphère guindée.

Il se mordilla les lèvres, hésitant, un geste dont je n'avais point l'habitude.

— Votre union n'est guère brillante, Flamalia. Je n'ai ni bien ni famille. Mon nom est entaché d'infamie. Êtes-vous sûre de ne point le regretter ? Si vous souhaitez la rompre un jour, il vaudrait mieux que nous gardions nos distances.

Je fronçai les sourcils. Cela n'avait jamais eu la moindre importance pour moi. Qui lui avait mis de pareilles idées en tête ? Mon fils ? C'était bien possible.

Soudain, des cris aigus à l'extérieur attirèrent mon attention. Un frisson remonta le long de mon dos. Gérald ? Inquiète, je poussai le volet de la fenêtre avant de laisser échapper un soupir de soulagement. Dans le crépuscule, Romaric s'était mis en tête d'organiser un concours d'agilité et incitait fortement le triste et sérieux Raoul à participer. C'était la voix paniquée du précepteur que j'avais entendue.

J'observai quelques instants mon fils, attendrie, et une boule de chagrin me remonta dans la gorge. C'était sa dernière soirée ici.

— Que se passe-t-il ?

Raimbaud m'avait rejointe, je refermai le volet.

— Ce n'est rien. Les jeunes et les moins jeunes s'amusent avant leur départ.

Ma voix se brisa sur ces derniers mots. Oubliant sa réserve, Raimbaud me prit dans ses bras. Aussitôt, la peine qui me comprimait le cœur reflua légèrement. J'appuyai mon front contre son épaule. Même si Romaric me quittait dans quelques heures, je ne resterais pas seule.

— Vous semblez bouleversée.

— Je suis rentrée hier et il s'en va demain, soupirai-je. Pour des années.

— C'est le propre des garçons de quitter un jour leur foyer. Regrettez-vous d'avoir passé ces derniers mois loin de lui ?

« À cause de moi. » Des mots inaudibles qui résonnèrent cependant entre nous.

Je pris un instant pour y réfléchir avant de secouer la tête. Comment aurais-je pu regretter de l'avoir arraché à la prison ? Il avait fait ce qu'il pensait juste et moi aussi. Je déglutis pour chasser le vague à l'âme qui m'avait saisie et me reculai légèrement.

— Ainsi va la vie. Je ne peux le garder près de moi plus longtemps. Il est heureux de partir. Et maintenant, je vous ai, vous, achevai-je avec un sourire un peu tremblant.

— Un réprouvé qu'il n'accepte point.

C'était donc cela qui le tourmentait. Je plongeai mon regard dans le sien, décidée à en chasser définitivement les ombres, et m'emparai de sa main.

— Je n'ai point besoin de fortune ou de relations alors que vous m'apportez tellement plus, décrétai-je. La liberté, le respect et, le plus important, la chaude affection du cœur.

J'avais posé nos doigts entrelacés sur ma poitrine, comme pour renforcer ma déclaration. Puis je me rapprochai encore et murmurai presque contre ses lèvres :

— À présent, si vous voulez me rendre tout à fait heureuse, messire, il me serait plaisant que vous me fassiez une fille.

L'invite ne pouvait être plus claire. Ses yeux étincelèrent, chassant ses dernières hésitations, et il s'empara de ma bouche. Je renversai la tête en arrière sous son élan et me pressai contre son corps. Quelle importance ce qu'il était ou n'était point alors qu'il régnait sur mon cœur ! Ses larges mains qui me parcouraient le dos affolaient mes sens. Je voulais sentir de nouveau contre moi le velours de sa peau, éprouver la dureté de ses muscles.

Le souffle court, je me détachai de lui et levai les mains pour enlever le collier qui me ceignait le cou. Il attrapa mes poignets, les immobilisa délicatement derrière ma tête.

— Non, Flamalia. Pour ce soir, laissez-moi faire.

J'acquiesçai, troublée par son initiative. Il passa derrière moi, détacha ma ceinture, puis il fit glisser ma robe et ma chemise tout en m'embrassant le cou. Le contraste entre le froid du collier et ses lèvres chaudes me fit tressaillir. Ses dents mordillèrent tendrement ma peau, provoquant une nuée de frissons et ses mains réchauffèrent mes seins dénudés avant de continuer leur descente. Je me laissai aller contre lui, mon dos contre son torse, mes fesses s'appuyant sur ses jambes, ondulant des hanches alors que le tissu descendait toujours plus bas sous ses mains décidées.

Quand ma robe ne fut plus qu'un petit tas à mes pieds, ses doigts s'aventurèrent entre mes cuisses. Je retins mon souffle.

— Vous voilà bien audacieux ce soir, gémis-je dans son cou, sentant mon corps lui répondre.

Il chuchota, presque contre mon oreille :

— Je n'ai point l'intention de m'arrêter là.

La promesse contenue dans sa voix me fit frémir. Mes jambes fléchirent. Il me retourna vers lui et m'embrassa avec fougue, m'ôtant presque le souffle, avant de me porter sur le lit. Sous son regard ardent, je tremblais d'impatience. Il fit glisser mes chausses, laissant ses doigts courir le long de mes jambes avant de remonter et de s'insinuer, conquérants, dans mon intimité.

Mes yeux s'écarquillèrent, ma bouche s'arrondit de surprise et je soufflai, taquine :

— Oh ! Vous ne m'avez point habituée à cela. Serait-ce le mariage qui vous inspire cette nouvelle assurance ?

— Rassurez-vous, je ne me suis point mis à la débauche. J'ai seulement pris conseil pour ne pas décevoir ma tendre épouse.

— Des conseils ? m'étranglai-je en me redressant à moitié sous la confusion. Mais auprès de qui ?

— Auprès de Bertille. Plus qu'une simple servante, n'est-elle pas votre confidente ? Elle ne s'est point gaussée d'un pauvre chevalier qui cherche à plaire à sa dame.

Un fou rire nerveux faillit m'échapper à imaginer la scène. Je comprenais maintenant l'air embarrassé de la jeune femme hier soir. Malgré sa langue leste, certaines choses semblaient encore la désarçonner.

— Moi non plus, je ne me gausse point, murmurai-je, attendrie par cette prévenance.

Il reprit ses caresses, à la fois timides et audacieuses, guettant du coin de l'œil mes réactions. Sous l'action conjuguée de sa langue et ses mains, je ne pus bientôt plus retenir mes soupirs. Je me cambrais, féline, allant à sa rencontre. Je ronronnais comme ces chats qu'on vénérait en Orient autant qu'on les méprisait en Occident. Des vagues de plaisir me parcouraient le corps, me laissant chaque fois plus pantelante.

Je tirai avec empressement sur ses vêtements pour le toucher à mon tour. Entre deux caresses, il finit de se dévêtir. Aussitôt, mes mains partirent à la conquête de ses épaules tandis qu'il reprenait ses tendres attentions, m'occasionnant des frissons incontrôlables.

— Viens, l'implorai-je à bout de souffle, quand je ne pus plus attendre.

Il se redressa, l'air satisfait de lui et m'attrapa les poignets, faisant de nouveau de moi sa prisonnière consentante. J'ouvris plus largement les cuisses pour l'accueillir, et mêlai mes jambes aux siennes quand il me pénétra enfin. Un gémissement s'échappa de sa bouche, ou peut-être était-ce de la mienne, alors que nos corps s'accordaient à nouveau. J'ondulai des hanches, le provoquant d'un regard impudique. Il eut un sourire carnassier et plongea plus profondément en moi, m'arrachant un cri de plaisir. Puis notre danse voluptueuse, plus tendre et intense que jamais, finit par nous mener à l'extase.

La nuit était tombée. Dehors, les chants s'étaient tus. Seuls les valets et servantes devaient encore s'activer à cette heure pour tout ranger.

— Pourquoi ne nous sommes-nous point rencontrés à quinze ans avec toute la vie devant nous ? soupirai-je alors que je reposais, comblée, dans les bras de Raimbaud. J'aurais tellement aimé goûter à ce bonheur plus tôt.

— Peut-être fallait-il que nous connûmes ce lot d'épreuves pour l'apprécier pleinement aujourd'hui ? proposa-t-il. Je ne pensais pas à l'amour plus jeune, seulement à la gloire des combats.

Je grimaçai. Toujours ce goût pour la renommée. Comme Romaric. Était-ce notre monde, à glorifier les faits guerriers, qui les rendaient ainsi ?

— Je dois reconnaître que je ne rêvais guère de félicité domestique comme les autres filles de mon âge, avouai-je. Alors que, maintenant, après avoir tant parcouru le monde, je voudrais ne plus jamais quitter Crebessac et la monotonie de ses saisons.

— Tu n'aurais pas eu ce fief si nous nous étions rencontrés plus tôt. Tu ne m'aurais même pas remarqué. Je n'étais qu'un cadet sans importance. D'ailleurs, je le suis toujours.

Sa voix s'était faite plus âpre. Je n'aimais point la direction que prenait cette conversation. Fallait-il crever l'abcès une bonne fois pour toutes ? Mes yeux dérivèrent vers le feu qui crépitait dans l'âtre, nous habillant tour à tour d'ombres et de lumière. Je renonçai, n'ayant pas l'envie de me lancer dans une explication si opposée à la douceur du moment présent.

— L'important n'est-il pas de nous être retrouvés au Puy-en-Velay ? Si tu ne m'avais point proposé de faire ce voyage avec toi…

— Il fallait bien te faire payer tes dettes, rétorqua-t-il avec un sourire.

Il m'embrassa derrière l'oreille et je me laissai aller contre lui, le cœur gonflé de joie. Il plaisantait, comme si maintenant que l'ordre n'était plus il pouvait aborder ce sujet douloureux sans plus se sentir coupable. Cela m'enhardit.

— J'ai rencontré l'homme à qui tu devais remettre la relique. Eudes, si c'est vraiment son nom. Il s'est occupé de Romaric quand il s'est rompu la jambe.

Sous la surprise, Raimbaud se redressa sur un coude.

— Eudes ? Ainsi, il n'aurait point péri ! J'en suis fort soulagé.

— Il a échappé aux hommes du roi et depuis il erre dans la région, soignant les gens, expliquai-je. Sa science est grande.

— C'était un proche du commandeur du Ruou, près de Draguignan, qui avait été auparavant commandeur au Puy-en-Velay. Comme je le connaissais, j'ai été désigné pour convoyer l'épine quand elle est arrivée au Puy.

— Où devait-il l'emmener ? murmurai-je dans un souffle, craignant qu'il ne me réponde point.

Il hésita.

— Je n'étais pas d'assez haut rang dans la hiérarchie du Temple pour avoir toutes les informations en mains, mais je soupçonne que c'était en Castille.

— En Castille ? m'étonnai-je.

— En quoi cela serait-il étonnant ? La reine douairière Marie de Molina avait encore beaucoup d'influence sur son fils, le roi Ferdinand IV. Elle avait assuré la régence durant sa minorité et avait donné ses filles aux couronnes d'Aragon et de Portugal. Quant à Jacques II, le roi d'Aragon, il était un ami du grand maître. Nous aurions pu leur apporter notre aide dans leur *Reconquista,* pour chasser les Maures de Grenade et, en échange, ils nous auraient soutenus en Terre sainte.

Je hochai la tête. Cela se tenait.

Nous gardâmes le silence durant quelques instants, chacun perdu dans ses pensées. Demain mes devoirs de châtelaine reprendraient le dessus. Il me faudrait aussi dire adieu à mon fils. À cette idée, mon cœur se serra, même si ce répit s'annonçait finalement bienvenu en me permettant de réfléchir plus sereinement à l'avenir. Je ne savais comment Raimbaud accepterait son autorité d'adulte lorsque Romaric reviendrait définitivement chez lui. Devrions-nous nous installer ailleurs ? Et d'ici là ? Il ne connaissait personne.

— Je pourrais inviter Eudes à demeurer ici, chuchotai-je, honteuse de n'y avoir pas pensé plus tôt. Du moins, si notre relation ne l'incommode point. Crois-tu qu'il trouverait à redire ?

Raimbaud pivota jusqu'à se retrouver au-dessus de moi et mordilla la peau tendre de mon cou.

— Il dirait probablement que j'ai de la chance.

Je soupirai, frémissant de désir, avant de l'enlacer.

Et si j'avais un autre fils ? pensai-je soudain. Serait-il condamné à choisir l'Église et à mener une existence de solitude pour faire carrière ? Je me recueillis un bref instant, priant, si j'avais la chance d'être à nouveau mère, pour avoir une fille. Puis j'oubliai vite toute dévotion sous les caresses ensorcelantes de mon chevalier.

37

Le lendemain, Bertille vint sans vergogne m'arracher à mon lit. Je clignai des yeux, surprise, quand elle frappa brièvement à la porte avant d'entrer avec autorité. Raimbaud s'était déjà levé, reprenant probablement une habitude de son ancienne vie, me laissant dans le grand lit encore tiède de nos ébats.

Elle m'adressa un regard entendu.

— Vous m'avez l'air bien paresseuse ce matin, ma dame. Le soleil est levé depuis plus d'une heure et votre fils s'impatiente. M'est avis que votre nuit fut bien remplie.

Un sourire attristé aux lèvres, je m'étirai sans répondre, cherchant du courage dans le souvenir des tendres moments des dernières heures, tandis que ma servante s'activait dans la chambre, ouvrant le volet, secouant la couverture, repoussant la cendre au fond de l'âtre. J'avais décidé que je n'allais point pleurer aujourd'hui, même si Romaric me quittait. Je refusais de lui faire honte.

Un fracas monta de la cour sans que Bertille n'en semble alarmée. Intriguée, je me levai et me penchai vers la fenêtre, un drap cachant pudiquement mes courbes. Dans la cour, deux hommes ferraillaient à l'épée d'exercice. Je reconnus Romaric et ses coups violents encore un peu brouillons. Quoi qu'en dise Bertille, il avait trouvé de quoi s'occuper.

Puis je pâlis en identifiant son adversaire. Dans une posture plus souple et plus habituée à l'esquive, Raimbaud parait les attaques de mon fils de gestes plus fluides mais moins puissants.

Je poussai un gémissement angoissé.

— N'allez point vous mettre martel en tête, ma dame, intervint ma servante. Ils ne font que s'entraîner.

Je n'étais pas de son avis. Le ventre dévoré par l'anxiété, je lui demandai de me préparer rapidement et descendis rejoindre les combattants. Les hommes qui les entouraient me laissèrent passer, me saluant avec respect et affection. À ma vue, un surcroît d'agressivité sembla habiter les adversaires. Mon fils frappa plus fort, mon amant prit plus de risques, comme s'ils voulaient tous deux s'illustrer devant moi et arracher la victoire.

Je frémis de peur. L'un n'allait-il point finir par blesser l'autre ?

La fin du combat se précipita soudain. Déséquilibré par une pierre sous ses pas, Raimbaud vacilla. Romaric profita de l'ouverture pour lui asséner un coup de taille que le templier détourna à grand-peine, avant de rouler au sol. Je le vis grimacer comme s'il s'était tordu le genou. Mon fils ne le laissa pas se relever et, les lèvres retroussées en un rictus agressif, il pointa son épée sur sa poitrine en signe de triomphe.

Craignant que cela ne dégénère, je frappai avec force dans mes mains pour attirer leur attention et me mis à applaudir vigoureusement. J'avançai vers Romaric, un sourire plein de fierté maternelle aux lèvres.

— Je vois qu'il n'y a pas que dans la gestion de Crebessac que tes efforts furent profitables ces derniers mois, m'extasiai-je. Tu as retrouvé ton allant et ton habileté dans le métier des armes. Tu ne feras point honte à notre sang devant le vicomte de Polignac.

Puis, malgré la poussière et la sueur qui le maculaient, je le pris dans mes bras.

— Avant ton départ, j'aurai quelque chose à te remettre, lui chuchotai-je. Maintenant, va te préparer. Vous partez vers tierce et le soleil est déjà haut.

Il suivit mon conseil et appela Arnaud pour l'aider à rassembler son matériel. Je me rapprochai du perdant qui s'était relevé, le regard farouche, dépité de s'être fait battre par un garçon qui n'avait même pas le rang d'écuyer. Il ne pouvait savoir que Mélaine avait veillé à ce que Romaric ait les meilleurs maîtres.

Je lui souris avec tendresse avant de lui murmurer pour n'être entendu que de nous seuls.

— Il faut savoir choisir ses victoires, messire. On ne peut pas toujours vaincre sur le terrain d'exercice après avoir brillé la nuit durant dans le lit d'une dame.

Il m'adressa un regard brûlant que je lui rendis. Je soupirai imperceptiblement, le corps déjà en émoi. Puis, avant de m'égarer tout à fait dans les affres du désir, je le pris résolument par le bras.

— Viens maintenant que je te présente Crebessac.

Je ne comptais pas lui laisser la gestion du domaine pour retourner à des occupations toutes féminines, comme me l'avait ordonné le pape, mais je voulais qu'il se sente chez lui.

Tierce s'amenait et Romaric piaffait dans la cour, avec son escorte, la demi-douzaine d'hommes envoyés par Mélaine durant mon séjour à Vienne. J'y avais adjoint deux des miens, dont Roscelin que Bertille voyait partir avec un peu de peine. Ils rejoindraient Brives, et Mélaine, en tant que vassale, escorterait mon fils jusque chez le vicomte. Une brève inquiétude me serra le cœur à l'idée que, durant le court laps de temps où ils chemineraient ensemble, elle puisse lui retourner la tête. J'espérais que, maintenant qu'il me connaissait mieux, Romaric ne se laisserait plus prendre à ses tromperies.

Prenant un long paquet dans la main, je m'avançai vers mon fils d'un pas solennel sous le regard de tous les occupants du château, du capitaine de la garde au garçon chargé de garder les oies.

— En ce jour, je te remets l'épée de ton père, qui la reçut lui-même du sien quand il lui laissa le domaine avant de partir outre-mer combattre les Sarrasins, déclarai-je en sortant l'arme de la toile huilée qui la protégeait de la rouille. Porte-la avec honneur.

J'esquivai habilement toute mention à l'ordre du Temple, diffamé, ne voulant retenir que la seule gloire que mon beau-père avait recueillie.

Mon fils la brandit dans la lumière, et nos gens, qui pour la plupart avaient connu Gontran, acclamèrent le jeune garçon, heureux de voir la relève assurée. Je levai les yeux au ciel. Je m'étais battue pour récupérer le domaine, je l'avais aidé à se relever de plusieurs années de négligence, j'avais veillé à ce qu'il ne tombe point entre des mains avides, mais en ce jour mon seul mérite semblait être celui d'avoir donné un fils robuste à mon premier époux. Soit !

Évitant l'arme, je donnai une dernière accolade à Romaric, chuchotant pour lui seul :

— M'écriras-tu ? J'attendrai tes nouvelles avec impatience. Tu vas tellement me manquer.

— Je le ferai, mère. Mais point trop souvent. Et vous aurez vous aussi fort à faire avec votre nouvel époux.

Le léger sarcasme dans sa voix ne m'échappa point.

— Tu sais pourquoi je l'ai épousé, rétorquai-je. Pour que Crebessac te revienne quoi qu'il arrive. Il ne te volera point.

Il m'adressa un regard légèrement goguenard.

— Je ne doute point que, même dans le cas contraire, vous sauriez le mettre au pas. N'êtes-vous pas allée jusqu'à menacer le pape ?

Je fronçai les sourcils.

— Qui te l'a raconté ?

— Arnaud, mère. Je l'ai interrogé. Je me devais de savoir ce que vous aviez fabriqué durant tous ces mois là-bas.

Je rougis aussitôt. Mon fils savait-il vraiment tout ? Comment allait-il me juger, maintenant ? Ce qui s'était passé à Vienne aurait dû rester à Vienne.

Puis je redressai les épaules. Qu'importe ma *bona fama !* N'avais-je point cherché au contraire à l'élever loin de tous ces préjugés ?

— Une chose qu'il ne faudrait pas ébruiter, même auprès de Mélaine, finis-je par chuchoter. Je ne bénéficie point de l'impunité du roi de France.

Il hocha la tête et, après un dernier baiser sur le front en guise de bénédiction, je le laissai partir. Il enfourcha son cheval d'un mouvement impatient, prit celui de rechange par la bride et se mit en route sans se retourner. Son escorte le suivit, y compris le malhabile Raoul qui montait encore plus mal que Bertille et dont j'étais heureuse de me débarrasser.

Ce fut seulement quand ils passèrent la porte et s'éloignèrent sur le chemin que j'autorisai une larme à rouler sur ma joue.

38

Quelques jours s'écoulèrent, mélange d'une agréable vie domestique entrecoupée de nuits exquises. Je laissai à Raimbaud le soin de réorganiser notre garnison et, pour oublier l'absence de mon fils, je me replongeai dans les mille tracas du quotidien.

Je participai aussi à de nombreuses audiences, moins de doléances que de vœux de bonheur. Mais je n'étais pas dupe. Je lisais dans les yeux de mes féaux une légère crainte en l'avenir. Je les rassurai, leur montrant que je n'abandonnais pas la gestion du domaine entre des mains étrangères.

Un jour, alors que j'examinai les dégâts orchestrés par une famille de rongeurs dans l'une de nos réserves, Bertille vint me trouver. Son pas pressé n'augurait rien de bon.

— Ma dame, une troupe arrive sur le chemin.

Je sortis vivement, dépitée de n'avoir point été prévenue par Raimbaud, et le trouvai sur le rempart à examiner l'horizon.

— Qui est-ce ? le pressai-je. Serait-ce Romaric qui revient ?

Il secoua la tête et je plissai les yeux afin de distinguer la bannière. Je reculai d'un pas, un coup au cœur.

— Valmenon, murmurai-je.

La nouvelle de mes épousailles avait probablement fini par atteindre Gérald. Et, au lieu de ruminer son humiliation dans son coin, il choisissait de me demander des comptes. Un frisson me parcourut le dos. Avait-il l'intention de porter la guerre sur nos terres ?

Ils ne sont pas assez nombreux pour cela, me rassurai-je, *pour l'instant du moins.*

Par prudence, j'ordonnai de baisser la herse. Puis je me tournai vers Raimbaud.

— Pourquoi ne m'as-tu point prévenue ?

Il fronça les sourcils à ma question un peu âpre.

— C'était de ma responsabilité. Il me semblait trop tôt de t'alarmer alors que notre visiteur n'était point encore identifiable et sa troupe fort réduite.

Je tiquai, mais hochai néanmoins la tête, ne voulant pas le désavouer à la première occasion. M'étais-je trop habituée à être sur tous les fronts pour ne plus savoir déléguer et faire confiance ?

Raimbaud reprit l'initiative en donnant une série d'ordres. Les hommes jetèrent un coup d'œil dans ma direction comme pour quêter mon approbation avant de s'exécuter. Une moue ironique s'inscrivit sur mon visage. Après avoir tant craint une autre trahison, il semblait que j'avais réussi à m'attacher ces rudes gaillards. Je hochai imperceptiblement la tête et ils se dispersèrent. Raimbaud pinça les lèvres, leur réaction ne lui ayant pas échappé.

— Il faut leur laisser le temps, les défendis-je. C'est à Romaric qu'ils ont juré fidélité et, à travers lui, à moi. Ils s'habitueront à toi aussi.

Je tournai de nouveau mon regard vers l'horizon, le ventre noué. Que voulait Gérald ? Raimbaud et moi avions été dûment mariés. Seule la mort pouvait maintenant nous séparer.

Nos visiteurs finirent par atteindre le château. Campé devant le pont-levis, assis bien droit sur son destrier, Gérald de Valmenon nous toisa avec morgue.

— Ainsi, ma dame, c'est donc de cette manière qu'on accueille son promis approuvé par son suzerain, par une herse close et un impie dans son lit ? tonna-t-il d'en bas pour se faire entendre.

Je grimaçai pendant qu'à côté de moi Raimbaud serrait les poings. Malgré la fin du concile, la propagande orchestrée par les conseillers du roi contre les templiers avait toujours de beaux jours devant elle. Ils n'avaient pourtant pas été reconnus coupables... mais non innocentés non plus.

— Je n'avais point donné mon approbation à ce mariage, répliquai-je en redressant le menton. D'ailleurs, je l'ignorais encore quand je donnai ma promesse à messire du Puy, poussée en cela par la recommandation de notre Très Saint Père le pape Clément de me trouver au plus vite un époux. Je ne pouvais ensuite me dédire.

Mon mensonge me brûla la gorge. Au contraire, c'était la demande cavalière de Gérald, son ordre même qui avait précipité ma requête désespérée au prieuré. J'étouffai ma conscience. De plus grands personnages n'avaient point eu ce genre de scrupules pour arriver à leurs fins.

— Vous auriez dû, répliqua-t-il avec une mauvaise foi évidente. Mais allez-vous vous justifier seulement du haut de ce rempart ? N'allez-vous point m'accorder l'hospitalité après ma route ?

J'hésitai un instant, je n'avais aucune envie de le recevoir. Retenant un soupir, je finis par adresser un signe à Raimbaud pour qu'il fasse ouvrir la herse.

Puis je murmurai :

— Viens avec moi, j'ai besoin de ta force.

Je descendis dans la cour, les jambes tremblantes. Gérald mit pied à terre et un valet d'écurie prit son cheval pour l'emmener se désaltérer.

Je m'arrêtai à quelques pas de lui. Sa stature me dominait et la malveillance de son regard me fit frissonner. Si je me rappelais son agression dans les couloirs de mon propre château sous l'empire du vin, sobre, il me parut encore plus dangereux. Un fauve. Je jetai ensuite un coup d'œil à ma senestre. Je n'étais pas seule aujourd'hui. Raimbaud se tenait à mes côtés comme à l'époque où j'avais affronté Mélaine. Il toisait l'arrivant avec une répulsion à peine dissimulée. Je puisai du courage dans sa présence.

— Je vous souhaite la bienvenue à Crebessac, messire. Mais je ne puis me justifier davantage. Mon mariage fut béni ici même par l'Église et… consommé. Je ne puis seulement qu'être désolée que vos intentions à mon égard ne se soient point déclarées plus tôt.

Ses yeux jetaient des éclairs. Sa main se perdit aux alentours de son épée. Je reculai d'un pas.

— Sale garce menteresse, grinça-t-il, les traits congestionnés. Cries-tu comme une puterelle quand le sodomite que tu t'es choisi te prend par ton fondement comme ils sont seulement capables de faire entre eux ?

Le sang quitta mon visage et je restai momentanément sans voix devant sa grossièreté. Au même moment, un crissement me fit tourner la tête. Trop tard. Raimbaud avait déjà sorti son épée et en menaçait notre visiteur.

— Je ne te permets point d'insulter ma dame, gronda-t-il, semblant se contenir avec peine.

L'autre s'écarta d'un pas et sortit son arme à son tour.

— Tu veux te battre pour l'honneur de cette drôlesse ? Viens, je t'attends !

Sans réfléchir, je me jetai entre eux, le cœur broyé par l'angoisse.

— Je vous interdis de verser le sang dans l'enceinte de ce château.

Je connaissais la force de Gérald, gagnant de la joute. Quant à Raimbaud, je l'avais vu à l'œuvre quelques jours plus tôt et, si la malchance était responsable de sa chute ce jour-là, je doutais néanmoins qu'il fut à la hauteur.

— Demain aux premières lueurs, devant le pont-levis. En armure pour que le plaisir de te pourfendre n'en soit que plus long, reprit Valmenon avec un regard plein de dérision envers la taille plus réduite de son adversaire.

— Je serai là, affirma mon époux, les yeux luisant de colère.

Je secouai la tête, incrédule devant cet échange, mes yeux passant de l'un à l'autre. Non, cette folie ne pouvait se faire.

— Mon cheval ! ordonna Gérald.

Le jeune garçon terrorisé le ramena. Le visiteur l'enfourcha et se pencha une dernière fois vers nous, plein de menaces.

— Je vais te tuer, raclure impie. Ensuite, j'épouserai cette garce et lui inculquerai l'obéissance qu'il lui manque.

Tirant trop fort sur le mors, il fit volter sa pauvre monture et quitta la cour au galop.

Mes forces m'abandonnèrent et je vacillai. En quelques instants à peine, toute la ruse que j'avais mise en place pour nous protéger, mon fils et moi, de l'avidité des Valmenon s'écroulait. Pis, j'allais probablement voir périr Raimbaud demain à l'aube. Gérald ne se contenterait pas de le blesser alors que lui seul faisait obstacle à ses odieux projets.

La vision insoutenable s'imposait déjà à moi : son sang versé, son souffle vacillant, les ombres gagnant progressivement ses yeux, puis son cœur cessant de battre.

Et je me retrouverai dans le lit de son assassin.

— Tu ne peux l'affronter demain, murmurai-je avec peine. Il te tuera. Il est redoutable.

Mais Raimbaud secoua la tête, résolu.

— Je ne reculerai pas, Flamalia. Je ne passerai pas pour un couard à ses yeux, ni à ceux de tous les habitants de ce château. Tu peux tout me demander, mais pas ça.

Pestant contre sa maudite fierté, je m'accrochai à lui, suppliante.

— Tu préfères me laisser à sa merci ? Ne comprends-tu pas que tu fais son jeu ? Je ne supporterai pas de te perdre.

— Tu prieras pour que Dieu me donne la victoire !

Je retins un mouvement d'impatience. Était-ce donc tout ce à quoi j'étais cantonnée ? Trembler, prier, attendre... je ne m'en sentais point capable.

— Tu n'as pas d'armure, protestai-je. Le combat serait par trop inégal.

— Ton premier époux en avait une. J'allais justement te demander si je pouvais l'utiliser.

— Elle ne t'ira point. Gontran était moins large d'épaule.

— Je ferai avec. Allons l'essayer plutôt que de se lamenter. Nous serons vite à demain.

Aucune incertitude dans sa voix, presque de l'impatience comme s'il était pressé d'en découdre. Les larmes aux yeux, je le vis prendre le chemin de l'armurerie. Je le suivis malgré moi, les mains tordues par l'angoisse, incapable de décider quoi faire. Je voulais le mettre en garde contre l'habileté de Gérald mais en même temps, je craignais, si je le faisais, qu'il ne perde son assurance et se voie déjà vaincu.

La fraîcheur de la salle me fit frissonner. Raimbaud demanda qu'on lui apporte les morceaux d'armure, soigneusement conservés depuis des années, et commença à s'en vêtir. Comme je le supposais, les pièces étaient trop petites et les lacets qui les attachaient tirés à l'extrême, laissant d'étroites longueurs vulnérables. L'armure le gênerait sans le protéger totalement.

— Elle ne va point, insistai-je. C'est l'héritage de mon fils. Je refuse que tu ailles te battre avec.

Il plongea son regard dans le mien, plus résolu que jamais.

— Alors j'irai en simple haubergeon si tu m'interdis de la porter.

Comment pouvait-il s'entêter ainsi ? Ne voyait-il point le chagrin qu'il m'occasionnait ? Je m'approchai de lui, pris sa tête entre mes mains et posai mon front contre le sien.

— Pourquoi acceptes-tu de prendre de tels risques ? Que deviendrais-je si tu ne reviens pas ? Tu l'as entendu. Si tu ne crains rien pour toi-même, n'as-tu point peur pour moi ?

Une brève lueur passa dans ses yeux. Il me caressa la joue avant de murmurer avec douceur :

— Je ne serais point un bon époux si je ne pouvais même pas te défendre.

Puis, raffermissant sa voix :

— S'il advient que je succombe, tu t'enfermeras dans le château et tu rappelleras ton fils auprès de toi. Mélaine protégera son héritage.

J'écarquillai les yeux devant sa désinvolture. Oh non, je ne voulais pas mêler Romaric à cette histoire. S'il devait périr par ma faute, je ne m'en remettrais jamais.

— Je t'aime, Raimbaud, soufflai-je à bout d'arguments. Si tu n'es plus, j'ai bien peur de ne pas en avoir la force.

— Tu sais que c'est faux. Tu es plus forte que tu ne le crois. Tu l'as maintes fois prouvé.

Il m'embrassa tendrement avant de se détourner. Puis, prenant une épée à un râtelier, il commença à enchaîner les mouvements et parades afin de s'habituer à l'armure.

Je le contemplai les yeux pleins de larmes. J'avais échoué. Malgré ses déclarations au prieuré, il semblait plus soucieux de son honneur que de son amour pour moi. Incapable d'en supporter davantage, je tournai les talons et m'enfuis dans ma chambre. Peut-être que Bertille, avec son bon sens paysan, trouverait une solution là où je n'en voyais aucune.

39

— Ben, ma dame, on n'est pas dans le purin avec cette histoire !

— Je ne sais plus que faire, m'exclamai-je, après avoir raconté à ma servante ce dernier échange.

Je jetai un coup d'œil nerveux par la fenêtre de ma chambre, d'où je pouvais voir les deux feux que Gérald et son escorte avaient allumés à peu de distance du château. Ils allaient passer la nuit ici.

— Vous, c'est certain, mais peut-être que, moi, je puis faire quelque chose.

Aussitôt je me tournai vers elle, les yeux pleins d'espoir.

— Quoi donc, Bertille ? Aurais-tu une solution pour nous tirer de ce bourbier ? Penses-tu arriver à le convaincre de renoncer ?

— La mule qui réchauffe votre lit ? Que nenni. Mais je peux peut-être circonvenir Valmenon. N'ai-je point toujours eu l'ambition de séduire un chevalier ? C'est l'occasion. Ça m'étonnerait qu'il fasse le fier demain, s'il a la courante ou les bourses trop tordues pour marcher droit. N'avez-vous plus de cette huile rance qui nous avait rendus tous malades l'année dernière ?

— Tu n'y penses pas. Il n'est pas question que tu ailles là-bas. Il pourrait te tuer !

Comme Astride ! Si les traits de mon amie se perdaient dans ma mémoire, je me rappelais encore trop bien l'impuissance qui m'avait saisie alors. Plus jamais cela !

— C'est un risque, ma dame, reconnut-elle, fataliste.

— Je refuse que tu le prennes pour moi, tranchai-je. Me le promets-tu ?

Ma voix d'habitude si douce s'était faite impérieuse. Nous nous affrontâmes un long moment du regard. Elle finit par acquiescer de mauvaise grâce avant de claquer la porte. Je poussai un soupir de soulagement. Puis, incapable de rester sans rien faire, je me rendis dans la chambre de mon fils. Je n'y étais pas revenue depuis qu'il s'était remis de son accident et grimaçai en découvrant le capharnaüm.

Je commençai à ranger, pliant les vêtements qu'il avait abandonnés dans sa précipitation à faire son bagage, redressant les quelques livres qu'il avait ramenés de Brives la première fois, réalignant les remèdes que lui avait donnés Eudes et qui traînaient, maintenant inutiles. Des herbes qu'il me faudrait trier et ramener à la cuisine. Mais pas aujourd'hui.

Puis je gagnai la salle principale pour le repas du soir. Raimbaud s'y trouvait déjà, la peau de la nuque légèrement rougie par les frottements du casque trop étroit. Mon cœur eut un soubresaut. Peut-être était-ce le dernier souper que nous prenions ensemble. Lorsqu'il se tourna vers moi, il ne réussit point à masquer son regard soucieux, et ma bouche se tordit de détresse.

Les premiers plats arrivèrent, je les fixai d'un air absent sans y toucher. Le parfum des épices qui s'en dégageait me donnait la nausée.

— Ne veux-tu rien prendre ? s'inquiéta-t-il.

Je pinçai les lèvres, malheureuse.

— Je n'ai pas faim.

Lui dévorait à belles dents après l'entraînement du jour. Comme un soldat prenant des forces avant la bataille !

Il tenta quelques remarques d'ordre général sur le domaine mais, derrière la normalité de ses propos, je devinais une angoisse diffuse. Je ne répondis point, mes mains jouant nerveusement avec une branche de persil tombée du brouet devant moi. Je me sentais incapable de feindre comme lui.

Sa main se posa tendrement sur mon bras.

—Vas-tu passer toute cette soirée mutique ?

Je ravalai une réplique amère sur l'imbécillité des hommes et me tournai vers lui avec effort.

— Je crains bien de me mettre à pleurer si je dois parler.

Le persil dans mes mains tremblantes se brisa soudain. Je repoussai les morceaux avec nervosité.

— Je ne peux craquer devant nos gens, continuai-je à mi-voix. Vois comme ils nous guettent tous du coin de l'œil. Eux aussi sont inquiets. Tout ce qui touche leurs seigneurs finit par perturber leurs existences.

Puis je me levai, écœurée par l'odeur du poulet à la cannelle posé devant moi.

— Je t'attendrai dans notre chambre. Ne traîne point puisque ce sont peut-être nos dernières heures.

Alors que je quittais la pièce, une idée me vint subitement en tête. Je me mordis les lèvres. Oserais-je ? Me pardonnerait-il ? Je jetai un dernier regard dans sa direction, seul à la table haute, et haussai les épaules. Si je ne faisais rien, si la mort s'invitait à Crebessac demain, il n'y aurait plus rien à pardonner.

Quand Raimbaud franchit la porte de notre chambre, je l'attendais vêtue d'une légère robe d'intérieur. Un bon feu flambait dans la cheminée malgré la douceur de l'air. Le lit était ouvert et j'avais demandé à Bertille de m'apporter un des bouquets qui traînaient dans la grande salle.

— Que se passe-t-il ? s'étonna-t-il en me dévisageant.

Je m'approchai d'une démarche féline et lui enlaçai le cou.

— Ce soir, je voudrais remonter le temps, revenir au soir de nos épousailles quand je croyais encore avoir toute la vie pour t'aimer.

— Nous avons toute la vie.

Je détournai la tête pour qu'il ne me vit pas grimacer. J'avais perçu le doute dans sa voix. Cela me conforta dans ma résolution. Je me hissai sur la pointe des pieds et l'embrassai avec fougue.

En réponse, il me serra contre lui. Quand nous reprîmes notre souffle, un long moment plus tard, il murmura :

— N'as-tu plus envie de pleurer ?

Je secouai la tête.

— La tristesse me submerge, mais tu as raison. Je n'ai pas l'intention de passer cette soirée dans les larmes.

Il me caressa le cou, laissant son doigt se perdre sur ma gorge dévoilée par le vêtement.

— Tu es si forte, ma douce flamme.

Je haussai les épaules pour masquer mes tremblements et allai nous servir une coupe de vin, le même que celui du soir de nos noces. Ce jour-là, j'en avais à peine bu. Aujourd'hui, j'étais bien décidée à finir ma coupe, espérant y noyer mes inquiétudes.

Je le bus d'un trait. Aussitôt la tête me tourna. Il était plus fort que je le croyais. J'attendis que Raimbaud repose sa coupe à son tour et l'étreignis.

— Aime-moi, comme au moulin alors que nous pensions ne point avoir d'avenir ensemble.

Il m'enleva dans ses bras.

40

Dans la douce lumière de l'aube, les écharpes de brume qui s'accrochaient encore aux troncs et aux bâtiments endormis me donnaient une impression d'irréalité. Peut-être que je rêvais encore. Que ce que je voyais n'était point en train de se produire.

De mon poste d'observation, je pouvais apercevoir Gérald finir de s'armer. Je me mordillai les lèvres, refusant de tourner mon regard là où je savais trouver Raimbaud. Je craignais dans ce cas de sentir mes forces m'abandonner.

Je détaillai notre adversaire qui avait apporté la discorde avec lui. Il me semblait plus grand que la veille encore et plus redoutable. Peut-être était-ce son armure ? Ou le courage qui me fuyait ? Je me sentis chavirer. Je n'étais point une virago au cœur d'homme comme je l'avais cru plus jeune, j'avais trop à perdre.

La voix de Valmenon résonna dans l'air frais du matin.

— Tu m'avais l'air plus grand hier. Est-ce la peur qui te tasse ainsi, vermine ?

Je secouai la tête. De l'intimidation, classique. Il ferait mieux de garder son souffle. Ou pas. Tout ce qui pouvait l'affaiblir faisait mon affaire. Je me rappelais encore les joutes qu'il avait gagnées l'année dernière et sa puissance de frappe redoutable.

Le premier coup partit. Par réflexe, je reculai. Bien inutilement. Là où je me trouvais, il n'aurait pu m'atteindre. Un premier coup de chauffe. Ma main se crispa malgré moi et je me tendis en avant, plus attentive. Je ne devais rien perdre de l'affrontement.

Gérald repartit à l'assaut, intensifiant ses attaques. Un coup de taille, puis d'estoc. J'entendais son armure grincer, les épées s'entrechoquer. Mon souffle s'emballa et mon bras devenait sans force devant la violence du combat.

J'aurais aimé baisser les paupières, ne plus rien voir, ni ressentir. Ne plus frémir d'effroi. C'était impossible.

Oh Dieu, priai-je soudain. *Laissez-moi encore une fois serrer Raimbaud dans mes bras.*

Puis tout bascula.

En un éclair, je revis la soirée de la veille. Ses bras forts autour de moi, son regard voilé par le plaisir, et plus tard, alors que nos sens étaient comblés, son souffle apaisé dans l'abandon du sommeil. Je fermai les yeux.

— Une dernière prière avant de mourir, raclure ?

Je rouvris précipitamment les yeux et fus éblouie par le soleil. Des larmes surgirent aux coins de mes paupières et je me mis à trembler de tout mon corps. J'avais eu raison, il ne fallait point attendre de pitié de sa part.

Je m'interdis néanmoins de demander grâce, il n'aurait pas ce plaisir. D'un geste vif, je relevai le ventail de mon casque trop grand, calé de chiffons pour le maintenir. Fixant mon adversaire qui me dominait, je murmurai :

— Tuez-moi et toutes vos prétentions sur Crebessac deviendront nulles. Mon fils héritera, soutenu par le puissant vicomte de Polignac, et vous renverra à votre insignifiance de cadet.

Quand il me reconnut, Gérald en resta un instant sans voix.

— Toi ! s'écria-t-il. Ton hérétique était-il trop lâche pour m'affronter qu'il t'a envoyée à sa place ?

Je secouai la tête. Hier, j'avais drogué Raimbaud avec les remèdes de Romaric, et lui, confiant, avait bu toute la coupe. Avant l'aube, je m'étais glissée subrepticement dans l'armurerie. Avec l'aide d'Eliette, j'avais revêtu l'armure qui attendait. La jeune muette n'avait pu trahir ma ruse. Quant à Raimbaud, il devait encore dormir à cette heure. Lorsqu'il se réveillerait et comprendrait, sa colère serait immense. Mais ne valait-elle pas le prix de sa vie ?

Autour de moi, j'entendais les hommes d'armes qui surveillaient la rencontre murmurer, choqués. Je me redressai légèrement, toisant toujours Gérald.

— Il n'y a point d'honneur à provoquer un adversaire affaibli par les tortures et le cachot pour lui voler sa femme. Ni à forcer celle-ci à une union qu'elle a en horreur avec la complicité de son suzerain. Et encore moins à convoiter le domaine d'un enfant. Je ne suis point dupe, Gérald. Vous êtes un homme méprisable.

Par le ventail relevé, je vis son visage prendre le rouge de la fureur.

— Alors tu peux tout aussi bien mourir à sa place, catin.

Il leva son épée en l'air. Elle accrocha brièvement les rayons du soleil avant d'entamer un mouvement descendant. Je restai tétanisée, incapable de réaliser que, sous la colère, il était prêt à ruiner ses ambitions et tuer une femme désarmée à terre.

Je fermai les yeux. Ma dernière pensée fut pour mon fils. J'avais tellement redouté qu'il ne périsse avant moi, mais il était sauf, loin des manœuvres de Gérald. J'entendis un cri animal et sentis l'air balayer mon visage. C'était la fin.

Mais je ne mourus point. Aucune lame ne me transperça le corps. Le sol trembla. Je rouvris les yeux et embrassai la scène d'un seul regard.

Gérald se trouvait à terre et Raimbaud, dressé au-dessus de lui, les yeux fous. Son allure débraillée m'indiqua qu'il s'était précipité dehors dès son réveil. Dans sa main, le cimeterre que mon père avait gagné contre les Sarrasins et avec lequel il venait de blesser Valmenon. Sous son pied, l'épée que mon adversaire avait laissée tomber.

La vague de soulagement qui m'envahit me laissa sans force. Je poussai un soupir tremblant alors que Raimbaud dressait à nouveau son arme.

— Non, murmurai-je. Ne le tue point. Je ne veux pas la guerre avec les Valmenon.

Il me dévisagea un long moment, ne semblant pas y croire. Je me remis péniblement debout. Ainsi, je pouvais voir le mollet tailladé de mon adversaire. Un coup par-derrière en traître, mais il ne méritait pas mieux. Une blessure grave, qui l'empêcherait peut-être de remarcher correctement un jour.

Je fis signe à Bérenger de venir chercher Gérald. Deux de ses hommes s'avancèrent également. Mon voisin fut laborieusement hissé sur sa monture et la troupe se mit en route au pas lent des chevaux.

Je les regardai disparaître avant de me tourner vers Raimbaud. La fureur crispait tant ses membres qu'il semblait sur le point de faire une crise de tétanie. Il me retourna mon regard, plus tranchant que l'acier. Je relevai le menton. Ce gâchis, c'était d'abord sa faute.

— Si j'avais pu imaginer un instant une chose pareille, lâcha-t-il la voix chargée de colère. Trahir ainsi ma confiance. Me droguer et me déposséder de mon combat.

Je peinai à soutenir son regard. La douleur et la fureur mélangées que j'y lisais me tordirent le ventre. C'était un risque que j'avais trouvé acceptable hier, sans imaginer à quel point cela me blesserait.

— Il me fallait agir, tu refusais de m'écouter. Je n'avais pas imaginé que son envie de vengeance prendrait le pas sur sa raison.

— Si je n'étais pas intervenu, tu serais morte !

— Je pourrais te voler ta réplique.

Je n'étais plus furieuse, seulement lasse, soulagée après l'extrême tension qui m'avait habitée ces dernières heures. Mes membres frissonnaient de peur rétrospective. J'aurais voulu que Raimbaud me prenne dans ses bras. J'avais désespérément besoin qu'il me réconforte et me fasse oublier ce cauchemar.

Mais il souffla avec hargne, son beau regard assombri par une intense colère.

— Je pars ! Je n'ai rien à faire auprès de toi. Tu ne cesses de me materner. Tu n'as pas besoin d'un homme et je refuse d'être ton fils de substitution !

Mes yeux s'écarquillèrent. Était-ce ainsi qu'il me considérait ?

— Tu m'abandonnes ? murmurai-je, incrédule, des trémolos dans la voix.

— Tu voulais un mariage pour te protéger de prétendants malhonnêtes, non ? cracha-t-il. Tu l'as. Mais rien ne m'oblige à vivre auprès de toi, tu me l'as assuré toi-même.

Il se détourna et reprit la direction du château à grands pas furieux. Je lui courus après.

— Attends-moi, suppliai-je.

Je le rattrapai sur le pont-levis et posai mon gantelet d'acier sur son bras pour l'arrêter. Il le fixa avec horreur.

— Tu ne cesses de vanter ma force et mon courage, me justifiai-je. Pourquoi ne devraient-ils s'exprimer que dans la résilience ? Tu m'as connue les armes à la main à Ruad. Depuis le début tu savais celle que j'étais.

Il refusait de me regarder. Je sentis les larmes poindre dans mes yeux et rajoutai d'une voix amoindrie par les sanglots :

— Tu avais raison au moulin, Raimbaud. Toi, du moins, tu manques de l'humilité qui caractérisait les débuts du Temple. Tu ne peux imaginer avoir besoin de quelqu'un. Je croyais que tu me considérais comme une partenaire sur laquelle t'appuyer. Mais tu es tellement plein d'orgueil que tu ne te rends même pas compte que ton idéal de perfection est inaccessible.

À travers mes larmes, je le vis reculer d'un pas, le teint pâli. Je me frottai furieusement les yeux pour en chasser l'humidité et ne réussis qu'à me griffer le visage. Fichue armure.

— Et tu préfères y sacrifier notre amour, finis-je dans un souffle.

Incapable de le regarder encore après mon cri du cœur, je courus vers le château. Il ne me suivit point.

Je me hissai dans les escaliers, aveuglée par la peine. Bertille ! Il me fallait Bertille. Nous avions affronté tant de choses ensemble. Elle était tout ce qu'il me restait.

Je la trouvai dans ma chambre à genoux en train de prier. Dès qu'elle m'aperçut, elle bondit sur ses pieds et se précipita à ma rencontre.

— Oh ! ma dame, qu'ai-je appris ? Vous voulez m'achever, c'est certain ! Prendre la place de cet idiot face à Gérald ! Mais que vous est-il passé par la tête ?

— Je t'en prie, cesse tes récriminations. Je suis indemne. Aide-moi plutôt à retirer cette armure.

Elle planta ses poings sur ses hanches.

— Cesser mes récriminations ? Vous en avez de bonnes ! Et pourquoi donc je me priverais de vous faire entendre raison ? Il faut bien que quelqu'un le fasse ici.

Je me laissai tomber sur le lit et tirai sur les jambières d'un geste furieux.

— Parce que j'ai le cœur brisé. Raimbaud s'en va.

— Où donc ? Poursuivre ce maraud de Gérald ?

— Certainement pas. Il part loin de moi. Il m'abandonne ! Je le materne trop...

Ma voix se brisa sur ces derniers mots. Elle fronça les sourcils d'un air si surpris qu'il m'aurait fait rire si je n'avais point eu le cœur ravagé.

— Mais quel homme se plaindrait de trop d'attentions ? s'étonna-t-elle après un instant en m'aidant à ôter le haut.

— Le mien apparemment, répondis-je avec amertume en me débarrassant de la protection matelassée du dessous. J'ai blessé sa fierté en prenant sa place. Pourtant je voulais seulement éviter de le perdre. J'ai connu trop de deuils, j'ai vu périr trop d'êtres chers. Et malgré tout, je le perds quand même...

Un galop martela le pont-levis. Je me précipitai à la fenêtre et mes mains se crispèrent sur le rebord de pierre face au spectacle qui s'offrait à moi. Une silhouette lourdement armée s'éloignait comme si elle avait le diable aux trousses, les fontes gonflées rebondissant sur la croupe de son cheval. Un frisson me secoua tout entière. J'aurais reconnu son assise entre mille.

— Il n'a point traîné, fit remarquer Bertille avec un reniflement de désapprobation.

J'acquiesçai, les paupières bordées de larmes. La servante me tapota le dos et ajouta :

— Nous voilà seules toutes les deux, maintenant.

— Pas toi, Bertille, réfutai-je. Roscelin reviendra bientôt.

— Votre amoureux aussi, me consola-t-elle. Et si ce n'est point le cas, c'est qu'il n'en vaut pas la peine.

Je m'essuyai furtivement les yeux. J'aurais aimé la croire.

41

Sept jours étaient passés depuis le départ de Raimbaud et je trimbalai toujours mon cœur dolent dans ma forteresse. L'esprit embrumé par la tristesse, je m'obligeais à accomplir chacune des tâches du quotidien. Devant mon air absent, mes gens se faisaient discrets, détournant le regard pour ne point que je lise dans leurs yeux les reproches qu'ils contenaient. J'avais pris des risques énormes en affrontant Gérald et ils m'en voulaient encore. Quand je surprenais une telle lueur, je baissais la tête, mortifiée. J'étais indigne d'être leur châtelaine. Je n'avais pensé qu'à mon bonheur égoïste. Pour quel résultat ? J'étais seule, sans espoir que cela change un jour.

Jamais plus, je ne referais confiance à un homme !

Alors que mes yeux menaçaient une fois de plus de se remplir de larmes, Bertille débarqua dans la grande salle où je me trouvais, frileusement recroquevillée autour de la cheminée, même si on était en juillet. Son pas plus nerveux que d'habitude me fit lever la tête.

— Oh ! ma dame, des cavaliers arrivent à l'horizon.

Je redressai les épaules, le cœur rempli d'espoir.

— Est-ce Raimbaud ? Romaric ? Roscelin ?

À mesure qu'elle secouait la tête, mon cœur s'assombrissait.

— C'est Valmenon. Le seigneur du château, Aubin.

Il ne manquait plus que lui !

— Il vient sûrement me chercher querelle, déclarai-je d'une voix morne.

— Ça, on peut le dire ! renchérit-elle. Il a amené son ost avec lui.

Je sursautai. Allait-il me déclarer la guerre à cause de la blessure de son frère ?

— Rameute nos gens, qu'ils baissent la herse et remontent le pont-levis, décidai-je.

Lui, je ne le laisserai point entrer dans ma vie pour y semer la désolation.

Prenant mon courage à deux mains, je gagnai le rempart et tournai mon regard vers la ligne d'horizon, troublée par un nuage qui grossissait à vue d'œil. Des chevaliers pleins de colère, pressés d'en découdre. De la piétaille. Des forces armées auxquelles je ne pourrais probablement point faire face. Un siège s'annonçait.

Je retins un tremblement de peur devant les souvenirs de ceux que j'avais connus. Saint-Jean-d'Acre où ma mère avait péri. Ruad où c'était le père de mon premier époux. Les sièges n'apportaient que mort et désolation avec eux. Puis je fermai brièvement les yeux, me sentant soudain sans force. Cette fois-ci, j'étais seule aux commandes, sans personne pour m'appuyer. À moins que peut-être Mélaine...

Elle est à Polignac, me rappelai-je. *Avec mon fils.*

Je restai sur le rempart jusqu'à ce que l'armée soit à nos portes. À intervalles réguliers, mes gens venaient me faire leur rapport. La quantité de nourriture que nous possédions – les moissons n'ayant point encore été faites – et les réserves d'eau et de vin, bien descendues depuis nos agapes. Le nombre de flèches dans l'armurerie. Le recensement de mes hommes, en nombre insuffisant. Rien qui pouvait me donner quelque espérance.

Les soldats de Valmenon se déployèrent méthodiquement autour du château, condamnant autant la poterne que le pont-levis. Puis Aubin, sur son destrier noir comme la nuit, s'approcha des remparts, un drapeau de négociation dans les mains de sa garde.

— Vous n'ignorez point la raison de ma présence sous vos murs, ma dame, commença-t-il d'une voix forte. Ici même, lors d'un combat loyal, mon frère fut traîtreusement blessé par l'arrière.

Un combat loyal, alors qu'il allait me décapiter !

— Vous n'ignorez point, alors, que cela ne fut pas de mon fait, rétorquai-je. Messire Gérald m'a insultée en mon propre château avant de menacer mon époux.

Aubin secoua la tête.

— Je ne suis point là pour refaire toute l'affaire. Mais je demande réparation.

Allait-il exiger que je lui livre Raimbaud ? Je fus soudain heureuse de le savoir loin de moi, à l'abri de toutes représailles.

— Je vous écoute.

Ma voix trembla, je la raffermis.

— Je ne souhaite point envenimer la situation et régler nos dissensions dans la violence, même si je m'y vois contraint par l'honneur. Vous fûtes toujours une voisine honorable et, pour cette raison, je vous propose une alliance.

Je fronçai les sourcils, je n'y comprenais plus rien.

— Un mariage, précisa-t-il. Entre nos enfants. J'ai une fille, Blanche, de neuf ans. Elle fera une épouse parfaite pour votre fils Romaric.

Mes ongles s'enfoncèrent dans mes poings serrés. Un mariage ! Unir ma famille à celle de ce serpent ? N'était-ce pas mettre encore une fois mon fils en danger ?

— Je vous laisse la nuit pour y réfléchir, reprit-il. Demain matin, je dresserai une tente devant votre porte et vous viendrez m'apporter votre réponse.

— Et si je refuse votre proposition, demandai-je la voix faible, qu'arrivera-t-il ?

Il désigna d'un large mouvement du bras son ost assemblé. Je hochai la tête. Ce serait la guerre.

— Il exige un mariage ! répétai-je pour la troisième fois au moins à Bertille qui m'observait d'un œil placide faire les cent pas dans la grande salle.

— J'ai entendu tout comme vous, ma dame. Et je dois avouer que cela aurait pu être pire.

Je me retournai brusquement vers elle.

— C'est une catastrophe ! Cela mettrait Romaric en danger.

— Pas avant qu'il n'ait assuré sa descendance, tempéra-t-elle. Et, vu l'âge de la donzelle, ça ne sera pas pour tout de suite. Elle pourrait aussi ne point atteindre l'âge adulte. En réalité, cette solution vous fait gagner du temps.

Du temps. Un répit. En sacrifiant le bonheur de mon fils !

— Comment pourrais-je décider pour lui et le condamner peut-être à un mariage sans amour ? Ne serait-ce point vilenie de ma part ?

Malgré moi, les larmes m'étaient montées aux yeux. Je me rappelais encore les précautions qu'avaient prises mon père à l'époque pour me parler de Gontran. Je ne pourrais jamais faire de même avec mon enfant. Avec cette décision, n'allais-je point briser la confiance fragile qui s'était tissée entre nous ?

— Quand on voit le chagrin que vous apportent vos propres épousailles, ce n'est point une mauvaise affaire, dit-elle en reniflant avec dédain. Romaric est un homme. Il pourra sans trop de difficulté trouver réconfort et tendresse ailleurs.

Elle n'avait pas tort. Je la fixai, de plus en plus perdue.

— Ainsi, tu me conseilles d'accepter, malgré leur perfidie ?

— Je ne vous conseille rien du tout. Je vous expose seulement les faits que votre sensiblerie occulte. Quelle autre solution vous reste-t-il, mis à part soutenir le siège que Valmenon nous promet ? Quoique je ne doute point que vous vous sortiez de cette situation avec brio et inconscience, comme d'habitude.

Sa voix légèrement ironique me mordit le cœur. Je me tordis les mains sous le désarroi. À Vienne, je m'étais mise en danger toute seule, sans entraîner mes gens avec moi. Mais aujourd'hui, si je refusais la proposition d'Aubin, chacun d'eux risquerait la mort. Avais-je le droit de leur faire courir pareil péril ?

Je ne savais que décider. À cet instant, l'absence de Raimbaud se fit plus cruellement ressentir que jamais. Il aurait évalué avec justesse mes chances de succès. Il m'aurait prise dans ses bras et m'aurait rassurée. Il m'aurait aussi fait tout oublier durant quelques précieux instants dans l'intimité de notre chambre. Mais j'étais de nouveau seule à décider, comme je l'avais été la plus grande partie de ma vie.

J'esquissai une grimace en direction de ma servante.

— J'ai de la chance de t'avoir pour me remettre sur le droit chemin. Tu as malheureusement raison et je crains que ce mariage ne soit inévitable.

Accepter cette alliance était la seule solution. Comme Bertille me l'avait dit, tant de choses pouvaient se produire avant que la fiancée ne soit en âge de s'installer définitivement à Crebessac auprès de mon fils réticent.

Je soupirai une fois de plus. Si je ne m'étais pas mise le pape à dos, cet engrenage infernal des événements n'aurait jamais eu lieu. Mais alors Raimbaud...

Il t'a abandonnée à cause de son foutu orgueil, me souffla une petite voix dans mon esprit.

Je secouai la tête, le cœur serré. Bertille avait eu raison à Vienne. Il ne méritait point les sacrifices que j'avais consentis pour lui.

42

Quand je me réveillai le lendemain, aucun miracle n'avait eu lieu : Aubin était toujours sous mes murs. Par la fenêtre, je vis ses hommes s'activer pour monter le pavillon dans l'aube naissante. Je m'apprêtai rapidement et fis signe à mes gens. Autant en finir !

La poterne près du pont-levis fut ouverte. Bérenger et Arnaud, les deux hommes qui m'accompagnaient, passèrent les premiers. Je les suivis, le cœur lourd. Lorsque le soleil apparut à l'horizon comme pour saluer notre sortie, je relevai la tête et clignai des yeux. Une belle journée s'annonçait. Une journée où chacun repartirait vivant et libre, sauf mon fils dont j'allais enchaîner l'avenir sans qu'il soit même au courant.

Il est si indépendant ! Il ne me pardonnera jamais cette perfidie. Quant à Mélaine…

Elle avait probablement d'autres projets pour lui. Des projets que j'aurais contrecarrés avec joie, pour laisser toute liberté à mon fils. Cela n'adviendrait jamais, sauf si la jeune fille trépassait. Mais pouvait-on vraiment espérer la mort d'une enfant innocente ?

Une longue planche fut couchée à travers le fossé sec et nous la traversâmes tous les trois, l'un à la suite de l'autre. Nous pénétrâmes dans la tente où m'attendait déjà Aubin, installé sur un siège confortable. Je le dévisageai. Il avait fait des efforts de toilette comme si l'accord que nous allions sceller ferait de cette journée un moment de fête.

Il ne se leva point pour m'accueillir mais me désigna l'autre siège garni d'un coussin, un petit sourire victorieux aux lèvres. Il savait ce que j'allais dire. Les circonstances lui permettaient d'allier le riche domaine de Crebessac à sa famille, même par l'entremise d'une fille. Ainsi lié, mon fils ne pourrait lui refuser son aide si cela s'avérait nécessaire.

La décision que j'avais prise était-elle vraiment la bonne ? Ou, au contraire, devais-je refuser et compter sur la chance insolente qui, d'après Bertille, finissait par me sortir de n'importe quelle situation, si inextricable soit-elle ? À cet instant, sur le point de perdre tout ce qui me restait d'important – le respect de mon fils et ma droiture – pour sauver mes gens, je ne me sentais point chanceuse.

Je me laissai tomber sur le coussin.

— La nuit vous a-t-elle porté conseil ? s'enquit Aubin avec un rictus insolent. Souhaitez-vous peut-être une coupe de vin ?

Je secouai la tête, au bord du malaise, et m'enfonçai les ongles dans les paumes pour me reprendre.

— Je préférerais en finir tout de suite, déclarai-je d'une voix rauque.

— Très bien, qu'avez-vous donc décidé ?

Il semblait se pourlécher les babines comme un chien hargneux devant une poule. Je pris une courte inspiration.

— Je...

Un brouhaha m'interrompit. Des cris furieux retentirent au dehors parmi lesquels je crus distinguer le bruit d'un galop. Mon pouls s'emballa. Les pans de la tente s'écartèrent brusquement, dévoilant un chevalier, harnaché de pied en cap. Haubergeon, heaume sur la tête et épée dans la main. Une épée teintée de sang, remarquai-je avec un sursaut de peur. Nos regards se croisèrent un bref instant par le ventail ouvert, suffisamment pour que je reconnaisse ses yeux sombres pailletés de vert. Mon cœur se mit à battre la chamade.

Raimbaud !

Je voulus me lever, mais il me tournait déjà le dos pour s'adresser à Aubin

— Laissez la dame de Crebessac en paix. Elle n'est point félonne. C'est moi qui ai mutilé votre frère.

Je ne pouvais le quitter des yeux. Sa silhouette bien campée qui faisait barrage entre Aubin et moi, son dos puissant et l'arme mortelle dans ses mains, rouge de sang ennemi. Les jambes coupées, je m'agrippai des deux mains à mon fauteuil, prenant de nouveau la mesure de ce qu'il était. Un homme de guerre avant tout.

Il était revenu. Il prenait ma défense. M'aimait-il encore ?

— J'exige réparation, gronda Aubin qui s'était levé et avait appelé ses gens.

— Et je viens vous satisfaire. Je vous propose un affrontement afin de régler cette affaire. Entre Dieu, vous et moi.

Je retins un cri consterné et plaquai la main sur mon cœur devenu fou.

Non, pas encore !

— Pourquoi accepterais-je ? cracha Valmenon. Je n'y vois point mon intérêt.

— Pour venger votre sang. Seriez-vous trop couard pour vous y risquer ? Plus que ma dame ici présente qui affronta votre frère ?

Mon voisin rougit et parcourut rapidement ses hommes du regard avant de carrer les épaules.

— Je n'ai jamais fui un combat. Et certainement pas avec un impie de votre espèce qui frappe avec fourberie par l'arrière.

Raimbaud ne broncha pas.

— Si je gagne, vos hommes se retireront de Crebessac.

— Et si c'est moi ? répliqua Aubin.

Cette odieuse perspective me tordit le ventre.

— Vous aurez eu votre vengeance. L'offense sera réparée. Peut-être aurez-vous alors suffisamment d'honneur pour laisser ma dame en paix ?

Sa dame ? Malgré la situation, mon cœur eut un soubresaut

heureux. C'était déjà la deuxième fois qu'il me revendiquait comme sienne.

— Jusqu'où nous battrons-nous ?

Raimbaud eut un sourire cynique.

— Jusqu'à la mort ! Je ne me contenterai de rien de moins pour annihiler votre lignée perfide.

Aubin se crispa de colère. Mon cœur s'arrêta de battre. Si j'en avais eu la force, je me serais jetée sur mon templier pour le rouer de coups. Comment osait-il me malmener ainsi ? Deux fois de suite. N'avait-il pas la moindre considération pour mes sentiments ?

Je quêtai du secours auprès des deux hommes qui m'accompagnaient. Qu'ils arrêtent cette folie ! Mais ils se contentaient de le fixer avec une lueur d'admiration dans le regard. Étaient-ils donc tous ligués contre moi ?

— Le dernier debout, contra Aubin. Après tout, mon frère vit toujours.

— Très bien, s'inclina Raimbaud. Ne perdons point de temps, tant que le soleil reste supportable.

Alors que son adversaire donnait des ordres pour préparer le terrain, je m'approchai de mon époux, presque jusqu'à le toucher. La chaleur animale qui se dégageait de son corps m'étourdit. Je mourais d'envie de le serrer contre moi avant qu'il ne risque encore sa vie. Mais il restait roide, le regard fixe, sans le moindre geste de tendresse envers moi.

— Ainsi, tu es revenu, soufflai-je en laissant retomber ma main. Pourquoi ?

— N'ai-je pas juré de te protéger ? Je ne suis point homme à trahir mes serments.

Il s'éloigna à la suite d'Aubin, sans un regard en arrière, et je sentis mon cœur se briser. Ce n'était pas un geste d'amour comme je l'avais cru. Seul son honneur comptait, comme toujours !

Quand j'arrivai sur le lieu du combat, les soldats avaient dégagé un vaste espace et s'étaient parqués tout autour pour en marquer les limites. Une place m'avait été réservée, un siège avait même été apporté. Je m'y laissai tomber, les jambes tremblantes. Arnaud se pencha vers moi, une gourde à la main.

— Voulez-vous vous désaltérer, ma dame ? J'ai de l'eau fraîche.

Je le remerciai et bus une longue gorgée pour humecter ma gorge sèche. Dans un coin, Raimbaud piaffait d'impatience, attendant qu'Aubin s'équipe à son tour. Le soleil de l'été devait rendre son heaume inconfortable. N'allait-il point faire un malaise à attendre ainsi en plein soleil ? Je tentai de me rassurer en me disant qu'il avait connu des climats bien plus rudes.

Enfin, Aubin sortit de la tente. Je scrutai son équipement, il semblait de force égale. L'homme était un peu plus petit que son frère Gérald, et j'espérais un peu moins fort aussi. Je ne l'avais jamais vu se battre – il n'avait point concouru à Crebessac –, mais sa réputation était flatteuse dans la région. Étaient-ce d'anciens racontars de sa jeunesse quand il participait encore à des joutes ou restait-il un combattant redoutable ?

Il n'avait surtout connu aucune des privations subies ces dernières années par mon chevalier !

Mes mains se mirent à trembler l'une contre l'autre. Je les plaquai sur mes genoux. Raimbaud allait-il s'en sortir sans dommage ? Ce n'était plus le devenir de mon fief qui me préoccupait à cet instant. S'il mourait d'un coup malheureux...

Les adversaires se rapprochèrent, leurs lourdes épées levées, et les passes commencèrent. Le fracas des armes l'une contre l'autre brisa le silence qui s'était étendu sur l'assemblée. Puis les encouragements se mirent à fuser... pour Valmenon évidemment. Je restai mutique, glacée. J'aurais voulu être ailleurs, mais mes yeux épouvantés restaient braqués sur les deux silhouettes qui ferraillaient devant moi.

Bien vite, la poussière du terrain brouilla les combattants. Je scrutai l'air épaissi avec fièvre, tressaillant à chaque coup que je croyais discerner. Le bruit des armes ne faiblissait pas, laissant deviner par moments leurs souffles haletants. Les jambes de Raimbaud se teintèrent de rouge, comme celles de son adversaire. Un coup plus violent de Valmenon l'atteignit soudain à l'épaule. Je poussai un petit cri. Le bras désormais inutile, le templier attrapa son arme de l'autre main.

Était-il ambidextre ? Je me rendais compte que je l'ignorais. Je savais, en réalité, si peu de chose de lui. L'avenir nous laisserait-il l'occasion de mieux nous connaître ?

Il me jeta un bref coup d'œil, puis se rua avec force sur Aubin et lui porta plusieurs coups rapides, chaque fois contenus et rendus. Je voyais mon chevalier s'essouffler, s'affaiblir. Je sentais l'angoisse m'étreindre à l'idée qu'il n'ait pas le dessus. Grisé par sa supériorité, Aubin n'allait-il pas en profiter pour l'occire ?

Soudain Valmenon l'atteignit au genou, et Raimbaud flancha.

Le genou qu'il s'était tordu quelques jours plus tôt !

Je me tendis en avant, les yeux écarquillés par la peur. Dans un geste désespéré, l'épée de Raimbaud décrivit un large arc de cercle avant de frapper le heaume de son adversaire. Le coup résonna puissamment dans l'air du matin. Estourbi, Aubin chancela un bref instant et s'écroula à terre, entraînant le templier dans sa chute.

Le silence se fit autour de la lice. Les hommes s'entreregardèrent, incertains. Qui avait gagné ?

Personne, estimai-je, brusquement soulagée par la fin de ce duel. Cette démonstration de force dangereuse et inutile n'avait rien résolu.

Je ne savais si je devais le déplorer ou non. Le voir voler ainsi à mon secours...

Mais, au milieu du terrain sur lequel la poussière finissait de retomber, Raimbaud ne bougeait toujours pas. L'esprit submergé par l'inquiétude, je bondis de ma place pour le rejoindre. Nul ne tenta de m'arrêter. Je me jetai à terre auprès du templier qui faisait battre mon cœur sans prendre garde au sang qui maculait ma robe. L'écœurante odeur métallique me monta au nez. Je retins un haut-le-cœur avant d'ôter son heaume. Le chevalier m'adressa un long regard, et un soupir de soulagement s'échappa de ma bouche. Il était conscient. Il était vivant.

— Où as-tu mal ? le pressai-je.

— J'ai probablement trop d'orgueil, comme tu m'en as accusé, croassa-t-il avec une certaine ironie, mais peut-être que je possède aussi un peu du sens du sacrifice du Temple.

Une colère mêlée de peur rétrospective s'empara de moi. Les yeux embués, je martelai son haubergeon de mes poings serrés, les écorchant.

— Oh oui, tu es digne d'eux, c'est évident ! Tu as tout de leur goût pour les causes perdues.

Pourtant s'il n'avait pas été là…

— Mais ce fut payant. Je crois que je l'ai assommé, non ?

Je jetai un coup d'œil vers les deux soldats qui s'étaient agenouillés près d'Aubin. Ils avaient relevé sa visière et je pouvais apercevoir les yeux clos du chevalier et sa poitrine qui se soulevait par intermittence.

— Ça a l'air.

Ma voix restait froide alors que je brûlais de lui avouer la force de mes sentiments. Je lui adressai un regard fiévreux. Je n'avais qu'une hâte, le ramener à Crebessac et l'entourer de soins jaloux jusqu'à ce qu'il se rétablisse.

Je me tournai vers Bérenger et Arnaud qui s'étaient légèrement rapprochés. J'allais avoir besoin de leur aide.

— Non, ma douce flamme, murmura alors mon templier.

Il leva un bras, effleura ma joue. Le métal de ses protections m'arracha un frisson.

— Flamalia, mon amour, c'est de toi que j'ai besoin. Prends ma main et tiens-la fort.

Mon cœur eut un soubresaut à ce tendre surnom. Quand j'obéis, sa main se crispa dans la mienne. Il esquissa une grimace et son corps se tendit avant de se relâcher brusquement. Un froid glacial s'empara soudain de moi. Ce ton si solennel, était-ce le dernier vœu d'un mourant ? Je jetai un regard éperdu à ses traits contractés, ses narines pincées, guettant un ultime soupir, prête à nier la réalité.

Non ! Je ne le supporterai point !

Ses yeux se fixèrent de nouveau sur moi.

— Aide-moi seulement à me redresser, précisa-t-il devant mon air alarmé. Je refuse que quelqu'un conteste notre victoire. Mais je n'y arriverai pas sans toi.

Mon cœur se remit à battre à un rythme plus normal et les paroles d'Aubin me revinrent en mémoire. Le dernier debout. Puis, les larmes me montèrent de nouveau aux yeux devant cette faiblesse que Raimbaud s'autorisait enfin à afficher devant moi. Il avait besoin de moi comme j'avais besoin de lui.

— J'ai eu tellement peur de te perdre, m'épanchai-je, incapable de me retenir. Aujourd'hui, l'autre jour. C'était seulement pour cette raison que j'avais pris ta place. Et toi, tu recommences !

— Crois-tu que ma frayeur fut moindre ? Te découvrir si résolue face à Gérald. J'avais l'impression d'être indigne de toi, à vivre ainsi dans ton ombre, sans même être capable de te protéger.

— Je ne l'avais pas compris, reconnus-je. Je voulais seulement te garder sauf. J'ai eu tort de ne rien te dire ce jour-là.

— Je te l'aurais interdit si tu m'avais fait part de ton plan. Et nous serions restés dans une impasse.

Était-ce sa façon de me dire qu'il me pardonnait ?

— Alors ?

Il esquissa un sourire en coin.

— Je crois que tous s'impatientent. Peux-tu m'aider à m'asseoir ?

Je jetai un coup d'œil autour de moi avant de le saisir à bras-le-corps. Fermant un instant les yeux pour oublier le sang, je m'enivrai de sa chaleur. Puis je le relevai en position assise.

Il m'enlaça de son bras valide et me vola un baiser. Quand ses lèvres chaudes effleurèrent les miennes, un frisson s'empara de tout mon corps. Il plia ensuite les jambes et, s'appuyant sur mon épaule, il se redressa peu à peu, soufflant, grimaçant, jurant aussi. Je pâlissais à chaque exclamation, me faisant violence pour ne point l'aider davantage et ménager sa fierté. Le laisser leur montrer à tous l'homme qu'il voulait être. Quand il finit de se mettre debout, je m'écartai. Il fit quelques pas, boitant sur son genou, le sang continuant de sourdre le long de ses jambes, avant de tourner sur lui-même.

— Il me semble que Crebessac ait obtenu la victoire ce jour. Rentrez chez vous et cessez d'importuner ma dame. Ou elle pourrait bien vous le faire regretter.

Après ces derniers mots, il chercha mon regard. Une puissante vague d'amour me submergea. Je savais qu'il souffrait mille morts.

Arnaud lui apporta son cheval et l'aida à monter en selle. Puis Raimbaud s'approcha de moi et, me tendant la main, il me hissa devant lui. Il passa son bras gauche autour de mon ventre. Je me blottis contre son torse, en veillant à ne point m'appuyer contre son épaule démise, tandis qu'il guidait sa monture des genoux. L'attroupement des soldats s'ouvrit devant nous, le pont-levis fut baissé et nous regagnâmes Crebessac au pas lent de l'équidé.

Une fois à l'abri dans la cour, alors que mes gens accouraient pour nous assister, je m'autorisai un vrai sourire. Le médecin ordonnerait certainement à Raimbaud de ne point quitter le lit durant deux semaines au moins, le temps de se remettre de ses blessures. Ce qui m'arrangeait parfaitement.

Épilogue

Crebessac, décembre 1314

Je mis la dernière main à la coiffure de Bertille et lui passai mon miroir poli.

— Oh ! ma dame, vous avez fait des merveilles, s'exclama-t-elle, le rouge aux joues, en s'admirant.

J'acquiesçai, pas mécontente du résultat. J'avais discipliné la luxuriante crinière rousse de ma servante en un entrelacs de tresses que j'avais fixées sur sa tête. Je pris ensuite un voile léger et l'en coiffai.

— Voilà, tu es prête.

— C'est quand même le monde à l'envers, bougonna-t-elle pour cacher les larmes d'émotion qui perlaient aux coins de ses paupières. Vous me dotez, et maintenant vous m'apprêtez comme si j'étais une dame d'importance.

— Mais tu l'es, Bertille. Tu es ma meilleure amie, et bientôt l'épouse d'un fier chevalier.

Elle acquiesça, pensant probablement à son promis, Roscelin, récemment adoubé.

Au même moment, on frappa à la porte, et Raimbaud apparut, notre fille Douce dans les bras.

Douce, comme l'avaient été nos retrouvailles après le départ d'Aubin de Valmenon.

J'admirai un long instant mon chevalier, ses yeux brillants plongés dans les miens, son corps qui avait recouvré force et santé, et lui adressai un sourire ému.

— Êtes-vous prêtes ? s'enquit-il. Tous s'impatientent en bas.

Je jetai alors un coup d'œil par la fenêtre et retins un sourire en voyant mon fils s'agiter dans la cour. C'était la première fois qu'il revenait à Crebessac, porteur d'une missive de Béatrice des Baux où elle m'informait avoir épousé le vicomte de Polignac l'été dernier. Une nouvelle qui m'avait réjouie, comme son intention de faire de mon fils son messager afin de me permettre de le revoir. J'espérais qu'elle aurait à l'avenir encore beaucoup d'autres plis à m'adresser.

— Allons-y, décidai-je.

Nous rejoignîmes la cour où patientait également Roscelin. Dès que Bertille apparut, le feu de ses cheveux à peine atténué par le voile, il se tint coi un instant, la bouche ouverte de saisissement. La satisfaction m'envahit à l'idée d'avoir rendu justice à l'éclat de mon amie. Quand il s'avança vers la jeune femme, j'en profitai pour rejoindre Romaric. Mon fils avait encore grandi et ses traits s'étaient affirmés, le faisant indiscutablement quitter l'enfance.

— Mère, m'accueillit-il avec le sérieux qu'il se sentait obligé d'afficher depuis ses nouvelles responsabilités, toutes ses festivités étaient-elles nécessaires ?

— Toute occasion est bonne pour se réjouir. Nous fêtons aussi ta nomination puisque tu es parmi nous. Te voilà adulte et écuyer d'un puissant chevalier. Je suis si fière de toi, Romaric !

— Je suis aussi seigneur de Brives depuis que ma tante m'a légué son fief, se rengorgea-t-il.

Une nouvelle manœuvre de Mélaine afin d'accaparer mon fils. Je haussai les épaules. Peut-être qu'un jour, elle comprendrait que sa seule famille était aussi la mienne et qu'une trêve s'avérait nécessaire. En attendant, Romaric avait suffisamment à faire avec ce premier domaine pour me laisser gérer Crebessac à ma guise.

Je le serrai dans mes bras tout en jetant un coup d'œil à

Raimbaud. Il me retourna un sourire serein, me démontrant une fois de plus qu'il ne se sentait plus déprécié vis-à-vis de mon fils. Plus depuis un funeste soir de mars.

Deux ans après sa décision au concile, le pape Clément s'était enfin décidé à juger les dignitaires du Temple qui croupissaient toujours dans leur prison. Pour cette occasion solennelle, un échafaud avait été dressé devant la cathédrale Notre-Dame, à Paris, où nous nous étions rendus à la suite des cardinaux envoyés par le souverain pontife pour annoncer la sentence.

Le jour dit[1]*, les prisonniers s'étaient péniblement hissés sur la plate-forme, les chaînes à leurs poignets crissant contre le bois brut. Ce bruit glaçant m'avait aussitôt ramenée à Vienne le jour où j'avais surpris Raimbaud dans sa cellule, et un frisson m'avait longuement parcouru le dos à l'idée du sort qu'il avait évité.*

Même de loin, j'avais pu constater que le cachot n'avait point épargné les quatre vieillards : Jacques de Molay, grand maître de l'ordre, Hugues de Pairaud, Geoffroy de Gonneville et Geoffroy de Charnay. Mais, en dépit de leur misère, ils s'étaient tenus droits devant leurs accusateurs et la foule avide de spectacles.

L'un des cardinaux avait alors lu le compte rendu de leurs aveux extorqués longtemps auparavant, avant de leur indiquer leur sentence, qui avait résonné cruellement dans l'air frais du jour. Le mur perpétuel, la prison à vie, à l'instar de nombreux templiers plus modestes, pareillement condamnés ou oubliés par les commissions diocésaines.

À l'écoute de leur condamnation, deux des dignitaires avaient soudainement protesté. D'une voix rendue cassante par l'humidité des cachots, Jacques de Molay et Geoffroy de Charnay avaient une nouvelle fois clamé leur innocence et celle de l'ordre du Temple face à la foule médusée. À côté de moi, Raimbaud s'était mis à trembler, le visage livide.

1. Le 11 ou le 18 mars 1314, selon les sources.

— Ainsi, ils n'avaient point corrompu l'ordre, avait-il murmuré d'une voix incrédule. En ce jour, ils retrouvent leur courage et nous absolvent pour la postérité. Dieu merci. Les générations futures nous jugeront peut-être avec plus d'équité.

J'avais réprimé un frisson à la révélation du doute insidieux qui le rongeait depuis tant d'années, et ma main avait naturellement entrelacé la sienne en signe de soutien.

Pour cet ultime acte de rébellion, le roi Philippe avait aussitôt condamné les deux hommes à être brûlés vifs le soir même sur l'île aux Juifs. Refusant de le laisser seul, j'avais accompagné Raimbaud et suivi la foule jusqu'à la pointe de l'île de la Cité, juste en face du lieu où un bûcher avait été dressé à la hâte.

Je revins au présent en entendant Bertille s'écrier qu'il fallait se hâter avant que le ciel menaçant ne déverse sa colère sur notre groupe. J'opinai de la tête. Il aurait été dommage de ruiner un si bel ouvrage. Mais alors que nous formions le cortège, un cavalier franchit en trombe le pont-levis, les pas de sa monture résonnant dans la cour. Effarée, je reconnus Eudes. Je ne l'attendais point avant trois semaines pour les fêtes de la Nativité.

Nous nous figeâmes tous à son arrivée. Il se jeta à bas de sa monture avec une souplesse qui aurait fait envie à des hommes plus jeunes, et se tourna aussitôt vers Raimbaud, l'air grave.

— J'apporte une nouvelle incroyable ! Le roi Philippe le Bel est mort à la Saint-Saturnin, sans que ses médecins en discernent la cause.

Mon cœur s'emballa et je plaquai une main sur ma poitrine pour le calmer, tandis que la noce derrière nous éclatait en rumeurs. Philippe le Bel n'avait que quarante-six ans et avait toujours joui d'une santé florissante.

Puis les ultimes bribes de paroles de Molay, sur le point de mourir, me revinrent en mémoire :

« Dieu sait qui a tort et qui a péché. Le malheur viendra à ceux qui nous condamnent à tort. Dieu vengera notre mort. »[1]

Le décès du pape en avril, le scandale de la Tour de Nesle qui avait jeté l'opprobre sur la propre descendance du roi[2], et maintenant cette nouvelle… Les imprécations du dernier grand maître du Temple, prononcées du haut de son bûcher, étaient-elles en train de se réaliser ?

Il fallait le croire.

Soudain sans force, je glissai ma main dans celle de mon templier et levai les yeux vers lui. Son regard tendre captura le mien et le monde autour de nous cessa d'exister. Je le dévisageai avec avidité, ses boucles légèrement désordonnées sous la brise et l'éclat de ses dents dévoilé par ses lèvres si habiles à m'enflammer. Plus jamais personne ne viendrait me l'enlever.

— Trépassé ou pas, pas question qu'un roi m'empêche d'épouser enfin un chevalier ! retentit soudain une voix vive derrière moi.

Je retins un sourire alors que Bertille incitait notre troupe à repartir.

Elle avait raison. Le bonheur n'attendait pas. Il fallait savoir s'en saisir.

1. Paroles extraites des chroniques de Geoffroi de Paris qui assista à l'exécution.

2. L'arrestation des trois brus du roi pour adultère avec les jeunes chevaliers d'Aulnay.

Note de l'autrice

L'existence de la relique de l'épine qui fleurissait le Vendredi saint est attestée dans différents documents d'époque. Les templiers ont d'ailleurs utilisé cet argument pour leur défense lors de leur procès.

Elle n'a cependant pas quitté Chypre et, après 1312, elle passa aux hospitaliers, comme toutes les possessions du Temple (à l'exception de celles en Espagne). Un document datant du XVe siècle fait encore mention de sa floraison, puis on n'en trouve plus trace.

REMERCIEMENTS

Je remercie mes éditrices Marianne et Eléonore pour leurs conseils et le joli écrin qu'elles offrent à chacun de mes romans.

Un grand merci aussi à mes bêta-lectrices toujours volontaires et motivées pour me remettre dans le droit chemin : Marine, pour son enthousiasme, qui m'a obligée à surmonter ma flemme et à rajouter plusieurs chapitres à cette histoire afin de lui donner une fin à la hauteur. Amandine et sa précieuse rigueur. Virginie, mon experte historique qui passe quasiment autant de temps que moi en recherches pour relever mes coquilles. Annick, dernière venue dans la *team*. Sophie, qui s'est jetée sur ce manuscrit sans tenir compte de sa fatigue. Audrey, ma bêta-lectrice des tout débuts, qui a su apprécier toute la complexité de Raimbaud. Élodie, ma « docteur ès détails ». Et ma maman, qui reste toujours ma première relectrice. Votre implication à toutes rend cette aventure de l'écriture à la fois si simple et si merveilleuse.

Et, bien sûr, merci à vous, mes lecteurs, qui vous passionnez pour les existences de mes héros aux prises avec la grande histoire.